車井戸は何故軋る

横溝正史傑作短編集

末國善己編

横溝正史

東京創元社

目次

車井戸は何故軋る　横溝正史傑作短編集

恐ろしき四月馬鹿《エイプリル・フール》

　四月一日の午前三時頃、M中学校の寄宿舎の一室に寝て居た葉山《はやま》と云う一学生は、恐ろしい夢からふと眼覚めた。彼の肌衣《はだぎ》はべっとりと汗に濡れて居た。彼は其の心持悪さに寝返《ねが》えりを打とうとした。其《そ》の瞬間、彼はふと部屋の中《うち》に怪しい気勢《けはい》を感じて思わず息をひそめた。それは満月に近い夜《よ》で、カーテンを引き忘れた窓を通して、美しい葡萄色《ぶどういろ》の月光が部屋一杯に流れ込んで居た。其の月光の下《もと》に、寝て居る葉山とは一間《いっけん》と離れない処《ところ》に、一個の黒い影が恐ろしくも静かに蠢《うごめ》いて居る。咽喉《のど》を絞めつけられる様な息苦しさを感じ乍《なが》らも葉山は薄暗《うすやみ》の中《うち》に凝視を続けた。

　曲者《くせもの》は静かに押入の中から一個の行李《こうり》を取り出した。それから着物を脱ぎ始めた。曲者が着物を脱ぎ終った時、葉山は明瞭《はっきり》と彼の白い襯衣《しゃつ》の上に、夜目にも著《いちじる》しく血の痕を見た。曲者は其の襯衣をも脱いだ。そして素早く其の襯衣と他《た》の何物――葉山はそれを短刀の中味と認めた――かを行李の中に投げ込んだ。そして最後に、彼は窺う様に葉山の方へ振り向いた。其の瞬間、葉山は冷水を浴びせられた様に驚愕《びっくり》した。何故《なぜ》ならば、其の曲者は、現在此《こ》の部屋に寝て居なければならない筈《はず》の、同室生の栗岡《くりおか》であったからだ。

×

　四月一日の朝、M中学校の寄宿舎では恐ろしい事件が発見された。それは此の休暇を寄宿舎に残って居た小崎《おざき》と云う五年級の優等生が、深夜に、何者かに彼自身の部屋で殺害されたらしい事であった。彼の部屋は宛然《えんぜん》大掃除の後の如く、雑然として、机は覆《くつがえ》り、インクは流れ、石膏《せっこう》細工や置物は無惨にも破壊されて、其の破片は六畳の部屋中に散乱して居た。そして其の部屋の内央《なかおう》に広げられた夜具の白いシートには生々しい血汐がべっとりと附《つ》いて居た。然《しか》も肝心の死体は、其の部屋の中の何処《どこ》にも発見されなかった。

此の不幸な被害者の二人の同室者は共に帰省して居た。曲者はそれを知って居たに相違ない。唯《ただ》不思議な事は、部屋の中の有様が余程の格闘があったらしい事を示して居るにも拘《かかわ》らず、其の部屋の両隣に寝て居た学生達の中《うち》、一人として物音を聞いた者はなかったことだ。

校内では舎監の命によって直ちに死体の大捜索が開始された。小崎の実家は学校とは余り遠くない処にあるのだが、死骸が発見される迄《まで》何事をも知らさない事にした。勿論警察の方へも、学校としては出来るだけ秘密に解決したかったのだ。

斯《こ》うした間、葉山は幾度《いくたび》か同室の栗岡を訴えようとしては躊躇《ちゅうちょ》した。が遂に思いきって訴える事にした。それは午前九時頃だったが、此の異状な告訴によって栗岡は直《ただ》ちに逮捕された。彼の部屋は捜索された。そして遂に動かす事の出来ない証拠品の数々が発見された。

寄宿舎では直ちに予審を開く為に七名の陪審官が学生の中《うち》から選抜された。只一人速水《はやみ》と云う学生のみは固く此の光栄を辞して列席しなかった。

予審は十一時頃迄続けられた。然《しか》し全然失敗に帰《き》した。此の間被告の栗岡は一言《いちごん》をも発しなかった。彼は唯青白い、全然表情を持たない顔をして立って居た。

「此の上は」と舎監は残念相《そう》に言った。「愈々《いよいよ》死体が発見される迄待たなければならない」

其の途端、扉《ドア》が開《あ》いて速水の顔が窺《のぞ》き込んだ。

「先生、死体が発見されました。裏の古井戸からです」

是《こ》れを聞いた八名の顔色は一斉に変った。そして舎監も陪審官の学生も皆、被告唯一人を取残して廊下の外に流れ出た。

一人取残された栗岡は、人々の忙しく走《は》しって行《ゆ》く足音に静《しずか》に耳を傾けた。彼の顔色は今迄と全然異《ちが》って生々と輝いて居た。

「到頭《とうとう》やって来たな」と彼は嬉しそうに呟《つぶや》いた。「皆の奴、嘸《さぞ》驚いて居るだろう」

そして彼は悪戯者《いたずらもの》らしく忍び声を抑え乍ら耳を澄《すま》した。然し彼の期待して居るどよめきは何時《いつ》迄経っても起らない。只時々忙しく廊下を走って行く靴音が響いて来たりしたが、それも直ぐに物凄い沈黙の中《うち》に吸込まれて消えて行った。

斯うした時が五分十分と流れて行くに従って栗岡の胸には或る不安が根ざし始めた。

「速水の奴、古井戸の中からですと言ったな。俺は其麽《そんな》事を信じようとは思わない。然し」と彼は腕時計を見た。針は丁度十一時五分を指して居る。「小崎がやって来たにしては時間が早過ぎる様だ。約束は十二時の午砲《ごほう》を合図にと云う事だった。そして小崎は何時《いつ》も約束を一分だって違えた事はない」

栗岡の不安は次第に昂《たか》まった。

「小崎が来たのでないとすると、速水が欺いたのだろうか。然し速水の態度は確《たしか》に、確に……………」

栗岡は血に塗《まみれ》た小崎の姿を想像した。そして慄然《りつぜん》と戦《おのの》いた。

「嘘だ、嘘だ！」と彼は又自らを鼓舞せんとして叫んだ。「其麽《そんな》筈はない。あれは狂言じゃないか。エイプリル・フールの御念《ごねん》の入った芝居じゃないか。昨夜万事の手筈がついた時、『では明日《みようにち》十二時にはやって来るよ』と、ぴんぴんして帰《か》えって行ったじゃないか」

そして彼は又静かに耳を澄した。然し塵《ちり》一つ落ちた音でも聞えて来そうな静けさは、益々《ますます》彼の心を掻き乱した。

「俺はかつてこんな小説を読んだ事がある。或る男が小説を書いた。彼は其の小説の主人公が自殺する決心をして居る処を書いて居た時に殺された。犯人は巧みに彼が書いて居た原稿を利用して、彼の死を自殺だと人々に思わしめた。俺の今の立場は丁度其の殺された男と同じではないか。誰か小崎を恨んで居る者があって、若《も》し僕達のこの計画を知ったなら、是れ程好《よ》い機会が又と有ろうか。誰一人俺の此のこしらえた証拠品を信じようとしない者があるだろうか」

彼は自分で自分の恐ろしい想像に戦いた。そしてそれ等の妄想を払い退け様とするかのように手を振った。

其の時廊下の端の方から静かな足音が聞えて来た。そして真に法廷に臨むが如き厳粛さを以って、予審判事の舎監と七名の陪審官——速水を加えて——が這入《はい》って来た。栗岡は彼等の顔色を読んだ。それは「絶望」だった。

威圧する様な沈黙の後《のち》、舎監は重々しく口を開いた。

「栗岡君、君の有罪は愈々確実となりました。此処《ここ》に有る証拠品に動かす事の出来ない幾重もの輪を懸けるべき証拠が挙《あが》りました。それは小崎君の死骸です」

舎監の言葉は微かに慄《ふる》えて消えた。

「嘘です。嘘です」と、栗岡は信じまいとして叫んだ。然し彼の心は却《かえ》って彼の言葉を否定して居た。

彼は人々の前に総《すべ》てを告白した。然し誰も彼の物語には耳を貸さなかった。

「本当です。本当です」と、彼は如何《どう》すれば人々を信じさす事が出来るだろうかと身を悶《もだ》えた。「本当に、エイプリル・フールの狂言に過ぎなかったのです。私達は机を覆しました。インクを流しました。石膏細工を壊しました。そして鳩を殺して血を流しました。そうです鳩の血に相違ないのです」

「其の鳩は如何しました」と舎監が訊いた。

「其の鳩は小崎が持って帰りました」

「それでは証拠にならない」と速水が呟いた。

「証拠になってもならなくっても本当です。『屹度《きっと》皆《みんな》が驚くだろう』と笑って帰りました。そして今日十二時には来る筈です」

「其の小崎君は死体となって帰えって来ました」

「いいえ。それは私の知った事ではありません。では小崎君は僕の悪戯の犠牲になったのだ」

作者は不幸にして是以上此の厳粛な場面を書く筆を持《もた》ない。簡単に言《いえ》ば栗岡は自ら掘《ほっ》た穴に落ちて意識を失って了《しま》った。

然し幸いにして栗岡の意識は間もなく回復した。彼は自分の部屋に自分を取巻く数人の友人を次から次へと見て居たが突然愕然として叫んだ。

「小崎‼」

小崎は微笑を以って応じた。

「裏切者‼」と、栗岡は低い嗄《か》れた声で叫んだ。

「僕じゃないよ。栗岡、速水さ。又速水にやられたのさ。僕は真面目《まじめ》に家《うち》に居たのだよ。すると十時半頃速水がやって来て、もうエイプリル・フールも終ったから、やって来給えって言うのだ。だから僕は君がすっかり白状したのだと思ってやって来たのさ。すると、反対に君がエイプリル・フールにかけられていたのだ。いや、実際君には気の毒な事をした」

小崎は真に痛まし相《そう》に友人の肩に手をのせて言った。その時、友人達の中《うち》から速水は手を差し延べて言った。

「君達は余りに注意が足らなかった。第一小崎君が悪い。君は夜具の中で突然曲者に襲われて、死体となって運び出される役だ。だから寝衣《ねまき》のままで隠れて居なければならない筈なのだ。然るに君は帽子を被《かむ》り、下駄をはき、御丁寧《ごていねい》に袴《はかま》まで着けて出た。第二に、あの部屋は余り作り過ぎた。あれだけの格闘をやれば、其の物音だけでも誰か目が覚めるだろうし又被害者にしても充分救助を呼ぶ余裕は有る筈だ。最後に、下から沢山の石膏細工の破片が出た。君考えて見給え。床を敷いて寝て居る処へ悪漢が忍び込んだ。そして格闘の時石膏細工が壊れた。其の破片が態々《わざわざ》床の下へもぐり込むかい。まあ其麽《そんな》事から僕はエイプリル・フールだなと思ったのさ。然し許して呉れ給え。僕はあんなにひどく裏を掻く心算《つもり》じゃなかったのだから」

河《かわ》獺《うそ》

一、お蔦《つた》の話

「河獺《かわうそ》が美しい若衆姿に化けて綺麗な娘の許に通った。と云う話が昔からよく有りますね。今の時世から考えて見ると馬鹿馬鹿しい話ですが、私も一つ恁麼《こんな》話を知って居ますよ。いや、実は私も其の事件の中に関係した一人《いちにん》なんです。何、其の話をして呉《く》れって、ええそれはしてもよござんす。然《しか》し何しろ三男の久三郎《きゅうざぶろう》の生れた年の事ですから、今から二十五六年も昔の事になりますよ。よござんすか、じゃあ致しましょうかな」

然《そ》う言って久作《きゅうさく》老人は、一寸《ちょっと》話の前後《あとさき》を纏《まと》めるらしく、其の幸福そうな顔をしばし恍惚《うっとり》とさせた。

久作老人は今でこそ出来のいい息子達のお蔭で安楽な其の日を送って居るが、若い時には決して楽な日を過した人ではなかった。故郷《くに》は丹波《たんば》の山奥で有ると云う事だが、其処《そこ》で三男の久三郎君が中学を出る頃までは、鋤鍬《すきくわ》を握って暮した人なのである。老人が今茲《ここ》に話そうとする事件も、其の頃に起った事だ。

「何しろ丹波の山猿だの山男だのと、諺《たとい》にも引かれようと云う処ですし、それに今から二十何年も昔に起った事ですから、今の貴方方《がた》から見れば、馬鹿馬鹿しくて本当に出来ない様な点も有るに違い有りませんが、少しも嘘偽《うそいつわり》のない処をお話しするんですから、其の心算《つもり》で聞いて居て下さい」

お蔦《つた》という娘が有った。

美しくて素直《おとな》しくて、それで居て仲々確固《しっかり》とした気性を持って居ると云うので、村中での褒めもので有った。山猿にも較べられ様という男達も、此の娘だけは何ともする事が出来なかったと見えて、十九の歳まで悪い噂一つ立てられた事のないと云う、其麼《そんな》土地には珍しい娘で有った。

尤《もっと》もそれは、お蔦の家が一軒だけ優れて高い位置に有ったという事も、手伝って居たには違いなかった。平藤《ひらとう》という姓を持った彼女の家は、土地でも指折りの分限者《ぶげんしゃ》で、平家《へいけ》の落人《おちうど》から始まって居るという其の家柄は、古い事に於《お》ては近村中でも第一等で有った。数代前の主人の時には、其の数奇《すき》を凝《こら》した客間に、一度ならず或る高貴の賓客《まろうど》を招待したという事で有った。お蔦の父親の代になってからは、昔の全盛に較べるとずっと下坂《くだりざか》になったと、昔を知って居る老人達はよく語って居たが、それでも広い地所と山が未《ま》だ残って居た。それに其の蔵ざらえでも仕様ものなら、怎麼《どんな》に珍しい物が出るかわからないという話で有った。

　とは云え、お蔦は其麼《そんな》事では決して幸福《しあわせ》ではなかった。彼女《かれ》は殆《ほとん》ど肉親の愛というものを知らない不幸な娘で有ったので有る。

　お蔦の母親は或る由緒正しい神主の家から嫁いで来たので有ったが、お蔦が未《ま》だ幼い間に、二人の子供を残して此《こ》の世を去った。其の後へ入込《いりこ》んで来たのが今のお蔦の継母《けいぼ》お福《ふく》である。

　お福はお蔦の母の様に立派な家庭に育った女ではなかった。彼女《かれ》は未だお蔦の母親が生きて居る頃から密《ひそか》に此の機会の来るのを願って居た女である。

お福が入込んで来た二年目に、お蔦の兄の宗太郎《そうたろう》が家出をして了《しま》った。お福が苛め出したのだと云う評判が専ら高かった。

　そして又お蔦が十六になった年、今は唯《ただ》一人の肉親である父親の宗右衛門《そうえもん》は、遺伝と酒の為に白痴同様に耄碌《もうろく》をして了ったのである。

　お蔦は斯《こ》うした家庭に育った娘である。

　然し彼女は斯うした境遇の中に在っても、決して世の常の継子《ままこ》の様にひがむと云う事を知らない娘であった。唯彼女《かれ》は斯うした環境の為に幾分娘らしさと云う物を失った。その代りに又彼女《かれ》は其の美しい天性の上に、更に多くの美徳を加える事が出来たのであった。お蔦は村の人々の喜ぶ事なら怎麼《どんな》事でもしてやった。だから彼女《かれ》を娘一人と侮って悪戯《いたずら》をする様な事は決してなかったので有る。

　斯うしてお蔦は十九になった。処が其の春から不意に悪い噂が村の人々の口にのぼる様になった。悪いといって嫁入り前の娘にとって是程有難くない噂は又とあるまい。

　と云うのは、お蔦には源兵衛《げんべえ》池《いけ》の主《ぬし》が魅入っている、としてお蔦は既に其の胤《たね》さえ宿して居るというので有った。

お蔦の村と隣村との境に大きな古池が有った。人々はそれを源兵衛池と呼んでいた。

百数十年以前、村の土民達が領主の圧政に堪えかねて一揆を起そうとして果さず、捕えられて重立った者十数人が一度に首を刎《は》ねられた事が有った。其の時、一夜にして領主の御用地が大池に化《か》して了った。それが源兵衛池であると昔から言伝《いいつた》えられて居た。

源兵衛池の辺《ほとり》には古びた稲荷《いなり》様の祠《ほこら》が有った。それは数ヶ村の百姓達の犠牲となって非業の最期を遂げた義民の首魁《しゅかい》源兵衛をまつってあると云うので、人々はそれを源兵衛稲荷と呼んで居た。

源兵衛池には昔から種々《しゅじゅ》の物凄い物語の数々が伝えられて居る。

池の中から人の啜泣《すすりな》く声が聞えるの、深夜水の中で火が燃えるの、又無数の首が浮いて池一面が血の海になったのと、数え挙げる段には際限のない程の沢山な気味悪い話が、親から子へ、子から孫へと、寝物語の話の種に伝えられて居た。

そして此の話が起った当時でさえ、人々は実際に、源兵衛池には一匹の年経た河獺が主《ぬし》として棲んでいると云う事を信じて居たのである。

其の河獺とお蔦との間に関係が有ると云うのだ。

「馬鹿馬鹿しい話ですが、今から二十五六年も昔には、人々はそんな事が有り得るものだと考えて居たんですね」

と、久作老人は語った。

「勿論、中には物の解った人もありまして、其麼《そんな》馬鹿げた事の有る筈《はず》がないと云う人も有りましたが、何しろ大勢の人々が信じ切っているのですから何《ど》うにも仕様がなかったんです。それにしても怎麼《どんな》処から恁麼《こんな》馬鹿な噂が立つ様になったかと言いますと、お蔦さんは毎夜そっと家を抜け出して、源兵衛池へ通って行《ゆ》くんです。怎麼《どんな》用事が有って行《ゆ》くのか、其処で何をして来るのか、それを知って居る者は一人も有りませんでしたが、お蔦さんが源兵衛池へ通って行《ゆ》くと云う事は確《たし》かだったんです。それに何人も見た人が有ります。現に私なども其の一人《いちにん》なんです」

それは春まだ浅い二月始めの或る夜の事で有った。久作老人――といっても未だ其の当時は若かったが――のお内儀《かみ》さんが急に産気附いたので、大急ぎで誰かを産婆の許へ走らせなければならなかった。其の当時長男の久太郎《きゆうたろう》君もまだほんの子供で、源兵衛池の側を通って隣村まで行《ゆ》かなければならない用事に、夜更けてから出してやる事は出来なかった。其処で結局いやでも老人自身が行《ゆ》くより他はなかった。

旧暦とはいえ二月といえば山国では未だ寒い。それにそぼそぼと冷い雨の降る夜で、久作老人は提灯《ちようちん》を濡らすまいと思って、幾度も重い傘を持ち変えなければならなかった。

久作老人も予《かね》てから源兵衛池の怪異を聞いて知って居た。彼自身はそんな事を信じ様とは思わなかったが其麼《そんな》真夜中に其処を通る事は決して気持ちの好い物ではなかった。何とも言い様のない淋《さび》しさに気が滅入る様に思われた。両側を竹藪《たけやぶ》で区劃《くぎ》られた細道の向うには気味の悪い伝説を持った古池のどす黒い水が、ぼつぼつ雨に波紋を画《えが》きながら静《しずか》な底光りを放っている。蛙《かわず》こそ鳴かないが道具は充分揃っていた。それに濘泥《ぬかるみ》の中を行く下駄の、泥をはねる音の淋しさと言ったら……。

突然久作老人は立止まった。そして素早く提灯の火を袖《そで》でかくした。彼は極《ご》く微《かすか》ながらも、誰かが竹藪を掻き分けて此処《こちら》へやって来るらしい気勢《けはい》を感じたので有った。老人は道傍《みちばた》に突立《つった》った儘《まま》、きっと其の方を覗《うかが》って居た。それは間違いではなかった。笹の葉擦の音と、枝を踏み折る音が段々間近くなって来た。

誰だろう、此の真夜中に、と老人は心の中で怪《あやし》んだ。そして、此の藪の向うには慥《たしか》に源兵衛稲荷がある筈だが……、そう考えた時老人は何がなし慄然《ぞっ》と寒気を覚えた。

其の途端、黒い影がふいに藪の中から跳出《とびだ》した。待構えて居た老人はいきなり其の黒い影に跳着こうとした。が、曲者《くせもの》の方はそれより早く、地の上に円く画かれた灯影《ほかげ》を見て、

「呀《あ》ッ」と叫ぶと蝙蝠《こうもり》の様に身を翻《ひるがえ》して逃げ出した。勿論老人は猶予《ゆうよ》なく其の後を追駈けて行った。

黒い影は竹藪の角を屈《まが》って、源兵衛稲荷の方へ逃げて行ったが、其の途中で到頭《とうとう》久作老人の為に捕えられて了った。

老人はすかさず其の顔へ提灯を差しつけた。が今度は曲者より老人の方が吃驚《びつくり》して了った。

「お嬢さん！」

と久作老人は叫んだ。実際それは平藤の一人娘お蔦で有った。

　お蔦は頭からずぶ濡れになって居た。髪の毛がきらきらと光って其の蒼白い顔は物凄い様《よう》で有った。

「久作さん？」

　お蔦は未だ治まらない胸の動悸に、息を喘《はず》ませ乍《なが》ら然う言った。

「ええ久作ですが一体お前さんは何《ど》うなすったんです、其麼態《そんななり》で」

　然う言われてお蔦は始めて自分の体を見廻した。そして目を上げると、哀願する様に久作の顔を見た。

「何か訳が有るなら言って御覧なさい、可哀想に、此の寒いのに寝巻き一枚《ひとつ》で」

　老人は優しく然う言って側へ寄って行《ゆ》こうとした。然し其の途端、女はすらりと老人の側をすり抜けると今来た方へばたばたと逃げて行った。老人は余り不意の事に、呆気に取られてぼんやりと其の後姿を見送っていた。追い駆ける勇気もなく……。

「其麼《そんな》事が有ってからも、お蔦さんが源兵衛池へ通って行《ゆ》くという噂は益々高くなって来ました。私も一度彼麼《あんな》事が有ってからは、前の様に真剣になってお蔦さんを弁護してやる事は出来なくなって了いました。まさか河獺と関係《わけ》が有るなんて、其麼《そんな》馬鹿な事を思やしませんが、何《ど》うも腑に落ちない処が有るので、真面目《まじめ》になって同情してやる気にはなれませんでした。私は、最初、継母《ままはは》に苛め出されて仕方なしに彼《あ》の四辺《あたり》を歩き廻っているのじゃないかと考えて居たんですが、よく考えて見るとそんな事がそう毎晩有る筈が有りませんし、それに何も好んで彼麼《あんな》気味の悪い処をよって歩かなくってもいい訳です。其の気味の悪いのも厭《いと》わない処に、何か曰《いわ》くが有り相《そう》なんです。若い女がそんなに大胆になるのは一体何だろう。私は其麼《そんな》風にも考えて見ました。

　恁麼《こんな》噂が高くなるにつれて、継母《ままはは》の虐待《ぎゃくたい》も一層苛《ひど》くなるらしく、お蔦さんはいつでも、泣き脹《は》らした目で暮して居ましたが、それにも拘《かか》らず矢張り夜更けて家を抜け出す事を思い切らない様でした。

　恁麼《こんな》有様は二月の終り頃まで続きました。

　処が或る朝、たしか二十七日の朝だったと思いますが、お蔦さんが到頭死んでいるのが発見《みつか》ったんです。それが又、源兵衛池の中に死体になって浮いて居たのですから、世間の口が五月蝿《うるそ》う御座いました。

そら、到頭河獺に引張り込まれた、と人々は囁《ささや》き合って居ました。そんな事は無論問題にはなりませんが、兎《と》に角《かく》お蔦さんの死が自殺でない事だけは慥《たし》だったんです。水に溺れる前に絞め殺されて居たものに違いないと医者も言って居ました。

其の当時は此の話でひどい騒ぎでした」

二、妙念《みょうねん》の話

妙念《みょうねん》という若僧が有った。清行寺《せいこうじ》と額《がく》の上《あが》った寺の中に、道徳堅固に清く行い澄して居た。年も二十二で浮世絵から抜出して来た様な美しい僧形を持って居た。剃《そ》りたての頭の青々とした彼の若僧姿は、托鉢《たくはつ》に出る度に村の若い娘の浮気心をそそった。言いよる娘も少《すく》くはないという事で有ったが、其麼《そんな》事で堕落する程彼の志操は弱いものではなかった。

其の頃、彼は未《ま》だ剃髪《ていはつ》してから漸《ようや》く二三年にしかなって居なかったが、それに拘らず住持《じゅうじ》の彼に対する信用と寵愛《ちょうあい》は非常なもので、

「今に妙念は立派な知識になります」

と、住持は会う人毎に誇らしげに然う語って居た。

だから檀家《だんか》の人々から寺へ何か頼みに来る時も、「妙念さんにも是非」という言葉を加えなければ、住持の機嫌が悪かったので有る。

「実は其の妙念というのは私の甥《おい》なんです」

と、久作老人が語った。

「俗名は健一《けんいち》といって、私の兄の子なんです。兄夫婦は村で流行《はやり》風邪が有った時、揃って死んで了いました。其の時健一は中学の二年でしたが、学校は非常に好きでしたし、それに出来もよかったので、今更止《よ》すのも惜しい物だと思って、私が苦しい中から学資を拵《こさ》えてやりました。処がいざ卒業という間際になって急に学校がいやになったと言って帰《か》えって来ました。そして誰にも相談をせずに隣村の清行寺へ行って出家して了ったんです。無論其の当時、私達は種々と意見をしましたが、本人が何《ど》うしても聞かないので到頭其の望《のぞみ》に任せる事にしました。中学を出ても其の上の学校へ行《ゆ》ける当ては有りませんし、それに他の事と違って出家すると云うんですから、亡くなった兄夫婦の為にも其の方が好《よ》かろうと思って許した訳なんです」

其の妙念が、お蔦の死骸の浮き上った朝、頭痛が

すると言って、今迄一度も欠かした事のない朝のお勤めにも起きて来なかった。そして作男の多助《たすけ》が何気なくお蔦の死んだ事を話すと、真蒼《まつさお》になって夜具の上に起き上ったと云うので、住持の観溪和尚《かんけいおしよう》は一《ひと》方《かた》ならず心を痛めた。まさかとは思うが弟子と思う身には気がもめた。

「未だ若いのだもの、それに女に騒がれる様に生れついて居るのだから……」

　和尚は然う考えると決して弟子を非難する気にはならなかった。と云って若《も》し和尚の考えている様な事が事実なら、出家の身として許《ゆ》るされる可《べ》き事ではなかった。

　和尚が其麼《そんな》風に気を痛めて居る処へ、恰度《ちようど》よし、久作老人が尋ねて来た。

「一寸此方《ちよつとこちら》に用事が有りましたので、是れはほんの不味《まず》い物ですが……」

　然う云って和尚の好きなおはぎの重詰を手土産《てみやげ》に持って来た。

　二人の話は自然とお蔦の事件の方へ流れて行った。和尚は暫《しばら》く何気ない態《てい》で其の話に時を移して居たが、機会を見てふと言葉を改めて言った。

「貴方は実にいい処へ居入《いらし》った。実は聞いて戴《いただ》きたい事が有るので……」

　和尚は然う云って今朝からの心配事を残らず打開けた。

「よもや其麼《そんな》事はなかろうとは思うが、何しろ若い者の事だから……。それに大分前から変だ変だと思って居たんです。始終そわそわとして落着がなかったり、又夜そっと抜けて出るらしい事も一度や二度ではない。現に昨夜《ゆうべ》等も……」

　然う云って和尚は四辺《あたり》を憚《はばか》る様に口を噤《つぐ》んだ。

　久作老人も始めて聞いた甥の不埒《ふらち》に吃驚《びつくり》して了った。

「それじゃ何かお蔦さんと……」

「さあ、確な事はよく解らないのですが、何《ど》うも然うじゃなかろうかと思い当る節が沢山有るので……」

　其麼《そんな》話を聞くと、久作老人も叔父の身として驚かない訳には行《ゆ》かなかった。出家の身として大胆にも女犯《によぼん》……。考えても忌《いま》わしい限りで有った。

「それじゃ一寸容子《ようす》を見て来ますから」

　久作老人は然う言って座を立った。

老人が次第によっては強《こわ》い意見の一つも加えなければなるまいと考え乍ら、妙念の部屋を訪れた時、彼は何か慌しく夜具の中へ匿《かく》した様に見えた。然し老人はそれを強いて見ようとは思わなかった。

　妙念は床の上へ起き直って居たが、今しがた其処で食事をしたらしく、枕元にはお膳だの飯櫃《おはち》だのが竝《なら》んで居た。

「つい風邪を引いて了ったものですから」

　と妙念は叔父の顔を見ると、言訳らしく然う言って淋しげに微笑《ほほえ》んで見せた。其の何とも言い様のない淋しそうな笑顔を見ると、老人はいつでも痛々しい様な可哀《かあい》い様な感情《こころ》で一杯になるので有った。

「それで、もう好《い》いのかい」

「ええもう大丈夫なんです。今起きようと考えて居た処ですから」

「そうかい、それは好《よ》かった。然し風邪は恐しいから気を付けて精々用心しなきゃいかん、お前のお父さんやお母さんも風邪で取られたのだから」

「ええ」

　妙念は目を伏せて微《かすか》に頷《うなず》いた。

　老人はそれを痛々しげに見守って居た。妙念は平常《いつも》よりは少し蒼白い顔をして居たが其の他《た》に別に変った処はなかった。

　老人は何《ど》う云う風にして其の話を切出そうかと焦り乍らも、口では全く別な事ばかり喋《しゃべ》って居た。

「お蔦さんが死んだそうですね」

　暫《しばら》くすると妙念の方から然う切出した。

「然うさ、村は大騒ぎをしているが、それに就いて私《わし》はお前に少し話し度《た》い事が有るのだ」

「はあ」妙念は膝《ひざ》の上に置いた手を嬲《なぶ》りながら真妙に然う答えた。

「和尚さんは、お前がお蔦さんと何か関係が有る様に仰《おつしや》るのだがそれは本当の事かね、和尚さんは斯う仰るのだ……」

　然う言って久作老人は和尚から聞いた話をして聞かせた。妙念は静にそれを聞いて居たが、叔父の話がすんでも仲々口を開こうとはしなかった。

「和尚さんが其う仰るのは無理は有りませんが……」暫くしてから妙念は静に然う言った。「然し私……」

　然う言ったが終《しま》い迄言って了う勇気がなかった。

　彼は涙ぐんだ目を上げて老人を見た。

「それじゃお前、是れは本当の事かい」

「ええ」と妙念は頷いた。

「何、本当だ」と老人は吃驚《びっくり》した。「それじゃお前は忌わしい女犯を……」

「それは違います叔父さん」妙念は慌てて遮《さえぎ》った。

「それじゃお前は何の為に夜抜けて出るのだ」

然う聞かれると妙念は、何とも答える事は出来なかった。

「私を信じて居て下さい叔父さん、私には決して疚《やま》しい処はないんです。理由《わけ》は又後《のち》に話す時が来るだろうと思いますが、それ迄は何にも聞かないでおいて下さい」

妙念は是れ以上頑として語らなかった。

久作老人が不安な気を抱《いだ》いて山門を出たのは、もう四時過ぎで有った。門前の大きな銀杏《いちょう》の裸木《はだかぎ》には、無数の烏《からす》が止って不吉な声を立てて居た。山国は殊に雲の行来《ゆきき》の慌しき心地せらると古《いにしえ》の作者の書いた空を仰いだ時、老人は何かなしにほっと溜息を吐《は》いた。

久作老人はもう一軒寄らなければならない家が有った。彼は其処で晩飯を御馳走《ごちそう》になったが、何彼《なにか》と話に花を咲かせている内に、思わず時を費して其処を出たのは八時過ぎで有った。主《あるじ》が提灯を出そうと云うのを
「何、いい月夜ですから」

と無理に断って出たので有った。

老人が言った通り、からりと美しく晴れた夜《よ》で、満月に近い月の光りに遠い処まで、水の中に浸って居る様に美しく見えた。老人は銀色《ぎんしょく》に光っている道に冷く画き出された自分の影法師を踏み乍ら黙々として歩いて居た。彼の胸は甥の事を考えて居るので暗く重苦しかった。

勿論老人は甥を信用して居た。然し未だ若い者の事だからと云う不安が直ぐ其の次に顔を出した。道々老人は恁麼《こんな》事を考えて居たが、ふと行手に源兵衛池の横《よこた》わって居る事を考えると、何だか無気味な心持がした。此の前の時とは違って其の夜《よ》はいい月で、無気味な古池の姿がはっきり見えるだけ、一層気持が悪かった。老人は古池の側の細い径《みち》をすたすたと一心に歩いていた。くっきりと聳《そび》えた源兵衛稲荷の森が段々近くなって来た。それを見るにつけて老人には此の間の夜《よ》の事が思い出されるので有った。

老人が源兵衛稲荷の直ぐ前迄来た時で有った。彼の鋭い耳は誰かが向うからやって来るらしい足音を早くも聞きつけた。老人はそれを聞くと反動的に傍《かたわら》の木の影に身を陰《かく》した。

足音は次第に近くなって来た。そして遂に老人の眼の前に其の姿が現れた。月に照らされた其の僧形の姿を見た時、老人は吃驚《びっくり》して声をかけた。

「妙念‼」

妙念は驚いて立止まった。然し其の瞬間叔父の姿を其処に認めた時、彼は物も言わないでずたずたと馳け出した。

久作老人は硬直した様に其の後姿を見送って居た。丁度其の時で有った。ふと振り返《か》えった眼を鋭く射た物が有った。老人は吃驚《びっくり》して大声を上げると一散に馳け出した。

源兵衛池の中に火が燃えて居たので有る。水の中にぼうぼうとして火が燃え上って居たので有る。

「お福さんが殺されたのはそれから一週間程後《のち》でした。ええお蔦さんの継母《ままはは》のお福が殺されたんです。

それはお蔦さんの初七日の晩でした。其の日は朝から苛い嵐でしたが、夜《よ》に入《い》ってからは源兵衛池の唸《うなり》迄混ってそれは気味の悪い夜《よ》でした。貴方方《がた》は御存じないかも知りませんが、古い池になると嵐の晩などによく不思議な音を立てるものです。それは聞いていると実に物凄い声で、啜泣《すすりな》いている様な、怨《うら》んで居る様な怒《いか》って居る様な、慄《ぞっ》然とする様な声なんです。お福さんは其麼《そんな》晩に殺されたんです。犯人は判りませんが、縁側で咽《のど》を絞められて死んで居たんです。其の時まで座敷の方では可《か》なり大勢の人々が御詠歌《ごえいか》を上げて居たんですが、嵐の音で少しも気が付かなかったんですね。お蔦さんの事件が未だ片附かない間に又此の事件ですから、警察でもそうそう放っておく訳にも行《ゆ》かなくなって本部の方から刑事の応援がやって来たりしました。お福さんの亡くなった翌《あく》る朝、刑事が犯人の足跡らしい草鞋《わらじ》の後をつけて行《ゆ》きましたが、それが何《ど》うでしょう。源兵衛池の側まで来て消えて居るんです。其の話を聞いた時ばかりは私も慄《ぞっ》然としました。此の間の晩に見た怪しい火といい、遉《さすが》の私も御幣《ごへい》がかつぎ度《た》くなって来ましたね。然し幸い妙念の事は刑事も気が付かなかった様でした。何でも和尚の心配で一室を出られない様に厳しく申渡《もうしわた》されたそうです。本人はそれに大分不服が有った様でしたが私はそれを聞いて安心しました。

　刑事は大分綿密な調査をやって居た様でしたが何にも解らない様でした。

三、お米《よね》の話

　お米《よね》という娘が有った。山番の一人娘で、年は二十の、美しい娘で有った。黒眼の勝った大きな眼と、牡丹《ぼたん》の花弁《はなびら》の様な唇を持った、見様によっては随分蓮葉《はすは》にも見え様という、非常に明るい、派手な容色《きりよう》の持主で有った。桃割《ももわれ》のよく似合う娘で、いつもきちんと大きなまげに結って居た。そして滅多に白粉《おしろい》の香《か》を断やした事のない娘で有った。

　山番夫婦にとっては、此の美しい娘が何よりの宝で有り掌《しょうちゅう》中の珠で有った。

「鳶《とび》が鷹を生んだ様だ」という影口を聞いても彼等は決してそれを悪くは思わなかった。それ程彼等は自分等の事はさておいて娘の美しいのが誇らしく有ったので有る。だからお米の云う事なら怎麼《どんな》事でも通らないという事はなかった。出来るならば娘の為には琵琶湖《びわこ》から生魚《なまうお》でも取寄せ様という夫婦で有った。従ってお米は村一番の気随者《きずいもの》として大きくなったので有る。

「たかが山番風情の娘だ。彼《あ》の態《なり》は一体何《ど》うしたというんだろう」と眉《まゆ》を顰《しか》める人も有ったけれど、そんな事は山番夫婦にとっては嫉《ねた》みとしか思えなかったので有った。

　お米が十二の歳で有った。

　其の年は滅多にない豊年で有ったので、村では盛んな豊年祭が催された。そして村の若者達の草相撲《くさずもう》が評判になった。或る日美しく着飾ったお米は両親に護られて其の相撲を見物に出懸《でか》けた。山番夫婦にとっては其麼《そんな》事が一番楽しみで有ったのだろう。彼等は自分の娘をよく見せる為には、自分等が下男に見え様が乳母《うば》と思われ様が其麼《そんな》事には一向頓着のない夫婦で有った。行き違う人々が皆一度振返えって娘を見るのを見て彼等は訳もなく悦に入《い》って居た。

　然し残念な事には幾ら美しく着飾っていてもお米は矢張り貧しい山番の娘で有ったので、厭《いや》でも薄穢《うすぎたな》い百姓達と一緒に隅の方へ坐《すわ》らなければならなかった。幼いお米は憧れの目を上げて桟敷《さじき》を眺めた。そして其処に自分よりも一層美しく着飾ったお蔦の姿を見た時、彼女《かれ》は幼いながらも言い様のない屈辱を感じたので有る。

「お蔦さんと一緒なら私は何処へも行《ゆ》きたくない」

と其の夜《よ》帰宅してから、お米は然う言って夜中《やちゅう》泣き続けたという。

それ以来お米は決してお蔦とは口を利かなかった。段々年がいってお針の師匠へ通う様になった時も、お米は、

「お蔦さんが居るからいやだ」

と一ヶ月もたたない間に止《や》めて了った。其麼《そんな》時でも山番の夫婦は決して娘の気に逆らおうとはしなかった。

「もっともだ、俺に金が有れば平藤のお嬢さんにだって決して負《ひ》けは取らしはしないものを」

と山番は言った。

田舎《いなか》では子供が早く成熟する。

殊にお米は美しい娘だけに、十六にもなると早様々な噂を立てられ始めた。そして二十になる迄には幾人という男と浮名を立てられて居た。彼女《かれ》は自分の美しい事を充分よく知って居たので男なんてものを何とも思って居なかったので有る。夜遊びや男の家に泊って来る事は、彼女《かれ》にとっては平気で有ったので有る。それは山番の夫婦が然う云う風に育てて了ったのだとも言えよう。

然しそれでも十八九にもなると可《か》なり沢山の縁談が有った。中には今までの悪い噂を承知で貰おうという熱心なのも有ったがお米は其麼《そんな》話には耳も貸そうとはしなかった。

「土臭い百姓を亭主に持つなんて私いや」

と彼女はにべなくはね着けた。親達もそれを尤もだと思った。其の癖彼女《かれ》と噂を立てられた男は皆其の土臭い百姓で有ったが……。

斯うして到頭お米は二十の春を迎えて了った。逗《さすが》の親達も段々心配になって来た。其処へ又更に心配な種がふえた。それはお福が殺されて大騒ぎをして居る頃で有った。

「此の頃何《ど》うもお米さんの容子が可怪《おかし》い様じゃないか、又源兵衛池の主《ぬし》と違うかい」

「何《ど》うも然うらしいぞ。お蔦さんの二の舞だが、河獺様も又気の多い」

其麼《そんな》噂を聞くにつけて山番の夫婦は娘の事が気に

なり出した。然う聞くと娘の此の頃の容子が少し怪しい様に思われる。夜遊びはいつもの事だが、此の頃のは少し何《ど》うも変だ。恁麼風《こんな》に夫婦はひそひそと囁《ささや》き交した。そこで或る日二人してそれとなく娘に意見をして見た。近頃は物騒だから少し夜遊びを慎んでは何《ど》うかと。然し生憎《あいにく》な事には、彼等は自分等の云う事を素直に聞く様に娘を育てては置かなかった。お米は鼻先でふふんと笑った。

「老人《としより》の取越苦労程いやな物はないよ」

と彼女《かれ》はたからかに嘲酸漿《かみほおずき》を鳴らして居た。

然う言われると気の弱い夫婦には二の句が継げなかったので有る。

其の後《のち》もお米の夜遊びは仲々止《や》みそうにもなかった。そして河獺の噂は再び高くなって来た。

「一の小町《こまち》がすんだから今度は二の小町だ。やれやれ容色《きりょう》よしに生れた娘の気の毒な」

と、其麼事《そんな》を言う者も有った。事実、お米が夜更けて源兵衛池の畔《ほとり》を歩いて居るのを見た者は何人も有ったので有る。

其麼《そんな》話を聞くと山番の夫婦は躍起となった。娘には内密《ないしょ》で名高い修験者に御祈禱《ごきとう》をして貰ったりお守札《まもり》を戴いたりしたが、結句《けっく》何もならなかった。

或る夜《よ》父親は、娘の出て行った後をそっとつけて行った。娘は小さな風呂敷包みの様な物をかかえて居たが、後も見ずにすたすたと径を下って行った。予《かね》て覚悟はして居たものの、娘が段々源兵衛池の方へ近着いて行《ゆ》くのを見ると、山番は言い様のない不安に襲われて、幾度か娘を呼び戻そうかとも思ったが、然し娘の気に逆う事の一番恐い彼は、矢張り知れない様にそっと附いて行く方が安全だと考えたので有った。

お米は坂を下《お》りると左の方の径を取った。もう源兵衛池へ行くのだという事は疑いもなかった。山番は其の姿を見失わない様に速力を速めなければならなかった。其の為に一度は気付かれやしなかったかとはっとした事も有ったが、幸い気付かれる事なしに其の後をついて行《ゆ》く事が出来た。

処が何《ど》うしたものか、源兵衛池の側まで来た時、彼はふと娘の姿を見失って了った。彼は稲荷様の祠の中を窺《のぞ》いて見た。然し其処には五六本のお蠟燭《ろうそく》が消えかかって居るだけで、人らしいものの姿は見えなかった。彼は祠の裏へも廻って見た。然し其処にも見えない。彼は其処らに匿れる様な処は別に有り得ない事を知って居たので、だんだん不安に感じられて来た。彼が娘の姿を見失ったのはほんとに一瞬間の事で有った。娘が源兵衛稲荷の角を曲るのを見た。そしてそれから遅くとも二分間後には彼も其の曲り角の処まで来て居た。併《しか》し其の時既に娘の姿は見えなかったので有る。

彼は狐に抓《つ》まれた様な顔をしてぼんやりと其処に立って居た。

其の時突然、

「助けて……、人殺しッ」

と云う女の声が山番の耳を貫いた。それは確に娘の声に違いなかったので、彼ははっと吃驚《びっくり》した。彼は我が子可愛さに慌てて馳け出したが、さて何処へ行っていいものか判らなかった。何だか地の底からでも有った様だし池の中からでも有った様に思えた。彼はてっきり池の中だと考えた。

「お米‼　お米‼」

と父親は池の畔をぐるぐると走り乍ら、気違いの様に叫んだ。然し静な池の中から何の声も聞えて来ない。

「河獺の野郎、畜生、河獺の畜生‼　娘を返《か》えせ」

と、山番は夢中になって叫んで居たが、ふと恁麼《こんな》事をして居る場合じゃないと気が付いた。然う気が付くと彼は一散に馳け出した。

幸い一番近くの家の戸を叩くと直ぐ起きて出て呉れた。そして彼の話を聞くと、

「よしッ」と叫び乍ら血気盛りの息子が跳び出して来た。其処へ無尽《むじん》の帰えりらしい五六人連れがやって来て、彼等も山番の話を聞くと同情と好奇心とで一緒に娘を捜して呉れる事を諾した。

多人数となると気が強くなる。彼等は各々《めいめい》にお米の名を呼び乍ら提灯を振り廻した。其麼《そんな》事をして居る処へ誰が知らせた物か夜《よ》の晩《おそ》いのにも拘らず段々人が集まって来た。中には炬火《たいまつ》を用意して来た気の利いたものも居た。

「其麼《そんな》事をして居たってとても駄目だ、舟を出すんだ舟を」と誰かが叫んだ。

「私も其の中に居て見て居ましたが、そりゃ凄い様《よう》でしたよ。岸に立って居る人々は皆、舟と一緒に動いて居る炬火の影と一心になって見詰めて居るんです。そうなると誰も口を利くものなんか有りません

ね、何か報告《しらせ》が起るのを今か今かと待って居るんです。人間て妙な者で、報告《しらせ》が有れば碌《ろく》な事はない、大抵死骸が見つかった時に違いないとは思いながらも、其の報告《しらせ》を今か今かと待遠がって居るんですね。然し其の夜《よ》は到頭死骸は上がりませんでした。見つかったのは夜《よ》の引明け頃で、お日様が上がると同時《いっしょ》に棒杭に引懸《ひきかか》って居るのが発見されたんです。

　山番の重助《じゅうすけ》さんの悲しみは、それは見て居ても気の毒でなりませんでしたが、それより恐しかったのは、お米さんが又溺死じゃなくて絞め殺されて居たという事が判った時です。斯うなると河獺説がだんだん勝《かち》を占めるのも無理は有りません。斯《か》く云う私も其の時ばかりは迷わされましたね。お上《かみ》の方でも余り度々の事件なので、一時大増員《だいぞういん》をやって捜索に熱中して居ました。然しそれは結句何にもならなかったんです。ええ事件の真相は判る事は判りました。然しそれは警察の力ではなく、放って置いても自然に判る様になって居たんですね。是れから其のわけをお話し致しましょう。然しまあ其の前に一服させて下さい」

四、久作老人の話

「お米という娘がなくなってから、源兵衛池の畔に時々怪しい者が出没する様になりました。正体は何だか判らないんですが、闇の夜《よ》などに其の四辺《あたり》を通ると、わけもなく怪しい者が跳びかかって来るんです。二三日後には池の近くの家《うち》まで襲って来る様になりました。襲われた人々の話によると、人間だか猿だか判らない様な怪物だと云うんです。此の噂の為に一時夜《よ》の往来は杜絶《とだ》えて了って、何処の家でも安心のならない夜《よ》を過《すご》したものです。処が慥《たしか》に三月の十一日の夜《よ》だったと思います。お米がなくなってから五日目の夜《よ》でした、其の怪物が到頭張込んで居た刑事の為に捕えられて了いました。其の正体を聞くと驚くじゃ有りませんか、平藤の長男の宗太郎だったんです。そら、前にも、お蔦さんの兄が継母《ままはは》に苛め出されたと言っておいたでしょう。其の兄の宗太郎だったんです」

「へへえ」と私は思わず口を入れた。「それが又何《ど》うして其麼《そんな》事になったんです。其奴《そいつ》が三人の女を殺したんですか」

「いや、皆と云うわけじゃないんです。まあ追々と話しますから黙って聞いて居て下さい。宗太郎というのは小さい時に家出をしましたが、五六年も方々を徘徊《うろつ》いて居る間に、到頭一人前の不頼漢《ならずもの》になって了いました。そして些細《ささい》な事から人を殺したというので、十二年という長い刑を課せられたんです。処が未だ若い者の事ですから、其麼《そんな》長い刑の無事に勤まる筈が有りません。到頭監獄を破って逃げ出して来たんです。処が出たは出たものの行《ゆ》く処が有りませんから、止《や》むなく幾年ぶりかに生れ故郷へ帰えって来ました。然し故郷《くに》へ帰えったとて其麼《そんな》体ですから行《ゆ》く所のないのは当然でさあね。結句仕方なしに肉親の妹にだけそっと会ってわけを話す事にしたんです。処がお蔦さんの方では前にも言った様な事情で、肉親と云うものに餓《かつ》えて居た処ですから、もうわけもなく兄の云う事を聞いて了ったんです。宗太郎は幸いにも適当な匿場《かくれば》を知って居ました。それが即ち源兵衛池なんです。私などもよく幼い時に、源兵衛池の横には抜け穴が有ると云う話を聞いて居ましたが、其麼《そんな》ものが実際に在る物だとは誰も思ってはいなかったんです。処がそれを宗太郎は知って居たんです。大方《おおかた》家出をする前に何かの拍子で知ったのでしょう。其の抜穴と云うのは源兵衛稲荷の祠の中から続いて居て、一方の口は源兵衛池の崖の真中《まんなか》頃に開《ひら》いて居るんです。それが実にうまく出来て居て、直ぐ側まで行っても穴だなんて気が付かない様に出来て居ました。宗太郎は暫く其処に匿れる事にしました。そして食物《たべもの》はお蔦さんが毎晩運んで行《ゆ》く事にしたんです。無論二人が一生懸命になってやって居た仕事なんですが、実に巧くやって居たもので、殆んど半年にも近い間を誰もそんな事には気が付かなかったんです。処が此処に二人だけ其の事実を知った者が有りました。その一人《いちにん》が妙念なんです。妙念は隣村迄托鉢に出懸けて夜遅く源兵衛池の側を通る様な事が度々有りましたので、ふとした機会から何《なに》も彼《か》も知って了ったんですね。処が何しろ血の気の多い若い者の事ですし、それに彼《あ》の子は幼《ちいさ》い時から至って感情に走り易い子でしたので、事情を打開けられると却ってすっかり同情して了ったんですね。それでお蔦さんの方の都合の悪い時は自分が代って食物を持って行ってやろうという様な事に迄なったんです。然し、妙念の方は男ですしそれに出家の事ですから、夜晩《おそ》く彼麼《あんな》処を歩《あ》るいて居ても別に誰も何とも思やあしません。然しお蔦さんの方は何しろ女の事ですし、それに今迄素直《おとな》しいで通って居たんですから忽ち変な噂が立てられる様になったんですね。処がもう一人の此の秘密を知って居る者というのが即ちお米だったんです。お米の様な女が長い間何も喋らなかったと云うのは一寸不思議に思われますが、彼《あ》の女が口外しなかったには或る理由《わけ》が有るんです。と云うのはお米は予てから妙念に気が有ったんですね。そこでよく妙念が知って居たもんですから、いい加減な事を言い乍ら女の口を閉じさせて居たんです。

処が怎麼《こんな》事をしている間《うち》にお蔦さんが亡くなった。そして妙念は和尚の監視が厳重なので一室《ひとま》から出られなくなって了いました。斯うなると宗太郎の処へ食物を持って行《ゆ》く事の出来る者はお米だけなんです。其処で妙念は又いい加減な事を言って女を喜ばせておいて、さて此の厭な仕事を承知させて了いました。勿論お米だって怎麼《こんな》事は厭で有ったに違い有りませんが、其の時分競争者のお蔦さんも亡くなって段々妙念が自分の物になりそうに思えたので、精々男の機嫌をとる心算《つもり》で厭な仕事も引受けたと云う訳なんです。

処が又一方宗太郎の方です。宗太郎だって未だ若いんですし、それに半年程も仙人の様な生活をして居るんです。其処へ若い美しい女が親切にして呉れる、変な気を起さない訳にはゆきませんやね。其の結果到頭女が自分の意の儘《まま》にならないというので殺して了ったんです。是れが此の男の破滅の原《もと》になったんですね。素直《おとなし》くさえして又時期《おり》を見て逃げ出せば安全だったんでしょうのに、なまなか其麼《そんな》気を起した為に、食う物にも困らなければならなくなって了った。その結果禁制の世の中へ暴れ出して来て、到頭つかまえられる様な事になって了ったんですね。然しまあそれでいいんですが、世の中ってうまく出来上ったものです」

「然しお蔦という娘や其の継母《ままはは》は一体誰に殺されたんです」

「ああ、それですか、それは斯うです。お福は余り村の評判が八ヶ間敷《やかまし》いので、有る晩そっと娘の後をつけて行ったんです。そして娘が源兵衛池に向って何か相図《あいず》をして居るのを見たものですから、直ぐに追着いて娘を捕えました。そして二言三言言い争って居る間に日頃から憎い憎いと思っていたものですから、つい手が廻って娘を絞め殺して了ったんですね。勿論娘の息が絶えた時は驚いたには違いありませんが、根が大胆な女ですから娘の死骸を池の中へ突落しておいて知らぬ顔の半兵衛《はんべえ》を極《き》め込んで居たんですね。処がうまい工合に人々はそれを河獺の為態《しわざ》に違いないと信じて了った様なので、内々会心の笑みを洩して居ました。処が悪い事は出来ない物で、誰《たれ》知るまいと思って居た事を、全部妙念が見て居たんです。妙念は其の翌日食物を持って行った時、宗太郎に委細の話を致しました。是れで宗太郎が憤《おこ》らない筈は有りません。其処で到頭前にも言った様に、お蔦さんの初七日の夜《よ》に忍び込んで継母《ままはは》を殺して了ったんです」

然う云って久作老人は語《ことば》を切った。

「実に不思議な話ですね」と私は暫くしてから言った。

「然し宗太郎と云う人が破獄したという事が判ってるんですから、お蔦さんと云う娘の不思議な行為に就いては少し位想像のつきそうな物ですね」と私は言った。

「それが判って居なかったんです。というのは、宗太郎は家出をしてからは決して平藤と云う名を用いなかったし、それに生国《しょうごく》も絶対に口外しなかったのだそうです。ですから破獄した当時も、恁麼《こんな》風の破獄囚が此方《こちら》へ入《い》り込んで来たらしいと云う事を一寸知らせて来ただけで、特別な注意は払おうとはしなかったんです。私達にしてもそれがよもや宗太郎だなんて夢にも想像していなかった事なんです」

「成程、それで其の男は其の後何《ど》うなりました」

「何しろ二人も殺しているんですし、それに前科も有った事なんですから、生きて居《お》れば軽くても終身位《くら》いはやられたに違い有りませんが、未決に居る間に気が狂って自殺をして了いました。親も白痴同様ですし、息子は其麼《そんな》有様なんですからそれも何かの悪業だったんでしょうね。妙念ですか、彼《あ》れは却って此の事件のお蔭で益々身を堅めまして、今では立派な知識になって居ります。其の後師《し》の坊《ぼう》の名跡《みょうせき》をついで観渓と改めましたが、今では××寺《じ》に居ります」

私は新聞などでよく見る彼《あ》の観溪上人《しょうにん》が久作老人の甥で有る事を其の時始めて知ったので有る。

画室《アトリエ》の犯罪

　此《こ》のお話はもう二十年も前に起った事件である。言わば是《こ》れが私の初陣の功名であり、此の事件の思いがけない成功が、私を、今日《こんにち》の此の職業に引摺込んだ導火線とも言える。其の意味に於《お》いて、是れは私にとって、最も忘れがたい事件の一つである。

　講談で有名な大久保《おおくぼ》彦左衛門《ひこざえもん》の初陣の功名は、確か十六歳の時であったと思うが、それに較べると私のは、殆《ほと》んど十年遅れていた訳で、当時、私は二十五歳であった。其頃、此の大阪に一人の従兄《いとこ》が住んでいたのでそれを頼って、私は故郷《くに》から飛出して来て、そこに半年余りも厄介《やっかい》になっていた。此の従兄というのは、私より十二三も年上で、其の頃既に女房もあり、子供もたしか二人程あったと思う。そうでなくとも、余裕のないきりつめた生活をしていた所へ、私という、好《い》い若者がふいに飛入りをしたものだから、世帯《しょたい》は余程苦しかったに違いない。でも従兄も従兄のお神さんも、お揃いの好い人物だったので、長い間、苦い顔一つ見せるでなく、よく私の面倒を見て呉《く》れていた。

　前にも言った通り、当時私は二十五にもなっていたが、田舎《いなか》の中学を途中で止めたきり、何一つ是れと言ってまとまった仕事をするではなく、ぐうたらな生活ばかりを続けて来ていたので、大阪へ出て来たとて、中々、おいそれと思うような就職口がある訳ではなかった。自然と従兄に頼って、彼が働いている、其の方の口へでも入れて貰《もら》えまいかと思うようになった。言い忘れたが、其の従兄と云うのは、E——署に務めていた、相当幅の利く刑事だったのである。其の頃の彼は、私などとは違って、そうした職業に特別の興味を持っていた訳ではなく、言わば活きんが為《た》めに、しょうことなしに其の職業を続けていたに過ぎなかったので、彼自身がそうした職業に這入《はい》っている事すら後悔していたところだったから、私までがそれと同じ道を辿ろうとする事は、言う迄もなく、頭から不賛成であった。其処《そこ》に、自然と面白くない小競合《こぜりあい》が起った。従兄は始終、困ったというように顔を暗くして、成るべく私と顔を合さないようにするし、私はまた私で、従兄が自分の出世の道を阻んでいるのだという風に、故意《わざ》とひねくれた考えかたをするので、一家の中は兎角《とかく》険悪になり勝ちであった。

丁度、こうした雲行の最中へ、あのS町《まち》の殺人事件が起ったのである。

今から思えば、従兄が此の事件に私を連込んだというのは、寧《むし》ろ、刑事という仕事が、如何《いか》に難しい仕事であるか、そして、如何に不愉快な仕事であるか、それをよく私の脳裡に徹底させて、刑事になろうなどと云う無謀な私の思いたちを、たちどころに断念させる為であるらしかった。そうだとすると、彼の其の試みは、全く反対の結果を産んだ訳で、此の事件によって、私は確実なる第一歩を、E――署の刑事溜りに踏入れたのである。

S町の殺人事件――お話すれば諸君の中にも未《ま》だ記憶されている方もあるだろう。其の事件の顚末《てんまつ》が、どんなに当時の新聞を賑わせたか、そして奇怪極まる其の事件の真相が、どんなに当時の世人を驚倒せしめたか。何しろ被害者というのがさる大会社の社長の息子で、それだけでも既に世間の問題になりそうなのに、彼自身、若い天才画家として、新聞や雑誌の消息欄をいつも賑わしていた青年であったし、その上、犯人として目された人物というのが、是れも亦《また》しばしば世間の問題になっていた、女優上りの有名な美人のモデル女だったのである。

だが、私はこんなに先の事をお話する筈《はず》ではなかった。順序よく、纏《まとま》ったお話をしなければならない。忘れもしない、それは六月のじめじめとした、或る夜の十時頃であった。従兄に連れられた私は、生れて始めて、犯罪の現場《げんじょう》というものに足を踏入れた。S町は今でもブルジョア階級の邸宅の多い所だが、その当時からそうだった。何々会社の重役だの商業会議所議員だの市の助役だの、さては又さる大銀行の支店長だの、そう言った風の知名の富豪達が豪奢《ごうしゃ》な邸宅の軒を連ねている中に、両方から押しへしゃげられるようにして、一軒のささやかな洋館が建っていた。ささやかなと言っても、それは決して、貧弱なという意味ではないのである。小さいながらも、充分に贅《ぜい》を尽した二階建の建築物で、見るからに其の家《や》の主人の異常性を偲《しの》ばせるような、グロテスクな建てかたをしてあった。勿論《もちろん》、そんな事は総《すべ》て後になってから気の着いた事で、其の夜《よ》はただ、一刻も早く現場を見たいという欲望で、初心《うぶ》な心をまっしぐらに馳《かけ》りたてていたから、邸外はさておき、邸内の光景さえ、現場を除くの他は、ろくろく眼にも止らなかった。

　その洋館というのは、階下が居間と寝室と食堂とに、そして、階上が書斎と画室《アトリエ》とに別れていた。画《アト》室《リエ》を除くの他、総ての部屋がかなりお粗末で手軽に出来ているのは、此の家全体が、画室《アトリエ》として建てられている為であるらしい。思うに此の家《や》の主人は、製作に急がしい時は、此処《ここ》に寝泊りをするが、そうでない時は何処《どこ》か別にある所の、本宅で起居しているに違いない。犯罪の行われたのは、其の最も贅を尽した画室《アトリエ》の中であった。

「惨酷《ざんこく》を極めた現場の光景」

　当時の新聞は、三段抜きにそう書立てていたが、全く其の通りに違いなかった。書斎と画室《アトリエ》との間の扉《ドア》を押しひらいた瞬間、飛附くように網膜へ喰入って来たあの最初の一瞥《いちべつ》に、例《たと》い僅《わず》かの間にしろ、呆然と立竦《たちすく》まない者があったであろうか。

「これはひどい！」

　閾《しきい》の上に、釘附けされたように立止まった従兄が、押しへしゃがれたような声を立てた。その肩越しに、私は此の世に於《お》いて、初めて殺人の現場というものを見たのである。あの時のあの印象は、永久消ゆる事なしに、私の脳裡に止《とど》まっているだろう。今でも、其処にある物を見るように、私はまざまざとあの場面を思出す事が出来る。先《ま》ず、屋根裏の光線取《あかりとり》より差込む青白い月の光、それがその画室《アトリエ》に於ける唯一の光線だった。そしてその下に姿を曝《さら》している物、それこそ、恐ろしい人間の暴力と争闘の痕でなくて何《な》んであろう。言って見れば、其の部屋全体が、“Cold blood murder”とでもいう画題を冠《かぶ》されそうな、一枚の大きな画布《カンバス》であった。私は画《え》の方の事は余り詳しく知らないので、一々、何《ど》が何う云う風にと言う事は出来ないが、凡《およ》そ、その部屋にあったもので、常のままな形を保っている物は、一としてなかったと言っても宜《よ》い。画布《カンバス》は破れパレットは二つになり、絵筆は毛がちぎれ、チューブより絞出された様々な色の絵具が、そこら一面を、べたべたと彩《いろど》っていた。その他、時計だの、花瓶だの、彫像だの、凡そ壊し得る程の物は、片っ端から壊さなければ気が済まなかったように、無残な破片が足を入れる隙もない程に、床の上を埋《うず》めていた。向うの隅には等身大の石膏《せっこう》像が腕をもぎ取られて、浅ましい姿をさらしているかと思うと、此方《こっち》の壁の側《そば》には、六尺豊《ゆたか》の大姿見《おおすがたみ》に無惨な亀裂《ひび》が入って、そこひにかかった眼のような、白い、どんよりと曇《くも》った裏面を悲しげに見せていると云う有様だった。そして悪魔の狂乱のような其の部屋の中を、よくもかくまで恐ろしく流されたものだと思われる程多量な血潮が、べたべたと、壁と言わず床と言わず、そこら一面を染抜いているのであった。私は思わずブルッと身慄《みぶる》いをした。

「気を附けなきゃいけないよ。証跡《しょうせき》を消してはならないからね」

従兄は抜足差足《ぬきあしさしあし》部屋の中へ踏込んだ。私も其の背後《うしろ》から従った。心臓がどきんどきんと波打って、額には気持ちの悪い汗がべっとりと浸出《しみだ》して来た。一体、肝腎の死体は何処にあるのだろうと、きょろきょろと辺《あたり》を見廻していると、従兄がぐいぐいと袂《たもと》を引くのだ、ふと指差される方に眼をやると、其処に、若い男の仰向けざまに倒れているのが見られた。それは、殊にモデルの為にしつらえてあるのだろう、掛布《カーテン》で一間《いっけん》四方程の小部屋を仕切ってある、その掛布《カーテン》の裾に纏《まつわ》るようにして倒れているのであった。その辺《あたり》、バケツの水を打撒《ぶちま》けたように、血潮が未《いま》だ乾き切らないで溜っている。一尺程の両刃の、外国製らしい大ナイフが、死体の直ぐ側に、血に塗《まみ》れてどす黒く光っていた。それが此の家の主人、画家安《やす》田恭助《だきょうすけ》、その人だったのである。

「随分、ひどいことをしたものですね」

私達より、三十分程遅れて到着した検視官の一人が、べたべたとそこらに押された、鮮血の手型をつくづくと見廻しながら、恐ろしそうに眉《まゆ》を顰《ひそ》めて呟《つぶや》いた。勿論その時分には、打壊《ぶちこわ》された装飾燈《シャンデリヤ》の後へ、五十燭光《しょくこう》の電球が差しこまれていたのである。

「そうでも有りませんよ」

検屍を終った警察医は、手を拭きながら立上った。

「被害者の蒙《こうむ》った傷は、心臓を貫いた致命傷が唯《ただ》一つだけ、従って被害者としては、最も楽な、一《ひ》と思いの死にかただったに違いありませんよ」

「では」と其の時私は従兄の背後《うしろ》の方から、おそるおそる声を掛けた。「此処らにある血潮は被害者のじゃないんですね」

被害者という、職業的な言葉が口を衝いて出た時、私はかなり変な気持ちになった。

「そうです、たぶん加害者のでしょう」

前にも言った通り、私の従兄はＥ——署の中でも、かなり幅の利く方だったので、私という変てこな人間を連れていても誰も文句を言う者はなかった。却って、従兄から何んとか私の事を吹込んであったらしく、興味を持った態度で、言いかえれば、冷やかし半分の態度で、皆《みんな》が私に接して呉れた。それに、其の夜《よ》其処へ来会わせていた人達というのは、警察官という名から私が想像していたのとは、全然《まるつきり》違ったかなり大ざっぱな、悪く言えば間が抜けている程人の好い人物の集《あつま》りであった。

「是れが加害者の血潮だとすれば、加害者自身も余程の怪我《けが》をしているに違いありませんね」

「そうです、先ずそう見なければなりますまい」

「それで逃亡する事が出来たでしょうか」

「逃げるには逃げられたでしょう。しかしそれも傷の箇所によりけりですがね」

こう云う問答が私と警察医との間に取交《とりかわ》されている間に、従兄は死体の側へ跪《ひざまず》いて、かなり入念に検《しら》べていた。私も其の方へ寄って、出来るだけ邪魔をしないように、死体を観察した。

安田恭助という青年は、私より二つ三つ上であろうか、細面の、鼻の鋭くとがった、眉の不似合なほど濃い、唇の締まった、顔全体から言えば勿論の事、その一つ一つを引離して見ても神経質という言葉が、そのまま当嵌《あてはま》る容貌だった。死んでいるからであろうが、皮膚《ひふ》の色は不愉快な土気色をしていた。生前といえども、余り色の白い方ではなかったに違いない。頭は、画家に多く見られるように、長く頭髪《かみ》を伸ばしていた。

「随分痩《や》せていますね」

「肺病だったからなんだよ」

「肺病？」

従兄は立上って膝《ひざ》の塵《ちり》を払った。

「検べて御覧、何か判るかい」

私は仔細らしい顔をして従兄の後へ膝まずいたが、勿論、どう云う風に検べていいものか、さっぱり判らなかった。致命傷は先刻医者が言っていた通り、心臓を抉《えぐ》った一突で絵具で汚れた作業服の、丁度胸のあたりに、赤黒い血潮がのめのめとこびり附いていた。ふと見ると、被害者の穿《は》いているスリッパが、じっとりと水気を含んでいた。「おかしいぞ」直覚的にそう感じた私は死体を一寸《ちょっと》動かして見ると、作業服の丁度尻のあたりに、二つ三つ、まだよく乾き切らないはねの痕があった。殺される少し前に、何処かの泥土《でいど》の上を歩いたのに違いないのである。続いて、先刻《さっき》従兄がやっていたのを見ていた通りに、被害者の両手を一つ一つ丁寧《ていねい》に検べて見た。と、私の心臓はどきんと一つ大きく波を打った。それは彼の掌《てのひら》が真紅《まっか》に血潮で染っていた。しかし私の驚いたのはそれが為ではなかった。余程よく注意しなければ判らないのだが、殆んど、何《ど》の指にも、爪の間に泥らしいものが、ちょっぴり挟まっているのである。一体是れは何を意味するのだろう！

　そこへどやどやと、指紋係りだの、敏捷《びんしょう》な新聞記者だのが、多数入込《いりこ》んで来たので、私は遠慮をして立上った。恰度《ちょうど》其の頃、隣の部屋の書斎では、証人調べが始まっていたので、私は其の方へ行った。此の証人調べの一問一答は、初めての私にとっては、非常に興味もあり、また参考にもなった事であるが、それを一々ここにお話する事は、到底その煩《はん》に堪えぬし、それに第一時間も許さない事であるから、ここでは簡単に、犯行の発見される迄の顚末をお話する事にしよう。

　先刻も言った通り、被害者の安田恭助は、製作に急がしい時の他は、いつも本宅である父の邸《やしき》で寝起をしていた。従って画室《アトリエ》の方には、留守番の為にも、またその他のいろんな場合の用事の為にも、誰か身許のしっかりと判った人間を雇入れて置く必要があった。其の雇人《やといにん》、おもと婆さんの陳述である。

　その日の昼過ぎの事である。突然主人《あるじ》の安田恭助がやって来て彼女を驚かした。此の頃は、製作の方は絶えてお留守になっていたので、彼が其処へ姿を見せたのは、実に久しぶりだったのである。何かまた、仕事をする気にでもなったのであろうか、そう彼女が思っていると、彼の言う事には、今日は此処で待合せる人があるから、お前は何処へでも遊びに行っていろ、しかし、晩の十時頃には帰って来て呉れ、そう言って十円紙幣一枚を彼女に呉れたと言うのである。おもと婆さんは不審に思ったが、別に苦情を言うべき筋でもないので、云われるままに直ぐ身仕度をして画室《アトリエ》を出た。彼女の一人の甥《おい》というのが玉川町《たまがわちょう》で小さい商売をしているので、そこで半日を遊んで来る心算《つもり》だったのである。ところが、運の悪い事には、甥の家《うち》まで行くと表の戸が締まっている。近所の人に聞いて見ると、江州《ごうしゅう》にいる嫁の母親が亡くなったので、一家を挙げて其の方へ行ったという。がっかりとしたおもと婆さんは、他には知人とてはないので、仕方なしに、あまり好きでもない活動写真を見たりなんかして、どうやらこうやら半日の時間を消した。活動写真を一回《ひとまわり》見て、表へ出てまむしか何かを喰べてお腹がくちくなると、丁度その時が八時半、もうそれ以上はどうにも時間を消しようがないので、少し早いとは思ったが仕方がないので、S町の画室《アトリエ》へ帰《か》える事にしたのである。

「邸の前まで来ますと、家中《うちじゅう》が真暗《まっくら》なので、どうしたのだろうと思いながら、表の扉《ドア》を開きますと、丁度其の時、画室《アトリエ》の方で、がちゃんと何か壊れる音がしたのです。それに吃驚《びっくり》して、大急ぎで二階へ駆上って見ると、此の有様だったのです」

即ち、私達が書斎のあの扉《ドア》を開いた瞬間の、いや、もっともっと大きな驚きに、彼女は打たれたに違いないのである。狼藉《ろうぜき》を極めた室内のたたずまい。血糊、死体――しかも、その死体の直ぐ傍らに、それこそ文字通り幽霊のような女の影を、彼女はその時見たのである。何んと言って宜《い》いか、まるで活人画の中の人物のように、その女の影は身じろぎもしないでそこに立っていた。その手には、まだ血潮の滴り落ちている短刀《ナイフ》を握っている。

「ド――何誰《どなた》です！」

おもとはがくがくと慄える舌の根を抑えながら、辛うじてそれだけの声を出した。其の声に女はついと此方《こちら》を振返った。

「あッ坂根《さかね》さん！」

その女と言うのは、よく其の画室《アトリエ》へ出入をする、モデル女の坂根百合子《ゆりこ》であった。

「ひひひひひひひ」

それこそ、骨の芯まで透るような物凄い笑声を立てたかと思うと、坂根百合子は手に握っていた刃物をそこへ投出して、ばったりと其の場へ昏倒して了《しま》ったのである。

以上がおもと婆さんの陳述だった。彼女の陳述が終ると、其の女、坂根百合子が喚出《よびだ》された。彼女は階下の寝室で、医者やおもと婆さんの手篤い看護を受けて、先刻正気に復したところだと言うので、未《ま》だどこか、はっきりとしない顔色をしていた。年は二十五六なのであろう、モデルをする位だから、言う迄もなく男を惹附けるに充分な肉体を持っていたが、そのために、確かに年の二つ三つは若く見えるのである。見ると胸から帯へかけて、夥《おびただ》しい血潮を浴びている。彼女はぐったりと其処にあった椅子の上へ腰を下ろした。

　さて、その坂根百合子の陳述であるがそれは至って簡単なものであった。

　其の日の昼過ぎ、安田恭助から彼女の許へ電話がかかって、今夜の九時過ぎに、S町の画室《アトリエ》までやって来ないか、好《い》いものを見せてやるから、と、こう言うのである。で彼女は其の言葉に従って、九時少し前に画室《アトリエ》を訪れた。其の時も家の中は真暗であったが、彼女は恭助が何か悪戯《いたずら》でもする為に、故意《わざ》と電気を消したのであろうと思って、其の裏を掻く心算《つもり》で足音を忍ばしながら、よく勝手を嚥込《のみこ》んでいるその画室《アトリエ》へ這入った。其の時、彼女がどんなに驚いたか、それは恐らく、血も凍る程の驚きだったに違いないのであるが、そんな事は此処に一々お話する迄もあるまい。

「其の時、ふと見ますと、安田さんの胸に大きなナイフが刺さっていたんです。私は何んの気なしに、ほんとうに今から思えば、何故《なぜ》あんな大胆な真似をしたのでしょう、其のナイフの柄へ手をかけて、ぐっと引抜きました。と、其の途端、生温《なまあたた》かい血潮が、それこそ凍っていた噴水が、ふいに解けて吹出して来た時のように、飛出して来まして――」

　と、こう彼女は言うのであった。即ち、彼女の胸から帯へかけての血潮は、其の時浴びた血潮だったのである。

　だが諸君、坂根百合子の此の陳述には、何処か曖昧《あいまい》な所がないであろうか、彼女の言葉を其のまま信用して了うには、あまりに話がうまく行き過ぎてはいないだろうか。此の疑惑は、私ばかりではなく、其の場に居合わせた、総ての人々の胸に湧起《わきおこ》った事に違いなかった。其の証拠には、彼女は其の場から、態《てい》の好い口実の許に、拘引されて了ったのである。

　その夜晩《おそ》く、S町の画室《アトリエ》からE――署へ引上げる途《みち》すがら、私と従兄とはいろんな事を語りあった。

重《おも》に坂根百合子の行動に就いて。

「兄さんは（従兄を、私はそう言う風に呼んでいたのである）あの女を怪しいと思いますか」

「そうだね、今のところ何んとも言えないがあの女の陳述を、其のまま信用して了う事は出来ないね」

「若《も》しあの女が犯罪に関係があるとすれば、原因はやはり痴情ですか」

「多分そうだろう。だが健《けん》ちゃん（それが私の名前である）はよく探偵小説というやつを読んでいるじゃないか、こんな事件位は朝飯前だろう」

だが、私の耳には、従兄のそうした揶揄《やゆ》も入らなかった。或るすばらしい考えが、その時私の頭の中に渦巻きはじめたのである。それは未《ま》だ、えたいの知れない、莫然とした「もの」に違いなかった。然し何かそこへ「核《たね》」になるものを放込《ほうりこ》んでやれば、屹度《きっと》立派な纏ったものになるに違いない、と私は思った。私は猛然と、其の考えに向って突進したのである。

化学的に大きな結晶を得ようとする場合には、どろどろとした溶液の中へ、その物の結晶を放りこんでやればよいのである。そうすると、物理学の法則によって、溶液は其の結晶を中心として、更に大きなそして完全な結晶を造るものである。

私は、私の頭に浮んだ、其の莫然とした考えの結晶核ともなるべき、何物かを摑もうとする為に、其の夜《よ》からまるまる四日間、少し大袈裟《おおげさ》な言い分だが、食う物も食わずに考え抜いたのである。何を何《ど》う言う風に考えたか——だが、それを言う前に、先ず其の四日の間に、事件が何う発展して居たか、それから先《さ》きへ話して行《ゆ》く事にしよう。

警察では、先ず第一に、モデル女坂根百合子と、安田恭助との間の関係を洗い上げた。其の結果は、悉《ことごと》く坂根百合子にとって、不利なものになって了ったのである。

坂根百合子はもと、歌劇か何かの下廻りの女優だったのであるが、それで成功する事が出来ずに、殆んど食うに困る程の窮境に陥入《おちい》っていたところを、画家の安田恭助に発見されて、始めて彼の為にモデル台へ立ったのである。彼女の蠱惑的《こわくてき》な肉体の美しさは、忽ち若い洋画家連の間に喧伝《けんでん》された。そうこうしている間《うち》に、百合子と恭助との間には、画家とモデルとの間に屢々《しばしば》かもされる、或る特殊な関係が結ばれて了った。恭助は彼女を熱愛した。百合子は──彼女には恭助程の熱があったかどうか、それはよく判らないが、兎《と》に角《かく》、彼の愛を甘んじて受入れた。だが、斯《こ》うした情熱的《パッショネート》な恋愛が、そう長く続くものであろうか。果して間もなく其処に破綻がやって来た。それは安田恭助の健康の問題だった。彼は以前から肺尖《はいせん》をやられていて、医者からいつも鋭い忠告を受けていたのに、百合子との間がそう云う風になってからは、全然《まったく》それを忘れていたのである。乱暴な、無節制な性的生活が、どんなに肺病患者を損うものか、それは誰もがよく知るところだ。恭助の病勢は、近頃になって急に進んだ。若《も》し、今のような生活を早速廃《や》めないならば、彼の生命は此の夏を越すのも危険であろう、医者はそう言って最後の忠告を放ったのである。ところが、医者の此の言葉に惧《おそ》れを抱いたのは恭助よりも寧ろ百合子の側であった。彼女は遊戯のような恋愛の為に、自分のすばらしい健康を犠牲にする事を好まなかった。それに恭助の肺病患者特有の執拗《しつよう》な抱擁《ほうよう》にも、もう大分以前から飽き飽きしていたところだったので、それを好い機会に、お為ごかしの別ればなしを、彼女の方から持ちかけた。勿論恭助がそれを受入れる筈がない。こうして彼等二人の間には不愉快ないさかいの絶間がなくなった──

　と言うのが最近の彼等の状態だったのである。其処に此の犯罪の動機が有りはしないだろうか、と誰しもが考えるところだ。況《いわん》や彼女は、最も「疑わしき」状態に於て、現場に発見されたのだから、警察が総ての嫌疑を彼女にかけるのも無理はないのである。

「百合子は何か白状をしましたか」

　犯罪のあった日の翌日の夕方の事である。晩飯の茶ぶ台の側で、今来たばかりの夕刊に目を通しながら、私はそう言って従兄に聞いた。

「未だだよ。大分しぶとい女でね」

「一体警察では、何《ど》の程度迄の疑いをあの女にかけているのです」

「すっかりだよ。あの女が犯人か共犯者かに違いないと睨《にら》んでいるのだ。唯気懸《きがか》りなのは彼《あ》の女が口を割る前に、犯人が（あの女が共犯者である場合にはだね）逃亡しやしないかとそれを虞《おそ》れているのだ」

「だが、あれだけ怪我をしていちゃ、到底逃亡はおぼつかないでしょう」

「そうだ、警察でもそう言っているのだ。だから市中の医者へすっかりと手を廻しているのだがね、まだそれらしい怪我人は挙らないのだ。しかしまあそう大した事件でもないよ、新聞が騒ぎたてる程ね」

従兄の言う通り其の事件に関して、新聞の騒ぎようったらなかった。どの新聞もどの新聞も、其の記事を以って其の日の呼物にしていた。安田恭助とモデル女坂根百合子のローマンス、そう言った標題《みだし》の甘ったるい記事が事件の顚末よりも寧ろ大きな活字で人の眼を惹いていた。

「ところで指紋ですが、何か怪しい指でも見附かりましたか」

「それなんだよ」従兄は一寸眉を顰めた。「あれだけの大格闘をしながら、指紋を残さないというのは解せない話だが、真実のところ、あの部屋には怪しい指紋なんか一つもないんだよ」

「はあ、怪しい指紋がないんですって?」

「そうだ、べたべたと押されていた手型ねえ、あれも調査の結果、皆被害者のものだと決まったのだ、尤も、掛布《カーテン》に一つと卓子《テーブル》に一つだけ、やはり血潮のついた百合子の指紋が残っていたが」

「兇器には?」

「兇器にも被害者と百合子のより他、変った指紋は見当らないのだ」

「可笑《おか》しいですね」

「別に可笑くはないよ」従兄は詰らなさそうに、莨《たばこ》の灰を落しながら言った。「結局犯人はあの百合子さ。もっともまだ解らないところもあるにはあるがね」

「だが――」

私は急に口を噤《つぐ》んだ。私の頭に混沌として渦を巻いていた考えが、段々と、はっきり其の形をなして来るのだった。

ところが、そうこうしている間《うち》に、ここに一つ不思議な事実が曝露《ばくろ》した。それは事件の日から数えて四日目の朝の新聞の記事である。今度こそは、此の事件に始めから大した興味を持っていなかった者迄、すっかりと驚かされて了った。いや、驚かされるというより寧ろ呆れさせられたのである。と言うのは斯うだ。あの画室《アトリエ》の中を無茶苦茶に染めていた血潮、それが為に諸新聞に「惨酷極まりなき」と迄言わせたあの血潮、あれが総て、人間の血潮ではなかったという警察の発表である。何んと奇抜な、そして滑稽《こっけい》な発見ではないか。此の記事を読んだ時、そして呆気に取られている世人《せじん》の間抜面《まぬけづら》を想像した時、私は些《いささ》か得意にならざるを得なかった。と言うのは、此の事実を一番最初に感附いたのは、かく言う私だったからである。

此の記事が出た前の日の事だ、私はあの事件の晩からお馴染《なじみ》になったE——署の署長町田《まちだ》氏を署に訪れたのである。其の時、私は少《すく》からぬ興奮に胸をわくわくとさせていたのだ、一体何《ど》う言う風にして面会を申込んだものか、何《ど》う言う風にして署長の前へ通されたものか、後《のち》になってさっぱり思い出せなかった。

「君は西野《にしの》君の従弟《いとこ》だと言う青年だったね、そうそう名前は健二《けんじ》君とか言ったっけ、さあさあ遠慮せずと其処へお掛け」

そう言う町田氏の言葉に、やっと私は心を落附かす事が出来た。手に持っていた風呂敷包みを床の上に置くと、署長の前の椅子へ腰を下ろして、私はいきなり叫んだ。

「署長、私は大変な発見をしました」

言ってから失敗《しま》ったと思った。此処へ来る迄、どう言う風に此の話を切出してやろうか、どう言えば一番皆を驚かす事が出来るだろうか、そんな事を考えて、いろいろ話の順序を組立てていたのだが、いざとなると全く気が騰《あが》って了って、そんな懸引《かけひき》どころではなかったのである。

「何んだね、大変な発見と言うのは」

町田氏はにこにこと笑って、意気込んでいる私の顔を見ていた。

「実は——」とごっくり唾《つば》を嚥込みながら、「S町の事件の事ですが、あの血潮に就いて鑑定をして頂きたいのです」

「何？　血潮の鑑定をしろ？」

「そうです、私の想像する所では、あれは人間の血じゃなかろうと思うのです」

「何？　人間の血じゃない？」

町田氏の顔面は見る見る緊張して来た。彼は椅子から乗出すようにして、

「そりゃ一体、何《ど》う言う意味だ」

「これなんです」

私は床の上に置いてあった風呂敷包みを取上げると、それを開いて中の物を取出して見せた。

「何んだ、鶏じゃないか」

「そうです、御覧なさい、ずたずたに斬りさいなまれているじゃありませんか。S町の殺人事件の犠牲者というのは、実は此の鶏なのですよ」

　町田氏は暫時《しばらく》ぽかんとして私の顔を見詰めていたが、軈《やが》て卓子《テーブル》の上の鈴《ベル》をチンと鳴らした。そして這入って来た給仕に何事かを命じた。給仕が出て行くと、彼は椅子の中へ深々と身を埋《うず》めて、さて、ぐっと私の顔を真正面《まっしょうめん》から睨みつけるのであった。

「今、そう言って置いた。一時間もすれば其の結果が判るだろう、だが健二君、其の前に何処からその鶏を見附けて来たのか、それを聞こうじゃないか」

　私は心中の得意を隠す事が出来なかった。子供のように顔を火照《ほて》らせながら、私は話をしたのである。

「最初、被害者のはいていたスリッパがじっとりと濡れているのを見た時から、私にはふと或る疑問が起ったのです。調べて見ると、あの時着ていた作業服の裾《すそ》に、二つ三つはねの痕がある、しかもそれが未《ま》だよく乾いていないのです。猶《なお》その上被害者の両手の爪の間に、極《ご》く僅かではあるが泥が挟まっていました。それで私は、被害者が死ぬ少し前に、何処か泥の上を歩いて、そして其の泥に触ったに違いないと思ったのです。スリッパをはいて行《ゆ》けるような場所ですから、無論家の外でない事は確かです。其の事を今朝ふと思い出した私は、S町へ行って、あの画室《アトリエ》の庭を見せて貰いました。貴方も御覧になったに違いありませんが、四坪程しかないあの庭に、植木棚が二段に作ってあります。其の上には、直径二尺程もある大きな鉢が、ぎっしりと並んでいました。ところが其の中に唯一つ、躑躅《つつじ》を植えた鉢だけが地面の上へ下ろされて、其の跡が歯の抜けたように空《す》いているのです。おもと婆さんに聞いて見ると、誰が其処へ下ろしたのか知らぬと言います。然《しか》もあの事件のあった日の昼までは、たしかに棚の上に在ったと言うのです。で私は其の意味有りげな植木鉢を除《の》けて見ました。と、其の下だけ、白い土が上へ出ているのです。つい近頃になって、誰かが其処を掘返えしたに違いないと私は思いました。で、おもと婆さんの手を借りて掘ってみると、果して此の鶏の死骸が出て来たのです」

町田氏は腕を組んで、黙然《もくねん》と聞いていたが、私の話が済むと、

「では、君の話が本当だとすると、被害者自身が其の鶏の死骸を埋《うず》めたのだと言う事になるのだね」

「そうです、御覧の通り此の鶏は綺麗に羽根がむしってあります。即ち被害者自身が絞めたのではなくて、何処かの鶏肉屋《かしわや》から買って来たものに違いないのです。そう思ったものですから、S町の鶏肉屋を片っ端から訊ねて歩《あ》るいて見ると、果して、あの日の昼過ぎ、被害者らしい人物に鶏を一羽売ったという店が見附かりました」

「ふむ」

町田氏はまじまじと私の顔を見詰めていた。其の眼の中には、「此の若僧、中々油断のならぬ奴だわい」そう言った色がはっきりと読まれるのだった。

「じゃ君の意見を聞こう、君には何も彼《か》も判っているようだが、一体何《ど》う説明したら好いのかね、冗談か、冗談にしては、安田恭助の殺されていたのは事実だからね」

「其の説明はしばらく待って下さい。血液鑑定の結果が、私の言う通りでしたら、其の時お話する事にします」

そこで私達は待つ事になった。ああ、其の間の如何に長かった事であろうか、だが私は茲《ここ》で小説の筋書をお話しするのではなかったから、冗々《くだくだ》しい形容は抜くこととして、兎に角半時間程の後、町田氏は電話で報告を聞いたのである。そして其の結果は、果して私の推測と一致していたのである。

「さあ健二君、愈々《いよいよ》君の考えを聞く番だ。何んだか、非常に面白くなって来たよ」

私の全身はとめどもなく打慄えた。それ以来、私は此の職業に携わって、長い間にはかなり多くの手柄を立てて来たが、此の時程晴々しい幸福感に酔わされた事は、一度もないと言っても宜い。

「私の考えと言うのは、安田恭助の死は他殺じゃなくて、自殺であろうと思うのです」

「何？　自殺？」

「そうです」私はともすれば皺嗄《しわが》れようとする、自分の声を忌々《いまいま》しく思いながら、一気に言葉を続けた。

「貴方は天才の異常性というものを御存じですか、それから、自殺者の虚栄と言うものを。新らしく高い建物が建ちます。すると一ヶ月を出ずして、必ず

其処から飛降りて自殺する者が出ます。彼等は少しでも変った方法で、世間をあっと言わせてやろう、そう言った共通の虚栄に捉われるものです。其の結果が、華厳《けごん》の瀧《たき》から飛込んだり、名士の邸宅の門前で首を吊ったり、或いは又、全身に火を点けて焼死して見たり、兎に角常識では考えられないような突飛な方法を考え出す事は、貴方もよく御存じでしょう。今度のS町の事件も、要するに是れではないか、私はふとこう思附《おもいつ》いたのです。是れは推理の力ではありません。何んと言いましょうか、少し大袈裟《おおげさ》な言いかたですが、霊感とでも言うのでしょうか、あの画室《アトリエ》の扉《ドア》を開いて一瞥《ひとめ》あの中を覗《のぞ》いた時、私にはぴんとこう感ぜられたのです。「何んとまあ上手に飾りたてた事であろう、まるで劇の舞台装置《しばい》を見るようだ」と。此の考えは後になる程強くなって来ました。無関心に見ていれば、唯大格闘の跡だとのみ見られるあの部屋の乱雑さには、よく注意してみていると、ある一種のリズムの保たれている事に気が附きます。そこには無秩序の中にも一脈の秩序があり、筆一本、石膏の破片《かけら》一つでも、無駄には落ちていないのです。殊にあの血潮の塗りようと来たら、それこそ、巧妙を極めたもので、一滴だって『絵』にならないような場所には落ちていないのです。そうです。今私は敢《あえ》て『絵』と云う言葉を使いましたが、それは最も正しい言いかたでしょう。天才画家安田恭助は、自殺するに当って、自分の画室《アトリエ》全体を一つの大きな絵とする事を企らんだのです」

是れだけの事を言って了うと、私はぐったりとした。まるで大仕事を済ました時のような疲労を覚えたのである。町田氏は間もなくおもむろに口を開いた。

「成程、それは面白い意見だ」

彼は頻《しき》りに髭《ひげ》を噛んでいた。

「そして或いは正しい観察であるかも知れぬ。だが――」ふいに椅子から立上ると、彼は私の鼻の先まで顔を持って来て、そして言ったのである。

「それは要するに君の主観に過ぎないのだ。それがよし正しいとしても、警察としてそんな事が世間へ対して発表出来るだろうか、世間と言うものは君のように芸術的な感受性を持っている者じゃないよ。殊に一方に於て、嫌疑者のない場合は兎に角だが、此の度のように、誰の眼からしても、一点疑う余地のない程有力な嫌疑者のある場合、物質的根拠というものを全く欠いている君の考えを、世間はそのまま受入れるだろうか」

　町田氏の此の言葉は少からず私の心持ちを悪くした。そこには、従来の警察の遣口《やりくち》の卑劣さが、歴然と裏書きされているのではないか。

「成程、貴方の被仰《おつしや》る事も御尤《ごもつと》もです。だが、私は、私の此の意見に、物質的証拠を全然欠いているとは思いません」

「では何か証拠が有ると言うのかね」

「そうです、書置きがあります」

　私は椅子から立上りながら、出来るだけ冷然と言い放った。

「S町の画室《アトリエ》を捜索して御覧なさい、屹度何処かに書置きがあるに違いありません」

　その言葉を後に残して、私はE——署を出たのである。

　さて、其の翌朝《よくあさ》の新聞を見ると、どの新聞にも血液鑑定の結果は発表して有ったが、自殺の点に就いては、一斉に沈黙を守っているのである。丁度其の夜《よ》は従兄が勤務の番で、帰宅しなかったものだから、私の意見がE——署内にどんな結果を齎《もたら》したか、それを知るよすがもなかった。遉《さすが》に気になるものだから、昨日あんなに憤《おこ》って出て行ったE——署を私は再び訪れたのである。町田氏は私の顔を見るとにやにやと笑った。

「健二君、君の意見はどうやら危いぜ、今S町の画室《アトリエ》から電話が懸ったが、捜索の結果はすっかり駄目だと言ったよ」

「そうですか、だが未《ま》だ画室《アトリエ》に何誰《どなた》か被居《いらつしや》いますか」

「ああ、君の従兄の西野君がいる筈だ」

「では一寸電話を拝借致します」

　従兄は直ぐに電話の向うへ出た。

「兄さんですか、僕、健二です。捜索の結果は駄目だったそうですね、だが——」

　私の頭には Poe の“The Purloined Letter”が浮び出していた。

「画室《アトリエ》には日暦《ひごよみ》が有りませんか、有ったらそれを調べて下さい、ここ十日程の間で好《い》いのです」

　私が十日程と、日を限《き》ったには理由《わけ》があるのだ。若し自分が安田恭助の立場にあったとしたら、書置きが何日《いつ》頃発見されるのが、一番本望であろうか。それは余り早くても、又余り遅くても可《い》けないのである。世間が其の殺人事件で有頂天になっている。其の真最中に書置きが発見されれば、一番其の反響が大きい訳ではないか。そして彼は、地下で皮肉な笑いを浮べる事が出来るのだ。私が書置きがあるに違いないと考えたのも、実は此の理由に他ならぬのである。暫時《しばらく》すると従兄から電話が懸かって来た。だがそれは失敗であった。日暦の何処にも書置きらしい文字は見当らぬと言うのである。

「ではおもと婆さんを電話口へ出して呉れませんか」と私は言った。

おもと婆さんは直ぐに出た。

「おもとさんですか、あのね、此の二三日の間にね、是非共《ぜひとも》取出さなければならぬ物に、お前さん心当りはないかね」

おもと婆さんは暫時《しばらく》考えていたが、軈《やが》て、あるかも知れないが今のところ思出せないと言う返事であった。私は少しいらいらして来た。

「今日は六月の二十七日ですよ、二十八、二十九、三十、と此のあたりに是非出さなければならないものはないかね、よく考えて見て下さい」

「そうですね――ああ、節季になると地代《じだい》の通帳《かよいちょう》を出しますが、そんなものでは――」

「それだッ」私は思わず飛上ったのである。何んと云う簡単な隠し場所だろう。それに気が附かなかったなんて――私は早速其の由を従兄に報せた。暫時《しばらく》待っていると、従兄から果して成功の報告が有った。

「有りました、地代の通帳の間に挟んでありました」其の一句一句を私は噛みしめて聞いたのである。

さて諸君、其の時発見された安田恭助の、変てこな書置きを朗読する事によって、私の此の手柄話に幕を下ろす事にしようと思う。それはこんな簡単な一文だったのである。

皆様、私の此の自殺の方法を素敵だとは思いませんか。世の如何なる画家も未だ曾《か》つてなし得なかった大作を、私は今此の世におさらばを告げる前になし遂げたのです、題して、『画室《アトリエ》の犯罪』

出来栄え如何《いかん》？

××××年×月××日

画家　安田　恭助拝

以上の話は、ある夜《よ》ある会合の席で、名探偵として有名な西野健二氏の物語ったところである。ところが、不思議な宿命には、其の話は是れだけで終りとはならなかったのである。と云うのはこう云う次第だ。

その時、其の場に居合せた沖野《おきの》氏という医者が、彼の話の終るのを待兼ねて口を開いたのである。

「で西野さんとやら、其の坂根百合子という女は結局どうなりましたか」

「無論百合子は無罪になりました。だが運命ですね、それから間もなく急性肺炎でぽっこりと死んで了いました」

「死にましたか」

「ええ、死にました」

沖野氏は眼をつむって暫らく打案じていたが、軈てつとそれを開くとぐるりと、一同を見廻した。

「では私も一つお話致しましょう。此の話は何んとなく今の西野さんのお話と関係がありそうですが、果して有るかどうか、それは私の保証の限りではありません。何しろ時間も余程遅い事ですから、出来るだけ簡単に話す事にしましょう」

五年程前、満鉄の病院に勤めていた時分の事です。其処で亡くなったある患者が、死ぬ少し前に、ふと次のような事を語りました。話と言うのは、その患者の物語なのです。

十五年程も昔の事と、其の時言いましたから、現在から言えば丁度二十年程前になりましょう、当時大阪にいた松本《まつもと》（仮《か》りにそう呼んで置きましょう）は、或る夜《よ》の八時頃、或る一軒の家を無断で訪問しました。それが当時の彼の職業だったのです。彼が其の夜《よ》訪問したのは、画家の画室《アトリエ》ででも有ったらしく、天井の馬鹿に高い、そして其処に青い硝子《ガラス》の嵌った一室だったと申します。其の部屋に一歩踏入れた刹那《せつな》、彼はぎょっとして其処に立止りました。其の時の心持ちを、彼は「頭のてっぺんから大きな錐《きり》を刺込まれたような思い」と言っていました。彼が驚いた理由《わけ》と言うのは、其の部屋が言語に絶した乱雑さを見せていたからなのです。きっと人殺しか何かがあったに違いないのだが死骸は何処にも見えませんでした。暫時《しばらく》彼は其処に呆然と立っていると、階段の下の方から、誰かが上《のぼ》って来るらしい音がしたので、彼は周章《あわ》て、画室《アトリエ》の中に掛っていた掛布《カーテン》の向う側に姿を隠しました。

這入って来たのは二十七八の青年で、如何にも画家らしい風貌を持っていたと言います。何か心配事があるらしく、真蒼《まつさお》な顔をして——尤もそれは月の光でそう見えたのかも知れません——ごとごとと部屋の中を歩き廻りました。そして時々立止っては床の上に身を跼《かが》めて、血潮の痕を見たり、壊れた石膏像に見惚《みと》れたりするのです。暫時《しばらく》そんな事をしていたが、やがてひゅッと高く口笛を一つ吹くと、何事かを決心したように、向うの隅にあった卓子《テーブル》の上から一挺《いっちょう》の大ナイフを取上げました。見るとそれにはべっとりと血が着いています。青年はそれを両手で、逆手《さかて》にぐっと握締めて心臓の上へ擬しました。それで、松本は何《なに》も彼《か》も判った、と思ったのです。即ち其の青年は、人殺しをして、自分も自殺しようとしているのに違いないと思ったのです。

だが彼は死にませんでした。いや、死ねなかったのです。何遍も何遍も、彼は同じような動作を繰返えしていたが、やがて、「はァッ」と長い歎息《たんそく》を洩《もら》すと、ふいにナイフを床の上へ投げ出して、どっかり壊れかかった椅子へ腰を下ろしました。そして暫時《しばらく》、天井の硝子越しに、凝《じ》っと青い月を見詰めていましたが、しばらくすると突然、咽喉《のど》の奥の方で、くっくっと笑い出しました。と、それが段々大きくなって、終いには椅子の上で身体をくねらして笑い転げるのです。其の気味の悪い事と云ったら！　ところが、其の笑声に迎えられるように、其の部屋へ突然もう一人の人物が現れたのです。それは二十四五の美しい女であったと言います。松本は青年の方にばかり眼をやっていたので、其の女が何時《いつ》、何処から這入って来たのか、少しも気が附きませんでした。だから其の女がふいに、

「まあ貴方、どうしたと言うの」

と叫んだ時には、彼は殆んど耳の側で百雷が轟《とどろ》いた程の驚きに打たれたのです。青年も其の声に、初めて女の存在に気が附いたらしく、つと笑声を止《や》めて振返えりました。

「ああ百合ちゃんかい、何時《いつ》来たのだい」

「今来たばかりよ、だが、此の部屋は一体何《ど》うしたと言うの、驚かす事ってぇのは是れなの」

青年は又笑い出しました。そして如何にも気が軽々したと言う風に、手足を伸ばして其の部屋の中を踊《おど》るように歩き廻りました。

「貴方電気を点けちゃどう、何んだか恐ろしそうな構えね」

女がそう言うと、青年は一声、ゲラゲラと笑って、そしてぴったりと女の前へ立止りました。

「百合ちゃん、俺ゃね、たった今自殺しようと思っていたんだよ」

「自殺?」

「そうだよ、だが俺ゃもう止《や》めたよ。誰かが言ったね。余り死に接近し過ぎたものは、到底二度と自ら死を選ぶ勇気を持たぬと、そうだよ、其の通りだよ。俺は余り計画し過ぎた。計画している間に段々熱が冷めて来て、死ぬのが厭《いや》になって来た。だからもう死ぬのは止《や》めだ。俺は生《いき》るのだ。もっともっと生るんだ」

青年は其の言葉を、殆んど独白《せりふ》のように、喋《しゃべ》り散らすのでした。女は身顫いをしながら、又男に迫りました。

「でも、此のお部屋はどうしたというの、血が一面に洩《こぼ》れているじゃないの」

「大丈夫、心配は要らないよ、これは鶏の血よ、即ちそいつが俺の計画だったんだよ。此の掛布《カーテン》の裾に、俺が仆《たお》れていりゃ、此のナイフを心臓に突立てて仆れていりゃ、俺の偉大な絵は完成する事になるんだ。だが、俺はもう止《や》めた。そんな馬鹿馬鹿しい野心は放棄する事に極《き》めたんだよ」

掛布《カーテン》の蔭でそれを聞いていた松本は、呆然として了いました。彼は改めて其の部屋の中をぐるぐると見廻しました。誰が見たとて、それを作り事と思う者がありましょうか。

其の間にも、青年は絶間なしに何かぐちゃぐちゃと喋っていましたが、暫時《しばらく》すると、女の方がこう聞きました。

「まあ、じゃ書置きまでちゃんと書いてあるの、用意周到ね――で、此のナイフで心臓を突く事になっていたのね」

其の声に松本がふと掛布《カーテン》の蔭から覗いて見ると、女は手に例の大ナイフを握って立っていました。其の丁度前に、青年は気が狂ったように、まだ絶間なしに何か喋ったり笑ったりしているのでした。瞬間、女の顔にはさっと残忍な色が浮びました。危い！　と思った刹那、既に其のナイフは青年の心臓の上に突立っていたのです――

広告人形

一

広告人形――といっても、呉服店などのショーウインドウの中によく見る、あの美しいかざり人形のことじゃないんだ。ほら、よく繁華な街通り、例えて言って見れば、東京なら銀座《ぎんざ》だとか浅草《あさくさ》、大阪なら道頓堀《どうとんぼり》だとか心斎橋筋《しんさいばしすじ》、京都ならまあ四条《しじょう》だとか、そう云う風な賑《にぎや》かなところを、よくのこのこと歩いている張子の人形があるだろう。なるべく人眼を惹くように変てこな恰好に拵《こしら》えてあって、その中へ人がはいって歩くんだ。そして擦違《すれちが》う人毎《ごと》に広告のちらしを配っている――あれなんだ。あの広告人形なんだ。その中へはいった男の話なんだよ。今私がお話しようと思っているのは――

その男、大海源六《おおみげんろく》というへっぽこ画工《えかき》なんだがね、その大海源六がなぜその広告人形の中へはいったか、と云うのは、こう云う理由からなんだ。君はマルセル・シュオブの「黄金の仮面をかぶった王様」という話を読んだことがあるかね。悪病のもちぬしであるところの王様が、やみくずれた自分の顔をひとに見られたくない為に、黄金の仮面をかぶって暮しているという話なんだ。その男、大海源六というへっぽこ画工《えかき》が、広告人形の中へはいったと云う理由も、一寸《ちょっと》それに似かよっているんだよ。といって、先生何も天刑病者ではないがね、実は、非常に醜怪な容貌のもちぬしなんだ。私もこれまでに長い間、ずいぶんいろんな人間とも交際して来たが、実際あれくらいご念のいったご面相をした男を見たことがないね。これを昔流に言うと、「色は炭団《たどん》のくろぐろと、かなつぼ眼《まなこ》その下に、居ずまいくずす団子鼻、綿どっさりの厚蒲団、二枚かさねし唇の、間を洩るる乱杭歯」――というんだが、中々それどころじゃない。ほら、少し前にノートルダムの駝背男《せむしおとこ》という写真が来たろう。その駝背男のカシモドに、亜米利加《アメリカ》のロン・チェーニーという男が扮していて、その凄い扮装振りが本国の亜米利加では勿論、日本でも大分評判に上《のぼ》ったようだが、へっぽこ画工《えかき》の大海源六という男は、そのロン・チェーニーの扮したカシモドの顔にそっくりそのままなのだ。いや、それ以上であろうとも、決してそれ以下ということはないのだ。とまあ、そう言った風なご面相なんだから、先生、何よりも人に顔を見られることが嫌いなんだ。ことに妙齢の美人連のなかへでも出ようものなら、それこそ宇野浩二《うのこうじ》先生の小説じゃないが、先生忽《たちま》ちぶるぶると泡を吹いて、人癲癇《ひとてんかん》を起すという始末なんだ。嘘じゃない、本統《ほんとう》の話なんだよ。それなら先生、人に顔を見られるような場所へ出なければ好《よ》いんだが、職業柄《しょうばいがら》、また人ごみの中へ出る必要は少しもないんだが、そこがまた何たる因果だろう、先生わけもなく、しょっちゅう、人波の中にもまれていたい、と云う性分なんだ。難儀だね、難儀だよ。ほら、ポーの The Man of the Crowd の冒頭に、「独りなるを能《あた》わぬ大いなる悲劇」とあるが、実際悲劇だよ。表を歩くと人毎に顔を見られる、そして死ぬような辛い目をする、癲癇の発作を起すことがあるくらいだから、死ぬような思いに違いないやね。その癖しょっちゅう表へ出ていたい出来るだけ人の雑踏する賑かなところを、ぶらぶらと歩いていたい、と云うのだから実際難儀だよ。「河豚《ふぐ》は食いたし命は惜《お》し」というが、その通りだね。いや、先生にして見れば冗談どころじゃない。何でも彼は孤児《みなしご》でね、少年時代をちんぴらの仲間で送ったもんだそうだ。ちんぴらって知っているかい。新聞などでよく悪童と書いてチンピラとルビを振ってあるがあれだ。どこの盛場へ行ってもきっといる。何をして活きているのか、何処《どこ》で夜露をしのいでいるのか、多分掏摸《すり》だの万引だの窃盗だのを常習としているのだろうが、警察でも仕様がないので大ていは放ってある。そう言うちんぴらの仲間から兎《と》に角《かく》、曲りなりにも画工《えかき》という名の付くものになったのだから、言わば彼も一種の成功者に違いないが、その少年時代の生活が根強く残っていると見えて、先生一日に一度は盛場の空気を吸って来ないと、よく眠られないというのだ。

尤《もっと》も彼とて貧乏画工《えかき》のことだから、いかにそう人ごみの中にもまれていたいと思っても、おてんとう様のある間は、そう無暗に外出するわけには行《ゆ》かない。それ相当の仕事があるんだからね。でまあ、昼の間はどうにか、こうにか、仕事に追われてまぎれているわけだが、夜になるとさあもうたまらない。仕事はないし、宅《うち》（といっても汚い下宿の一室なんだが）にいても、そう云う風の男だから、誰一人話相手はいない、となると、もう一時《いっとき》もじっとしていることが出来なくなるんだ。しばらくの間は、それでも立ったり坐《すわ》ったり、帯を結んだり解いたり、なんとかやっているんだが、時計の針がいよいよ七時近くに進んで来ると、遂《つい》にたまらなくなって、もうそれこそ無我夢中といったありさまで、飛出して了《しま》うという段取になるんだ。ところでその結果はというと、それ前にも言った通りで、癲癇を起すとか、まあそんなことは稀《ま》れだが、大ていの場合、少《すくな》からず気分を悪くして帰って来るんだ。

そこで先生つくづくと考えたね。なんとか是《こ》れには方法はないものかって。方法といって外出しなければ、それが一等好いのだが、そこが先生かりにも芸術家のはしくれなんだ、欲望を抑制するなんて事の出来ない性分なんでね。で、今迄《いままで》通り人ごみの中へ出るには出るが、ひとからじろじろと顔を見られない法——無理だね、それこそ首のすげかえでもしなけりゃ駄目な話だ。だが先生考えたね。もし仮面《めん》をかぶって歩くことが許《ゆ》るされるなら、一番にそれをやるんだが、残念ながらそう云うわけにはゆかない、そこで仮面《めん》に代わるものをといろいろと考えていた時、ふと思い附いたのが、ほら、その広告人形なんだ。

どうだ。実際いい考えじゃないか。広告人形という奴は、人の少いところは歩かないものだ。出来るだけ、人の雑踏しているような場所を選《よ》って歩くのが職業《しょうばい》だ。しかも誰に顔を見られるという心配はなし、第一、あの人形の中にどんな男がはいっているんだろう、などと、そんな馬鹿馬鹿しいことを考えるような人間は一人もいないからね。それに又、些少ながらも金贏《かねもうけ》になるというんだから素敵じゃないか。窮すれば通ずというが本当だね。

二

で、大海源六先生、さっそくその職業《しょうばい》をやり始めたね。時候が丁度夏だったので、ある呉服屋の夏物大売出しの広告だ。人形はお定まりの張子製で、浦島太郎の恰好にしてあるんだ。浦島太郎が呉服屋の広告をするのは少しおかしいが、そんなことはどうでも宜《よ》いんだろう、人目に附きさえすれば宜《い》いんだからね。

やり始めてみると、ところが、それが又中々面白いんだ。つまり期待しなかった面白さがそこにあるんだね。何しろ自分の方の姿は相手に見られないで、しかも自分の方からは幾らでも相手を見ることが出来るんだ。つまりその浦島太郎の腹のところに開いている穴が、浮世の窓みたいなものだ。そして大海源六自身はその浮世の外側にいて、その窓を通して思う存分に自分とは全く無関係な浮世の内側の、さまざまな悲喜劇を観察することが出来るんだ。それにそう云う格好をしていると、頭の悪い人間は、ついうっかりとその中にいる人間の存在を忘れて了うと見えて、彼が横町《よこちょう》の暗いところで一息入れていたりすると、時々飛んでもない珍劇が身の廻りで演じられることがあるのだ。

へっぽこ画工《えかき》の大海源六先生、すっかり有頂天になって了ったね。人生にこれ程愉快な遊戯はないとさえ思われた。そしてこんな愉快な遊戯に導いてくれたのだから、自分の醜悪な容貌もまんざらではないとさえ思われるんだ。で彼はもう夜の来るのを待ちこがれるようにして、そのあまり軽くない、被ればむっと息詰りそうな浦島太郎を、すっぽりと頭から被ってのこのことその町の盛場S――へ、向って出かけて行《ゆ》くんだ。暑さなんか、その楽しみに比較すると問題じゃない。

だが、そう云う楽しみもあまり長くは続かなかった。先《ま》ず彼のうんざりとしたのは、やっぱりその暑さだな。その楽しみの刺戟《しげき》が、まだ新しくてぴりぴりと体にこたえていた時分には、その暑さもあまり気にならなかったが、少しばかりその刺戟にもなれて、楽しみが薄れて来るとなると、もうたまらない。何しろ八月という盛夏のことだから、それでうんざりしなければしない方が嘘だ。汗と埃《ほこり》とでもそれはもうたまらないんだからね。

それにはさすがの大海源六先生も少々閉口垂《へこた》れたね。そこでもう一度彼は考えた。それを止《よ》すとなると、好きな、というよりも彼の生活にとって是非必要な、夜の散歩が出来なくなる。いや出来るには出来るが、そこには前に言ったように、大へん大きな精神的な苦痛を伴って来る。一体、素面《すめん》の散歩の時に受ける精神的苦痛と、浦島太郎を被っての散歩の時の肉体的苦痛と、どちらがより大きいだろう。あれも辛いが、そうかと言って、これも楽ではない。然《しか》し、どちらかと言うとやっぱり後の方が楽のようでもある。第一、時々思いもうけぬ収穫に遇《あ》うことがあるし――。

で、そこで彼が考えたのは、いやいややっぱり浦島太郎とは別れないことにしよう、それにしても今のままではあまりに辛いから、少しその辛さをまぎらせるために、何か一つ好いことを発明しよう――と、そこで大海源六先生、罪のないある悪戯を思いついたのだ。

今迄言わなかったけれど、へっぽこ画工《えかき》の大海源六先生、その当時ある内職をやっていたんだ。それはどんなことかと言うと、画工《えかき》がよくやる、図案文案引受けます、というやつだ。つまりウインドウ・バックを書いたり、ちらしの文句を考えてやったり、まあそう云った風なものだね。で、その職業柄《しょうばいがら》、今迄手にはいったちらしだの新聞広告の切抜だの、というような、彼の職業《しょうばい》の参考や研究資料になるものは、かなり丁寧《ていねい》に蔵《しま》って持っているんだ。ことに活動写真館が撒きちらす広告のちらしは、彼が度々その方へ散歩するもんだから、大ていの物はかなり沢山持っているんだ。そうした古いちらしを一つ面白く利用して見ようと、大海源六先生考え附いたのだね。

一体どう云う風にやるのかと言えばね、こうなんだ、聞き給え。

その古いちらしを種々《いろいろ》と用意しておいて、それを彼が配るべき呉服屋のちらしの中へ挟んで置く。そして呉服屋のちらしを配りながら、時々その古いちらしの方を、何気なく人に渡すんだ。それも漫然とやるんじゃ面白味がないからある見当をつけるんだね。それが為に彼は、予めちらしをその文句によって撰抜《えりぬ》いて置くんだ。だから彼が多く用いたのは大てい活動写真のちらしだったよ。それをどう云う風に見当をつけるかというと、こうなんだ。

例えば向うの方から芸者を連れた男がやって来るとするだろう、その男にはきっと女房があるんだ。その女房は今頃家《うち》で冷い飯を淋《さび》しく食っているだろう。そしてその男が家へ帰った時には、「少し会社の方が急がしくてね」とかなんとか、そんな風にうまく誤魔化《ごまか》すことだろう――と、まあ大海源六先生大いに空想を逞《たくま》しくするわけだが、そんな時彼は持っている古ちらしの中から、ルイズ・ストーン氏ニタ・ナルディー嬢リアトリス・ジョイ嬢共演、『妻欺く勿《なか》れ』全七巻○○館を選《え》って渡すんだ。

それから又、男の方が至ってお目出度《めでた》い夫婦連れが来るだろう、背広の立派な紳士が子供を負《おぶ》ってさ、フラウの方は耳隠しかなにかで端然と澄しているんだ。よく絵葉書なんかにある図だね。そんな時に渡すちらしは日活会社特作映画。名優、山本嘉一《やまもとかいち》氏、艶麗《えんれい》、高島愛子《たかしまあいこ》嬢共演喜劇『弱き者男よ』全六巻○座と云ったものだ。

とまあこう言った工合《ぐあい》だね。素敵な美人に出会ったりすると、チャールズ・レイの『吾が恋せし乙女』が早速役に立ってそのほか彼がさかんに用いたものに、『良人《おっと》を変える勿れ』だの、『何故《なぜ》妻を変える』だの、『吾が妻を見よ』だの、『罪はわれに』だの、随分いろんなのがあるが、一々言っていてはきりがないからそれは略すとして、ただ、今お話しようと思っている此《こ》の事件を、直接惹起す動機となった、そのちらしの文句だけは、必要だから、といって大して必要でもないが、兎《と》に角《かく》お話ししておこうか。

ユニヴァーサル社提供
チャジウィック映画
リオネル・バリムアー主演
俺が犯人だ　全八巻
○○○倶楽部

これなんだ。こいつを大海源六先生さかんに用いたものだ。これをどんな場合に使用するかと言えばだね、その町になにか大事件が起るだろう、例えば人殺しだとか大盗賊《おおどろぼう》だとか、そんな風な事件が起って、まだ犯人がつかまっていない、いや犯人の目星もついていない、そう言った場合にさかんにこれを配るんだ。或いはそれ等の犯人が、その盛場へ入込《いりこ》んでいるかもしれない、そして多分びくびくものでいるであろうところへ、そうした、『俺が犯人だ』

というようなちらしを渡されれば、必ずやぎっくりと胸をさされる思いがするに違いない。そして狼狽《ろうばい》のあまり、よく観察していれば何か自分にとって不利な態度を示すかも知れない、殊にそのちらしが、現在配られるべきものでない事に気が附けば、そうした古ちらしの混じっていたという事が偶然か、或いは故意になされたものか、身に覚えのある者なら必ず平気でいられる筈《はず》がない——というのが空想家の大海源六先生の考え方なんだ。

　ところが世の中というものは、そううまくへっぽこ画工《えかき》の空想に対して、おあつらえ向きに出来てはいないと見えて、一向にそれ等のちらしに対して、反響がないんだ。第一それ等の古いちらしを渡された、そのことだけでも疑問を起しそうなものだが、彼等は一向に平気なものだ。中には渡された○○館のちらしと、その○○館の看板とが違っているのでちょっと首をかしげる位の者はいるが、その次の瞬間には大てい無雑作にそれを投棄てて了うのだ。それが自分に当てこすって渡されたものだなんて気の附く者は、兎に角一人もいないのだよ。これには大海源六先生少々失望したが、と言って相手に文句の言えることじゃなし、それに先生根が空想家のことだから、反響があってもなくても、それはそれで宜いのだ。唯《ただ》そんなことをやっているというそのことだけで、彼の心をロマンチックにして呉《く》れるので、ある程度までの満足はそれだけで味《あじわ》うことが出来たんだね。

　ところが、犬も歩けば棒に当る——というのか、到頭《とうとう》こいつに反響があったんだよ。しかもそれが、『俺が犯人だ』のちらしに対してなんだから大へんなんだ。

三

　其の晩、相変らず先生さかんにその罪のない悪戯をやっていたが、反響のないことはまたいつもの通りなんだ。で、少々もう馬鹿馬鹿しくなりながら、S——館の側《そば》を通っていると、ふとうしろから呼びかけるものがあるんだ。

「おいおい、浦島の大将、ちょっと待ちなよ。おい、浦島の大将ったら」

　大海源六先生はじめはそれが自分のことだとは気

が附かなかったんだが、うしろから紙礫《かみつぶて》みたいなものを投げられて、ふと振返って見たんだ。するとそれは、彼と同じような広告人形の一人なんだが、むろん彼のように浦島太郎ではなくて、福助の恰好になっているんだ。

「君かい、今呼びかけたのは」

へっぽこ画工《えかき》の大海源六先生、常から俺はお前達の仲間じゃないぞ、という気持ちがあったものだから、そうなれなれしく呼びかけられたことが少からず不平なんだ。

「そうだよ。まあそうつんけん言わずにここへ掛けろよ」

そう言って彼が指《ゆびさ》すのは、S――館の横の出口のところの石段なんだ。

「そうはしていられない、然し何か用事かい。ふいに呼掛けたりしてさ」

「そうだよ。お前、なかなか味をやりよるな」

そう言って、むろん相手も同じように人形の中へ隠れていることだから、顔も形もさっぱり分らないが、なんだかにやにやと笑っているらしいのだ。

「味をやるって、何だい」

「なあに、ほら、あの古ちらしのことさね」

と言って、もう一度その不恰好な福助人形は、不恰好な大頭をゆらゆらと動かすんだ。これにはさすがの大海源六先生もぎっくりとしたね。こんな方面に反響があろうとは思わなかったんだからね。で、幾分狼狽ぎみで問返したものだ。

「なんだい、その古ちらしてぇのは」

「白《しら》を切りなさんな、『俺が犯人だ』――か、面白いな」

そしてまたその福助人形はゆらゆらと笑うのだ。大海源六先生はそう云う相手の態度が癪《しゃく》にさわったし、それに幾分気味悪くもあったのでしばらく黙っていた。するとその福助人形は偉大な頭を摺寄せるようにして、低い声で彼に囁《ささや》いたものだ。

「で、どうだった、結果は。犯人の目星はついたかい」

「犯人って何さ」

「そう一々こだわりなさんなよ。分ってるじゃないか、ほらA――町の砂糖屋殺しさな」

そこでへっぽこ画工《えかき》の大海源六先生、思わず浦島太郎の腹の中で、はたと胸をつかれる思いがしたね。

というのは、その晩、先生がさかんにその、『俺が犯人だ』のちらしを配っていたというのは、実はその事件のためなんだ。A――町といえばその盛場のS――と眼と鼻のところにあるんだから、その町で昨夜《ゆうべ》起った恐ろしい殺人事件の犯人が、ひょっとするとこの歓楽境へ出没しているかも知れない、と、こう考えたんだね。

「どうして君は、そんな事を知っているんだ」

するとまたその福助人形はゆらゆらと笑いながら、

「到頭兜を脱いだね、そりゃあもう――」と一寸《ちょっと》大頭をしゃくって見せながら、

「然し、お前まだあたりが附いていないようだな」

「うむ、からっきし駄目なんだ」

「なんだい、手前職業《しょうばい》のくせに眼がきかねえな。少し八ツ目鰻《めうなぎ》でも喰うたらどうだい」

というその口ぶりから察すると、その男はへっぽこ画工《えかき》の大海源六を、刑事か何かと間違えているらしいんだ。

「と、そう言われると、なんだか君の方にあたりがありそうに見えるね」

「あるとも、大ありだよ」と、そこでもう一度、その福助人形は、大きな不恰好な頭をしゃくって見せながら、

「実はね――」

と、いやにひそひそと話し出したことがこうなんだ。

若い、美しい女がふいに低い叫びをあげた。めまいがしたようにふらふらと二三歩体をうしろへのめらせた。そしてなんとなく不安を感じたように、そわそわとあたりを見廻していたが、落附かない態度で、いざりあしで向うへ行って了った。その時、福助人形の中へ這入《はい》っているその男は、彼女のすぐ側にいたので、彼女の顔が蠟燭《ろうそく》のように真蒼《まっさお》になった事から、彼女の顔の筋肉が死人のように固くなった事、彼女の五体が小鳥のようにわなないていた事まで、手に取るように見る事が出来た。何がそんなに彼女を驚かせたのか。その時彼の面前へ、皺《しわ》くちゃになった紙屑《かみくず》が彼女の手によって投棄てられた。拾って見ると、それが今言うそのちらしだった。『俺が犯人だ』のそのちらしだった。

「あの驚きはとても普通の驚きじゃないよ。何かあるんだ、きっと何かあるんだ。尤も、A――町のあ

の事件に関係があるかどうかは分らないがな」

と、その福助人形の男の話なんだ。

「で、その女はどうしたい、見失って了ったのかい」

「なかなか。お前じゃあるまいし、その女というのは、ほら、そこにいるんだ」

と、その男の指さしたのは、S――館の隣りにある、あやめバーという西洋料理店の二階だった。大海源六先生、思わず浦島太郎の腹の中で、ぎっくりと唾《つば》を嚥込《のみこ》んだね。こりゃ非常に面白いことになったという気持ちと、こりゃ非常に困ったという気持ちと、ちゃんぽんになった感じだな。で彼は、そわそわと、まるで自分が悪いことをしたように、皺《しゃ》がれ声で訊ねたものだ。

「で、その女は美人かい」

「うむ。なかなかの美人だよ。二十五六のな」

「然し君のいま言っただけでは、その女がたしかにA――町の事件に関係があるとは言えないな」

「そりゃそうだ。然し、『俺が犯人だ』という文句を見て驚いたんだから、その事件に関係のあるなしは別としても、充分お前が調べておく必要はあるな」

そりゃそうだ。大海源六先生なにも刑事じゃなし、また、A――町の殺人事件だけに興味を持っているわけじゃないんだから、何か面白そうでさえあればなんでもいい訳なんだ。

「その女はどうやら此の二階で男と会合しているらしいんだ。お前一つ上って行って様子を探って来たらどうだい」

そしてさかんに、その男は大海源六を煽動して、その二階の様子を探って来ることをすすめるんだ。若《も》し大海源六が人並の容貌のもちぬしだったら、きっとその男の煽動に乗ったことだろうが、何しろ前に言った通りだから、おいそれとそう云うわけにはゆかないんだ。で彼は言った。

「そりゃ駄目だよ。若しその女が俺の顔を知っていて見ろ、いやその女は知らない迄も、あのバーの給仕たちは皆知っているからな、そうすりゃぶっこわしじゃないか。何のために此の暑いのに、俺がこんなものを被っていると思うんだ」

と、そう云ってから、大海源六、われながらうまい事を言ったものだと感心したね。尤もそのバーの給仕たちが彼の顔を知っているのは事実なんだ。と言うのは、そこのビラだの装飾絵だのを、始終彼は書かして貰《もら》っていたんだからね。そうすると、成程と、その福助人形の男は感心したように首を振ったが、しきりにそれを残念がるんだね。なんだかその男の言うところによると、その相手の男さえ見て来れば、何も彼《か》もが分ってしまうと云うような口振りなんだ。大海源六先生だんだんおかしく思うようになって来たね。いかに彼が迂闊《うかつ》にしろ、考えて見ればそれはおかしいじゃないか。第一その男の話全体が、とっ附きはいかにも彼の空想にこびているので、まあはじめは相当尤もらしく聞えるんだが、しかしよくよく考えて見ると、どうもそれはぴったりと実感に添って来ないんだ。大海源六という男は、彼自身かなり突飛な空想家で、変てこな自分の空想をひとりで喜んでいるという男なんだが、いざ、実際問題にぶつかるとなると、人一倍理性の発達した常識家なんだ、だからその場合でも、その男の話を信用して、彼が言うところのその女なる者を疑うよりも、寧ろその男自身の方へ疑いを向けた方が、より実際的じゃないか、と、そろそろそんな風に考え出したんだね。そう疑うと、なる程そこには怪しいところがあるんだ。それと言うのはその男の話し工合だ。さっきからそれは気が附いていたんだが、その男の話し工合というのは、いやにぞんざいなんだが、それがどうも真底からぞんざいなんじゃなくて、わざとそう努力しているらしく思われることなんだ。何しろその男も人形の中にかくれているので、姿かたちはよく分らないが、どうも相当教養のある男のように思える。そうだとすると、それは随分変てこだ。いや、考えて見ると別に変てこでないかも知れない。第一、そこに彼自身という好《よ》い例があるんだからね。そこで大海源六考えた。その男も、ひょっとすると彼と同じような醜貌のもちぬしかも知れないぞ。そして彼と同じような「雑踏の子」であるかも知れないぞ——などと、大海源六そう云う風にしばらくとつおいつ考えたね。考えたとて、それは結局分ることじゃないのだが。

すると、そう云う彼の気持ちを、どうやらその男は気が附いたかして、言いわけをするように言うんだ。

「お前《めえ》さんの疑うのは尤もだがね。しかし、今に分ることだよ。もう直ぐその女は出て来るだろう。なあに、はいったものが出て来ないという法はないさ。それにしても、あの女が一体どんな男と会合するのか、それをよく見て置きゃ好いんだがな。出て来るときには多分別々になるだろうからな」

そうだ。この男はさっきからしきりにその男というのを気にかけている。一体、それは何のためだろう。彼が口に出して言っている、それだけの理由からだろうか。それにしてもおかしいじゃないか。ちらしを見て驚いた女が、此のバーへはいったことは尾行をして分ったんだろうが、彼女がそこで男と会合するというのは、どうして知れるんだろう。そうだ、そうだ、この男はやっぱりただ者じゃないぞ。そう気が附くと、大海源六先生、ぴりぴりと全身の筋肉が慄《ふる》えたね。曲者《くせもの》は、バーの中にいる人達より、寧ろこの男の方なんだ。そう思って彼は福助人形の腹のところにある、薄絹を張った穴の中をのぞいて見たが、むろん中の男の顔の見えることじゃない。

とに角、そんなことで彼等はそこで一時間あまりも立話をしていただろうか。むろん有難いことには、そんな姿なのが却って人目を惹かないんだ。広告屋が二人、あまり暑いので油を売っているな。見る人が見たとて、そうとより以上には思えないんだ。その人形たちの腹の中で、そんな葛藤が起っているとは誰の眼にだって分らないからな。

すると、ふいに福助人形の方がぎっくりと体をうしろへ引いたんだ。で、大海源六はいち早くあやめバーの方を見ると、丁度その時、階段を降りて来る女の、はでな姿の裾《すそ》の方からちらちらと見えて来た。そこの二階は、よくバーやカフェーにあるように、往来から直ぐ上れるようになっているんだ。で、見ていると、間もなく二十五六の、素敵に美人でハイカラな女が、その階段を下りて来た。それが待ちうけていた女であることは、福助人形の腹の中にいる男の息使いで直ちに察しられるんだ。だが、その女の顔を一目見たせつな、大海源六は思わず、浦島太郎の腹の中で「うむ」と唸《うな》ったね。と言うのは――いやまあ、それは未《ま》だ言わないことにしようや。

さて、女は往来へ出ると、きょろきょろといかにも不安そうな態度であたりを見廻していたが、やがてうしろへ振向くと、手をあげてなんだか合図らしいことをするんだ。そうして置いて、彼女はもううしろも見ずにとっととそのバーの入口を離れると、S——館の角を西へ向って曲って行《ゆ》くんだ。その彼女の直ぐ後から、今度は二十歳《はたち》前後の色の白い、セルロイド縁の眼鏡《めがね》をかけた青年が、臆病らしくおどおどとした態度で出て来たが、それがまたS——館の角を西の方へ曲ってゆくんだ。ちょっとよく見ておれば、そうして別々に出て来た彼らが、連れであることは直ぐに分るんだ。あまり人目にたたないところまで行《ゆ》けば、きっと彼らは又一緒に、肩を並べて歩くことだろう。

彼らがS——館の角を西へ曲って了うと、福助人形は例の不恰好な大頭を振りたてて、腹の中で何だかぶつぶつと呟《つぶや》いていたが、ふと思いついたように、側に立っていた浦島太郎に言葉をかけた。

「あれだ、あれなんだ。あの女が、『俺が犯人だ』のちらしを見て色を失ったんだ。ぐずぐずしていては可《い》けない、直ぐに後を尾けて行《ゆ》かなくちゃ——」

そこで大海源六先生、ちょっと首をかしげて考えて見たんだが、結局その男の言葉に従うよりほかはないように思われたので、まあ一緒に行《ゆ》くことにしたんだ。でそこに奇妙な、思い出しても吹き出しそうな追跡が開始されたわけだね。その追跡が、浦島太郎の大海源六にとっても、またもう一人の福助人形の中の男にとっても、どんなにスリリングな思いであったか、そう云う事はこの際余談だから一切省略するとして、さてその女とその青年だ。彼らはやっぱり疑うべくもなく連れであったと見えて、人通りのまばらな裏通りへ来ると、いかにも親しげに、所謂《いわゆる》喃々《なんなん》蝶々《ちょうちょう》といった形で、肩もすれすれに並んで行《ゆ》くんだ。そう云う後から、二人の男が汗と埃と、それから疲労のためにぐたぐたになりながら尾けて行《ゆ》くんだが、そう云う光景を想像すると、たしかに滑稽《こっけい》を通り越して一種の悲惨だね。そう云う尾行がものの二十分も続いたことだろうか。到頭、今は疑うべくもない彼ら恋人同志も、さすがに疲れて来たと見えて、ある暗い、人目のない裏通りで立止まった。そしてそこでしばらくひそひそと立話をしていたんだが、やがて驚いたことには、彼らはそこで接《せっ》吻《ぷん》をしたんだ。大海源六思わずうむと唸ったね。嫉妬とも羨望ともつかぬ。ある曖昧《あいまい》な感情で、彼はもう眼がくらみそうなのだ。すると、不思議のことには、彼のそばに立っていた福助人形の中の男も、同じような思いなのか、ふいにがたがたと慄え出し、どうして宜いのか分らないように、そこらあたりをうろうろと歩き廻るんだ。そしておろおろと何やら低い声で訳の分らぬことを喋《しゃべ》り散らしているんだ。それはもう、まぎれもない相当教育のある紳士の言葉使いだ。大海源六はもうたまらなくなった。で、つかつかと恋人同志の方へ向って進み出たんだ。

「水谷《みずたに》さん、水谷さん」

むろんそう呼びかける彼の声は慄えていたね、いや、慄えているのは声ばかりか、彼の全身なんだ。魂の底まで慄えているんだ。

女は、いや恋人同志は、エクスタシイのさなかに、ふいとそんな化物のような姿をした者に声をかけられたので、冷水《ひやみず》を浴びせられたようにぎっくりとしたに違いない。わけても男の方の狼狽のしようったら、まるで地蔵仏《じぞうぶつ》の裾にかくれる幼児のように、女のうしろへ身をすくめて了った。むろん女の方だって平静でいられる筈はない。真蒼な顔に歯を喰いしばって無礼者、寄らば斬らんという身構えなんだ。大海源六、つくづくと情なくなって、半分泣き出しそうな声で言ったものだ。

「私ですよ、水谷さん、私ですよ」

そう言って彼は浦島太郎の腹のところにある穴から、例のまずい面を突出したものだ。女はとう見、こう見していたが、「あら、桑溪《そうけい》さんじゃないの、どうしたのよ。その姿は」とさもさも呆れたという声で叫んだ。

言い忘れたが大海源六は、桑溪という雅号を持っていたんだ。

「そうです、私です、大海桑溪です」

彼は眩しそうに彼らの視線を避けていたが、やがて彼らの無言の詰問に答えるべく、まるで堰《せき》を切って落したような勢《いきおい》で喋り初めたんだ。彼がいかにしてそこに立っている福助人形と心易くなったかということから、福助人形の男の話、それに続いてA――町の砂糖屋殺しの事件まで、それこそ落ちもなく能弁《のうべん》に喋り立てたんだ。

「しかし私は知っています。貴女のような有名な歌劇女優、水谷らん子《こ》ともあろうものが、人殺しなどする筈《はず》は毛頭ないし第一、此の男、誰だか分らないが、福助人形の中に隠れている此の男の話がみんな嘘だということは、今夜私が貴女にちらしを差上げた覚えの少しもないことからしても分るんです。此の男はきっと、うまく私を操って貴女たちの様子を探らせようと思っていたに違いないのです。幸い私が貴女をよく知っていたからよかったようなものの、ほかの者ならどんなに飛んだ間違いが出来たかも知れません。ひどい奴です。ほんとうにひどい奴です」

と云うようなことを、くどくどと、羞恥と慚愧《ざんき》と、そして不思議なことにはある一種の快感との、ごっちゃになった複雑な心持ちの中で喋り立てたものだ。

有名な歌劇女優の水谷らん子は、その能弁に気圧《けお》されたように、しばらくはぽかんと立っていたんだが、やがてやっと彼の言うところの意味が嚥込めると、ふいに憤然としてそこに立っていた福助人形の方へ向った。彼も多分、大海源六の多弁に足がすくんで逃遅れていたんだろうが、女のその態度に初めて我に還って、おくればせながら足を浮かせた。しかし、何しろそんな物を身に附けているものだから、逃げるにも逃げられず、忽《たちま》ち女の手に捕えられて、猫のように哀れな悲鳴を挙げたんだ。

「まあ！　あなた！　あなた！　やっぱりあなたね！」

女のその金切声に振返ると、福助人形は無残に腹のところを打破られて、そこから五十近い、頭の禿《は》げた、しょぼしょぼ髭《ひげ》の顔が、情けないといった様子で首をすくめて覗《のぞ》いているんだ。

「あ！　磯部律次郎《いそべりつじろう》氏！」

磯部律次郎というのは、水谷らん子の有力なパトロンで、言わば彼女の旦那なんだ。職業は弁護士で、その方では随分敏腕家だという評判だが、そんなところを見ると、からっきし意気地なしだね。らん子はふいに、わっと大声で泣きだしたかと思うと、それこそ荒れ狂う夜叉のように、しょげ切っている男の胸に縋《すが》りついて行ったものだ。

「畜生！　畜生！　やきもち焼きめ！　いつぞやはあたしに秘密探偵をつけて、散々あたしを困らせたのに、それだけでは慊《あきた》らないで、今度は自分から探偵の真似をしているんだな。そうだ、あたしが良《よ》っちゃんと始終、あのあやめバーで出合っているということを何処からか聞いてきて、それでそんな風をしてあたしを監視していたんだろう、馬鹿！　馬鹿！　やきもち焼き！　しかも桑溪のような化物とぐるになりやがって、ああ、くやしい、くやしい」

そして、ヒステリー女の力というものは恐ろしいものだね。路傍《みちばた》に落ちていた手ごろな棒切れを拾いあげたかと思うと、当の本人磯部律次郎は云うに及ばず、へっぽこ画工《えかき》の大海源六までを、それがために三週間病院で呻吟《しんぎん》しなければならなかったほど打って、打って、打ちすえたものだ。

四

むろんそれがために、へっぽこ画工《えかき》の大海源六先生、もうそんな馬鹿馬鹿しい真似はしなくなったよ。

裏切る時計

　私は今迄《いままで》、その女、山内《やまのうち》りん子《こ》殺害《せつがい》の動機に就いては、誰にも本統《ほんとう》の事を打開けはしませんでした。別にそれは、少しでも罪を軽くしようとか、或いは言遁《いいのが》れる機会を多くしようとか、そうした功利的な気持ちからではなく、実は、あまりに馬鹿馬鹿しく、お話にもならない程頓馬《とんま》な間違いに、つい気恥しくて口に出す事が出来なかったのです。

　悪党には悪党相応の虚栄心というものがあります。同じ年貢を納めるなら、何か気の利いた、世間をあっと言わせるような事件で年貢を納めたい、そう言った共通の気持ちがあります、おかみを散々手古摺《てこず》らせ、世間を五里霧中の困惑のなかに引摺り廻す、そうした大事件の後《のち》に捕えられるなら、悪党としては寧《むし》ろ本望でしょう。

　ところが私の此《こ》の事件というのは、何《な》んという馬鹿馬鹿しい、間の抜けた犯罪でしょう。始めから終りまで間違いに終始しているようなものです、それもお話にならない程間の抜けた間違いに……。だから私は、口が縦に裂けようとも、此の事だけは打開けたくないと思っていました。然《しか》し、此の頃ではだんだん気持ちも変って参りまして、どうせ先のない体なのだから、いっそ此の事を打開けて、思いきり世間の人たちに嗤《わら》って貰《もら》いたいという、今迄とは反対の欲望が起って参りました。

　そういう訳ですから、今これを読まれようとする諸君は、これを死刑囚の最後の手記だという風に、堅苦しくとらわれないで、何か落語でも読まれる心算《つもり》で、暢気《のんき》に、楽々と読んで下されば結構なのです。

　扨《さて》、その事件の方へ話を進める前に、私自身の身分から打開けて置きましょう。私、河田《かわだ》市太郎《いちたろう》は、大正二年に帝大を卒業した、これでも立派な法学士なのです。学校の成績は至って良好な方で、自分から言うのもおかしいが、秀才の誉《ほま》れさえ高かった程なのです。だから学校を出ますと、引手《ひくて》あまた有った訳ですが、私は自分から好んである貿易商に勤める事になりました。これが抑《そもそ》も間違いの原因だったので、そこへ這入《はい》った当座、数年間というものは、皆様も御存じの戦争のお蔭でどこの貿易商も大当りです。何しろ学校を出ると早速その景気ですから、世の中に不景気などは何処《どこ》にあるかといった気持で、ついうかうかと、その日その日をしたい三昧《ざんまい》で送って居《お》りました。ところがその天罰は覿面《てきめん》で、大正九年以来のあの大不景気、それに続いていろんな天災地変のために、見かけは至って派手にやってい ましたが、心に締りのなかった私の勤先は、忽《たちま》ちぐらぐらと屋台骨がぐらつき出し、間もなく分散しなければならなくなりました。

尤《もっと》も会社は毀《つぶ》れても、××貿易商の河田市太郎といえば、相当敏腕家として事業界に聞えていたものですから、そのままおとなしくさえして居れば、何処か確実な所へ身売も出来、まさか今日《こんにち》のような破目になる筈《はず》はなかったのですが、何しろ××貿易商にいた当時は、至って派手な商売のやり方をしていたものですから、とても堅気な会社で、新参者として勤まる筈がありません。

そこで幸い少しばかりの貯えがあったものですから、それを資本に、才にまかして盛んに種々《いろいろ》な事に手を出しました。ところが、悪い時には何処までも悪いもので、する事なす事が悉《ことごと》く的を外れて、終いには二進《にっち》も三進《さっち》も行《ゆ》かなくなって了《しま》いました。そうなるともう自暴自棄《やけくそ》です。いつからとはなく不正事業に手を染めるようになりました。

此の悪事というものが誘惑の強いもので、一たんそれに手を染めたが最後、もう到底駄目です。段々と深みへ陥って行《ゆ》くばかりで、とても昔の真直《まっすぐ》な生活に還ろうなど、思いもよらぬ事なのです。殊《こと》に私のように、法律の表裏《ひょうり》に明るく、有余る才気を持余しているような男には、悪事それ自身が興味の中心となって、とても正直な金儲けなど、まどろかしくて仕様がなくなるのです。次《つ》ぎから次ぎへと新手な欺偽《さぎ》を考え出しては、それで一儲けする。それがもうなんとも言えぬ程愉快なのです。一つの新しい方法を考え出しては、それを実際に行う、その時の緊張した心持ちは、とても正直な生活をしている人々にとっては分らない愉快さなのです。

お蔭で間もなく、私は相当の蓄財も出来、貿易商に勤めていた時代とは、又別なそしてとても較べ物にならぬ程の贅沢《ぜいたく》な生活をするようになりました。

その女、山内りん子と懇意になったのは丁度その頃の事なのです。言い忘れましたが私はその頃まで独身で通して居りました。好況時代は好況時代で、女房があれば遊ぶのに邪魔だというので、そして不況時代には又不況時代で、とてもそんな余裕さえなかったものですから、ついうかうかと独身で過《すご》して来たのですが、その頃になってつくづくと寡夫暮《やもめ》しの淋《さび》しさが身にしみるようになりました。そこでふと眼に附いたのが彼女、山内りん子なのです。

彼女は当時あるカフェーの女給をしていました。私は二三度そのカフェーへ行ったきりなのですが、その二三度で、すっかりと彼女が気に入って、早速家《うち》へ引入れたのです。彼女は美人という程ではありませんでしたが、しおらしい顔附きの、素直な性質《そっちょくなたち》の女でしたので、私のように絶えず神経を鋭く働かせている男には、持って来いの好伴侶でした――と、少《すく》くともその時はそう思っていたのです。

幸い彼女には係累とては一人もなく、全く孤児同《みなしご》様な身柄だったので、そういう事は至って簡単に運びました。むろん私は、自分の本統の職業に就いては一言も、彼女に打開けはしませんでした。ただ、米や株をやっているのだという風に、巧みに彼女を誤魔化《ごまか》していたのです。彼女もかなり暢気な女と見え、別に深く聞きほじるようすもありませんでした。

そういう生活がものの一年も続いた事でしょうか。その頃になって私は始めて、彼女の中に今迄全く隠れていた一つの欠点を発見したのです。それはヒステリーなのです。それも、とても激しいヒステリーなのです。尤も是《こ》れは私自身が知らず識らずの間に誘発したのかも知れません。何しろ倦《あ》きっぽい私の事ですから、同じ女と一年も同棲を続けていると、もうそろそろと彼女が鼻に附いて来るのです。するとそうした気持ちが忽ち相手に反映するのでしょう。その頃になって彼女は急にしつこく、私に附纏《つきまと》うようになりました。ところで相手がそうした態度に出ると、私の嫌気《いやき》は急に増進するのです。すると彼女は益々《ますます》うるさく私に附纏って来る。私は愈々《いよいよ》彼女が嫌《い》やになる。そこで到頭《とうとう》彼女の体内に秘《ひそ》んでいたそのヒステリーが激しく頭を擡《もた》げるに至ったのです。

そうなると私はもう彼女の顔を見るさえ、へどが出そうです、とても耐らない嫌やさなのです。彼女は又彼女で絶えず私の行動に就いて監視の眼を怠らない。しまいにはそれがいつの間にか、私の職業にまで及んで来たようでした。今迄は嘗《か》つてなかった事だのに、私の収入の道に就いてそれとなく諷刺《あてこすり》を言ったりするのです。

　私は段々彼女が恐ろしくなって来ました。ヒステリー患者というものは、常人の四十倍もの聴覚を持っている、という事を誰かに聞いた事があります。多分それは、聴覚ばかりではなくあらゆる神経に於てそうなのに違いありません。そうだとすると、いつ何時《なんどき》彼女は私の秘密を嗅附《かぎつ》けるかも知れない。いや、既に嗅附けているかも知れないのです。そう考えるともう、うとましいどころではなく、真実彼女が恐ろしくなって参りました。ヒステリー女の嫉妬から、何時《いつ》警察へ密告されないものでもない、そういった脅迫観念に絶えず悩まされる身になって了ったのです。

　そうした二人の心と心の間に生じたギャップに乗じて起ったのが、即ちその夜《よ》の事件なのです。

　珍しくその夜《よ》私は、自宅で彼女と晩飯を共にしました。そうした事は実際久振《ひさしぶり》だったので、彼女も平《い》素《つ》になく上機嫌だったし、彼女の上機嫌な顔を見ているのも、たまには宜《よ》いものだと思いながら、私は思わず少々ばかり酒を過して了いました。そうした表面から見れば至って幸福そうな晩飯が済んで、さてその後《ご》の事です。どうしたはずみか彼女は懐《ふと》中《ころ》から紙入を取出しました。そうそう何んでも湯札《ゆふだ》を取出すためだったと覚えています。ところが紙入を取出すはずみに、ひらひらと片附けた食卓の上へ落ちたものがあります。見るとそれは新聞の切抜きなのです。

「何んだい、これは」

　そう言いながら何気なく私がそれを取上げようとしますと、その時、ふとそれを見た彼女は、

「あら！」

　と不相応に大きな声をあげて、突然にそれを横から奪い取ろうとするのです。彼女がそういう態度に出なかったならば、別に私はそれを見たくも何もなかったのですが、彼女がへんに思わせ振りな風をするものですから、私は思わず片手でそれを抑え、もう一方の手で彼女の手を払いのけました。

「何んだい、何んだい、読ましても宜《い》いじゃないか」

「いけないわよ。後生ですから返して頂戴《ちょうだい》よね」

「返すよ、むろん。だけど一寸《ちょっと》ぐらい見せても宜いじゃないか」

「いけないの、いけないの、読んじゃいけないの、ね、後生ですから読まないで返して頂戴よ」

そう言う彼女の声はへんに真剣で、そうした態度から見ると、よくよくそれが重大な物らしく感じられるのでした。

「変だぜ。そう隠立《かくしだ》てされると、いよいよ見たくなるさ」

そう言いながら、私は右手で彼女の体を抱きすくめ、左手で四つに折ってあったその切抜きを開いて読んでみました。だが私は、その本文を読むまでもなく、初号活字で印刷してある表題《みだし》を見ただけで、忽ちはっとして了いました。冷い刃《やいば》を襟元《えりもと》へ差附けられたような戦慄《せんりつ》が、ビリビリと背筋を走りました。「又々新手の詐欺現わる」と大きな表題《みだし》がついて、その傍《わき》に「都会人士よ御用心あれ被害金高凡そ五万円」。

それは言う迄もなく最近私のやった仕事に就いて、遅蒔きながら騒ぎ出した新聞の記事なのです。

私は悪党たちに共通なある虚栄心から、そうして自分の仕事に就いて、馬鹿な騒ぎを演じている新聞の記事を読むのが、至って好きな方なので、それでよく憶えて居りますが、それは確かに今朝のM紙に載っていた記事に違いないのです。

何のために彼女がそれを切抜いていたのでしょうか、それは言う迄もありますまい。

其の時、私に抱きすくめられていた彼女は、私がその記事を読んで了ったと見るや、必死の力を奮って、私の手から遁《のが》れ去ろうと身を藻掻《もが》きました。私はかっと致しました。いつもよりやや多く飲過《のみすご》していた酒が、一時に頭の方へ向って逆上しました。何か自分で言ったようですが、果して何を言ったのやら、少しも憶えては居りません。多分殺気に満ちた声を発したのでしょう。彼女は激しく身を藻掻きながら、声を立てて救いを呼ぼうとするように見えました。そこで私は、左の手で彼女の口を抑えると、右の腕で、激しく彼女の首を締めつけました。やや暫時《しばし》彼女は手足をばたばたと動かしていましたがやがてその力が劣えて来たと思うと、ぐったりとその全身の重みが私の膝《ひざ》の上にかかって来ました。そこで始めて私は、彼女が死んで了った事に気が附いたのです。

まあ、その時の私の驚きと狼狽《ろうばい》の状《さま》をお察し下さい。私は決して彼女を殺す心算《つもり》などでは、毛頭なかったのです。第一そんな生優しい事で、人間の一命が断たれるものだなどとは、夢にも考えていなかった事なのです。その時だって、私が酒を飲過しているのではなかったら、決して彼女を死に至らしめる程も締め附けはしなかったでしょう。

でも彼女は死んで了ったのです。口の辺《ほとり》に粘っこい泡を吹出し、痰のように真白な眼をむき出した彼女の醜い死顔！　おお、何という恐ろしい事でしょう。私の頭には種々《しゅじゅ》雑多な、まるで映画のフラッシュバックの場面のような、とりとめもない想念が、眼まぐるしく廻転《かいてん》して居りました。

だが、段々気が落着いて来るに従って、私はそんな事をしている時ではないと気が附きました。若《も》し彼女を手にかけたという事が分ったら、一体どうなる事でしょう。言う迄もなく私は死刑を遁れる事は出来ますまい。誰だってそれが酒の上の過失だとは思わないでしょう。何しろ余罪が沢山あって、調べが進むに従って、それ等が曝露して行《ゆ》くに違いないのですから。

遁れなければならない！　遁れなければならない！　こんな女のために長い将来を抹殺されてどうなるものか。

私は彼女の重い頭を膝から畳の上へと移すと同時に、ふと何気なく柱時計を眺めました。丁度時間は八時半でした。一体先刻《さっき》の物音を、玄関にいる書生の葉山《はやま》は聞きつけたでしょうか。いやいや、勉強に夢中になっているに違いない彼の事だから何も気附かなかったに違いありません。それに物音と言っても、ほんの僅《わず》かの間だったし、お互いに立上がるひまもなく、食卓の側《そば》に坐《すわ》ったまま起った事件ですもの。そんなに大きな物音のした筈がありません。

扨《さて》――と。時間は八時半です。そして九時にはA駅を出る上りの列車がある筈です。そして又、私の宅からA駅までは、三分とかからない距離なのです。

おお読者よ。そんなに咄嗟《とっさ》の場合、然も恐ろしい死体を前にしながら、そんなに複雑な計画を立てた私を怪しまないで下さい。そんなに咄嗟の場合であればこそ、却ってそんなに複雑な計画が浮び出した訳で、これが前々から考えて行われた犯罪であれば、もっと簡単な、そしてもっと合理的な手段が選ばれたのに違いありません。何しろ咄嗟の場合、こんな馬鹿馬鹿しいカラクリでもするより他には仕様がなかったのです。尤もその時は、幾分酒に酔っていたものですから、そのカラクリが少しも馬鹿馬鹿しくは考えられず、これこそ独創的で、申し分のないトリックだと思っていたものです。

さて、そのカラクリというのをお話し致しましょう。それは時間的に現場《げんじょう》不在証明を作ろうという考えなのです。つまり犯行は私の留守中に起ったように見せかけようというのです。それ以外には絶対に私の逃道《にげみち》はありそうにありませんし、それにこの現場不在証明《アリバイ》というものは、取調べの際、最も重要な役目をなすという事を知っていたものですから、その場合それに縋《すが》るのが第一だと考えたのです。例《たと》い一分にしろ、いや一秒にしろ、私が此の家《や》を出た時と、そして犯行の起った時との間に時間があれば、ただそれだけで、その他にはどんなにもろもろの証拠が揃っていたにしろ、私は無罪を主張し得るだろう。つまりそういう風に私は考えたのです。

若し読者の中《うち》に外国の探偵小説を読まれた方があるなれば、それ等の諸君はよく御存じでありましょう。外国の犯人たちも屢々《しばしば》こういう偽証をつくるために苦心するのです。そしてその偽証の手段として、彼等の一様に用いる所のものは、即ち時計であります。ある時刻、例えば夜《よ》の一時頃に犯罪を犯す、そして彼等はその犯罪がその時刻より前、あるいは後に起ったように思わすがために、時計を全く別な時刻、例えば二時だとか、十二時の所で止めて置くようにするのです。ところでこれは何んという馬鹿馬鹿しい考えでしょう。少し眼の利いた探偵たちは、直ちに犯人たちのそのカラクリを観破しますし、観破しない迄も、故意に止められたその時刻にそんなに多くの信用を置かないでしょう。

扨《さて》私の考えたカラクリというのは、それよりは一歩進んでいる心算《つもり》なのです。私がその時、ある一つの事さえ失念しなかったなら、きっと此のカラクリは成功していたに違いないのです。つまりそれはこうなのです。

今私は九時発の列車で（汽車の時間というものは最も正確です）何処《どこ》かへ行く、そして一晩泊って翌日の朝帰って来る。犯罪は多分その頃には発見されているでしょう。そしてあらゆる疑いは私にかかって来るでしょう。ところでその時、此の部屋にあるあの柱時計が、九時十五分位の所で止まっていたとしたらどうでしょう。無論、刑事たちは私が家《うち》を出る時、予め時計を其所《そこ》で止めて置いたに違いないと疑うでしょう。ところが此処に驚くべき事には、私が家《うち》を出た後も、その時計は確かに動いていた。しかも正しい時間を示しつつ動いていた、と証言する者があったとしたらどうでしょう。刑事たちはきっと面喰《めんくら》い困惑し、そして私は皮肉な微笑を浮べながら、自分の無罪を主張する事が出来るのです。

それにはどうすれば宜いか、それは訳もない事です。つまりその柱時計を、極《ご》く僅かの角度だけ傾けて置けば宜いのです。振子のついた柱時計というものは、垂直の位置をとっていない場合、よく止まるものですが、それが動かしたすぐその場では止まらずに、幾分かの後に始めて止まるようになるのです。私は自分の経験からその時計を極く少しだけ右なり左なりに傾けて置くと、少くとも止まる迄には二十分位を要する事を知っているのです。

さてそういう計画が頭の中で成立つ迄には、約十分の時間を要しました。時間は丁度八時四十分です。私は立上がって早速いろんな仕事に取りかかりました、それは要するに、私が此の家《や》を出た後で、強盗が忍込んで来て、彼女を締殺したというにふさわしい場面を作上《つくりあ》げる仕事なのです。そして強盗と彼女との争いの間に、彼等のどちらかがその時計に触れた為に、振子が止まったに違いないと説明するにふさわしい場面なのです。

それに就いては私は、どの点から見ても一分の隙もない程、立派に作上げた心算《つもり》です。例えば雨戸をこじ開けた跡だとか足跡だとか、障子の破れだとか、もう何処から見ても、犯人は外部より這入ったとしか思われないように作上げたのです。そんな仕事に又約十分間程要しました。無論それ等の間に、時々彼女の声色を使って、話声を聞かせたりするような事も忘れはしませんでした。そうして愈々九時五分前となると、私はすっかり外出の用意を整え、そして最も大きなカラクリである所の、その時計を少しばかり横に傾けて置きました。そうして置けば、その時計は九時十五分頃に止まるに違いないのです。

こうして総《すべ》ての手配を済ました後、私は悠々と玄関へ出て行きました。書生の葉山は居眠りでもしていたらしく、私の足音を聞きつけると眼をしょぼしょぼとさせ乍《なが》ら出て参りました。彼が居眠りをしていたという事はもっけの幸いです。で、私は内心安《あん》堵《ど》を覚えながら、

「ええと、これから九時の列車で×市へ行《ゆ》かねばならんのだがね、その後で、津村《つむら》さんとこへ電話をかけて置いて呉《く》れないか。今晩参るお約束でしたが、余儀ない事情のために参れませんといって。――そうそう、津村さんは九時までは病院の方が急がしいから、それ迄じゃ駄目だ。奥の時計が九時を打ったら、その時に一度電話をかけて御覧。それからね、此の頃あの時計は少し宛《ずつ》遅れて困るが、九時にはA駅を出る列車があるから、あの列車の発車の汽笛と、よく合っているかためして御覧、いや、別に直さなくても宜いのだ、どの位遅れているか気を附けて置いて呉れれば宜いのだ。それが済んだら寝ても宜いよ、奥さんはもう床《とこ》に這入っているからね」

これだけ言って置けば大丈夫です。彼が犬のように忠実に、私の言葉を守ることをよく私は知っているのです。

死体は多分明日の朝、彼によって発見されるでしょう。そしてどんな名医であろうとも、死後十時間以上も経過した死体から、犯行の時間を何時何分と迄正確に指摘する事は出来ないでしょう。そこに半時間位の誤差のある事は少しも分らない事でしょう。

さて、その晩私はあらゆる場所に時間の証明を置きながら、かねて馴《な》染《じ》んでいる女のいる女郎屋へ行って泊りました。ところが読者諸君よ、私はそこで、飛んでもない間違いを発見したのです。それは実に呪わしく、馬鹿馬鹿しく、そして情けない発見なのです。

女郎屋の二階で帯を解いていた時の事です。私の懐《ふところ》からひらりと畳の上へ舞い落ちたものがあります。

「なァに、それは」

そう言いながら女がそれを拾い上げました。見るとそれは、先刻《さつき》のあの新聞の切抜きなのです。私ははっとしました。そして女の手から周章《あわ》てそれを奪い取ろうとしますと、それを面白がった女は、私の手から逃げのびながら、部屋の隅まで行ってそれを

開いて読んで了いました。私は思わず顔の真蒼《まつさお》になるのを覚えました。何という不覚でしたろう、なるほど悪事というものは、こんな些細な事から露見して行《ゆ》くのではないでしょうか。ところが、それを読んでいた女は、私の予期したとは反対に、ぷっと吹出したかと思うと、急にけらけらと笑い出すのです。

「まあ可笑《おか》しい、まあ可笑しい、男のくせにこんな物を持っているなんて、まあ可笑しい」

そう笑い転げる女の手から、周章《あわ》てそれを奪還した私は、私も一眼それを見ると、おやと思いました。それには、「不妊症の女の方によいものあげます。——玉のような子宝を挙げた御婦人方からの感謝状が山程参って居ります」

私は急いでそれを裏返して見ました。其処《そこ》には、「又々新手の詐欺現わる」と例の表題《みだし》があります。ところが読者諸君よ、先刻は咄嗟の場合気が附かなかったのですがその方は表題《みだし》ばかりで、その後に続く本文は二三行だけがあって、それ以下は切取られているのです。それに反してその裏面に当る広告面の、「不妊症の女の方云々《うんぬん》」の記事は、首尾整うてそこに切抜かれているではありませんか。おお、これは何という事でしょう。彼女山内りん子の切抜いていたのは、その広告面の方だったので、その裏面に偶然、私の悪事を書いた記事がやって来ていたのです。その証拠には、その広告面の、東京市本郷《ほんごう》区何々町《なになにちょう》というその広告主の住所には、まぎれもない彼女の手で、二本の横線《サイドライン》が引いてあるではありませんか。

私には始めて何も彼《か》も分かりました。彼女がそれを切抜いていた理由も、彼女がそれを隠そうとした理由も——。疑心暗鬼とは全くこの事を言うのでしょう。可哀そうな山内りん子よ、そして馬鹿な私よ——。

総ての事が分ると同時に、私は全くしょげ切って了いました。今迄憎悪に満ちていた彼女に対する心持ちが、急に変って参りました。彼女がそんなに迄して、子供を欲しがっていた理由は言う迄もありますまい。彼女はそれに依って、今一度私の愛を呼戻そうと思っていたに違いありません。私は急に胸が重く、瞼《まぶた》の裏が熱くなるのを覚えました。

でもそれだけの事で、私は自分の生涯を棒に振ろうとは思ってはいませんでした。彼女には済まないとは思いましたが、でも出来るだけは遁れなければならぬと覚悟をしていました。

　だがこれがやっぱり天罰とでも言うのでしょうか。あんなに迄注意を払って拵上《こしらえあ》げた私の偽証に、たった一つの手抜かりがあったのです。そして私は、御覧の通り間もなく彼女の後を追わねばならぬ身となったのです。でも私は、別にそれを口惜《くや》しいとは思いません。間違いから生じた此の犯罪は、結局間違いによって解決される事になったのです。以尺報《いしやくほう》尺《しやく》、世の中の万事はこの調子なのでしょう。

　さて、その手抜かりというのはこうなのです。私が唯一の頼りとしていたあの時計が、私のその過失のために、全く何んの役にも立たなくなって了った事なのです。

　書生の葉山の証言によりますと、その時計は確かに私の外出後九時を打ったそうです。そして而《しか》もその時計は、私の思惑通りに九時十三分の所で止まって居りました。ところが読者諸君よ、何と皮肉な事には、その時計の止まった原因というのが、私がそれを傾けて置いたからではなくて、ゼンマイの巻きがゆるんで了って、自然な止まり方をしていたのです。つまり不自然な止まり方をする迄に、止まるべき時が来て極く自然に止まったのです。分りますか諸君、その時計は不自然な止まり方をしていてこそ、証拠品の一つに数えられる事が出来るのですが、ゼンマイの巻きがゆるんで、普通に止まったのでは、それは全然問題にはならないのです。

　是れが天罰とでも言うのでしょう。あんなに迄神経を尖《とが》らせ乍ら、唯一つゼンマイを巻いて置く事だけを私は失念していたのです。

山名《やまな》耕作《こうさく》の不思議な生活

一、どんな家に彼が住んでいたか

山名《やまな》耕作《こうさく》が、何故《なぜ》あんな妙なところに住んでいたのか、そしてまた、何故、あんな不便きわまる生活に甘んじていたのか、その当時、誰一人として、その理由《わけ》を知っている者はいなかった。

新聞記者として、むろん、そう大したことではなかったろうけれども、少《すく》なくとも、月々六七十円ぐらいの収入は持っていたに違いない彼としては、確かにもっと別な生活が出来た筈《はず》だ。現に、それより少し以前までは、神楽坂《かぐらざか》の下宿にいて、月給日から、三日目あたりには、財布が空《から》になっているていの、普通の若者の生活をしていた彼だ。何を考えて、また千住《せんじゅ》みたいなへんぴな所で、あんな変てこな生活を始めたのだろうか、それは誰しも了解に苦しむところに違いなかった。

「倹約の為じゃないかな」

とある時、彼のことが話題にのぼったので、私がふとそう言ったら、居合せたみんなは、口を揃えてそれを否定した。

「それは、君がよく彼を知らないからだよ。あの男と来た日にゃ……」

と一人の男は、彼が決して金を残すような人間でないと断乎として言い放った。

「そうかなあ。しかし金を残すつもりではなくとも、あんな生活をしていたら、勢い残らずにはいないじゃないか」

「でも、それはやっぱり、君が彼の性格をよく知らないからだ。あの男ときたら、変に秘密を好む癖があって、昔からよく、人に知れない冗費癖《じょうひへき》を持っていたものだからね」

併《しか》し、今にして思えば、そう言った彼の言葉は間違っていたのであって、却って、何気なく言った私の考えこそ的中していたのだ。そうだ、山名耕作は、まさしく金を残さんがために、あんな妙な住居《すまい》で、あんな不便な生活に甘んじていたのだ。一月《ひとつき》一月、どんな守銭奴の心を躍らせながら、殖《ふ》えてゆく金の勘定を、彼が楽《たの し》んでいたか、思ってみるとそれは妙なことだ、一方彼の友人たちは、決して彼が金を残すような人間でないことを、断言しているのだから。

しかし、そうかと言って、山名耕作が徒《いたずら》に守銭奴でなかったことは私もよく知っている。むろん、彼が金を貯めようと決心したに就いては、ある一つの、風変りな目的があったのだ。そしてそれに就いてお話するのが、この物語の目的なのだが、その前に、一応私は、彼の妙な居住――というよりも、巣といった方が、より多く感じが出るのだが――に就いて、お話して置きたいと思うのである。

私が初めて彼と言葉を交したのは、彼が既に千住へ移ってからのことであった。一度私は、むろん私一人ではなく彼を旧《ふる》くから識っている古川信吉《ふるかわしんきち》と一緒に、彼の家を訪問したことがある。

そうだ、それは確かに日曜日の朝のことで、私たち、私と古川信吉とは、その前の夜《よ》を、あまり人に言えない場所で過して、そしてその帰途を、ぼんやりと吾妻橋《あづまばし》の上に立っていた。

そう言う朝のつねとして、二人とも妙にふやけた、ものわびしい気分で、世の中が殆んど、後悔の種だらけのような気持ちがするのだ。そしてそれでいて、一方また、何だかまだ満足《みちた》りない感じも多分にあるのだ。そういう若者のかなしみを抱《いだ》きながら、ぼんやりと欄干《らんかん》にもたれて、黒い河の水を覗《のぞ》き込んでいると、河の上には、うじゃうじゃする程船が往来《ゆきき》しているし、橋の上だって、ひっきりなしに、人だの車だの馬だのが通っているのだ、しかもそれ等がてんでに、急がしさその物を表現しているのだ、ああ、世の中に怠けているのは、自分たち二人だけなのだ！　とそんな気持が強く胸に迫って来るのである。

それでいて二人とも、欄干から離れようともせずに、およそ次の様な、とりとめもない会話を交していた。

「どうする？　これから――」

「どうしようたって」

「下宿へ帰ったって始まらんだろう？」

「金はもうないの」

「浅草《あさくさ》で安来節《やすきぶし》をきくぐらいならあるよ」

「安来節はまだ始まってないよ」

「木馬にでも乗るかな」

「木馬か、また――」

　そこで二人はふと黙りこんだのだが、やがて、先刻《さつき》から、しきりに河の面《も》へ唾《つば》を吐いていた古川信吉が、ふいに、「ねえ、君、横溝《よこみぞ》さん」と言うのである。「変なものだね、往来で唾を吐いたりする時には、別に何とも思わないが、こんな高い所から吐くと、ほら、あんなに」と此処《ここ》で又ぺっと唾を吐いて、「恰度《ちょうど》活動写真のスローモーションみたいに、ゆっくりと落ちて行《ゆ》くだろう、すると何だね、唾みたいな物でも、何だか惜しいような気がしてきて、いよいよ水面へ落ちる時には、ひゃっと、取返しのつかないような気がするもんだね」

「馬鹿だね、君は」と、私は欠伸《あくび》をしながら言った。「碌《ろく》なことは考えないね」

「いや、本当だよ。君もやって見給え」

　そして彼は、私が止めるのも聞かないで、しきりに、べっべっと唾を吐いていたが、やがてまた、「ねえ、君、横溝さん」と言い出した。「ここに百円金貨を百枚ほど持っててね」

「うん」

「二人で五十枚ずつ、どちらが遠くまで行《ゆ》くか投げっこをしたら、さぞ愉快だろうね」

「成程、それは一寸《ちょっと》ナンセンスでいいな、この世の思い出に、一度ぐらいやってみたいね」

「僕は一度やったことがあるよ」

「まさか」

「いや、本当だよ。尤《もっと》も百円金貨じゃなかったがね、山名耕作と二人で、日本橋《にほんばし》の上から一銭銅貨の投げっこをしたことがあるよ」

「何だ、一銭銅貨か、銅貨じゃ始まらんな」

「でも相当スリリングだったよ。しまいには人が沢山寄って来てね、面白かったよ。――それはそうと、君は山名耕作を知っていたかしら?」

　一度私は、別の友人のところで、彼と逢ったことがあるが、その時は、ただ一寸顔を会わしただけで、言葉も交さずに別れた。そう言うと古川信吉は、「面白い男だよ。そうだ、これから彼のところを訪問しようじゃないか」

　と言い出した。

「訪問するって、この近所なの?」

「千住だよ。でもポンポン蒸気に乗って行ったら直ぐだ。君も、そうだ、是非あの男の家《うち》を見て置く必要があるよ。ああいう住居は一寸見られないからね」

そしてそういうことから私たちは、その欄干を離れると、古川信吉の所謂《いわゆる》ポンポン蒸気に乗って、千住まで行《ゆ》くことになったのである。

みちみち彼は、彼の癖で、ある男が落語家《はなしか》の三語楼《さんごろう》だと評したところの手振沢山《てぶりたくさん》を以《も》って、山名耕作の住居が、いかに素敵なものであるかを話すのであったが、成程、それは確かに一風変った家に違いなかった。

千住の船着場から、みちのりにしてざっと五丁もあろうか、広い市場の通《とおり》を抜けて、それから二三度曲り曲ると、そこいらは早《はや》家並もまばらな、田舎《いなか》くさい町になるのだが、山名耕作の住んでいる家というのは、其処《そこ》にあるのだ。それはあの大地震で、十度ばかり往来の方へ傾いたのを、そのまま手入もせずに、丸太ン棒を以って支えてあるのだが、往来の方がずっと高く盛り上がっているものだから、その屋根が恰度、道を歩く人々の手の達《とど》きそうなところにみえるのである。しかも、山名耕作はむろんその家全体を借りうけているわけではなく、彼の住んでいるのはそこの二階なのである。しかし、おお、それが果して二階と言えるだろうか。元来その家というのは、二階建ちに出来ているのではなくて、平屋なのだが、その平屋の、普通ならば天井を張るべき所に、天井の代りに一部分だけ棚を拵《こしら》えてあるのである。そして山名耕作はその棚の上に住んでいるのだ。そうだ。それは確かに棚に違いなく、棚以外の何物でもなかった。

最初その家の前に立った時、古川信吉は、薄暗い、穴ぐらのように見えるところの、家《うち》の中を覗き込みながら、

「おおい、山名さん、いる?」

と声をかけた。

すると、その穴ぐらの中から返事がある代りに、却って、私たちの背後《うしろ》の方から、

「やあ!」

という声がして、驚いて振向くと、向いの八百屋の店先から、山名耕作が、にこにこしながら出て来たのである。

「やあ!」と、私の顔をみると、彼はもう一度そう言って、「いつかは失敬しました」と割合に慇懃《いんぎん》に

頭を下げた。

「どうしたの？　何か用事があるの？」

と古川信吉が、八百屋の方を見ながら言うと、

「いや、何もないんだが、僕の部屋には蚊が多くてね、居《お》られないんだ。しかし、どうです」とまた私の方を振向いて、「お上《あが》りになりませんか。とてもお話にならない部屋ですけれど、話の種になりますよ」

「上るよ、むろん」と横から古川信吉が言った。

「その部屋を見に来たんだからね」

そして私たち三人は、急勾配の坂を、背後《うしろ》から突き落されるように下《お》りると、薄暗い軒をくぐった。すると其処が一間《いっけん》に半間《はんげん》の土間になっていて、右手が六畳、左手が三畳、三畳の向うが台所になっているのだが、何処《どこ》にも障子というものを嵌《は》めてないものだから、家《うち》の中全体が、其処から一目で見渡せるのだ。

「さあ、どうぞ。危いから気を附けて下さいよ」

そう言われて、初めて私は気が附いたが、みると六畳の部屋の隅っこに、植木屋などの使う梯子《はしご》が斜《はす》に立てかけてあるのだ。それを上るというよりは、伝わるようにして、私たちは、前にも言ったところの、棚の上へ上ったのである。

広さにして、それは三畳もあるだろうか、むろん立ってなどいられる筈はなく、一番表の方などは胡座《あぐら》をかいていて、恰度その頭と、殆《ほと》んどすれすれの所に、棟木《むなぎ》だの、樽木《たるき》だのがあるのだ。それがみんな埃《ほこり》まみれになっていて、だから、一寸身動きすると、ばらばらと頭の上から細《こま》かい物が落ちて来るのだった。

「上を向くと駄目です。目へ埃が這入《はい》りますよ」

と山名耕作が言ったけれど、むろん私たちは、上を向いてなどいられなかった。海老《えび》のように背を曲げて坐《すわ》ったのである。しかしこういう所に住んでいながら、彼はたしかに綺麗好きな男に違いないのだ。壁だの、畳だの、或いは天井だのは、どんな田舎芝居の道具よりも惨《みじ》めなものではあったが、でも部屋の整理されていることは、私自身の部屋などと較べものにはならなかった。一方の壁際には夜具だの行李《こうり》だの、もう一方の壁際には七りんだの、鍋だの、釜だの、そしてもう一方の、往来に向った明取《あかりと》りの下には、机が置いてあった。私はその机の側に、奥

の方を向いて坐ったのであるが、すると、私の右の方だけは壁も何もなく、しかもそこには障子も嵌めてないものだから、うっかりすると、下へ落ちそうなのである。

「ほほう、これは」と私は下の部屋を見下ろしながら言った。「うっかり寝返りでもすると、下へ転がり落ちますね」

「ええ、でも」と山名耕作は笑いながら、「さすがに寝ていても要心していると見えて、まだ落ちたことはありませんよ」と言った。

その時、私は初めて、彼の姿をつくづくと見たのであるが、成程、身に着《つけ》ているものと言えば、洗いざらしの浴衣《ゆかた》に、よれよれの帯を締めていて、その恰好は確かにこの部屋全体と至極調和が取れていたが、しかし彼は余程身だしなみの好《よ》い男と見えるのだ。頭も綺麗に刈り込んでいるし、顔も綺麗に剃《そ》っているし、それに、部屋の様子からみて明らかに彼は自炊しているのに違いないが、爪先など、美爪術《マニキュアー》をほどこしているのではないかと思われる程も、見事に艶々としているのだった。

「どうだい、素敵だろう」

古川信吉は、彼自身もうかなり馴染《なじみ》になっている筈の部屋を、さも珍しそうに見廻しながらそう言った。私は、恰度その時、表から帰って来た、此の家《うち》の住人の息子なのだろう、鼻たれ小僧が、下の部屋に立って、じろじろと私たちの方を見ているのを、見下ろしながら、あの子供の位置からすれば、恰度自分たちは、神棚の上に坐っているようなものだ、と、ふとそう考えると、可笑《おかし》くて仕様がなかった。

其処で私たちは、一時間も喋《しゃべ》っていたのだが、一体何の話をしたか、今少しも覚えていない。唯《ただ》一つ、古川信吉がふと本箱の上にのっていた、一オンス入ぐらいの瓶を手に取って、

「おやおや、これは何だい？」

と聞いたのを覚えている。

見ると瓶の中には、さらさらとした、赤黒い粉末のような物が這入っているのだ。

「何だか当てて見給え」

と山名耕作はにやにや笑いながら言った。

「絵具？」

「いいや」と彼は私の方を見乍《みなが》ら言った。「梅干しの皮を干して粉《こ》にしたのだよ」

である。

「何だ、薬か」

「薬じゃないよ。お菜《かず》がない時にゃ、そいつを湯と一緒に、飯にぶっかけて食うんだよ」

や！　と私は思ったことだ。まるで落語にでもありそうなことだと思ったのである。山名耕作は、しかし、それを少しも恥《はずか》しそうでなく話したのである。

山名耕作！　凡《およ》そ彼は、こんな生活をしていたのである。

二、どんな女に彼が恋をしていたか

それから後《のち》、私は段々山名耕作と親しくなって、二三度彼の住居を訪問した。しかし彼の方からは、決して来るようなことはなく、実際彼は、穴ぐらのような自分の部屋と、新聞社の間を往復するほかには、向いの八百屋へ時々行《ゆ》くだけで、あとは冬籠りをしている動物のように、じっと部屋の中に閉籠っていた。

何故《なにゆえ》彼がそんな生活をしているのか、成程彼との親交が増すに従って、決して彼が金を残しそうな人間でない事は分って来たが、そうかと言って、何らかの主義主張を以って、そういう忍苦の生活に甘んじているのだとも見えないのである。

「どうしてまあ」

とある時私は冗談にまぎらしながら聞いたのだ。

「君はこんな変てこな生活をしているのかね」

すると彼は、にこにこしながら、

「それは言えないよ。しかし、今に分るけれどね」

「と言うのは、やっぱり、この生活に何か意味があるのかね」

「うん、まあ、あるんだね」

「一体いつ迄、まさか、永久にやる訳じゃないだろう？」

「さあ、分らないね。しかし、今のところ、二年ぐらいの予定だがね」

「二年？　その二年ということにもやはり意味があるのかい？」

「まあ、そう追求するなよ。今に分るから」

彼は実際変な男で、一方に明るい、楽天的な、開けっぱなしな所があるかと思うと、一方に於《お》いては、非常に陰鬱《いんうつ》な秘密癖を持っているのだ。そして明らかに、今の生活は、彼の性格の、後《あと》の半面がさせるわざに違いないのだ。

　ようし、一つあいつの目的というのを、是非見附け出してやろう、私は、決して悪意ではなしに、一寸そうした好奇心を起すこともあった。しかし、その後《のち》、私がだんだん、ひんぱんに彼を訪問するようになったのは、決して、その好奇心からだけではなしに、本当に彼に好意を感じて来たからに違いないのだ。彼は私を、そう大して歓迎もしなかったけれど、そうかと言って、迷惑そうな顔をするような事は一度もなかった。どんな時にでも、社に仕事のある時以外には、彼はいつも自分の穴ぐらにいた。夜になると、その部屋には電気がなくて、恰度、その部屋の床のところに、八燭《はっしょく》の電気がつくのである。言う迄《まで》もなくそれは、下の部屋と共通に、彼の部屋にも役立つのだ。従ってその部屋で、夜彼と対座していると、フットライトを受けながら、芝居をしているように、光が、顎《あご》の方からさすのだ。それがそうでなくても、怪しげな部屋の様子を、何とも言えぬ程、妖異な感じに見せるのである。そこで彼は、相変らず頭を綺麗に刈り込み、顔を綺麗に剃り上げ、そして爪先を艶々と輝かせているのだ。これは、彼と交際するようになってから、間もなく知ったことであるけれど、やっぱり彼は、一週間に一度ずつ、丸《まる》の内《うち》へ美爪術《マニキュアー》をやりに行くのであった。何のために、そんなおしゃれをするのか、私にはちっとも訳が分らなかったけれど。

　ところが、ある日のことだ。

　それはもう、最初私が、古川信吉と一緒に、初めて彼の住居を訪問してから、半年あまりも後《のち》のことであったが、日曜日でも何でもない日に、私は彼を訪問したのである。予期していた通り、彼はまだ社から帰っていなかったけれど、も早《はや》、そんなに遠慮をしなくてもいい程の間柄になっていたので、私は構わず、例の梯子を上って行った。

　相変らず部屋の中はきちんと片附いていたが、朝出る時に、珍しく急いだと見えて、机の抽斗《ひきだし》の一方が開《あ》いたままになっているのだ。何気なく、私がひょいとその中を見ると、細いリボンで束にした、桃色の、明らかに女から来た手紙に違いないのだ、封筒が見えた。

　おや！　と私は思ったのである。これは妙だぞ、彼には姉妹《きょうだい》というものはない筈だが、それにしても、そんな女の友達を持っているのかしら、今迄隠しているなんて、怪《け》しからん奴だ、そう思うと、それがやっぱりやきもちなのだろうか、私は急にその手紙が読んでみたくなったのである。時計を見ると、彼が帰って来るのに、まだ間がありそうに思われた。そこで私は急いでその手紙の束を取出すと、彼のような几帳面な男だ、順序などもちゃんと揃えてあるかも知れない、とそう思ったものだから、よく注意しながら、一番上にあったのを抜きとって、そしてそれを披《ひら》いて読んでみた。

文面というのは、この間は久し振りにお目にかかりながら、あいにく時間がなかったので、碌々《ろくろく》お話する事もならず、まことに残念だった。今夜は良人《おっと》が留守だから、是非来て呉《く》れるように、女中や婆やは芝居にやる事になっているから、決して心配はいらない、とそういった意味のことを、非常に美しい筆跡で書いてあるのだ。そして差出人のところには、ただ、とき子《こ》と呼名だけしか書いてなかったが、宛名のところには、まぎれもなく、山名耕作さまと、はっきり書いてあるのだ。

言う迄もなく、それは恋文の一種に違いなかった。そして、その恋の相手というのは、文面から察するところ、明らかに人妻らしいのである。

私ははっと胸をつかれる思いで、思わず唾を嚥込んだ。悪いものを見た、見てはならぬものを見た――、それにしても、山名耕作は何という男だろう。人妻と恋に落ちているのだ――。私はいそいでその手紙を、もともと通り封筒の中へ入れた。ところが、人間というものは何という悪魔の弟子だろう。一方に於いて、そういう風に後悔しながらもまた別の心が、どうしても、ほかの沢山の手紙を読まなければ承知しないのである。私は何遍も何遍も、唾を嚥み込み嚥み込みして、自分の不逞な欲望を思い止《とど》まらせようとした。しかし、やはり到頭《とうとう》、どうすることも出来ない力に打負かされて、盗人《ぬすびと》のように、こっそりとまた、例の手紙の方へ手を伸ばしたのである。

凡《およ》そそれは、十五六通もあったろうか、読み終ったところ、どれもこれも、そう大した相違はなかったけれど、でも、それ等からして、二人の仲がかなりの程度にまで進んでいることを察するのは難《かた》くないのだ。

しかも、それ等の手紙の中に、「昨夜は急に、帝国ホテルの舞踏会へ出席しなくてはならなくなったので、心ならずもお約束をほごにいたしました。どうぞ、どうぞお許し下さいませ」だの、「この次の週末には、Y男爵夫人の招待で軽井沢にある男爵の別荘へ行《ゆ》かなければならないので、どうぞこの間の約束は取消して下さいませ」だの、そう言った意味の文句があるところからしてみれば、相手の女というのは、たしかに、相当の地位ある夫人に違いないのだ。

今はもう、私はあきらかに、嫉妬のほのおを燃《も》やしながら、その女の姓をつき止めようと、まるで探偵のような心を以って、何遍も何遍も、それ等の手紙を繰り返し繰り返し読んでみた。しかし、相手もなかなかに要心していると見えるのだ、いつの場合でも、ただとき子とより他には書いてなく、絶対に手がかりとなりそうな何物も見附からなかった。

そろそろ私は失望して、それにもう、彼が帰って来る時分だと思ったので、それ等の手紙を片附けていた時だ、梯子をみしみしと踏みしめながら、上って来る者があった。どきっとして、私は周章《あわ》て、机の抽斗の中へそれを投込んだのだが、幸いなことには、それは山名耕作ではなしに、下のお主婦《かみ》さんだった。言い忘れたが、それはまだ火鉢に火の要る時分だったので、それを持って、彼女は上って来たのだ。

「遅いですねえ、山名君は！」

私は、あまり周章狼狽《しゅうしょうろうばい》しているところを見られたものだから、やや恥しくなって、そんな事を言うと、

「そうですねえ、でも、もう直ぐお帰りでしょう。寒いから火を持って来ました」

「や！　これはどうも有難う」

お主婦《かみ》さんはしかし、唯それだけで上って来たのではない証拠に、火鉢に火をいけて了《しま》ってからも、なかなか降りて行《ゆ》こうとしないのである。明らかに彼女は、何か私に話したいことを持っているに違いないのである。おや、これは妙だぞ、ひょっとすると、このお主婦《かみ》さんから、何か聞き出せるかも知れないぞ、そう思ったものだから、私は、

「どうです、山名君は？」

と釣出すように聞いてみた。

「面白い男でしょう？　ね？」

お主婦《かみ》さんは一寸私の顔をみたが、

「ほんとうに、何と言ったらいいか――わたしには訳が分りません」

と言うのである。

「訳が分らないって、どういう意味？」

「いえ、もう――」と、彼女は一寸言葉を濁《にご》らせたが、やがて、急に身体を前へ乗り出して来て、「あんな妙な方は、ほんとうにありませんよ。あなたは、あの人が、お金をどっさり持っているのを御存知？」

「え！　山名耕作が？」

「ええ、ええ」

とお主婦《かみ》さんは、勿体《もったい》らしく身体を反らしたが、すぐ又、火鉢の上から、半分程もからだを乗り出して、何か一大事でも打明けるように、その骨張った肩を波打たせながら、低い、ひそひそ声で言うのである。

「わたし、ちゃんと知ってるんですよ。あの人は一生懸命隠そうとしてますがね。ええ、そうですよ。この前だってこの部屋の代を、あなた、この部屋代が一体、幾らだとお思いになって？　二円、たった二円なんですよ。易いじゃありませんか、ねえ、今時二円なんて部屋が、あるもんですか、そうでしょう。で、この前、部屋代を三円に上げて呉れと、そう言ったんですよ。わたし、ちゃんとあの人がお金を持っていること知っていたものだから、決して、無理じゃないと思って、そう言ったんですよ。ところがどうでしょう。あの人、頑として聞かないんです。言いぐさがいいじゃありませんか、お金なんて一文もありませんって。それでいて、あなた、わたし、ちゃんと知っているんですよ。晩になると、あの人、算盤《そろばん》を弾いて、お金の勘定に余念がないのだから、癪《しゃく》に触るじゃありませんか。嘘じゃありませんよ。ほんとうですっとも。また、あの人ぐらい算盤を弾くのが好きな人もありませんよ、暇さえあれば、パチパチやっているんですからね、ほら、それですよ。そこに算盤があるでしょう」

成程そう言われて、初めて気が附いたことだが、積重ねた夜具の向うの柱に、大ぶりな算盤が一ちょうかけてあるのだ。山名耕作みたいな若さの男の持物としては、算盤など、たしかに不似合なものに違いなかった。

「ほんとうに、今時の若い人に、あんなのがあるかと思うと、一寸情《なさけ》なくなりますよ。あたしンちへ来てから、もう一年あまりになりますが、ついぞ、あの人が冗費《むだづかい》をしたのを見たことがありませんよ。何ぼ何でもあれじゃあんまりしなさ過ぎますよね。喰べるものといやあ、お茶漬けに梅干で、お客が来ると塩昆布を——」とそう言いながら、彼女は部屋の中を見廻していたが、ふと本箱の上に塩昆布のあるのを発見すると、勝手にそれを火にあぶって、ムシャムシャと食い始めた。

「いかがです？　あなたも」

私はすっかり閉口して要らないと言うと、

「なに、いいんですよ。塩昆布ぐらい、十銭もあれば山程も買えるじゃありませんか。でお客が来れば塩昆布を出すんでしょう。大ていの人なら客の方から参ってしまいますよ。で、この頃では、お客様の方から、何《なに》か彼《か》か、お茶菓子を持って来るんですよ。ところがあなた、それが余ったからと言って、うちの坊やにやってくれるではなし、自分一人で、三日も四日もかかって、嬉しそうに食ってるんですよ。つくづく厭《いや》になってしまいますね。一体あなた、あなたは多分御存知でしょう？　あの人、月給をどのくらい貰ってるんでしょうね」

「さあ」と私も仕方なしに、「そう沢山もないでしょう。七十円か、せいぜい八十円くらいでしょう」

「まあ、八十円！」と彼女は唾を嚥み込んで、

「あきれた、それでまた、こんな暮しをしてるなんて、この暮しならあなた、月々二十円もあれば結構ですからね」

そしてお主婦《かみ》さんはまだまだ喋りそうであったが、丁度その時、夕暮の道を、向うから山名耕作が帰って来る姿が明取りの窓から見えたので、大急ぎで、低い天井にゴツンと頭を打突《うちつ》けながら降りて行ったのである。私はほっと救われたような思いがしたのだが、それにしても、私の眼は思わずも、あの大ぶりな算盤のほうへ惹きつけられるのであった。それはたしかに、浅間しい手垢《てあか》にまみれて、黒光りしているのだ。何ともいえない、救い難いやるせなさを私は感じたのである。

三、どんな夢を彼が抱《いだ》いていたか

それ以来、私は山名耕作をあまり訪問しなくなった。お主婦《かみ》さんの言葉をそのままに信用してしまっ

たわけではなかったが、どういうものか、彼の事を考えると、腹の中が固くなるような不愉快さを感じるのである。第一お主婦《かみ》さんの言葉は言葉としても、私自身の眼でみたあの手紙の束は、誰が何といっても、私のあまり好もしからぬ行為を、彼がなしている事を、間違いなしに物語っているのだ。

そう言えば、彼が金を残そうとしている事も、まんざら嘘ではなさそうだ。そういう方面に於て、誰も知らない金を彼は使っているのだ。現に、彼の不似合なおしゃれなど、たしかにその間《かん》の消息を物語っているものでなくて何であろう。

私は、何かの拍子に、ふと美爪術《マニキュアー》をほどこした彼の爪先を想い出すと、何ともいえぬ程焦立《いらだ》たしく不愉快になるのである。あの爪先で女の手を握ったり、そうかと思うと一方では、あの不気味な算盤の玉を弾いているのだ、私はその矛盾にあきれるというよりも、寧《むし》ろ、一種のものすごさを感じるのであった。

その後古川信吉に出逢った時、彼が言うのに、

「山名耕作って変な男だよ。僕はちっとも知らなかったんだが、あいつ確かに金を貯めてるんだよ。この間あいつの留守中に行ったらね、貯金の通帳が放り出してあるんだが、開けてみると、なんと千円近くもあいつは貯金しているんだ。実際あきれた奴だよ」

私は何とも返事のしようがなかったので、いい加減な相槌《あいづち》を打っていた。

そしてそれから三月あまりも経ったことであろうか。も早《はや》、彼の事なんか、念頭から去ろうとしている時分に、思いがけなく彼から、長文の手紙がやって来たのである。

開いてみると、それは原稿紙に、凡そ十枚ばかりも、細《こまか》い字でぎっしりと書いてあるのだ。

「横溝君‼」

と先《ま》ずそう書いてあって、そして其処から、彼の奇妙な告白文がながながと始まったのである。

其の後《ご》は御無沙汰。

ちっとも顔をみせなくなったね。むろん君がやって来なくなった理由を、僕はよく知っている。今頃君は、さぞ僕の事を、たっぷりと軽蔑《けいべつ》していることだろう。そうだ、それでいいのだ。お主婦《かみ》の喋ったことはほんとうだし、古川信吉が、多分君に洩《もら》した

であろうことも真実だ。間違いもなく僕は、金を貯めようと思って、あんな変てこな生活を始めたのである。

だが、何の為に、僕が金を貯めようと決心したか、その一見馬鹿馬鹿しくみえるけれど、しかし、僕にとっては、大へん真剣なその動機というのを、君は多分知らないだろう。僕はここに、破れたその夢を君にお話しようと思うのである。

最初僕が、そんな馬鹿馬鹿しい夢を思いついたのは、マーク・トウェーンという、君も知っているに違いない、あのアメリカの作家の小説からなのだ。或いは君も読んでいるかも知れない。

アメリカの、ニューヨークだったと思うがはっきりしたことを覚えていない、其の市《まち》のとても貴族的な旅館に、一人の、アリストクラチックな青年が投宿する。誰の目にもそれは、何処かの国の皇子《おうじ》か何かとしかみえない。人々は彼を、多大の尊敬と讃美とを以ってみている。彼はあたかも孔雀《くじゃく》が群鶏の中にいるように、何人《なんびと》とも口を利かず、何人とも交際しずに、ひたすらに、貴族的な趣味生活をしている……、とみえる。一方其処へ又、もう一人の、これまたロシヤの皇女《おうじょ》か何かに違いない、美しい高貴な女が投宿する。そして間もなく、この、誰の目にも似合いの夫婦とみられる二人は、だんだんと親しみを加えて行き、そして間もなく恋愛に陥る。そういう一週間が過ぎ、そしてある時男は女に告白するのである。

「私は……」

と女の手を取りながら彼は言うのである。

「私は実は、決して決して、皆が思っているような、外国の貴族でも、何でもないのです。どうして、どうして、本当を言えば、私はこのニューヨークの、哀れな一店員に過ぎないのです。どうしてそれが、こんなホテルに投宿してこんな身分に過ぎた生活をしているのか、ああ、どうぞ責めて下さるな、生涯の思い出に、私は一度この生活をしてみたかったのです。その為に、私は幾年間というものを、食うや食わずに金を貯めて来たのです。も早《はや》、しかし、その金もすっかり無くなって了いました。だから、あなたとお目にかかる事が出来るのも、これが最後なのです。今迄、どうか、あなたを欺いていた罪をお許し下さい」

すると、女もやっぱり男の手を取りながら言ったのである。

「それは」

と口籠り、顔を赧《あか》らめながら彼女は言うのである。

「あたしとても同じことですの。あたしも、決して決して、皆様が思っているような、ロシヤの皇女でも何でもないのです。どうしてどうして、私はこのニューヨークの、哀れな女事務員に過ぎないのです。どうしてそれが、こんなホテルに投宿して、こんな身分に過ぎた生活をしているのか。ああ、どうぞ責めて下さいますな――」

と、彼女もまた、男と同じような事を打明けたのである。そして、これがこの物語のおちなのだ。

僕はこの物語を、そのおちなんどには関係なしに、どんなに感激して読んだことか。これこそ僕たちの、一番欲しているネオ・アヴァンチュールなのだ。最も近代的な冒険なのだ。そうだ、自分も――。

そしてその日から僕は金を貯めようと決心したのである。

君を初め、誰一人知るまいが、僕には一方とてもだらしない所があると共に、他方には、又自分でも恐ろしくなる程の、ある根強い、執拗《しつよう》な意志の力があるのだ、そしてこの力が一旦決心した事に対しては、それを貫徹する迄、わき目もふらせない精力を持たせるのだ。だから、この場合も、一度《ひとた》びそうと決心を定めるや、その翌日から、僕は着々として、その計画を進め始めた。

それは実際、あまりに煩瑣《はんさ》で、一々筆で語ることの出来ない程綿密な計画なのだ。

四、そしてどんな結果に総《すべ》てが終ったか

先ず第一に僕は金を貯めなければならなかった。(と、山名耕作の奇妙な告白状はまだまだ続くのである。)どういう風にして金を貯めるべきか。むろん、それ迄僕には、一文の貯金もなかったし、又、親もなければ兄弟もない僕には収入と言えば、極《きま》りきったその月その月の月給のほかには何物もないのだ。だから、金を貯めるとすれば、否《いや》が応でも、その月その月の生活費を低減して行《ゆ》くよりほかに道はない。

しかし横溝君!!

君は金を貯めるという事が、どんなに愉快な事か知っていますか。実際僕みたいに、綿密に、着実に倹約してゆくという事は、既に一種の芸術の境地に這入っていると思うのだ。君も多分御存知であろう、僕の月給は七十円である。そして僕は、一年半の間に、少くとも千円以上の金を貯めようと決心したのだ。だから否が応でも月々五十円以上の貯金をして行《ゆ》かなければならない。七十円マイナス五十円イコール二十円！　つまりこの二十円が僕の生活費なのだ。

こういう姑息な金の貯めかたを、或いは君は軽蔑するかも知れない。何故《なにゆえ》何か山気のある仕事に手を出して、一時《いちじ》に金を儲けないのかと、君は言うかも知れない。しかし僕の考うる所では、僕の抱《いだ》いているが如き夢を実現するためには、その金が、れいさいな金の集《あつま》りであればある程、それは興味があるのだ。若《も》し僕が馬券だの債券だので、一度に二千円なり、三千円なりを儲けることがあるとして、その金で、そういう夢の実現が出来たとしても、僕はそれ程愉快には感じないだろう。一銭一銭、恰度いにしえの守銭奴が金を貯めるようにして、貯めた金でやってこそその夢は一層魅力を添えるのだ。君はドストイエフスキーの青年を読んだ事があるか。その中で主人公の青年が、あらゆる倹約法を攻究する所がある。例えば、どんな風に歩けば靴の減りが一番少いか、とそんな点を迄彼は研究するのだ。これは確かに作者自身の思想に違いないのだが、僕の場合は、これ以上でこそあれ、決してこれ以下ではないのだ。二十円！　僕にとってはたったそれだけの金がしかも月々幾分の剰余金が出来る程だった。僕はまるで、どんなユダヤの天才的守銭奴も及ばないであろう程の、巧みさを以って、一月一月と、生活費を減らせる事が出来るのだった。

そういう風に、一方に於ては、着々と金を貯めながら、しかし他方に於ては、僕は又、自分の夢を実現させる日のことを、決して忘れはしなかった。君は覚えているだろう。僕があんな変てこな生活をしながら、つねに美爪術《びそうじゅつ》をほどこしていたのを。実際僕は、手先の美に就いては極端に神経過敏なのだ。女に就いて言っても、僕は彼女の容貌だの、姿態だのその他普通の男が興味を惹かれるそんな部分よりも、彼女の手先の方が一番多く僕の注意を惹くのだ。

そうだ、やがて僕の通帳の預金額が千円を超えて、そして僕の夢を実現させ得る日がやって来た時に、僕の爪先が職工のそれのように、醜くたわめられていたら、一体どうなるであろう。これは、しかし指先ばかりではない。他《た》のあらゆる部分がそうなのだ。幸い僕は、相当美しいと言っていい程度の容貌、姿態を持っているし、もし僕が、何々子爵の令息という振れこみで、例えば、帝国ホテルなどへ投宿したとしても、それはそんなに不自然でない程の押出しは持っているつもりなのだ。

僕はそういう日のために、いろんな紳士の礼儀作法というものを余念なく練習した。そしてやがて千円という金が溜ったら、僕は軽井沢で一週間、どんな貴族も及ばないであろう程の、美しい生活をするつもりだったのだ。それは恰度金を貯めていると同じ程度の情熱を持って、僕には夢想し計画する事が出来た。僕は自分のあの汚い一室の中に寝そべっていながら、手に取るように、まだ一度も踏んだことのない軽井沢という土地を知ることが出来たのだ。

こうして日一日と夢想に近附いていながら間もなく僕の気が附いた事は、そういう僕の夢にとって、甚《はなは》だしく物足りない事は、僕がたった一人ぼっちで、ふさわしい女性のいない事だった。事実、かくの如きロマンチックな夢の中に、女性のいないという事は、甚だしく不自然ではないか。優しい、高貴な女性がいることで、僕の夢は一層その光彩を添える事が出来るのだ。だが、そんなお誂《あつら》え向きな女がいるものだろうか、仮令《たとい》いるとしても、それが僕の夢に同情を持ってくれるだろうか。僕は常にあの汚い一室の中に閉籠りながら、そういう女を探出すことに余念がなかった。毎日毎日、壁に向って女の映像を画きつつ、描いては消し、描いては消ししていた。そして間もなくさすがに苦心のかいあって僕は到頭理想的な女を発見する事が出来た。それはある外交官の夫人で、年齢は二十四歳、彼女の肌はまるで乳のようになめらかで、彼女の髪の毛は、やや茶色味を帯びたブルーネットなのだ。そして聖母のように高貴であると共に、どうかしたはずみに、大へん淫《いん》蕩的《とうてき》にもみえるのだ。

間もなく僕は彼女と手紙の往復を始めとして毎夜毎夜、甘いあいびきを続けさえした。

君も彼女の手紙を見たことであろう。そして著しく、それが君を不愉快にしたようである。

しかし、横溝君！

君は彼女の正体をはっきりしらないのだ。彼女は一体何処に住んでいるのか。そして彼女の姓は何というのだろう。おお！　君よ！　それは僕でさえも知らないのだ。そして僕を除いた何者も亦《また》それを知らないのだ。というより知る筈がないのだ。何故《なにゆえ》ならば、彼女はただ僕の夢の中にのみ住んでいるのだから。

「では、あの手紙は？　桃色の封筒の中に這入っていたあの手紙は？」

君はそういって問返すだろう。しかし君よ！　あの手紙は成程彼女から来たものに違いない。しかし僕自身が彼女の代筆者である事を君は知っているか。

そうだ、僕はあの手紙をどんなにか胸を慄《ふる》わせて読んだことであろう。しかもその手紙を書いた者は僕自身なのだ。だが君はこういう事を知っているか。小説の中に出て来る人物ですらが、書いているうちに屢々《しばしば》作者の自由にならない個性を持って来るという事を。僕の夢の女の場合でも、彼女は間もなく、僕のどうする事も出来ない個性を持ってしばしば僕の意思に逆らって、僕と争ったり、僕の命令に叛《そむ》いたりするのだ。それだけに僕の興味は益々つのって行《ゆ》き、僕の彼女に対する恋情はいよいよ深まって行《ゆ》くのだ。

だが、こんな下らない話は、おそらく君を当惑させるだけで、君を喜ばせはしないだろう。それに僕自身も大分つかれて来たから、それ以後のことをなるべく簡単にお話しよう。

事態は順調に進んで行《ゆ》きつつあった。僕の守銭奴的天才のおかげで、思ったよりも早く、目的だけの金額が溜りそうであった、そして、将来這入るであろう収入、（預金額の利息などもむろんその計算の中に這入っているのだ。）を、細《こま》かく、細く計算してみると、後二月《あとふたつき》を以って千五百円という金が出来る事になったのだ。

千五百円！

おお、僕の夢は実現出来た。風呂代をも惜んで溜込んだこの千五百円を、僕はたった一週間で煙《けむ》にして了うのだ。それを考える時、僕の胸は、思わず高鳴りするを禁じ得ないのであった。

だが横溝君！　これは一体何という事だろう。僕の楽しい夢は、ふいの出来事に打挫《うちくじ》かれて了った。

というのは昨日の事なのだ。

朝起き抜けに、僕のところへ一通の郵便が舞込んで来たのである。それは僕の見も知らぬ名前の男からであった。僕は何気なくその封を開いて読んでみた。今から思えば、もう二月《ふたつき》、この手紙の来るのが遅れてくれたら、僕はどんなにか幸福であったろう。一体どういう事がそこに書いてあったかと思う。

僕が今迄、名前を知っているだけで、逢った事すらない僕の叔父の山名太郎《たろう》が亡くなったというのだ。そして彼には妻もなければ子も無く、従って相続人というものが其処にない訳だ。だから、彼の遺産全部、金に改めると、約五万円ばかりの物が全部僕のものになるというのである。

ああ、横溝君！　僕は一体どうしたらいいのだろう。

山名耕作の奇妙な告白状は、この奇妙な結末を以って突然に結ばれていた。

私はそれ以来一度も彼に逢わない。

だが、私はこれだけの事を諸君にお伝えする事が出来るのである。

彼の夢は遂に実現されなかった。そして、叔父の遺産を受継いだ彼は、直ちに新聞社をよして、田舎へ引込《ひっこ》んだが人の噂によると哀れな彼は、今や本当の守銭奴になって了ったという事だ。

あ・てる・てえる・ふぃるむ

「鳥渡《ちょっと》旅行をして来なければならないんだがね」

夕食の膳に向っている時であった。良人《おっと》の卓蔵《たくぞう》がふと思い出したようにそう言った時、折江《おりえ》はなにがなしにはっとして、口に入れかけた物をそのままに、ちらりと偸《ぬす》むように良人の顔を見上げた。卓蔵は恰度《ちょうど》女中からお代りを受取ろうとして手を伸したところだったが、折江の視線を受けると、ぎょくんと何物かに小突かれたように、周章《あわて》てその眼を他へ反らした。

「どちらの方へ？」

折江は茶碗と箸《はし》とを持った両手を、そのまま膝《ひざ》の上に置くと、今度は真正面から良人の眼を覗き込みながら、強いて優しい頬笑みを見せてそう言った。

「関西の方を廻らなければならないんだ。急に社の方に用事が出来てね」

「そう、行ってらっしゃいまし」

折江は静かにそう言うと鳥渡首《ちょっと》を項垂《うなだ》れた。彼女は、何故《なぜ》もっと馴々しく口を利く事が出来ないのだろう。何故もっと良人に甘える事が出来ないのだろう。今迄《いままで》だと、社用の旅行の折にも、無理にも駄々を捏《こ》ねて連れて行って貰《もら》っていたではないか、それだのに、何故今度に限って、それが言えないのだろう。――そう思うと彼女は、悲しくなるより、寧《むし》ろ自分自身を責めなければならないような気がした。然《しか》しそう言えば、良人にしても、いつもだと、

「折江、お前も行きたくはない？」

と揶揄《からかい》半分に言う筈《はず》だのに、今度に限って、寧ろ反対に彼女の出鼻を挫《くじ》くような態度が見えている。一緒に行くと言い出されては困るが――、そう言った素振りが、言葉の端にもまざまざと見えている。

「何日位おかかりになりますの？」

暫《しば》くしてから折江は消入りそうな声でそう訊ねた。

「いや、そう長くはかからない心算《つもり》だ。何しろ東京の方も今急がしい最中だからね、――それにしても一週間はかかるだろうと思う」

折江はよっぽど、「あら嫌だわ、それじゃあたしも従《つ》いて行くわ」と言おうかと思った。然しそんな

事を言えば、一層不自然さが眼に立って、救えない空気をその場に醸し出しそうな気がしたので、彼女はわざと黙っていた。

自分も変っている。然し良人の方は自分以上に今迄とは変っている。第一今迄だと、旅行を言出すにもこんなに苦労をしなかった筈だ。寧ろ彼女の駄々を期待するように、そしてそれを焦らせて楽しむ為に、或る時は家へ帰って来るといきなりそれを切出したり、又そうでない時は、にやにやと、如何《いか》にも狡《ず》るそうな笑いを見せて、散々彼女を焦らせた揚句、やっと切出したりしたものだ。それが今度の場合は著しく変っている。夕飯の始まる前から、彼女には良人が何か言出そう言出そうとしている事がよく分っていた。それでいて、何時《いつ》迄たっても切出さなかったのが、何時《いつも》のように彼女を焦らせる事によって楽《たのし》もうという風では全然なかった。寧ろ全くその反対に、それを言出すのが如何にも恐しく、億劫《おっくう》であるらしいのが、彼女にもよく分っていた。だから愈々《いよいよ》切出された瞬間、彼女にしても何時《いつも》のように無邪気に受止められなかった訳でもあった。

何時《いつ》からこんな風になったのだろう、つい此《こ》の間までは、鴛鴦《おしどり》のようだと近所の人にも言われ折々訪れて来る両親からも、「前の嫁よりも気に入っているらしい」と喜ばれていた自分たちだったのに——。

折江は卓蔵にとっては二度目の妻であった。彼の最初の妻というのは平常《ふだん》から体が弱かったが、二年程前にその転地先で死んだのである。噂によると変死だと言う話であったが、詳しい事情は彼女自身も知らなかった。折江の兄が卓蔵の友人であったので、彼女は前の細君が生きている頃から卓蔵とは時々顔を合す事があったが、当時の彼の細君というのには一度も会った事がなかった。時々卓蔵の口から、体の弱い事を聞いては気の毒に思うくらいで、そんなに親しくしているわけでもなかったので、見舞いに行った事もなかった。噂によると彼は大変その細君を愛しているのだという事だった。ところが彼女の死後、卓蔵が淋《さび》しさをまぎらす為に、しげしげ折江の兄を訪ねるようになり、折江の方では細君を失った彼に対する同情から、親しい言葉で慰《なぐさ》めたりしているうちに、何時《いつ》しか二人はお互いの事を想うようになっていた。そうした愛は、折江の兄がふとした病気から突然亡くなった事によって急激に進んで、そして間もなく彼等は親類一同の同意を得て結婚したのである。

結婚の当初折江は時々、深い憂鬱《ゆううつ》に捉われている卓蔵を見る事があった。そうした時、彼女は直ぐに良人が前の奥さんの事を考えているのだという事に気が附いたが、折江の性質としてそれは嫉妬の種子《たね》となるより、寧ろ一層深い愛を彼に抱《いだ》かせる動機になるのだった。卓蔵も間もなく、段々折江の明るい快活な性質の感化を受けて行ったものらしく、家の中の空気は日増しに明るくなって行《ゆ》きつつあった。

それだのにどうして此の頃になって急に二人はこんなにお互いの肚《はら》の中を探合《さぐりあ》うようになったのだろう。――そう考えると忽《たちま》ち彼女は、この間の山《やま》の手《て》館《かん》での事を思い出すのだった。それはあながち今に限った事ではなくて、此の頃始終彼女はその事を思《おもい》続《つづ》けているのであった。こういう原因の分らない変な空気が家庭に入って来た最初の頃、彼女はふとその時の事を思い出した。

「ああ、あれだ。あの活動写真だ」

彼女は思わずそう呟《つぶや》いた。

然しよくよく考えてみると、それは何の因縁《いわれ》もない事なので、彼女は直ぐにその考えを打消そうとした。然しそれは、夏の野の雑草のように、忘れようとすればする程、彼女の胸の中に、蔓《はびこ》って来るのである。

「そんな筈が」と打消す一方、ある訳の分らぬ忌《いま》わしい疑念が、益々むくむくと彼女の想いの中に頭を擡《もた》げて来るのであった。それが何であるか、彼女にもはっきり正体を摑む事が出来なかった。然し、そうした疑念の影が深まって行くに従って、良人の面《おもて》にさした暗い影も、日毎に濃くなって行くような気がしてならないのである。

それは今から丁度一月程前の事であった。前にも言った通り、当時まだ鴛鴦のように仲のよかった夫婦は、ある晩いつものように手を引合って散歩に出たのである。彼等の住宅は渋谷にあったので、その晩も道玄坂《どうげんざか》を一廻りして、何処《どこ》かでお茶でも飲んで帰る心算《つもり》だった。卓蔵は前々から口数の少《すくな》い方で、時々ふっと発作的に、恐ろしい程に憂鬱になる方であったが、平常《ふだん》はそれ程でもなかった。折江はと言うと、彼女は唯《ただ》もう無邪気で、どちらかと言うと快活過ぎる程の女だったので、そうした散歩は、お天気さえよければ、一週間に二度や三度は必ずあった。

その夜《よ》の事を、折江ははっきりと覚えているが、どうしたものか道玄坂の通《とおり》も、妙に人が出ていないように思われた。尤《もっと》もそれは後になって、ああした事が起ったので、それに結びつけて考える為に、何事も妙に淋しく、薄気味悪く思い出されるのかも知れない。それにしても、何時《いつも》より淋しかった事は確かで、その時彼女は、

「どうしたんでしょう。妙に今夜は淋しいようね」

と卓蔵に言った程である。

「月曜だからだろう。それにしても成程、人出が少過ぎるようだね。どうだ、お茶でも飲んで直ぐに帰ろうか」

無邪気で快活な性質の折江は、何事に就けても淋しいというのは嫌いだった。折角賑《せっかくにぎや》かだと思って出て来た道玄坂が、すっかり淋れているので彼女は少からず失望した。良人の卓蔵は彼女のそういう気持ちをよく知っているので、慰める心算《つもり》でそう言ったのである。

「ええ」

後から思えば良人の言葉に従ってそのまま素直に帰って居れば何事もなかったのである。然し折江は其の時何かしら妙に満足しないような気持ちだった。恰度その時、彼等は百軒店《ひゃっけんだな》の活動写真館の前を通っていたので、彼女はふと其の時の気まぐれから、

「あなた、活動写真を見ない？」

と言った。

「ふむ、見てもいいけれど」

卓蔵も足を止めて、毒々しい絵看板を見上げた。

それはいつも日本のものばかりをやっている小屋で、その時も勤王美談《きんのうびだんなになに》何々といった風な時代物と、それからもう一つは現代劇と銘打って『古沼《ふるぬま》の秘密』という写真の看板が上っていた。

「鳥渡《ちょっと》見ましょうよ。詰らなければ直ぐ出るとして」

折江もその実、もうどうでもよかったけれど、強いて甘えるようにそう言った。卓蔵はそう言われると、彼もまたあまり気が進まなかったのだけれど、折江の気持ちに逆《さから》いたくなかったので、特等切符を二枚買って中へ入った。折江はその時まだその小屋の名前も知らなかったくらいで、さすがに山の手だけあって、割に小綺麗な建物ではあったが、入《いり》は六

分目しかなかった。殊に特等席には、椅子も少かったが、彼等二人の他には一人もいなかった。彼等が真暗な中を女給の懐中電気に案内されて程よい席に座を占めた時、映写幕《スクリーン》にはお添えものらしい西洋物の喜劇が写っていたが、間もなくそれが終ってぱあっと明《あか》るく電気が附いた。

「随分淋しいのね」

折江は電気が点くと同時に、手にしていたプログラムを見ようとしたが、そのまえに平土間《ひらま》の客席に眼をやって、思わずそう呟いた。折江のそう言ったのも無理はない。客席には歯の抜けたように、ぽつりぽつりとしか人影はなく、そしてそれ等の人々もお互いに何か話をしているのであろうが、それが妙にひそひそとしていて、高い所から見下していると、それが丁度虫のようにもくもくと動いているように思われた。それに小屋がまだ新らしいと見えて、壁だの天井だのがいやに白っぽいのも、何かしら一層淋しさを誘うように思われて、寧ろ寒いぐらいの気持だった。

「出ようか、何だか寒いじゃないか」

卓蔵は余程気が進まないらしく、折江の方を見てそう言ったが、折江は黙ってプログラムを読んでいた。丁度その時再び電気が消えて、其処《そこ》に『古沼の秘密』が始まったのである。

折江も卓蔵も、特別にその写真に興味を持つ因縁《いわれ》はなかったので、二人とも無関心な態度で映写幕《スクリーン》の方に目をやっていた。フィルムはもうかなり古いものと見えて、かなり痛んでいる上に、写真その物が妙に暗かったりして、見ていてもあまり愉快ではなかった。

場面は先《ま》ず東京のさる伯爵家の一室から始まって、其処に若い美しい耳隠しに結った令嬢が出て来る。筋というのは、その令嬢を取囲んでの、一種のお家騒動のようなものらしかったが、二巻目の終頃《おわりごろ》に、その令嬢が悪党どもに誘拐されるところがあった。と思うと、其処から場面は急に信州《しんしゅう》に飛んで、令嬢はその辺のある一軒家に幽閉される事になるのである。其の辺から場面が急に美しくなったので、折江は見ているのに少し楽になった。本当に信州へロケーションに出かけたらしく、諏訪《すわ》の湖などがちょいちょい画面の一端に現れたりした。

「鳥渡《ちょっと》綺麗じゃないの？」

折江は何気なく良人の方を見てそう言いかけたが、その時彼女は、良人の様子が普通でないのにふと気が附いた。彼は少し上体を前に乗出すようにして、その眼は映写幕《スクリーン》に喰入るように見入っていた。しかも、呼吸《いき》を喘《はず》ませているらしく、肩が大きく波打っているのが見えた。

「あなた、どうなすったの？」

彼女はとがめるような口調でそう声をかけたが、すると卓蔵はふと我れに返ったように、周章《あわ》て姿勢を直すと向うを向いたまま、

「いや！」

と狼狽《ろうばい》したように言った。思いなしかその声が少し嗄《か》れていたように、後になって彼女には思われた。

「お体でもお悪いんじゃないの？」

「ううん」

卓蔵はやはり彼女の方を振向こうとはしないで、映写幕《スクリーン》の方へ眼をやったまま、溜息を吐くような声でそう答えた。

折江もそれで仕方なしに再び写真の方に眼をやった。場面は相変らず信州の田舎《いなか》で、都から追いかけて来た令嬢の恋人が、幽閉されている令嬢を救出《すくいだ》そうとして、盛んに活躍しているところで、別に面白くも何もなかった。それだのに、良人はどうしてあんなに、息を喘《はずま》せる迄に熱心に見ていたのだろうか――。彼女は少し気になるのでそれからというものは、写真を見る合間合間にそっと良人の横顔を偸視《ぬすみみ》た。相変らず彼は魅入られたように凝《じ》っと映写幕《スクリーン》の方を見ているのであるが、その態度が何かしら唯事でないように彼女には思われた。

そうしているうちに、到頭《とうとう》あの事が起ったのである。彼女はずっと後《のち》まで、その時の事を忘れる事は出来なかった。その瞬間彼女は、良人は発狂したのに違いないと思ったくらいである。

場面は段々と進んで、例の青年は到頭令嬢をその幽閉されていた場所から救い出した。ところが悪党の方でも直ぐとそれに気が附いたとみえて、其処に日本物の活劇らしい追っかけが始まるのであるが、その時折江は、再び良人の上半身が段々前へせり出して行くのに気が附いたのである。彼の眼は活動小屋の暗闇《くらがり》の中にも、熱病患者の眼のように浮《うわ》ずって見えた。その上に息使いが段々荒くなり、見ると彼の両手がしっかりと前の椅子の背《せな》を摑んでいるので

ある。無論、こんな下らない日本物の活劇の筋に、彼が夢中になるわけはなかった。従ってそんなに迄彼を緊張させるものは、何か他のものでなければならない。折江がそれを見届けようとして、写真の方へ眼をやった刹那《せつな》、其処には青年と数人の悪党との間に大格闘が始まり、令嬢は恐ろしそうに傍の崖のようなところに身を避《さ》けた。すると場面は大写しとなって、令嬢とその背後の崖の一部分だけが映るのである。それは山崩れか何かで出来た崖らしく、石ころだの雑草だのの間に交って赤煉瓦《あかれんが》のようなものも混っていた。多分、西洋館のようなものが建っていた事もあるらしく、そうした活劇には誂《あつらえむ》向きの場面であった。ところが、この大写しが映った瞬間、愈々体を前へせり出して、何か見究めようと焦っていたらしい卓蔵は、ふいに口の中で、「あっ！」というような叫声《さけびごえ》を挙げたかと思うと、ぴょこりと椅子から立上った。

「あなた！　どうなすったの？」

折江もそれに続いて立上ると、辺《あたり》を忘れた声で思わず良人に縋《すが》りつくようにしてそう言った。それでも卓蔵は、まだ凝《じっ》と、喰入るように映写幕《スクリーン》の方を見ていたが、見るとその額には玉のような汗が、ぶつぶつと吹出しているのである。

「あなた、あなた」

と折江は二度程そう叫ぶと、良人の手を握って、それを揺《ゆす》ぶるようにした。その途端、彼女は良人の脈搏《みゃくはく》が著しく速くなっているのに気が附いた。しかも卓蔵はまだ放心したように映写幕《スクリーン》の方を見詰めているのである。

幸いにそれから以後、写真はあまり長くなかった。お定まりの目出度《めでた》し目出度しで筋を結ぶと、電気がばあっと夜《よ》が明けたように点いた。卓蔵はそれで漸《ようや》く気が附いたように、でも、まだぼんやり折江の方を見たが、

「ああ」

と世にも暗い、陰気な顔附きをした。折江はその顔が真蒼《まっさお》であるのに気が附いたのである。

「あなた、どうなすったの？　お気分でも悪いんじゃないの？」

そう言われて卓蔵は、その時初めて本当に気が附いたようであった。すると、彼はさっと眼の色を変えて、周章《あわて》て額の汗を拭ったが、

「いや、何でもないんだ。帰ろう」

と言った。そうして偸むように折江の顔を見た。

幸い特等席の周囲《まわり》には誰もいなかったので、彼等の不思議な行動に気の附いた者は一人もいなかったらしかった。折江は黙って良人の後に従ってその小屋を出たが、出る時彼女は初めてそれが山の手館という小屋である事を知ったのである。

途々《みちみち》彼等は一言も口を利かなかった。折江は聞いて見ようかどうしようかと迷ったが、どうしてもその言葉が口から出なかった。卓蔵の方も、それを聞かれる事が恐ろしいような風であった。こんな事は、彼等が結婚してからもう一年になるが、未《ま》だ一度もなかった事である。折江は前にも言ったように、どちらかと言えば、開《あけ》っぱなしな、無邪気な性質の女だったので、今迄そんな風に妙な遠慮をした事は一度もなかったのであるが、その夜《よ》だけは、妙に言葉が口から出そびれた。彼女は無言で良人の後に従いながら、今見た活動写真の事を様々に思い浮べてみた。殊に良人が椅子から立上った辺《あたり》の場面を、記憶を辿って一つ一つ思出《おもいだ》してみたが、何処にどうと言って、良人を脅《おびや》かすような理由を発見する事は出来なかった。良人が立上ったのは、確かに、令嬢に扮した女優が大写しになった瞬間である。良人はあの女優を知っていたのであろうか。いやいやそんな事は考えられない。よし良人が彼女を知っていたとしても、それならば、彼女は映画の最初から出ているのだし、それ迄にも彼女の大写しは何度となく出ているのである。あの時になって初めて、あんなに驚く程ふいに気が附くとは思われない。とすれば何か他に良人の眼を惹くものがあったのだろうか。然し折江は恰度その時分、映写幕《スクリーン》よりも良人の方により多く注意を惹かれていたので、その辺の場面は碌々《ろくろく》覚えてはいなかった。それにしても、良人や自分以外にも、あの活動小屋の中には幾十人、或いは幾百人という人がいたのだし、それ迄にだって何千何万という人間があの写真を見ているのであるが、それ等の人たちが平気で見ていたろう写真を、無論平気で見ているからこそ、ああして上映を許されているのに違いないのであるが、良人は何を以ってあんなに驚いたものであろうか——。

尤も折江がこんな風にまで突詰めて考えるようになったのは、それから段々後になっての事であった。

その夜《よ》はそれ程の事とも思わずに、彼女の方は間もなく日頃の無邪気さを取戻すことが出来たが、卓蔵の方は妙に陰気な顔附きをしていた。そして時々脅《おび》えたような眼附きで、折江の顔を偸視《ぬすみみ》したりするのであった。尤もそういう事は結婚の当初、かなり屢々《しばしば》あった事で、その当時彼女は、その眼附きを見る度に、何かしらはっとするような重さを身内に感じた事があった。

ところがその夜《よ》の事である。折江は枕を並べて寝ている卓蔵の呻声《うめきごえ》にふと眼を覚したのである。

「どうなすったの？　あなた……」

折江は起直ると急いで良人の胸に手を当てて揺起《ゆりおこ》そうとした。然し彼は眼を覚すどころか、その反対に益々気味の悪い声を立てて呻き始めた。その顔は折江の眼にもぞっとする程恐ろしく歪《ゆが》んで、額には先刻《さつき》活動小屋で見たと同じような玉の汗が一杯浮いていた。そして激しく両手を痙攣《けいれん》させながら、何かしらを一生懸命に払い退《の》けようとしているらしかった。

「あなた、あなた――」

折江は彼女自身悪夢に襲われたような無気味な恐ろしさで、立上ると急いで消してあった電気のスイッチを捻《ひね》った。その途端、卓蔵はあっと言って起上ったが、折江の姿を見ると、恰度光を背に受けて立っていた彼女を、誰か他の者と間違えたものか、もう一度「ぎゃっ！」というような声を立て思わず後退りした。

「あなた、あたしよ。どうなすったの。何か恐ろしい夢でも御覧になったの？」

折江は畳みかけるようにそう言って、良人の側《そば》にかけよってしっかりとその胸に抱きついた。彼女は何かなしに無性に悲しかった。良人が世にも可哀そうな人間のように思えて、思わず其処に泣伏《なきふ》したのである。卓蔵は漸く気が附いたように、

「折江、お前だったのか――」

そう言って暫《しばら》くまた黙っていたが、軈《やが》て、

「もういいよ。唯鳥渡《ちよつと》恐ろしい夢を見ただけなんだから」

と言ってまだ泣いている折江を傍に寝かしてその上に蒲団を掛けてやりながら、

「さあ、もう泣くんじゃない、お寝《やす》み」

そう言って彼もまた蒲団の中にもぐり込んだが、

大分たってから彼はふと折江の方を向いて、

「折江、お前はいい女だ。無邪気な女だ」

と歎声《たんせい》を洩《もら》すように唯一言そう言った。折江はそれを聞くとまだ泣き続けながらもはっと体を固くした。

「お前はいい女だ。無邪気な女だ」

そういう言葉を聞くのは今が初めてではなかった。結婚した当初、二人で差向いに話をしている折など、主人《おっと》の卓蔵は時々ふと意味の分らない憂鬱に陥る事があった。彼は疑うような探るような眼で、凝《じっ》と折江の眼の中を覗込《のぞきこ》むのであるが、やがて悲しげに頭を振ると、あたかも溜息を吐くように、

「折江、お前はいい女だ。無邪気な女だ」

と言うのであった。

いい女だ、無邪気な女だ――それは文字通りにとれば彼女に対する讃辞に違いなかったが、折江は何かしらその言葉の裏に、全く別の意味がこめられているような気がした。何だろう、どういう意味だろう――、ひょいと裏をはぐって見れば出て来そうで、それでいてそれを突詰めて考えるのが恐ろしいような気がした。どうせ考えても分らないような気もするのだった。

その日から良人の卓蔵が、もう以前の良人でなくなった事に折江は気が附いた。時々溜息を洩《も》らしながら、凝《じっ》と折江の顔を穴の開く程見ている事があるかと思うと、急に脅えたように辺《あたり》を見廻したりした。夜遅く誰か訪れて来ると、その足音だけで、どきっとしたように跳上ったりする事があった。そうかと思うと居ても立ってもいられないように、部屋の中をぐるぐる歩廻《あるきまわ》ったりするのだった。折江はそれを傍からはらはらとしながらも、唯黙って見ているより他にはなかった。終いには到頭彼は、折江の顔を見るのさえ恐ろしいような様子さえ示すのであった。折江はそれを誰にも言わなかったけれど、時々訪れて来る両親にも、それが分らない筈はなかった。

「卓蔵はこの頃どうかしているようだが、何か心配事でもあるのかい」

両親はそんな事を言って折江に訊ねるのだったが、彼女にしても、それに対して何と言って答える事が出来よう。彼女は唯黙っているより他に仕様がなかった。まさか取止めもない活動写真の話など出来る筈はなかった。

「お前も此の頃顔色が勝《すぐ》れないようだが、本当に何か心配事があるんなら、遠慮は要らないから打開けてお呉《く》れよ」

そういう気遣わしそうな問いに対しても、

「いいえ、何もないんです。良人《あのひと》は少し働き過ぎたので、今鳥渡《ちょつと》神経が昂《たか》ぶっているだけなのです。このまま静かにして置いた方がいいのです」

彼女はそう答えるより他に言方《いいかた》を知らなかった。

そうしてある日の事である。あの晩以来時々帰りの遅くなる卓蔵が、その夜も九時過ぎに帰って来た。彼は又何者かに追いかけられでもしたように、そわそわとした様子で表から帰って来たが、帰って来ると直ぐ床《とこ》をとらせてその中へもぐり込んだ。折江は一人悲しげに、此の頃では言葉を交す事も稀《まれ》になったので、黙って良人の脱ぎ捨てた洋服を畳みかけたが、ふと思い出して懐中《ポケット》の中から手布《ハンカチ》や鼻紙を取出した。その時彼女はそれ等と一緒に取出された一枚の紙片にふと眼がついたのである。それは確かに活動写真のプログラムに違いなかった。彼女は忽ちこの間の事を思出したので、はっと息を飲込むと、周章《あわ》てそれを披《ひろ》げて見た。然しそれはこの間の山の手館のものではなくて、大正館《たいしょうかん》という彼女のまだ知らない小屋のものであった。彼女はそれに何かなしに安心して、何気なく裏を返して見たのであるが、其処に再び彼女は息を飲込むようなものを見たのである。

現代活劇
『古沼の秘密』　全六巻

やっぱりそうだったのだ。良人はやっぱりあの写真を見に行ったのだ。そう思うと彼女は、急に言知《いいし》れぬ恐怖を身内に感じた。自分の考えはやはり正しかったのである。此の頃の良人の怯《おそ》れは、やはりあの写真から来ているのだ――彼女は突然に何か真黒《まつくろ》なものが覆いかぶさって来るような気がしたのである。

卓蔵が旅行に出たのは、それから三日目の事であった。

彼女は何かしら今度の旅行がよくない結果に終りそうな気がした。そして関西へ社用で行くのは嘘で、何処か他のところへ行くのに違いないという気がした。他のところ――それは何故か信州に違いないような気もした。

卓蔵が送って来なくてもいいというのに、だから彼女はどうしても駅まで従《つ》いて行かなければ承知が出来なかった。出来る事ならば、何処までも何処までも一緒に従いて行《ゆ》きたいとさえ思ったくらいである。

愈々汽車が出ようとする時、折江は窓の側《そば》により沿って、

「ねえ、なるべく早く帰って頂戴《ちょうだい》ね」

とただ一言そう言った。

然しその双の眼には一杯の涙が溢れていて、卓蔵の側《そば》に乗っていた人が怪しむようにその二人を見較べたくらいである。卓蔵も凝《じっ》と妻の顔を見ていたが、その憔悴《しょうすい》した顔は、見る見る歪んで来た。彼は周章《あわて》て顔を反向《そむ》けたが、暫くすると何と思ったのか、急に窓から上半身を乗出すと、手を差伸べて辺《あたり》に人がいるのも構わずに折江の手をしっかりと握った。

「心配する事はない、大丈夫だ」

と言った。それから何か言おうとして辺を見廻したが急に声を低くして、

「折江、どんな事があってもお前は驚いてはならないぞ、お前は無邪気でいい女なのだ、罪はこの俺にだけある」

その言葉に折江ははっとして良人の顔を見上げた。二人は暫く無言のまま顔を見合せていたが、やがて卓蔵は耐《たま》らなくなったように手を離すと、汽車の中に引込んで了《しま》った。それきり彼は汽車が出て了うまで顔を見せなかったのである。

卓蔵がいなくなると、家の中は急に、がらんとしてしまった。駅から帰って来た折江は、一歩足を家の中へ踏入れた瞬間、何かしら不幸のあった家へやって来たような気がした。閉めきった良人の書斎へ入ると、薄暗い隅々から、眼に見えない恐ろしいものが、四方から彼女に襲いかかって来るような気がした。彼女は其処に、気抜けしたように坐《すわ》りこんだまま、疲労と心配と悲哀に乱れた頭を以って、もう一度この間からの事を考えて見ようと思った。然しそれは、考えれば考える程彼女の頭を掻乱《かきみだ》すばかりで、何一つ整った考えは浮んで来なかった。唯一つ、此の間見た活動写真の、大写しになったあの場面がしつこくこびり附いていて、それが黐《とりもち》のように掻回せば掻回す程、益々絡まり縺《もつ》れて来るばかりであった。そして其処から莫然として不安と疑念がきざ

しはびこるのだった。

「罪はこの俺にだけあるのだ」

彼女は別れ際の良人の言葉を今まざまざと思い出した。良人に何か後暗《うしろぐら》い事でもあるのではなかろうか。あんなに恐れつづけなければならない程のあやまちが、彼の過去にあるのではなかろうか。そういう考えは此の間から始終彼女に附纏《つきまと》っているのであるが、然し彼女はなるべくそう思いたくなかったので、今迄はそれを打消すように打消すようにと努めていた。然し今はもうそうではなかった。蓋《ふた》は到頭開かれた。そして其処にあったものは果して彼女の恐れていたと同じものである事に気が附いたのである。彼女は決してその罪の内容を考えようとは思わなかった。良人にどんな過失があるとしても、彼女は総《すべ》て許せるような気がした。

「あの人は決して悪い人ではない。どうしてどうしてあの人のような善人が、世にそう沢山ある筈はないではないか。あの人に若《も》し何か過失があったとしても、それはあの人の知った事ではないのだ。そう言う事は唯神様だけが知っていらっしゃる事なのだ」


その時彼女はふと卓子《テーブル》の上に放り出された一冊の古い日記帳に気が附いたのである。手に取ってみると、確かにそれは良人のものに違いなかった。卓蔵は一体手紙だの日記だのを家内の者が見る事を厳禁しているくらい嫌がっている男であるから、そうして日記帳が卓子《テーブル》の上に放り出してあるのは不思議だった。折江は暫く恐ろしいもののように凝《じっ》とそれを見ていたが、やがて思いきってその一頁《ページ》を開いて見た。それは年代から言ってかなり古いもので、前の細君の生きている頃のものであった。彼女は悪いと思いながら二三頁読んで見たが、別に変った事も書いてないようだったので、安心して所々拾読《ひろいよ》みをして行った。ところがその終《おわり》の方になって、ふと折江という名前を発見したので、彼女はおやと思って、その辺から急に熱心に読出して行ったのである。それはまだ前の細君が生きていた頃の事だから、折江はまだそれ程卓蔵と親しくしていなかった筈だのに、彼女の名はかなり多く日記の上に現れていた。しかもそれが普通の書方とは違っているので、折江は怪しく胸を慄《ふる》わせながら読んで行ったが、その最後の頁へ来た時、彼女ははっと思わず息を内へ引いた。

其処にはこんな事が書いてあるのである。

今日は到頭たしかめた。折江もやっぱり僕を愛していて呉れるのだ。彼女は言った。
「でもあなたにはいい奥さまがおありじゃありませんか」と。僕は今日一日その言葉を心の中《うち》で繰返した。よし、明日は愈々信州へ転地している妻の許へ行こう。

折江はそれだけの文字を、凡《およ》そ十分間程凝視していた。ふいに彼女には何《なに》も彼《か》も分ったような気がした。彼女にはそんな事を言ったか言わなかったか思い出せなかったが、今更それを考えてみる必要はなかった。
「でもあなたにはいい奥さんがおありじゃありませんか」

彼女自身、その言葉の裏にある恐ろしい意味に気が附いて愕然《がくぜん》としたのである。それは話す者と聞く者との間にひょいと入りこんだ恐ろしい悪魔の仕業だ。信州——信州——と、無意味にそう呟いていた彼女の眼前には、突然、この間の崖ぶちの光景がありありと現れて来たのである。其の崖の上を一人の男と一人の女が歩いていた。二人の人影はのろのろと何か話し続けながらその崖のところまで来たが、其処で男の方がふと足を止めて女に何か話しかけた。女は病み上りと見えて影のように痩《や》せ細っていたが、男に呼びとめられると同じように足を止めた。彼等は二言三言何か話していたが、女はその間絶えずにこにこと笑っていた。

突然男の顔に恐ろしい形相が浮んだ。彼は向うを向いて立っている女の首筋を凝《じっ》と見ていたが、矢庭《やにわ》に猿臂《えんぴ》を伸すと、その細い首をしっかりと両手で摑まえた。それはあっという瞬間の出来事で、女は抵抗する暇もなく、間もなくぐったりと男の両手の中に倒れかかるように倚《もた》れかかった。男はそれでも尚摑んだ手を離そうとはせずに、真蒼な顔をしてぎろりと辺《あたり》を見廻した。折江はその男がこう言っているのをはっきり見たのである。
「お前が殺せと言ったのだ。お前の言葉を俺は俺流に解釈したのだ。お前も俺と同罪だ。いやいや、お前の方が俺よりは罪が重いのだぞ」

折江はふいに椅子から立上ると恐ろしい声で何事

かを叫んだ。無論それは意味をなさない一種の悲鳴に過ぎなかった。彼女は何物かを摑まえようとするかのように、両手を指しのべてしばらく藻掻いていたが、もう一度はっきり彼女は、

「でもあなたには奥さんがおありじゃありませんか」

という言葉を思い出した。その途端四方の壁が自分の上に倒れかかって来るのを覚えた。と思うと、全身の血汐が凍えるような息苦しさを覚え、激しい吐気と共に、辺《あたり》が真暗になって来た。

物音に驚いた女中が駈着けた時、彼女は床の上に打倒れ、嚙みしめた唇の間からは、粘《ねば》っこい液体がどくどくと流出《ながれだ》していた。

卓蔵が崖から顚落《てんらく》して危篤《きとく》だという電報が信州の病院から着いたのはその翌朝の事である。そして相継いで起ったこの一家の悲惨な出来事に就いて、本当の事を知っている者は一人もなかったのである。

『古沼の秘密』という映画の上に残されたあの恐ろしい怪異が発見されたのは、それから又半年程経ってからの事である。


それは当時新聞にも盛んに書立てられ、かなり世間を騒がせた事件であるから、読者諸君の中にもまだ御記憶の方もあるだろう。此処にはその概略を掻《かい》抓《つま》んで話して置く。

それは九州のある地方でその映画が上映されていた時である。田舎の事とて観客の数はあまり多い方ではなかったが、その中に混ってそれを見ていた一人の少年が、例の大写しの場所まで来た時、何と思ったのか突然立上って叫んだ。

「やあ！　あんな所に人の手が覗いている！」

人々はそれが何を意味しているのかよく分らなかったので、口々にその少年を制した。少年はそれでもまだ止《やめ》ようとせずに益々大声に叫出《さけびだ》した。

「人間の手だ、人間の手だ、彼処《あそこ》にきっと人が埋《うず》まっているのだ！」

後になってその場に居合せた一人に聞くと、それは恰《あたか》も悪夢のように恐ろしい光景だったという。人が埋まっている！　と少年が叫んだ瞬間、今まで彼を制していた人々も一斉に少年の指差した方を眺めた。然し其処にはぼやけたフィルムが映っているばかりで、彼等の眼には何も探出《さがしだ》す事は出来なかった。

しかも場内は森《しん》と静まり返《か》えり、各々固唾《めいめいかたず》を飲みながら、フィルムと少年を交《かわ》る交《がわ》る眺めていた。少年は突然何を思ったのか、急いで椅子を離れると、ばたばたと表へ駆出したが、其処に掲げてあるスチルの前へ走って行った。其処には他の様々な場面と一緒に、例の大写しの場面も掲げてあるのだが、少年は直ちにその前へ駆寄った。

「ある、ある！」と彼は叫んだ。「やっぱり人の手だ。こんな所から人の手が覗いているのを誰も気が附かないのか」

少年の周囲《まわり》には、彼を追駆《おっか》けて飛出して来た、観客だの、通《とお》りがかりの男だの、女給だのが首を集めていたが、そう言いながら少年の指差した一点を注視した途端、彼等の顔は一斉に真蒼になった。成程そう言われてよく注意して見ると、崖の中腹の雑草の間から、まぎれもなく人の指が、五本だらりと覗いているのである。丁度それは、雑草が殊に密生している場所なので、余程注意して見なければ気が附かなかったが、疑いもなく人間の手に違いなかった。

「誰か埋められているのだ」

「殺されたのかしら？」

人々は白昼の悪夢に憑《つ》かれたように真蒼になりながら口々にそう呟いた。そんな所に手だけが生える訳はなかったから、まさしく其処に何人《なにびと》かが埋められているに違いなかった。

騒ぎは直ぐに大きくなり、フィルムは警察に没収された。そしてそれを製作した映画会社の関係者たちは召喚され訊問されたが、無論誰一人それを知っている者はなかった。彼等は夢にもそんな恐ろしい事に気が附かず、偶然にその場所をロケーションに選んだに過ぎないのである。彼等を取調べる事によって判明した現場《げんじょう》は、直ぐに人を派《は》して発掘されたが、果して其処からは一箇《いっこ》の白骨が発見されたのである。鑑定の結果それが二十四五歳の女子である事は分ったが、長い間埋没していた事とて、彼女の素性を知るよすがともなるべき証拠は、何一つ発見されなかったのである。誰がそれを卓蔵夫婦の悲惨な最期と結びつけて考え得る者があるだろうか。かくして事件は迷宮に入ったまま葬られようとしているのである。

唯此処に最も不思議なのは、それが撮影されたのは、凡そ二年半あまりも昔の事であり、以来日本全国の常設館に絶えず上映され、幾千人、幾万人の人の眼に触れていた筈であるのに、その少年が発見する迄誰一人それに気が附かなかった事である。それが分らないと言って、当時新聞では大分騒いだようである。

蔵の中

雑誌「象徴《しょうちょう》」の編輯長《へんしゅうちょう》磯貝三四郎《いそがいさんしろう》氏が、いつものように午前十一時頃出勤してみると、校了になったばかりの編輯室には、婦人記者の真野《まの》玉枝《たまえ》が唯《ただ》一人、所在なさそうに他所《よそ》の雑誌の頁《ページ》をパラパラと繰っているところだった。

「やあ、これは閑散だね。君一人留守番かい」

給仕に帽子とインバを渡しながら、磯貝氏は真白《まつしろ》な歯を出して愛嬌のいい笑顔を見せた。

「お早《はよ》うございます」恰幅のいい磯貝氏の体を、玉枝は笑顔で迎えながら、「皆さん先程お出かけになりました。私もそろそろ出かけようかと思ったのですけれど、先生がお見えになってからと思って。……」

「そう、それは済まなかったね。何か用事？」

「ええ、先程また蕗谷《ふきや》さんからお電話がかかって参りましたの」と言いかけて玉枝は驚いたように、

「おやまあ大変な汗ですこと。木村《きむら》さん、ちょいとお茶番の小母《おば》さんとこへ行って、お絞りを貰《もら》って来て頂戴《ちょうだい》な。先生、お羽織をお取りになっちゃ如《ど》何《う》？」

「うん、そうしよう。何しろこれじゃやり切れん。歩いているうちはそうでもないのだが」

流れる汗を拭きながら磯貝氏が羽織をとるのを、玉枝はうしろへ廻って手伝ってやりながら、

「まあ、随分ひどい脂性ね、先生は、——これじゃお召物が耐《たま》りませんわね」

「うん、亡くなった嬶《かかあ》にもしょっちゅうそう言って愚痴《ぐち》を滲《こぼ》されたものよ。やあ、タオルか、有難う、有難う。ほほう、これは冷《つめた》いや」

髭《ひげ》の痕の青々として顎《あご》から太い首筋、逞《たくま》しい腕から巾《はば》の広い胸のあたりまで拭き終ると、磯貝氏は初めてホッとしたように、廻転椅子をギュッと軋らせて大きなお臀《しり》を下ろした。五月はじめの事だからまだそれ程暑いという季節でもないのだが、八丈島《はちじょうじま》の低気圧が何とやらで、この二三日朝から電気を点さねばならぬ程の鬱陶《うっとう》しさ。

「蕗谷さん？　蕗谷さんて誰だっけな」

磯貝氏は早事務机《はやデスク》の上にあった手紙を取りあげると、不器用な手附きで鋏《はさみ》を使って、チョキチョキと封を切りながら、真野女史に先刻《さつき》の話の続きを促した。急《いそ》がしい編輯者というものは、大抵同時に二つぐらいの用を足す術を心得ているものである。

「あら、先生この間お会いになったじゃございませんか。ほら、あの筆で書いた原稿を持っていらした方よ」

「ああ、あの美少年……、そうそう、すっかり忘れていたがあの原稿はどうしたろう」

「先生のお机の中にありません？」

「そうだったかな。それは失敬した。奴《やっこ》さん、さぞ憤《おこ》っていたろう」

「そんな事ありませんけれど、何しろ三度目なものですから、私何と挨拶《あいさつ》をしていいか困りましたわ。後程お見えになるそうです」

「そうかい、それじゃ早速読んどく事にしようよ」

磯貝氏はその間《ま》に、事務机《デスク》の上にあった二通の手紙と三枚の葉書を読んでしまったが、別に大した用件でもなかったと見えて、無造作に状差《じょうさし》に差すと、早速抽斗《ひきだし》をひらいて原稿を探しはじめた。

「墨で書いた原稿だと言ったね。ああ、有った、有った、蕗谷笛二《ふえじ》——と、これだね」

「ええそれ。『蔵の中』という題でしょう」

「そうそう、嫌に古風な題だな。よし、今日は幸い閑《ひま》だから早速読んでみよう」

蕗谷笛二なんて今迄《いままで》一度も聞いた事のない名前だった。無論こちらから頼んだわけでもなく、向うから勝手に持ち込んで来た原稿だったから、磯貝氏がもう少し狡《ずる》い編輯者であったら、何とか難癖をつけて、突き返してしまうのは何の造作もない事であった。しかし、日頃からどんな無名な作家の持ち込む原稿でも、必ず一応は眼を通してみるという事を第一の信条とし、又自慢ともしている磯貝氏は、この原稿だけに例外を設けるという事は潔癖な氏として到底出来ない事だった。

「じゃ先生、私出かけてもよござんすね」

鏡に向って五六度帽子を被り直した揚句、やっと気に入るように被れたので真野女史が満足の微笑《えみ》を泛《うか》べながら振り返ってみると、磯貝氏は既に脹《は》れぼったい眼差《まなざし》で喰い入るように原稿に読み耽《ふけ》っているところだった。真野女史はそこで、なるべく靴音を立てないようにそっとその部屋を出て行った。編輯室の中は静かである。給仕の木村は先刻《さっき》から宿題の代数に夢中になっているし、訪問者もなければ電話も懸《かか》ってこない。つまり磯貝氏の心境を掻《か》き擾《みだ》すような事件は何一つ起らないのだ。されば我々もこの間《ま》に、磯貝氏と共に蕗谷笛二なるこの無名作家の、些《いささ》か風変りな小説を読んで見ようではないか。

　四年振りに私はこの懐しい、小さい私の王国に帰って参りました。四年といえば私のような病気を持っている人間には決して短い月日ではありません。四年以前この蔵の中で姉と二人、無心に遊び耽《ふけ》っていた頃の私は、まだ十四になったばかりのほんの小児《こども》でありましたのに、今ではすっかり背丈が伸び、骨組は固くなり、咽仏《のどぼとけ》は浅間しく跳び出し声さえも昔の美しい響きを失って、我れながら嫌悪を感ずるような大人になってしまいました。嘗《か》つては羽二重《はぶたえ》のように滑々《すべすべ》としていた頰も、何となく肌理《きめ》が粗くなり、光沢を失い、頰骨は尖《とが》るし、唇は色褪《いろあ》せ、しかも鼻の下には若草のような房々とした髭《ひげ》さえ生えようとしているのです。しかし成長したのは私の肉体ばかりではありません。私のこの胸に巣喰っている、生命《いのち》の根を枯らす恐ろしい病気は、更にそれ以上の凄《すさま》じい速度で、私の肺臓を喰い荒らしてしまいました。四年間というものを私は退屈なあの房州《ぼうしゅう》の海辺で、気も滅入るような物憂い、味気ない療養生活を続けて来たのですが、病気よりも前に私自身の方が、その寥《さび》しさに打ち負かされ、再びこうした壊れかかった肉体を引き摺ったまま、昔懐しいこの蔵の中に帰って来たのです。

　それにしても此処《ここ》は何という易らかな静けさでしょう。四年間起居していたあの海辺の漁村も、静かといえば随分静かでしたが、その静けさは却って人の心を掻き乱すかと思われたのに、それに較べてこの蔵の中の、どんよりと澱《よど》んだような埃《ほこり》っぽい空気や、小さい窓から差し込む乏《とぼ》しない光線や、乱雑に積み重ねられた簞笥《たんす》や長持や古葛籠《ふるつづら》や、その他様々な古びた調度の醸し出す仄暗《ほのぐら》い蔭は、傷ついた私の体を労るように掻き抱《いだ》いてくれます。この間初めて蔵の中へ入った私は、婆やに強請《せが》んでその昔姉と二人で愛玩したお人形や時計その他《た》さまざまな古い玩《がん》具《ぐ》や本を出して貰って、所狭きまでに床《とこ》の上に列《なら》べたので、辺《あたり》の様子は四年前《ぜん》と少しも変ってはおりません。私の枕許にはネジを廻せばゴトゴトと動き出す機械人形《からくり》が立っていますが、これは若い頃さるお大名の奥勤《おくづとめ》をしていた事のある、私たちの曾祖母に当る人が、お上《かみ》から頂戴したものだという事で、千《ち》鶴《づ》さんという名がついていました。紫繻子《むらさきじゅす》の紋附《もんつき》に緋の袴《はかま》を穿《は》き、立膝《たてひざ》をして二挺 鼓《ちょうつづみ》を調べている、稚児髷《ちごまげ》の可愛い人形で、背中のネジを廻すと顫《ふる》えるような手附で交《かわ》る替《がわ》る二挺の鼓を打つのでしたが、今久し振りに私の顔を見ると、その千鶴さんは手垢《てあか》に汚れた頬を莞爾《にっこり》と綻《ほころ》ばせながら、こんな事を言っているように見えるのです。

「笛二さん、あなたは矢張《やっぱり》ここへ帰って来ましたね。ここより他にあなたの住む所はないという事が漸《ようや》く分ったと見えますね。随分あなたは私達に御無沙汰をしましたが、私達は少しも憤ったり気を悪くしたりしないで、昔と同じよう仲好く遊んであげますよ」

　私は又つれづれのあまりに旧《ふる》い目醒時計《めざまし》を巻きます。これは瓦解以前に祖父が長崎から買って帰ったもので、普通の鈴《ベル》の代りに高い山から谷底見ればというあの古風な唄をいかにも所在ない調子で繰返すのですが、今私が久し振りにその音《ね》に耳を傾けていると、やがてそれは次のような言葉となって私に囁《ささや》きかけるのでした。

「笛二さん、あなたは何故《なぜ》そのように悲しげな顔をしているのですか。あなたは又亡くなったお姉さんの事を考えているのですか。それとも御自分の病気の事を思い悩んでいるのですか。あなたはそれ程死という事が恐ろしいのですか。ああ、死とは何です。そして生とは何ですか。生命《いのち》とは果しなき闇から闇へ飛ぶ白羽箭《はくうせん》の、一瞬の電撃をうけてチラと矢羽を光らせた、その瞬間のようなものではありませんか。仮令《たとい》十年二十年生き延びたところでそれが何でしょう、この広大無辺な宇宙の闇に較べたら、葉末に結ぶ白露よりも尚果敢《はか》なく脆《もろ》いものではありませんか。さあ笛二さん、その眉根《まゆね》に刻んだ皺《しわ》をお取りなさい。そしてもう一度昔のような浮々《うきうき》とした気持で私達と遊ぼうではありませんか」

　涙の滲《にじ》んだ私の瞳にその時朦朧《もうろう》と浮びあがったのは、窓より差込む暈《ぼ》けた光の縞《しま》の中に、花簪《はなかんざし》をひらめかし、友禅《ゆうぜん》の振袖を膝の上に重ね、心持《こころもち》首をかしげてにっと頬笑んでみせる美しい姉の姿でありました。その唇は恰《あたか》もこう言っているように見えるのです。

「笛二さん、今日は何をして遊ぼうかねえ」

思えばいとけなき頃よりの私の記憶にして、この美しい姉と仄暗い蔵の中の光景に結び着いていないものはありません。物心ついた頃より私は常にこの姉と二人きりで静かに押し黙ったまま、この蔵の中でお手玉をしたり千代紙を折ったり、紅い絹糸《きぬいと》に美しい南京玉《なんきんだま》を通したり、お人形に着物を着せたり、そしてそれ等の遊びに飽きると、古い草双紙《くさぞうし》や錦絵を出して仲好く眺めていたものです。姉はよくそれ等の絵本の中に美しいお小姓や若衆の姿を見附け出しては、揶揄《からか》うように私の頰ぺたを指でつついたものですが、多分その意味はお前はこの絵のように美しいよというのであったでしょう。そこで私がお礼心に、美しいお姫様や腰元の絵を見附け出して、姉の頰ぺたをつついてやると、さすがにちょっと嬉しそうに頰を染めましたが、すぐ淋しそうに長い睫《まつげ》を伏せて、首を左右に振るのでした。

可哀そうに姉の小雪《こゆき》は生れついての聾啞《おし》でありました。本郷《ほんごう》で「ふきや」といえば昔から人に知られた小間物店で、その老舗《しにせ》の一人娘と産まれながら、耳が聴《きこ》えず口が利けないばかりに、姉は淋しくこの蔵の中で春にそむいて日蔭の生活を送らねばならなかったのです。それも醜い産まれつきででもあることか、人一倍優れた美しさでしたから、両親の不愍《ふびん》さはどんなでありましたろう。何もわからない子供の私でさえも、姉が溜息を吐《つ》くのを聴くとついほろほろと遣瀬《やるせ》ない涙が濡れてくるのでした。不具者とはいえ姉はこうして家中《うちじゅう》の寵《ちょう》を一身に集めていましたので、ちょっともひねくれた所や意地悪い所はなく、殊に私には特別に優しい姉でしたのに、それが急に人が変ったように気が荒くなり、一寸《ちょっと》した事にも憤って物を打《ぶ》ちつけたり、涙ぐんだりするようになったのですから、あの時分私はどんなに悲しかったでしょう。忘れもしないあれは四年前の、丁度今と同じように物憂い春のことでした。私達は長持の中から古い錦絵を出して眺めていましたが、その中に何代目かの豊国《とよくに》の画《か》いた弁天小僧の一枚絵がありました。それは家橘《かきつ》時代の五代目菊五郎《きくごろう》の似顔を画いたもので、緋縮緬《ひぢりめん》の長襦袢《ながじゅばん》を着た弁天小僧が、解き荷へ腰をかけ、抜身の刀を畳に突き刺し銚子で酒を飲んでいるところでしたが、横に崩れた島田髷《しまだまげ》といい、ダラリと下《さが》った緋鹿子《ひかのこ》の布《きれ》といい、凄味があって美しく、色気の中に凄味《どす》が利いて、しかも五代目特有の愛嬌が滴れるばかり、実に何とも言えぬ程綺麗でした。聞くところによると後《のち》に河竹新七《かわたけしんしち》が五代目に嵌《は》めて弁天小僧を書き卸したのは、この一枚絵の見立からヒントを得たものだという事です。

姉は暫《しばら》く眼動《まじろ》ぎもせずにこの絵を眺めていましたが、やがてぼっと上気した頬をあげると、潤《うるみ》を帯びてキラキラと光っている眼でにっと笑いながら、つと私の側《そば》に摺り寄り、腕をとって袖をまくしあげると、何か言いたげに頻《しきり》に弁天小僧の絵と見較べています。私にはその意味がよく分りましたが、姉はきっとこう言いたかったのでしょう。

「まあ随分綺麗じゃないか。笛二さん、お前もこの人のように刺青《ほりもの》をするといいねえ」

私は何の気もなく薄笑いを泛べたまま頷《うなず》いて見せましたが、その翌日姉が本当に隠し持った針でプッツリと私の腕を突き刺したのには、肝を潰して跳びのきました。見ると白い腕《かいな》には南京玉ほどの血がポッチリと噴き出しています。姉は興奮のために真白《まっしろ》になった顔をきっと引き釣らせ、おとなしくここに坐《すわ》っておいでという風に頻《しきり》に自分の側《そば》の床を敲《たた》いていますが、その時ばかりはさすがの私もどうしても彼女の言葉に従う気にはなれませんでした。血走った眼と言い、ブルブル顫えている唇といい、まるで人間が変ったようで、日頃美しい女《ひと》だけに一層凄味に見えるのです。姉はいくら言っても私が肯《き》かないので遂に業を煮《にや》し、きりりと柳眉《りゅうび》を逆立てると、いきなり私の帯をとってそこへ俯向《うつむ》けに引き倒しました。そして赤い蹶出《けだ》しをちら附かせながら私の左腕を組み敷くと、はっはと荒い息使いを洩《もら》しながら、何やらもぞもぞと取り直している様子に、私はもう抵抗をする勇気も喪い、今にも鋭い針が突き刺さって来るかと、首を竇《すく》めて待っていましたが、その間《うち》にどうしたものか、私の腕を押えていた姉の膝から次第に力が抜けて行ったかと思うと、ふいにその場に俄破《がば》と突伏した姉の気配。私はびっくりして首を擡《もた》げてみました。見ると姉は両の袂《たもと》でしっかと顔をおさえたまま、床の上に俯伏して嫌々をするように頭《かぶり》を振っています。その度に頭に挿した花簪のビラビラが艶《なまめ》かしくも顫えるのです。

「姉さん、どうしたの」私は暫《しばら》く呆気にとられてその様子を眺めていましたが、いつまで経っても姉が顔をあげないので、次第に不安になって来て、「姉さん、憤ったのかい、堪忍しておくれよう、ねえ、そいじゃお前のいう事を肯くからさ、さあ刺青《ほりもの》をしておくれ。お前の気の済むようにしておくれ。だけどあまり痛くないようにしておくれよ、ねえ」

むろんこんな事を言ったところで姉に聞える道理がありません。そこで私は嫌がる姉に無理矢理に顔をあげさせると、力ずくでその顔から両の袂をひっぱぎましたが、その途端思わずあっと息を飲み込みました。それもその筈、姉の唇には絹糸《きぬいと》を引いたように美しい血の筋が垂れているのです。そして雪《ゆき》兎《うさぎ》に南天をあしらった友禅の膝のあたりには、恰度時ならぬ牡丹《ぼたん》の花が咲いたように、ガップリと一つ大きな血の 塊《かたまり》がこびりついているのでありました。

その日以来私たちはこの蔵の中へ入ることを禁じられ、姉は間もなく附き添いの婆やと共に海辺の別荘へ送られましたが、それから半年ほど後《のち》の、ある秋の朝淋《さび》しくそこで息を引きとりました。そしてそのお 葬《とむらい》の済むか済まぬかのうちに、再び私が同じ病気で、同じ別荘へやられる事になったのです。然《しか》し私はもうこれ以上姉のことを語るのは止《よ》しましょう。それはきっと皆さんを退屈させるばかりでしょうから。それにしても何という物憂い、味気ない人生でしょう。私はもう千鶴さんの鼓の音にも飽々《あきあき》しましたし、目醒時計の高い山からの唄も私に溜息を吐かせるばかりです。私は手擦《てずれ》のした双六盤《すごろくばん》に向って筒を振って見たり、筑紫琴《つくしごと》に向ってうろ覚えの曲を奏でて見たり、それからどうかすると一日中鏡を覗いて、自分の美しさに恍惚《ほれぼれ》として時の経つのを忘れている事もありますが、それにも飽きると、今度は古い遠眼鏡《とおめがね》を持ち出して、こっそりと窓から外を覗いてみる事もあります。ああ、この古風な、まるで伊賀越《いがごえ》の芝居にでも出て来るような、時代おくれの遠眼鏡が、これからお話するような恐ろしい事件に私を惹き込もうとは、その時どうして考え及びましょう。

言い忘れましたが「ふきや」の店は皆さんも御存じの通り本郷の表通にありますが、本宅は西片町《にしかたまち》の端にあって、いま私のいるこの蔵というのは、小石《こいし》川《かわ》一帯を見下ろす崖の上に立っており、見渡せば崖の下には家々の屋根が浪のような起伏を作って連なっています。そしてその向《むこう》には伝通院《でんづういん》の甍《いらか》や植物園の森などが手に取るように見えています。時は恰《あたか》も四月中旬《なかば》の事とて日増しに濃くなってゆく樹々の梢や、漣《さざなみ》のように燃えあがる陽炎《かげろう》が暈《ぼ》けた遠眼鏡の焦点の中で、刷り損じた三色版のように色がずれて見えるのです。柳町《やなぎちよう》の通《とおり》を行く人も電車も自動車も犬ころも、古着屋の暖簾《のれん》も舞いあがる埃も、一切の物凡《すべ》てが虹のように赤と紫と黄色とに輪廓《りんかく》がぼやけて見えるのを、退屈し切った私はどんなに深い興味を以って眺めた事でしょう。しかし私がこの遠眼鏡にあんなにも心を惹かれたというのは唯それだけの理由からではありませんでした。ある日私は偶然のことから、次のような不思議な事実を発見したからなのです。

私が今いるところから一丁程離れたところに、岬のように突出《つきだ》した崖があって、その崖の上に、一軒の家が、丁度清水《きよみず》の舞台のように迫り出しているのが、谷一つ隔てて真正面《まつしようめん》に見えます。いつもは雨戸の締ってあるその奥座敷が、今日は珍しく開いていているので何気なく遠眼鏡をその方に向けてみると、偶然障子をひらいて顔を出した、三十恰好の粋《いき》な年増《としま》とピッタリと視線があいました。視線があったと言っても向うでは無論御存じのない事で、唯外を覗いた拍子に偶然にも、その顔が遠眼鏡と真正面に向きあったというだけのことなのですが、お蔭で私は思う存分にその容貌《かお》を拝見する機会を得たわけでした。色の抜ける程白い、小柄の、粋で仇《あだ》っぽい年増でしたが、どこかヒステリックな感じのする女で、崩れかけた銀杏返《いちようがえ》しの根を左手で邪慳《じやけん》に揺すぶりながら、空を見上げてチョッと舌打ちをすると、

「嫌ンなっちゃうねえ。どうしてこうはっきりしないお天気だろう。これじゃ今夜もあの人は来てくれやしないよ」

といかにも焦《じれ》ったそうに言うのがはっきりと遠眼鏡の中に映ったのです。ああ、その時の私の驚き！　無論一丁も離れたところで遣瀬ない独言《ひとりごと》を漏らしている女の言葉が、私の耳に届きようもありませんが、それにも拘《かかわ》らず彼女の呟《つぶや》きがはっきりと分ったというのは、私には読唇術が出来るのです。しかもこの時迄私は自分の体得しているこの技能に全く気がつ

かずにいたのでありました。

姉の小雪が聾啞であったことは前にも申しましたが、彼女は一時読唇術の先生についてそれを習っていたことがありました。しかし生れつき非常に内気な彼女は、学校へ通うなどという事は思いもよらず、わざわざ教師に家《うち》まで出張して貰っていたのですが、それでも尚一人では嫌がるので、止《や》むなく私がお相《しょう》伴《ばん》として一緒に習うことになりました。無論私は単なるお相伴に過ぎず、それに耳の方がよく聞えるものですから、憶えこむのに中々骨が折れましたが、それでも根気よくやっているうちに、どうやら時候の挨拶ぐらいは耳を塞いでいてもわかるようになったのです。御存じの通り読唇術というのは唇の動きを見て言葉を判断するのですが、唇の動きの見えるような場合では、大抵それより先に声の方が聞えてしまうものですから、私のような耳に不自由のない者は、いつとはなしに自分がそういう不思議な能力を持っているという事すら忘れがちだったのです。それが今この遠眼鏡のお蔭でふいと私の頭に甦《よみがえ》って来たのですから、何かしら奇蹟でも見るような驚《きょう》愕《がく》に打たれると同時に、こみあげて来るような面白さ。それからというもの、私が前にも倍した熱心さで、遠眼鏡覗きに浮身《うきみ》をやつし始めた事は今更お話する迄もありますまい。

私には柳町の通で時候の挨拶を交しているお内儀《かみ》さん達の言葉もわかりますし、どこかの小僧が自転車を衝突《ぶっつ》けてお巡《まわり》さんに叱られているその言葉も分ります。そうかと思うと向《むこう》の洋食屋の二階で女給さんと運転手が取り交わしている甘たるい囁きを盗み聴くことも出来るのです。しかしそういううちにも私の注意が、自然と最初私にこの素敵な楽しみの緒《いとぐち》を教えてくれた仇者《あだもの》の住んでいる、かの清水の舞台のような座敷に向うのは当然でありましたでしょう。彼女が歎《たん》じていた通り、その晩は果して待人《まちびと》来《きた》らずと見えて、家の中は真暗《まっくら》に静まり返っていましたが、それから二三日後の夜《よ》のこと、開けっぴろげた座敷の中に煌々《こうこう》と電気がついているので、何気なく覗いてみると、果してそこには旦那と覚しいでっぷりと肥った、恰幅《かっぷく》のいい四十がらみの男が、餉《ちゃぶ》台《だい》の向《むこう》にヤニ下《さが》って酒を飲んでいるところでした。髭の濃い、脹れぼったい眼をした男で、既に大分酒が廻っていると見えて、真赤《まっか》になった顔を電燈にテラテラと光らせながら、暑そうにはだけた胸を平手でピシャピシャと敲《たた》いては、女の方に向って何か頻《しきり》に冗談を言っています。笑うと歯が真白でとても愛嬌があります。ところで女の方はと見ると、この間あのように恋い焦がれていたにも拘らず、今夜は一向浮かない調子で、お銚子の底を撫でながら、兎角《とかく》渋りがちな応答《うけこたえ》をしています。そのうちにお誂《あつらえ》向に男の顔がふいとこちらを向いたので、男の言っている事がはっきりと遠眼鏡に映りました。

「まあそう言うなよ。この二三日とても雑誌の方が急がしかったもんだからね」

それに対して女が何か言ったのでしょう、男は二ヤニヤと笑いながら、

「そりゃお静《しず》さんの仰有《おっしゃ》るように、俺だって雑誌なんて止《よ》しちまって、始終こうして側《そば》でお酌をしていて貰いたいさ。しかし人間てそうはゆかないよ。そりゃお金の事なら何とでもして下さるというお静さんのお言葉は有難いが、世の中は金ばかりじゃゆかないものさ。まあさ、話さ、そう憤んなさんな。第一私が止《よ》すったって世間で止《よ》さしちゃくれないよ。大きな事をいうじゃないが、『象徴』も今じゃ私一人の雑誌じゃない。世間さま御一統のいわば公器みたいなものさ」

無論これ等の言葉はこううまく順序立って喋舌《しゃべ》られたわけではなく、何度にもわけて語られたのを便宜上一つに纏《まと》めたのですが、これだけでも随分種々《いろいろ》な事が推察されるではありませんか。先ず第一にこの人はあの有名な雑誌、「象徴」の編輯者と見えます。それから女の名前がお静さんということ、二人の関係が普通の旦那とお妾《めかけ》さんの間柄ではなく、反対に女の方から貢いでいるらしいこと、女は尚それでも慊《あきた》らずお金ならいくらでもあるから、雑誌なんて急がしい職業は止《よ》してしまって、始終側《そば》にいてくれと申し込んでいるらしい事、それに対して男の方がそうもなりかねると異議を申し立てているらしいこと等等《とうとう》です。——私はあの有名な雑誌の編輯者の私生活が覗けるという事に大変興味を感じたので、その翌日早速婆やに頼んで、「象徴」を一冊買って来て貰うと、その奥附によって、この人が磯貝三四郎という名前であることを知りました。磯貝氏は一週間に二度か三度ずつやって来て泊ってゆくらしく、いつもは墓場のように森《しん》としているその家が、彼の

やって来た晩に限って、雨戸を全部開けひろげ電燈の光も浮々とみえるので直ぐわかりました。丁度陽気が次第に暑さに向っていたのと、磯貝氏という人が随分暑がり屋さんとみえて、そんな晩には障子から襖《ふすま》から何《なに》も彼《か》も開放してしまうので、私にとっては大変都合がいいわけで、そうして根気よく遠眼鏡を覗いているうちに私は随分種《いろ》んな事実を知ることが出来たものです。先ず第一に磯貝氏は去年か一昨年《おととし》奥さんを失って、今では不自由な鰥《やもめ》ぐらしをしているらしいのです。そしてお静さんとはまだその奥さんと結婚しない以前に馴《な》染《じ》んでいたらしいのですが、その後種《いろ》んな事情から一切手を切り、十年あまりも互に相手の消息をきく事もなしに過して来たのが、磯貝氏が奥さんを失ってから間もなく、どうかした拍子に撚《より》が戻ったらしいのであります。その頃女の方でも久しく世話になっていた旦那に死に別れ、貰うだけのものは貰って今では何をしようと勝手という勿体《もったい》ないような御身分、そこへもって来てその昔、飽きも飽かれもせぬ仲を泣きの涙で引き裂かれた当の相手の磯貝氏が、これまた奥さんを失って男鰥でいるところへ撚が戻ったその嬉しさ、尚この上の欲はと言えば、一日も早く磯貝氏の正妻としてその家へ入込《いりこ》みたいというのが彼女の無理ならぬ願望《がんもう》なのですが、それが中々そううまく運ばないところに口説《くぜつ》の種があるらしいのです。

「まあ、もう少しお待ちよ。お前さんのようにそう足下から鳥が立つように言っても仕方がないじゃないか。今に万事片がつくからさ、そうしたら晴れて一緒になろうじゃないか」

お静さんがあまり執拗《しつこ》いので今夜はさすがに磯貝氏も多少持てあまし気味らしい。

「片がつくってどう片がつきますの」

とそういう声は聞えませんけれど多分巽上《たつみあが》りに癇《かん》走《ぱし》っているのでしょう、細い眉がきりりと釣上っているのは、例によってヒステリーが昂じかけている証拠で、こんな時には前後《あとさき》の分別もなく、ある事ない事ベラベラと喋舌《しゃべ》りまくるのが彼女の癖ですから、私にとってこんな有難い機会は又とありません。今夜は一体どんな事を言い出すだろうかと、私はもう襟元《えりもと》をゾクゾクさせながら、一生懸命で彼女の唇の動きを眺めていました。

「いいえ、わかりませんよ。そうですとも、どうせ私は没暁漢《わからずや》ですよ。ああ口惜《くや》しいッ」

ソーラ始まった。

「あの時あなたは何と仰有って？　兎《と》に角《かく》あの女が死ねば財産はみんなこちらのものになるのだから、それまで辛抱しろと仰有って……それから間もなく奥さんはお亡くなりなすったじゃありませんか。それも唯の死方《しにかた》ではありませんよ。ええ、ええ、あたしはちゃんと知っています。体中に紫の斑点が出来て、そして血をたァくさんお吐きなすったとか……」

私は思わずゾッとして磯貝氏の方を見ました。

磯貝氏は何か言いながら、いきなり猿臂《えんぴ》を伸してお静さんの口を塞ごうとしましたが、その前にすらりと摺り抜けたお静さんが、電燈のすぐ下に立ったので、私には前より一層はっきりと彼女の言葉がわかるのです。

「ああ、私はどうしてあなたのような恐ろしい人に惚れたんだろうねえ。自分で自分がわからないよ。この頃私はよくあなたに絞め殺される夢を見るのですよ。あなたのその太い逞しい指先で。……いずれは私も前の奥さんみたいに毒を嚥《の》まされるか絞め殺されるかするに違いないわ。それがわかっていながらあなたの事が忘れられないなんて、ああ、何という因果なことでしょう」

女はそこまで言うとふいに餉台《ちゃぶだい》の端に泣き伏してしまったので、それから後《のち》の言葉はわかりませんでしたが、この時以来私の好奇心が益々熾烈《しれつ》に煽り立てられたろう事は皆さんの御想像に委《まか》せます。とりわけ潸然《さんぜん》と泣き伏した女の傍で冷然と盃《さかずき》を銜《ふく》んでいる男の眼差《まなざし》の恐ろしさは、私の骨の髄まで凍らせ、その後しばしば夢となって私を脅かしたくらいでした。それから後《のち》の毎日を、私がどんなに深い興味と期待とをもって、この不思議な男女を監視していたか、今更申し上げる迄もありますまい。私は恰もこの奥座敷に取り憑かれたように、閑《ひま》さえあれば遠眼鏡覗きに浮身をやつしていたものですが、その後別に大したこともなく、案外睦じそうに酒を酌み交わしている晩などもあって、少《すく》なからず失望させられましたが、するそれから半月ほど終《た》ったある夜《よ》のことです。多分十一時も過ぎていましたろう。蔵の中でうとうとと浅い睡《ねむり》をむさぼっていた私は、突然けたたましい叫声を聞いたような気がして、俄破《がば》とばかりに跳ね起きるといきなり遠眼鏡に飛びつきました。ああ、私はまだ夢の中にいるのでしょうか。それとも到頭《とうとう》気が狂ってしまってありもしない幻を見るようになったのでしょうか。いつもの座敷のあの白い障子に、ありありと世にも恐ろしい影が映っているではありませんか。周囲が真闇《まっくら》なのにそこだけが枠に切って嵌めたように明るいのですから、その声のない影絵の動きが、丁度幻燈をでも見るようにはっきりと見ることが出来ます。髪を振り乱して遁《に》げ廻っているのは確かにお静さんに違いありません。それから裸身《はだか》のような恰好で、大手をひろげてその後を追っかけ廻している大入道はまぎれもなく磯貝氏です。二人は暫く無言のままこの恐ろしい鬼ごっこを続けていましたが、やがて大入道の逞しい腕がお静さんの髪にかかったかと思うと、いきなりそこへ引き倒しました。ハッとして私は思わず息を呑込んだのと同時に誰かが電燈のスイッチをひねったのでありましょう、部屋も障子も一瞬にして真暗になってしまったのです。しかし私が今見たのが夢でも幻でもなかった証拠には電気を消してから間もなくのこと、ふいにメリメリと障子が内側から破られると、その穴の中からニューッと白い女の手が突き出して来たのを、折からの朧月《おぼろづき》にはっきりと見ましたが、その手は全身の苦悶の表情を全部そこに集めたかの如く暫くのたうち、もがき廻っていましたが、やがて次第にその指先から力が抜けてゆくと、花が凋《しお》れるようにぐったりと折れた障子の桟《さん》の上にうなだれてしまったのです。私は息を殺し、生唾を呑み込み、瞬《また》きもせずにその断末魔の表情を見守っていたのですが、その時私の全身からは滝のような汗が流れ、自分の吐くこの荒い息使いが、向《むこう》の座敷まで達《とど》きはしないかと気使われたくらいでありました。

するとその時です。ふいに内側から障子がそろそろと開いたかと思うと、その隙間から、恐る恐るあたりを見廻している磯貝氏の顔が折からの月明《つきあかり》にはっきりと見えました。磯貝氏は暫く気遣わしげな面持で折《おれ》た障子の桟を眺めていましたが、そのうちにどうした拍子かその顔がふいとこちらを向いたかと思うと、何となく腑に落ちぬという顔付で凝《じ》っと遠眼鏡の方を覗いているのには、私は思わずゾッとして顫えあがりました。充血した男の顔が遠眼鏡の視野一杯にひろがって、恐怖に脅えたその眼から、わなわなと顫えている唇、さては顔中の毛穴までがブツブツと数えられるような気がしました。磯貝氏はまるで私の姿を発見したかの如く、まじろぎもしないで暫くこちらを見詰めていましたが、やがて激しく身顫いをするとピタリと障子を閉《とざ》して中へ引込《ひっこ》んでしまったのです。それから間もなく私は裏庭の方に当ってちらちらと明滅する提灯の燈《ひ》と、その明《あかり》の中に薄白くひらめく鍬《くわ》の光を見ることが出来ましたが、それが何を意味するものであるかは更《あらた》めてここで申上げる迄もありますまい。不思議なことにはそこまで見届けた私は、長い間の重荷をおろしたかのように、ほっとした気持でその夜《よ》は絶えて久しい熟睡をむさぼることが出来たのであります。

さあこれで私の知っている事は全部申し述べました。それから二三日後私が重い体を引摺ってかの崖上の家まで出向いて行った事、そして既に空家となっていたその邸《やしき》の奥庭の柘榴《ざくろ》の木の下で、私が何を発見したか、それ等の事は今更管々《くだくだ》しく附け加える迄もありますまい。私は自分でも何故こんなものを書きあげたのかよく分りません。私には他《た》の善良な市民のように、知っている事を警察へ届けなければならぬというような殊勝な心掛《こころがけ》の毛頭ない事だけは確かです。私は唯磯貝氏に思い知らせてやりたいのです。お前は誰も知らぬと思ってヌクヌクと澄《すま》して通るつもりだろうが、そうは行《ゆ》かぬぞという事を、あの面憎《つらにく》い男に知らせて、その狼狽《ろうばい》する様子を見て嗤《わら》ってやりたいのです。それに私には、この事件はただこれだけで終ったのではないという気がしてならないのです。物には初《はじめ》があれば終《おわり》があるもの、さてこの物語が果してどういう風に終るか、私にはどうやらそれがわかるような気がします。磯貝氏はきっとこの原稿を読めばもう一度あの空家へ引返して来るでしょう、犯人は誰でも一度は必ずその犯行の現場《げんじょう》へ帰って来ると言われているではありませんか。あの男が空家へ引返して来たら、ああ、その時こそは私ははっきりと、この物語がいかに結末を告ぐるべきであるか、あの男に教えてやりたいと思うのです。

★

磯貝氏は奇妙な終り方で結ばれているこの原稿を

読み終ると、暫し呆然として虚空《こくう》を眺めていた。原稿が進んでゆくにしたがって次第に紅潮を呈していた氏の頰は、今では却って紙のように真白になって、凝然《ぎようぜん》とある一点に静止した両眼《りようがん》だけが、西洋皿のような固い光沢をもってギラギラと光っている。やがてゴクリと大きく音を立てて生唾を飲込むと、磯貝氏は無意識のうちに額に垂れかかった髪の毛を掻きあげていた。髪の根は冷い汗でビッショリと濡れていた。

唯この場合磯貝氏にとって幸《さいわい》だったというのは、折から無人の編輯室では誰一人氏の様子に注意をしている者のなかった事である。だから磯貝氏は誰に妨げられる心配もなく、ゆっくりとこの善後策を講ずることが出来るのだ。磯貝氏はそこで先ず袂から敷島《しきしま》の袋を取り出すと、ゆっくりとその一本に火をつけ、さて改めてこの風変りな、恐ろしい原稿を吟味しようとかかった。莨《たばこ》の火はすぐ立消えになってしまったが、磯貝氏はそれにも気がつかない様子で、原稿の頁をあちこちとめくっていた。こうして原稿を何度も何度も繰り返して読んでいるうちに、今度は幾分安堵《あんど》の色が磯貝氏の面上に泛んできた。そこで氏は初めて立ち消えになった莨に気がつき、改めて二本目に火をつけた。しかし間もなくこの二本目も半分も喫《す》わないうちに消えてしまったことに気がつくと、更に三本目の莨を袋から探り出そうとしていた磯貝氏は、この時急に気が変ったように時計を見上げて立上った。

「木村君、帽子とインバを取ってくれ給え」

「お出掛けですか」

「うん、一寸広瀬《ひろせ》さんとこ迄行って来よう」

咄嗟《とつさ》に思いついた寄稿家の名前を出鱈目《でたらめ》に言いながら、さてこの原稿はどうしたものかと、磯貝氏は暫く躊躇《ちゆうちよ》していたが、インバのボタンをかけ終ると同時に急に決心が定《き》まったと見えて、無造作にそれを懐に捻《ね》じ込《こ》むと、出来るだけ落着いた歩調《あしどり》を作りながら編輯室を出ていった。

さて晩春の街を二三度自動車を乗り換えた磯貝氏がやっと本郷のあの崖上の家に近附いて来たのは、それから約一時間ほど後《のち》のことだった。ついこの間生涯に二度と通るまいと決心したこの道を、再び過ぎゆく自分の影に、さすがの磯貝氏も何となく不安な脅かされるような気持だった。そこは昔の組屋敷の跡とおぼしき、武者窓のついた殺風景な長屋が片側に立ち列び、他の一方は小石川を一望に俯瞰《みおろ》す崖になった淋しい一本道で、滅多に人に会うような事のないのはよく知っていたが、それでも磯貝氏は出来るだけ人眼を避けながら、貸家を探すような恰好で漸く眼差す邸《やしき》の表まで辿りつくと、素速く道の前後に眼をくれた後《のち》軒の傾いた冠木門《かぶきもん》の中に跳び込んだ。十日程見ない間に庭樹の繁みがすっかり深くなって、湿った土の匂《におい》と草いきれが噎《む》せるように鼻を襲って来る。磯貝氏はそろそろと玄関の格子をひらくと、足音に気を兼ねるように、用心深く畳のうえへ上《あが》った。締めきった家の中は濃い闇に包まれていて、戸の隙間から差し込む白い光が、びっくりする程鮮かな縞目を織り出している。磯貝氏はミシリミシリと浮足で畳のうえを踏み渡ると、漸く奥座敷の側《そば》まで近附いてきたが、さすがにそこの唐紙《からかみ》を開《ひら》くのには余程の勇気がいると見えて、しばらく躊躇の色を見せていたが、その時ふいに部屋の中から、擽《くすぐ》ったいような低い笑声《わらいごえ》がきこえて来た。

「お入りなさいな、磯貝さん」

磯貝氏はそれを聴くと何か痛いものにでも刺されたように、ピクリと眉を動かしたが、それと同時に反射的に合《あい》の襖《ふすま》を押しひらいていた。見ると例の崖の方へ向いている雨戸を一枚だけひらいて、そこから流れ込んで来る白い光の中に、見覚えのあるあの少年が、蜴蜥《とかげ》のようにピッタリと畳に腹をくっつけて寝そべっているのだった。

「よくいらっしゃいましたね、磯貝さん」少年は如何《いか》にも嬉しそうな声を立てて笑いながら、「この間から私は、どんなにあなたのいらっしゃるのをお待ちしていたことでしょう。無論あなたがいつかはお見えになるだろうことは、私は少しも疑いませんでしたよ。ただ心配だったのは、それ迄私の体が持つかどうかということでしたけれど……」

蜥蜴色をした少年の眼は急に潤《うるみ》を帯びてキラキラと輝き、頬にはポッと紅味《あかみ》がさし、その唇は何かしら忌《いま》わしい物をでも吸った後のように真紅《まっか》に濡れていた。成程この少年は確かに美しかった。しかしその美しさは健全な水々とした美しさではなく、何かしら日蔭の湿地で熟れ崩れた果実のように饐《す》えた匂のする美しさだった。あの蚕《かいこ》の腹のように青白く透通った肌の下には、どんなに不潔な、恐ろしい病毒が巣喰っていることだろうと思うと、磯貝氏はゾーッと総気立つような気味悪さを感ずるのだ。

「君が蕗谷笛二君だね」磯貝氏は乾いた唇を舌でしめしながら、やっとこれだけのことを言った。「一体、私を此処《ここ》へ呼び寄せて君はどうするつもりだね」

笛二はそれを聴くとフフフフフと含み声で低い笑いを立てると、

「それはあなたの方がよく御存じの筈じゃありませんか。あなたこそ一体ここへ何をしにいらしたのです」

磯貝氏はそれには答えないで、なるべく外から覗かれないように、そっと暗い座敷の隅の方へ体を摺らせた。笛二は黙ってその様子を見ていたが、やがてニヤリと気味の悪い微笑《えみ》をもらすと、

「ああ、あなたは外から見られたくないのですね。そうでしょう、あなたは誰にもこの家へやって来たことを知られたくないのでしょう。それは一体何の為でしょう。無論、この間あなたの演ぜられたあの恐ろしい犯罪が明るみへ出る日のことを考えて、出来るだけ用心深く振舞おうというのもその一つの理由でしょうが、それよりも更に切実な、根強い理由が他《た》にある筈です。ね、あなたもそのことを御存じでしょう。いいえ、御存じですとも。唯あなたはなるべくその事を考えまいとしていられるだけのことです。よろしい、それでは私が代りに言ってあげましょうか。あなたはつまり、これから演じられるかも知れない、もう一つの犯罪の場合のことを考えて、なるべく用心をしなければならないのでしょう」

磯貝氏はそれを聴くと心の底の秘密を覗かれたように、ギョッとして相手の顔を見直した。しかし笛二は依然として畳のうえに腹這いになったまま、ニヤリニヤリと気味の悪い微笑《ほほえみ》を泛べている。

「磯貝さん、何も御心配されるようなことはありませんよ。誰もあなたを見ている者はありません。いやあなたばかりではありません。私がここにいる事さえ、誰一人知っている者はない筈なのです。だからここでこれからどんな事が演じられようとも、少くとも当分は何人《なんびと》にも気附かれずに済むことが出来ます。尤もそれは、それから先のあなた御自身の行動にも大いにかかっておりますけれど」

「ねえ、蕗谷君」磯貝氏は自分でも気附かないうち

に、段々と笛二の方へにじり寄りながら、「これは一体どういう意味なのだ。何か罠でもあるのかね。ねえ、そうだろう。誰かがこの邸《やしき》を見張っている。そして何か私が下手なことでも喋舌ろうものなら、矢庭《やにわ》に躍り出して取って抑えようという、つまりそういう企みなんだろうね」

「御冗談でしょう」笛二は幾分憤然《むっ》としたような声で言った。

「私を見損《みそこな》っちゃいけませんよ。そんな馬鹿馬鹿しい事をするような私であるかないか、あなたも名編輯者といわれるくらいの人です。一眼見たらわかりそうなものじゃありませんか」

「それもそうだが、どうも私にはよくわからないよ。まあ聴き給え、笛二君、私は恐ろしい人殺しだよ。そして殺人犯人というものは、第一の犯罪を隠蔽《いんぺい》するためには、どんな非常手段をも厭《いと》わないものだという事ぐらいは、君もよく知っている筈だと思うがね。現に私は最初の女房殺しを知られているばかりに、第二の女をついこの間手にかけた。忘れもしないこの同じ座敷で。……君もその現場《げんじょう》を見ていた筈だね。こうして殺人犯人という奴は一つの罪の発覚を防ぐために、次第に罪に罪を重ねて行《ゆ》かねばならないのだ。さて私は今、前の二つの殺人事件の露見を防ぐためには、一体どういう手段をとればいいのだろうね」

磯貝氏はそういいながら、次第に笛二の側《そば》ににじりよると、なるべく相手に気附かれないように、静かにその手を取りあげた。笛二はその気配を感じると、濡れているような眼をあげてニッと微笑《わら》うと、

「ああ、その事をあなたは聴きにいらしたのでしたね。それでは私が教えてあげましょう。あなたのとるべき手段は唯一つしかありません。そしてその手段というのは、この原稿の中に詳しく書いてあります」

そう言いながら笛二は懐中を探ると先程磯貝氏が読んでいたと同じ原稿紙に書いた、十枚あまりの短い原稿を取り出した。

「ああ、それがつまり小説『蔵の中』の後篇なんだね」

「ええ、そうですよ。これにはあなたがあの前篇を読まれてから後の物語が書いてあります。一寸その中の二三行を読んでお眼にかけましょうか」

笛二はそう言ってパラパラと原稿紙を五六枚めくると、細い顫えを帯びた、かなりいい声で読みはじめた。

——私の予想に間違いはありませんでした。磯貝氏は果してあの原稿を読むと、早速空家へ駆け着けて来ました。ああ、私たちの会見、それは何という妙な場面であったでしょう。磯貝氏は私の顔を見るといきなりこう言ったのです。

——《君が蕗谷笛二君だね、一体私をここへ呼び寄せて君はどうするつもりだね》——

「おやおや、この台詞《せりふ》は先程あなたの仰有ったのとそっくりそのままじゃありませんか」

笛二はいかにも嬉しそうに低い声をあげてくすくすと笑った。

「それからね、私とあなたとの間に二三の押問答があって、とど私が原稿を読むことになっています。つまりこういう風にね。——私の予想に間違いはありませんでした。磯貝氏は果してあの原稿を読むと、早速空家へ駆けつけて来ました。ああ、私たちの会見、それは何という妙な場面でありましたろう。

——おや磯貝さん、どうかなさいましたか」

「妙だね、その原稿は、原稿の中にまた原稿があるのかい」

「そうなんですよ。そしてまたその原稿の中で原稿を読む事になっているんです。つまり何《な》んですね、ほらよく少年雑誌の表紙なんかにあるじゃありませんか。一人の少年が雑誌を持っている、ところがその少年の持っている雑誌の表紙というのが、その雑誌と……どうも話が甚《はなは》だ面倒ですが……と同じなんです。つまりやっぱり少年が雑誌を持っている。ところがその雑誌の表紙というのがまた……、いや、私《わたくし》どものような肺臓の弱いものにはうまく喋舌れませんが、つまり無際限に拡大出来る虫眼鏡で見ると、そこには無際限に同じ表紙があるわけなんですが、私の小説というのがやっぱりそれなんですね。しかしことは少し面倒ですから、二三枚飛ばして読むことにしましょう。よござんすか。読みますよ」

——《笛二君、ここの雨戸が開いているのは甚だ妙じゃないかね。一つこれを締めようじゃないか》

——磯貝氏はそう言いながら立上ると開いていた一枚の雨戸を締めました。——

「つまり、あなたが雨戸をお締めになったというのですね」

「成程、それじゃ私も一つその原稿に倣って雨戸を締める事にしようか」

「ええ、それがよござんすよ」

　磯貝氏は立ち上って雨戸を締めた。座敷の中は忽《たちま》ちむっとするような、厚い暗闇の層に包まれ、節穴や隙間から差し込んで来る陽の光だけがびっくりする程鮮かで、何かしら鍾乳洞《しょうにゅうどう》へでも入ったような気がするのであった。磯貝氏は再び笛二の側《そば》へ引き返して来ると静かに、しかししっかりと力を入れて相手の腕をとった。

「よござんすか。それでは続きを読みますよ」

　――《よござんすか。それでは続きを読みますよ》そう言いながら私は辺《あたり》を見廻しました。

　――《しかし、こう暗くちゃ原稿も読めませんね。磯貝さん、済みませんが一つあなた代りに読んで下さいませんか》

　――《そうかい、それじゃ私が読む事にしよう》

　――磯貝氏はそう言って私の手から原稿を受取ると、闇の中にそれを透かしながらボツボツと読み始めたのです。――

「磯貝さん、つまりこれから先はあなたが読む事になってるんですよ」

「そうかい、それじゃ私が読む事にしようか」

「ええ、そう願いましょう」

　磯貝氏はそう言って笛二の手から原稿を受取ると、闇の中にそれを透かしながら読みはじめた。

　――ああ、私の思っていた通りでした。あたりが真暗になって、誰も見ている者のない事がわかると、磯貝氏はいきなり私の体に躍りかかり、その太い、逞しい掌《てのひら》でギュッと私の首っ玉を掴まえました。

と、磯貝氏はその原稿を読みながら、

　――《成程、それじゃ私もこの原稿の通り君の首っ玉を掴まえようか》

　――とそう言いながら、磯貝氏は矢庭に猿臂を伸して、むんずと私の首っ玉を掴まえました。――

「成程、すると私も君の首っ玉をこう掴まえなければいけないようだね」

　そう言いながら磯貝氏は矢庭に猿臂を伸して、むんずと笛二の首っ玉を掴まえた。

　――そしてぐいぐいと私の咽《のど》を絞めつけます。

　――《成程、それじゃ私も絞めつけようか》――

「成程、それじゃ私も絞めつけようか」
磯貝氏は大きな掌の中で笛二の軟かい肉塊が、海綿のように、収縮するのを感じた。ああ、その不可思議な感触、少しの抵抗を試みようともしないで、夢見るような眼差で、凝《じ》っと暗闇の中を凝視しながら、欣然《きんぜん》と死んでゆく少年の、生温《なまぬる》いゴム人形のような肉体。――磯貝氏は恐怖に脅えたような眼でそれを見守りながら、しかも一方ではこの奇妙な原稿を読みつづけるのだった。

――磯貝氏の太い指は次第に私の肉の中に喰い入って来ます。そうでなくとも破れ腐れた私の肺臓に貯えられた乏しい酸素は、忽ち欠乏してしまい、全身の悪血《あくけつ》が悉く頭に逆上《のぼ》って、ガアーンと割れるような耳鳴の中に、私は殷々《いんいん》として轟《とどろ》く大砲の音を聴きました。私の眼の前には、赤い血の筋の無数に走っている磯貝氏の野獣のような瞳と、噴火口のように脹れあがった鼻孔と、赤く爛《ただ》れたような唇の皺と、それから月の表面のようにブツブツと突起している無数の毛孔が、覆い被さるように迫って来ましたが、間もなくそれが朦朧《もうろう》と暈《ぼ》けてゆくと、後《のち》にはただ黯黮《あんたん》たる夜空の中に飛び交う無数の流星が私の前を横切《よぎ》りました。ああ、今こそ私の生命《いのち》は、茫漠《ぼうばく》たる一団の焔《ほのお》と化し、わが肉体より離れて遙々《ようよう》たる天空の彼方に飛び去ろうとしているのです。しかしこれが果して「死」というものであろうか。若《も》しそうだとすると死ぬという事は何という楽な事であろう。ああ、全身に浸みわたるようなこの快さ。阿片の夢にも似たるこの陶酔境。

――やがて私の眼前に飛び交う無数の流星は、次第に化して燦爛《さんらん》と降り濺《そそ》ぐ散華《さんげ》となり、私の耳底にはあの殷々たる砲声の代《かわり》に、どこやらで誦《ず》する静かな陀羅尼《だらに》の声と、えも言われぬ妙《たえ》なる鈴の音《ね》が響いてまいりました。その鈴の音の美しさといったら、それに聞き恍《ほ》れているうちに、いつしか胸の苦しさも打忘《うちわす》れ、清涼なる一陣の気の、わが魂を乗せ飄颻《ひょうよう》として虚空遙かに飛び去って行《ゆ》くかと思われるばかりです。

――その時私はふと、降り濺ぐ散華の中に玲瓏《れいろう》と冴え渡った美しい姉の面影を認めました。姉は普賢《ふげん》菩薩《ぼさつ》の如く白象《はくぞう》に打《う》ち跨《また》り、琅玕《ろうかん》を貫いて成せるかと思われるその浄衣《じょうい》は、触れ合う度に珊々《さんさん》として響《ひびき》を発し、馥郁《ふくいく》たる芳香を辺《あたり》に撒き散らします。私が先程、鈴の音《ね》と聞き誤った妙音は実に琳琅《りんろう》たるその響でありました。行願《こうがん》の表現にして慈悲を司り給うとか聞き及ぶ普賢菩薩はやがて玉の如き腕《かいな》を私の方に差しのべると、鼈《さしまね》くが如く仰有った。

——《笛二さん、笛二さん。何をあなたはそんなに遅疑《ちぎ》しているのです。さあ、早く私の側《そば》へおいでなさい。あなたをあの悩みの多い穢土《わいど》からこの玉の浄土《じょうど》へお迎えしたのは、みんなこの私の業《わざ》ですよ。ここにはあなたを苦しめる病気も、あなたを困らす人間もありません。さあ私と一緒にいつまでも、綾取りをしたり、お手玉をしたりして遊びましょう》

——私はあまりの有難さ、忝《かたじけな》さに思わずハラハラと落涙いたしました。そして咽喉《のど》に絡る痰火をふっ切らんものをと、喝然と声をあげて叫んだのです。

——《お姉さん、お姉さん、私もすぐに参ります》

磯貝三四郎氏は漸く原稿『蔵の中』を読み終った。磯貝氏の額には今、何とも言えぬほど不愉快そうな皺が数条刻まれている。

不愉快なのは自分が殺人犯人に擬せられていると いう事でなく、自分の私生活がかくも奇妙な方法で覗かれていたかという事である。この小説の中には半分の嘘と半分の真実がある。磯貝氏が夫人を毒殺したの、愛人を絞殺したのというような事は、無論途方もない出鱈目《でたらめ》であるが、昨年夫人を失った氏が、近ごろお静さんという女と馴染んで、一週間に二三度その家へ泊りに行くという事、それからお静さんの境遇、磯貝氏との関係、それ等の事には大体間違いはない。磯貝氏は今本郷の崖の上にある、「清水の舞台」のようなというお静さんの家の座敷と、その座敷から見える有名な「ふきや」小間物店の土蔵の白壁とをはっきりと眼の前に思い泛べた。あの土蔵の小さい窓から、肺病患者特有の奇怪な妄想と、異常な幻想とを以って、自分たちの情痴の世界を覗かれていたかと思うと、磯貝氏は何かしら忌わしい物にでも刺されたような悪寒を全身に感ずるのだった。しかしそれはまだ我慢が出来る。磯貝氏の到底我慢出来ないのは、こういう原稿を麗々しく自分の眼の前につきつけようとする相手の不可思議な心事である。そればかりはさすがの磯貝氏も到底了解する事が出来なかった。磯貝氏はふと、この間応接室で会った少年の、蜴蜥の腹のようにギラギラと光っている三方白《さんぽうはく》の眼《め》を思い出すと、何かしらゾーッとするような忌々しさを感じた。

「木村君、この原稿を大急ぎで送り返しといてくれ給え」

　磯貝氏は給仕の木村にそう命ずると、自分は記事輻輳《ふくそう》につき云々という、極《きま》り文句の印刷してある葉書を取上げて、それに相手の所書《ところがき》と名前とを書いて出させた。そして蕗谷笛二がやって来たら、小《こ》っ酷《ぴど》く叱りつけてやろうと身構えしていたが、どうしたものかその日は到頭やって来なかった。いや、その日ばかりではなく、次の日もその次の日も何の音沙汰もなかった。さては原稿を送り返されて諦めてしまったのかと、安心すると同時に些か拍子抜けを感じていると、それから一週間ほど後《のち》のある朝のこと、「ふきや」小間物店の悴《せがれ》が「長《なが》の病気を苦にした結果」自宅の蔵の中で自殺を遂げたという記事が新聞に出ていたので、磯貝氏は再び愕然《がくぜん》とした。

　笛二は生前彼があんなにも愛していた千鶴人形や、オルゴールのついた時計や、遠眼鏡や草双紙や、その他《た》さまざまな過去の幻や魑魅魍魎に取り囲まれ、姉の形見の友禅の振袖を身に纏い、最初に発見した婆やの言葉を借りていえば、「敦盛《あつもり》さまのように美しくお化粧」して、物の見事に頸動脈《けいどうみゃく》を掻斬って自殺を遂げていたのである。その姿自体がちょうど蔵の中一杯に繰り展《ひろ》げられていた、錦絵の中から抜出《ぬけだ》したように綺麗だった。どこかで遠雷《とおかみなり》の聞えるような、物憂い、味気ない昼下りのことで、床の上に溜った夥《おびただ》しい血が、晩春の陽を吸って的皪《てきれき》と光っていたということである。

猫と蠟人形

蠟人形の屍体

　諸君は誰でも、きっと一度は時計の裏蓋《うらぶた》をひらいて、あの不可思議なゼンマイ仕掛を覗《のぞ》いてみたいという欲望にかられたことがあるだろう。そして世にも精巧な、大小無数の歯車が嚙みあって、規則正しく、コチコチと時間を刻んでいるのを見ると、まるで夢の国の、幻の工場をでも見るような不思議な魅力を感じたに違いない。どうしてまあ、あのように小さな歯車が、一分《いちぶ》一厘《いちりん》の狂いもなく、正確に嚙みあい、廻転することが出来るのだろう。——

　しかし、これは正確な時計のことである。精巧な機械ほど狂い易い例《たとえ》にもれず、時計ほどしばしば狂うものはないし、また狂ったが最後、これほど手のつけられぬ代物はないのである。進みすぎたり、遅れすぎたり、いくらゼンマイを捲《ま》いてもすぐ止ったり、そうかと思うと、自鳴鐘《じめいしょう》が鳴りはじめたが最後、ゼンマイが切れるまで鳴りやまなかったり。——まったく十二より余計に打つ筈《はず》のない時計が、どうかすると五十も百も、続けさまに打っているのを聴くと、聴いているほうで頭が狂いだしそうな気がすることがあるものだ。

　人間の頭脳《あたま》がちょうどこの時計と同じことだ。世の中にこれほど精巧に出来た不思議なからくりは、又とほかにないのであるが、それと同時に、これほど狂い易いものも、ほかにあり得ないのである。われわれはしばしば、数時間にわたって鳴りやまぬ、気違い時計と同じように、狂った例を人間の頭脳《ずのう》にも見ることが出来る。そういう頭脳《あたま》から考えだされた、えたいの知れぬ気味悪さ、常規を逸した陰険さ。——これからお話しようとする、この風変りな事件というのが、ちょうどその人間の気違い時計なのである。

　それは連日の霖雨《りんう》に、大川《おおかわ》の水位が急にたかまったある朝のこと。

　清洲橋《きよすばし》のすぐ近く、隅田《すみだ》の流れを寝ながらの枕の下に聴こうという、中洲《なかす》の河岸《かし》ぷちにある洋館から、いま目覚めたばかりと覚《おぼ》しい美人がひとり、なんとなく底冷えのする朝風をいといながら、鉄格子の裏木戸をひらいて、石段づたいに降りて来た河っぷち。見わたせば水の上には一面に深い靄《もや》が立ちこめて、その中を漕ぎのぼるだるま船も、櫓《ろ》の音がギチギチと聞えるばかり、姿もそれと識別《みわ》けかねるくらいの深い朝靄なのである。

美人はなんとなくそわそわと、あたりを見廻しながら、ヒタヒタと上潮《あげしお》の寄せている石段を下りていった。石段の右手にはクリーム色の洋館が、河の上まではみだしていて、その下はちょうど、大きな縁の下のように空洞《うつろ》になり、澱《よど》んだ水がどんよりと、薄暗い淵をかたちづくっているのである。

美人はしばらく身を跼《こご》め暗いふちの中を覗きこんでいたが、ふと足下に流れよっている小さな空瓶に眼をとめた。マヨネーズ・ソースの空瓶なのである。戯れるように洋館を支えている、太いコンクリートの柱の根元に、コツコツと頭をぶっつけている。

美人はそれを見るとちょっと体を固くして、息をのむような表情をみせたが、素速《すばや》くあたりを見廻《みま》わすと、身を跼《こご》めて瓶のほうへ手をのばした。と、その拍子に彼女の眼は、うすぐらい洞穴《ほらあな》のような縁下の、ずっと奥の方にゆらゆらと浮いている、不思議な、白い物体のうえに落ちたのである。

何《な》んだろう。打ちよせられた塵芥《じんかい》のなかに交って、真白《まつしろ》なものが、逃げおくれた靄のなかにぶらぶらと浮んでいるのだ。

その時、河の中心をドドドドと蒸気船が通りすぎて、そのあおりをくらって、不思議なものが、ひょいとこちらへ向きをかえた時。——

美人は思わず、

「きゃっ！」

と叫び声をあげたが、すると声に応じて、頭のうえの洋館の窓が開いたかと思うと、顔を出したのは半白頭《はんぱくあたま》の初老の男である。

「おや、通子《みちこ》、お前そんなところで何をしているのだね」

「あなた、ああ、あなた」

通子はわれを忘れて、

「あんなところに人が、人が……」

「えッ？　土左衛門《どざえもん》かい」

男の顔はすぐ引っこんだが、間もなくさっき通子の開いた裏木戸から、どてらの帯をしめ直しながら、あわただしく下りて来た。痩《や》せぎすの、皮膚《ひふ》の色が不健康な蒼黒さを持った、病身そうな男である。鋭い眼つきをしているのである。

言葉の調子ではどうやらこの二人は夫婦らしいのだが、それにしてもひどく年齢《とし》が違うのである。女のほうはまだ二十五か六ぐらい、輝くばかりの若さと健康を保っているのに、男はすでに五十の坂を越して、しかもかさかさに萎《しな》びている。その男の背後から、召使いらしい若者が、長い竿をもってついて来た。

「どれどれ、どこだ」

「あそこ、ほら、あの柱の蔭よ」

男はちょっと覗いてみて、すぐ若者のほうを振りかえると、

「十吉《じゅうきち》や、ちょっとあげてみな」

この辺では珍しくないことかも知れない。若者の十吉は驚いた模様もなく、竿を水面につきだすと、先についている鈎《かぎ》で白い屍体をひっかけたが、おや！　という風に、

「旦那、こりゃ変ですぜ」

「変て？　何んだい」

「こりゃ人間じゃありませんぜ。どっこいしょ。ほら！」

と、竿の先で引き寄せたところを見ると、成程彼の言う通り、人間ではなく単なる人形だった。蠟でこさえた等身大の生人形《いきにんぎょう》なのである。

「何んだ、通子、まあ見て御覧。怖いもんじゃない。ほら、人形だよ」

「あら、まあ」

通子は気抜けしたように呟《つぶや》いたが、しかし、それは決して怖くないことはなかった。いやいや、それが本当に人間であったほうが、どれだけ気味悪くなかったかも知れないのだ。どす黒い水の上に、ガラスの眼を見張り、美しい微笑《びしょう》をたたえたまま、仰向けにぶらぶら浮いている真白な蠟人形の姿は、折からの陰鬱《いんうつ》な朝靄の中で、何んともえたいの知れぬ気味悪さを湛《たた》えているように見えるのである。

「とにかく、上へあげてみましょう」

若者の十吉は軽々とその人形を石段の上に持ちあげたが、その拍子にさすがの彼も、

「や、や、こりゃどうじゃ」

とびっくりしたように叫んだが、その声にぎょっとした通子が、こわごわ覗いてみると、ああ、何たることぞ！

蠟人形の真白な心臓のうえには、白鞘《しらさや》の短刀がぐさっとばかり、つかをも通れと打ちこんであるのである。

封《ふう》じ薔薇《ばら》

「というわけで兄さん、あたし何だか気味が悪くてしょうがないのよ」

「だって通《みち》さん、たかが人形くらいのことに、何もそう怖がることはないじゃないか」

「ええ、そりゃ、それだけのことなら、何も兄さんに来ていただく程のことはないのだけど、その人形にね、実はもっともっと気味の悪いことがあるのよ」

通子は白い頰をかたくして、じっと兄の顔を凝視《みつ》めている。美しい眼がかすかに潤《うる》みをおびて、唇がちょっと顫《ふる》えた。

この間の朝から三日ほど後《のち》のことで、例の河の上にせりだした洋館の一室なのである。通子と差向いに腰をおろしているのは、三十前後の、眉《まゆ》の秀でた、色の浅黒い、言葉つきや態度のいかにもきびきびとした男だ。通子の兄で三津木俊助《みつぎしゅんすけ》という。新報知社《しんほうちしゃ》の花形記者なのである。

俊助は無言のまま、煙草《たばこ》を吹かせながら、何気なく、傍のテーブルの上にある空瓶を眺めていた。マヨネーズ・ソースの瓶なのである。瓶のなかには色の褪《あ》せた薔薇《ばら》の花が一輪挿してある。俊助はその瓶から、ふと妹のほうへ視線を移したとき、思わずぎょっとしたように叫んだのである。

「おや、どうかしたのかい、お前、顔の色が真蒼《まっさお》だよ」

「いいえ、何んでもありませんの。少し頭痛がするもんですから」

「それはいけない。あまり冗《くだ》らない事にくよくよと気を揉むからだよ。それで、その人形に気味の悪いことがあるというのは、いったいどういうことなんだね」

「それがね」と通子はちょっと肩をすぼめながら、

「その蠟人形の胸のところに、青いエナメルで妙な絵がかいてあるのよ。ちょうど心臓を矢で貫いたような恰好なの」

「ふうん、それは妙だね。だけどそれだけのことなら、何も通さんみたいに、そうびくびくする事はないと思うがなあ」

「兄さんは何も御存じないからそんなこと仰有《おつしや》るのよ。これは私と矢田貝《やたがい》のほかには、絶対に誰も知らない秘密なんだけど、矢田貝の胸にも、丁度それと同じ刺青《ほりもの》があるのよ」

俊助はハッとしたように通子の顔を見直した。通子は眩《まぶ》しそうにその視線を避けながら、

「良人《おっと》はずっと若い時分に、ふとした悪戯《いたずら》ごころからそんな刺青《ほりもの》をしたんですって。その同じ絵が蠟人形の胸にもあるというのは、何か深い意味があるとお思いになりません？」

「それは妙だね。それじゃ通さんは、誰か矢田貝さんを怨《うら》んでいる者があって、それがそういう悪戯をしたんじゃないかと思っているんだね」

「悪戯にしちゃ少し深刻すぎますわ。あたしもう、それが気になって耐《たま》らないところへ、良人が昨夜《ゆうべ》から帰らないのでしょう。家《うち》をあけるなんてことは、今迄《いままで》いちどもなかった人だけに、あたしもう心配で心配で。……」

俊助はなるほど、苦悩のために面窶《おもやつ》れのして見える通子の顔を、しみじみと打見守《うちみまも》りながら、果して彼女の良人の矢田貝博士《はくし》は、妻よりこれだけの心配をうける価値のある男だろうかと、内心激しい憤《いきどお》りを感じずにはいられないのである。

通子は不幸な女だった。三十あまりも年齢のちがう矢田貝博士と結婚する以前、彼女には相愛の青年があったのである。その青年を振りきって、彼女は何故《なぜ》、こんなに年齢《とし》のちがう男と結婚しなければならなかったのか、それには随分、こみいった事情があったのだけれど、ここにはあまりくだくだしくなるから、一切省略することにしよう。

要するに彼女は、矢田貝博士の金に買われた女なのである。通子と矢田貝博士の結婚が発表された時、緒方紘次郎《おがたげんじろう》は絶望のあまり二度も自殺をはかったが、二度とも失敗した揚句、飄然《ひょうぜん》として外国へ行ってしまった。緒方紘次郎というのが、恋人の名だった。

通子はこれだけの犠牲をはらって、矢田貝博士の

もとへ嫁いで来たのである。しかも彼女は献身的ともいうべき愛情をもって、この年の違う良人を愛しようとした。それだのに彼女の酬《むく》われたものは何んであったろうか。

矢田貝博士は高名の外科医である。その学識、手腕、社会的名声は通子の良人として申分《もうしぶん》のない人である。しかし、いかなる学問も、教養も、人間の性格を矯正する力はないと見えて、博士は恐ろしく吝嗇《りんしょく》だった。おまけに、猜疑心《さいぎしん》が強く、嫉妬ぶかく、いちど緒方絃次郎のことが知れるや、あんなに懇望した妻であったにも拘《かかわ》らず、掌《たなごころ》をかえすように冷淡になってしまった。

こういう事情を熟知しているだけに、俊助はこの妹がいじらしくてならぬのだ。

「まあ、通さんのようにそう取越苦労をしても際限《きり》がないね。それとも何か矢田貝さんの身に、危険でもふりかかるような、ハッキリとした理由でもあるのかね。誰かにひどく怨まれているとか、……」

そういいながら、俊助はぼんやりとまた、例のマヨネーズ・ソースの空瓶を眺めている。どうも妙だな。一輪挿しがないというのでもあるまいに、何故あんな不恰好な瓶を飾っておくのだろう。それにあの色褪せた薔薇である。綺麗ずきで、何事もキチンとした事の好きな通子には不似合いなことではないか。

「ええ、それがあるから心配なのよ。この頃良人のところへ度々脅迫状めいた手紙が舞い込むのよ」

「えッ、脅迫状？」

「と、いっていいかどうか分らないのだけれど、変な手紙なのよ。後でお見せしますけれど、何んでもね、良人の手術がもとで、子供が死んだと思いこんでいる母親から来るらしいんですわ」

「ほほう、それで矢田貝さんはそのことを何んていってた？」

「こんな事で一々怨まれてちゃ、医者は生きていられないって苦笑いしてましたけれど、でもいい気持じゃなさそうでした。手術の結果は殆《ほと》んど不可抗力ともいうべきもので、怨まれる筋合いじゃなかったらしいのですが、その後の態度がね、ああいう人でしょう、ひどく向うさまの感情を害しているらしいんですわ」

「まさか、それぐらいの事でどうのこうのって事はないだろ。そういう事で怨まれてちゃ、医者の生命《いのち》はいくつあっても足りないからね」

俊助はそういって、じっと通子の顔を凝視《みつ》めていたが、

「それより通さん、緒方君がちかごろ外国から帰ったという話だが、お前会わないかね」

「ええ、いいえ、あの紘次郎さん？」通子はひどく狼狽《ろうばい》しながら、「わたし、一向……」

「そう、会わないのなら会わないほうがいいよ。あの男も可哀そうな男だ。未だに通さんがあきらめられなくて苦《くる》しんでいるらしいが。……」

と、俊助は何気ない調子でそういうと、煙草の吸殻をジューッと灰皿の中へ投げこんで、それからやおら椅子から立上《たちあが》った。

「お前、何もそう気を揉むことはないのだよ。今に矢田貝さん、帰って来るさ。あまりキナキナしないで待っておいで。何かまた変ったことでもあればすぐやってくるけれど……」

と、いいかけて俊助はおやと首をかしげた。

「あれは何んだろう、ひどく猫の啼声《なきごえ》がするじゃないか」

「うちのパールかしら。昨夜《ゆうべ》から姿が見えないんだけど」

と、通子が首をかしげると、

「何んだかこの下で聞えるようじゃない？」

「まさか、猫ってやつは水が何より苦手だからね。この雨の降るのに……」

と、俊助は窓越しに細い雨の降りしきる河の面《おもて》を見やったが、

「おかしいね。やっぱり通さんのいう通り、この下らしいね。それにあの啼きかたは妙だよ。何かあるんじゃないかな」

「兄さん！」

「何も心配する事はありゃしない。ちょっと見て来てやろう。通さんはここにおいで」

「いいえ、兄さん、私も行きます」

二人は大急ぎで部屋を出ると、裏木戸から石段づたいに河っぷちへ下りて行った。そして、一眼あの、洞穴のような縁の下を覗いた刹那《せつな》、二人とも思わずぎょっとして、そこに立ちすくんでしまったのである。

ちょうどこの間、マヨネーズ・ソースの空瓶が流

れよっていた辺に、毀《こわ》れかかった犬小屋が漂っていて、その中には、通子の愛猫パールが、けたたましい啼声をあげているのだ。全身に真紅《まっか》な血を浴びていて、真珠のように純白の毛が、からくれないに染まっている恐ろしさ。

しかし、俊助と通子がひと眼見て恐ろしさに思わず立ちすくんだのは、その猫の姿ではなかった。そこにはパールなどよりももっと恐ろしいものが、――矢田貝博士の死屍《しし》が、ゆらゆらと、幽霊藻《ゆうれいも》のように漂っているのだった。心臓を貫く矢の刺青《ほりもの》をした胸の上に、まるで昆虫をとめるピンででもあるかのように、白鞘の短刀が、ぐさりとつかまで突き通って。――

「あれ、兄さん！」

通子は思わず両手でしっかと顔を覆うたが、俊助はそのとき、もう一つ奇妙なものが水の上にぷかぷかと浮いているのを見た。

さっき、上の部屋で見たと同じマヨネーズ・ソースの空瓶なのである。そして、その中にはまだ新らしい薔薇の花が一輪、封じこめられているのがガラス越しに見えたのである。

河沿いの家

「ほほう、すると二三日前にも、短刀で胸を貫かれた蠟人形が流れて来たというんだね」

「そうなんだそうです。一昨日《いっさくじつ》の朝のことだそうですがね。しかもその蠟人形の胸にも、この屍骸にあると同じような、刺青《ほりもの》がほどこしてあったというのですがね」

「フフン、妙な事件だな」

等々力《とどろき》警部は眉根《まゆね》に深い皺《しわ》をよせて、

「どうも分らん、一体その蠟人形と今度の殺人事件との間に、どういう関係があるのかな」

何か難しい事件に出くわした時の習慣《くせ》で、警部は頻《しき》りに耳たぶを引っ張っていたが、

「どうも気味が悪いね。この事件にはよっぽど妙なところがある。ちょっと常識では考えられないほどの邪悪な匂いがする。三津木君、君も屍体の手の甲についている生々しい傷痕を見たろうね」

「見ましたよ。あれはどうやら猫に引っ搔かれた痕らしいですね」

「そうだ、猫だよ。畜生ッ、蠟人形だの猫だのと、余計なお景物《けいぶつ》がついていやがるんで、この事件はいっそう訳が分らなくなる」

「いや、僕はそう思いませんねえ」

俊助は霏々《ひひ》として降りしきる河面の細雨《さいう》に眼をやりながら、

「反対に僕は、そのために案外簡単に事件の解決がつくのじゃないかと思いますね」

「君、ほんとうにそう考えるのかい？」

「いや、はっきりとした確信がある訳じゃありませんが、とに角《かく》、ゆっくりと考えてみようじゃありませんか」

等々力警部と三津木俊助の二人は、職業がら接触する機会も多かったが、いつの間にやらこの二人は、離れがたない友情をもって結びつけられているのだった。今までにも俊助の働きで警部を助けてやったことは、一度や二度ではなかったし、その代償として俊助は、いつも警部より多大の便宜を計ってもらっている。今日も事件を発見すると、俊助が一番に電話で知らせてやったのは、この警部のもとだった。そして、一通りの検屍がすむと、早速この矢田貝博士邸の一室を、そのまま捜査本部として、二人は密議をつづけているのだった。

「先《ま》ず第一に、あの蠟人形ですね。あれは犯人の予備行動であったとしたらどうでしょう。つまり、今にお前をこういう風に殺してやるぞと、いわば犯人の予告だったんですね」

「なるほど、それでわざと、矢田貝博士の胸にあるのと同じような刺青《ほりもの》を、人形の胸にほどこしておいたというのだね。しかし、それにしても妙じゃないか。犯人はどうしてその人形が、この邸《やしき》の下へ流れよる事を知っていたんだね。ひょっとしたら、蠟人形はこの家の者の眼に触れないで、そのまま河下の方へ流れて行ったかも知れないじゃないか」

「いや、それはあなたが、河の流れの性質というものを御存じないからです。水というものは出鱈目《でたらめ》に流れているものじゃありません。その流れの方向には、必ず一定の法則がある筈です。だから、この河上の、ある一定の地点から流したものは、必ずこの邸の下へ流れつく、とそういう事を犯人はちゃんと知っていたのに違いありませんよ」

俊助はそういいながら、ふとマヨネーズ・ソースの空瓶のなかに封じ込まれた、一輪の薔薇の花のことを思い出していた。

「なるほど、それは考えられない事はないね。そうすると我々は先ず第一に、その地点を探し出せばいいことになる」

「そうなんです。それをあなたと二人で、これから探しに行《ゆ》こうと思っているんですがね。畜生、この忌々《いまいま》しい霧雨《きりさめ》の奴め、早く歇《や》めばいいのに」

「いや、そうときまれば雨ぐらいに恐れているわけにはいかん。しかし、あの猫だね。あれは一体、どういうわけだね。あいつも矢張り同じところから流されたのだろうか」

「無論、そうでしょう。とに角あの猫は、犯罪の現《げん》場《じょう》に立ちあっていたに違いありませんよ。被害者の手の甲に残っている鋭い搔傷《かききず》からみてもね。しかし、どうして猫がそこへ行ったのか、むろん、ひとりで行《ゆ》く筈がないから、誰かが連れて行ったにちがいありませんが、誰が、何んのために、連れて行ったのか、その点になるとさっぱり分りませんね」

「そうそう、あの猫はここの家《うち》の飼猫だったね。畜生、あいつが口を利いてくれれば、雑作なくかたがつくんだがな。猫と蠟人形か、どちらも口を利かぬ証人と来てやがる」

雨は小降りになるどころか、益々はげしくなって、ひろい河の面《おもて》は、降りしきる霧雨の、鉛いろの水滴のなかに模糊《もこ》として閉じこめられて行《ゆ》くのだった。

「とにかく、こんな所で小田原評定《おだわらひょうじょう》をしていてもはじまらん。日の暮れぬうちに、犯罪の現場《げんじょう》を探しに出かけようじゃないか」

「よろしい。そういう事にしましょう」

しかし、それから間もなく、小舟の用意をさせて、雨合羽《あまがっぱ》に身をかためた二人が飛びのった頃には、大川のうえはすっかり、雨の日の、暮るるに早い黄昏《たそがれ》のいろに包まれていた。

船頭に命じてなるべくゆっくりと河を漕ぎのぼって行《ゆ》く。やがて時刻になったのであろう。両岸の町にパッと一斉に灯がついて、遙かかなた、両国《りょうごく》のほとりには、国技館の大ドームの灯が、王冠に鏤《ちりば》めた宝石のように霧雨の中にボーッとけむっていた。

舟は清洲橋をすぎ、新大橋《しんおおはし》をくぐると、浜町河岸《はまちょうがし》に沿って次第に漕ぎのぼってゆく。俊助と等々力警部の二人は、眼を皿のようにして、河岸の家を一軒一軒覗いて行ったが、別に怪しいところも見られないのである。

「こりゃ大変だ。これだけ沢山ある家《うち》を軒別に調べて歩くとしたら、とても遣切《やりき》れない」

「まあ、もう少しの辛抱です。僕はどうもこの辺じゃないかと思うのですがね。ごらんなさい。ここからこうして河下を見ると、新大橋から清洲橋のあいだで、河が著しく東のほうへ迂廻しているでしょう。しかもその出《で》っ端《ぱな》へもって、深川《ふかがわ》のほうから小名木《おなぎ》川《がわ》が流れこんでいる。だから、この辺から物を流せば、小名木川の水流に押されてちょうど、中洲あたりに漂い寄るという寸法になるのですよ。――おや、あの家《うち》はどうしたのだろう」

俊助がとつぜん、警部の腕をつかんだ。

そこは矢の倉なのである。河の流れとすれすれに、平屋建ての座敷がせり出しているのだが、この雨で、どの家も雨戸か障子をぴったりと締めきっているのに、その座敷だけは、雨戸も障子もあけっぱなし。いや、障子は開いているのではなくて、外れて、縁側の手摺に倒れかかっているのだ。

「少し妙ですね。もう少し側《そば》へよってよく見ましょう」

舟を漕ぎよせて、中を覗きこんだ警部と俊助の二人、一様にあっとばかりに低い叫び声をあげた。座敷の中は落花《らっか》狼藉《ろうぜき》の有様なのだ。

襖《ふすま》は破れ、ちゃぶ台はひっくり返り、瀬戸物の破片が一面に飛びちって、その中に、笠の毀れた裸電球が、白々と天井からブラ下っている。とつぜん、俊助は低い叫声をあげた。

「あれ、あれは猫の趾跡《あしあと》じゃありませんか」

なるほど、畳のうえに、梅の花を散らしたように点々とついているのは、まぎれもなく猫の趾跡だった。しかもそれはどうやら、血に染まった趾跡らしいのだ。

「よし、この家《うち》だ！」

二人は欄干《らんかん》に手をかけると、勇躍して舟から座敷の中へ掻きのぼった。座敷へ入って見ると、いよいよ、ここが犯行の現場《げんじょう》であることが明瞭である。猫の趾跡のほかにも、畳の上に一筋、血の跡がスーッと河に向った縁側のほうに続いている。屍体を引きずった時についた跡らしいのである。

緒方紘次郎

「婆さんはこの家《うち》の者かね」

婆さんをとらえて、等々力警部がボツボツと質問にかかるのである。

「はい、わたくしこの家《うち》の主《あるじ》でございます」

「名前は？」

「高橋《たかはし》もとと申します」

「いったい、どうしてこのような事が起ったのだね」

「わたくしにはさっぱり訳がわかりません」

婆さんは部屋の中を見廻しながら、さも恐ろしそうに肩をすぼめるのだ。

「訳が分らない？　それはいったいどういう事なんだね」

婆さんはじっと考え込むような眼つきをしながら、それでも警部の質問に答えて、ボツボツ話しだしたところによるとこうである。

おもと婆さんはこの家にたった一人で住んでいたが、一ケ月ほどまえに、一人の紳士がやって来て、河沿いの部屋を貸して貰《もら》えないかという話なのである。

部屋代も相当のものであったし、それに、いかにも物静かな、好感の持てそうな人物だったので、婆さんは一も二もなく承諾した。紳士は別にこの家に住むわけではなく、気晴しに時々やって来て、大川の流れを見て、ぼんやりと骨休めをしたいのだという話だった。

果してそれから後《のち》、紳士は一週間に二度ずつぐらい、いつも夜やって来て、この座敷で一時間か二時間、時を過して帰って行《ゆ》くのだった。

「それで、その紳士の名は何んというんだね」

「さあ、それが……」

と、婆さんはいかにも困ったように、

「お名前をつい伺《うかが》ってございませんので」

「何んだ、名前もきかずに部屋を貸したのか」

「はい、妙なようですけれど、別に怪しいようなお人柄ではございませんでしたし、それにここへお住いという訳でもございませんので……」

「ふむ、よしよし、いずれその事は後程、もっと詳しく聞こう。ところで昨晩来たのは、その紳士だったのかね」

「さあ、それがよく分りませんのですけれど、どうやら別人のようでございました」

「そこのところを、もう少し詳しく話せないかね」

「ええ、お話しますけれど、ほんの少ししか、申上《もうしあ》げることはございませんのですよ。あれは夜の八時ごろのことでございましたかしら、いつものように玄関の格子を叩いて、婆さん、婆さんと呼ぶ方があるもんですから、てっきり、いつもの方だとばかり思って格子をひらきましたところが、それがあなた……」

と、婆さんはいかにも口惜《くや》しげに、

「黒い襟巻で顔半分包んだ男でして、それがいきなりわたくしに躍りかかって、ほら、このように」

と、青く血ぶくれのした額を見せながら、

「何やら太い物でドシーンと殴りつけたものですから、わたくし、そのままくらくらと立ちくらみをしてしまって、それきり後のことは何が何やらさっぱり憶えておりませんので。……こんな口惜しいことはございません」

「なるほど、それじゃ、それから後、どんなことが起ったのか、ちっとも知らないというんだね」

「はい、まるっきり存じません。何しろ、気がついたのは真夜中すぎのことで、その時には家《うち》のなかはもうシーンと鎮まっておりました」

「ところで、この部屋を借りた男だが、いったいここで何をしていたようすだったかね」

「さあ、別になんということもなく、いつも打沈んだ様子で河の面《おもて》を眺めていらっしゃいましたようですけれど。……」

「その男は昨夜《ゆうべ》来た様子があるかね」

「さあ……」

婆さんは首をかしげながら、

「よくは存じませんけれど、ちょうど昨夜《ゆうべ》はいらっしゃる晩になっておりましたから、……」

「ところで、婆さんの家《うち》には猫がいるのかね」

「猫？　いいえ、わたくし猫は大嫌いなもんでございますから」

これらの応答の間、部屋のなかを探し廻っていた俊助は、床脇《とこわき》の違い棚の陰から五六本のマヨネーズ・ソースの空瓶を見つけだしていた。その中の二三本には、紅の薔薇の花が封じこめてあるのだ。

「小母《おば》さん、この空瓶はその紳士が持ってきたものなのかね」

「さあ、多分さようでございましょう。わたくし一向に……」

と、言いかけて婆さんはハッとしたように口をつぐんだ。その時、玄関の格子を叩く音と共に、

「婆さん、婆さん。——」

と、いう低い声が聞えたからである。

「あっ、あの方が……」

「しっ！」

俊助は等々力警部とすばやい視線を交すと、

「いいから、ここへお通し。私たちがいる事を気取《けど》られちゃいけないよ」

「はい。……」

「婆さん、婆さん、ここを開けておくれ」

「はい、唯今《ただいま》。——」

婆さんはブルブルと体を顫わせながら、薄暗い玄関のほうへ出て行ったが、やがてガラガラと格子をひらく音。

「いやな雨だね。婆さん」

「さようで、——」

と、そんな声が聞えて、三和土《たたき》のうえに靴を脱ぐ音、やがて湿った畳をミシミシと踏んで、ひょいと奥座敷の明るい裸電灯のしたに、現れた紳士の姿を見るや否《いな》や、俊助はぎょっとしたように叫んだのだ。

「や、や、君は緒方紘次郎君！」

まことにそれは、通子の最初の恋人、緒方紘次郎だった。

悲恋薔薇流し

「それで、兄さん、緒方さんは何んて言ってらっしゃいますの」

「緒方君はね、全然犯行を否認しているんだよ。しかしね、犯人という者は誰でも最初は、頭から否認したがるものだからね」

俊助はいたましそうに、窶《やつ》れはてた妹の面から眼を反らした。良人の恐ろしい最期、しかもその殺人の嫌疑は、彼女の最初の——いや、恐らくは彼女の唯一人の恋人のうえにかかっているのだ。しかも、その恋人を警部の手に引渡すような破目にしたのは、みんな俊助の余計なおせっかいのためだった。俊助

はそれを考えると、この妹の顔が可哀そうで、とても正視できないのである。

「まあ、それじゃ兄さんも、緒方さんが本当に犯人だとお思いになって？」

「いや、僕には信じられないんだ。僕はあの男を子供のときから知っているけれど、とても人殺しなんか出来るような男じゃない」

「ならいいじゃありませんか。それだけで充分ですわ。ねえ、兄さん、お願いだから緒方さんを救ってあげて頂戴《ちょうだい》」

「そりゃ、僕も救ってやりたい。しかし、検事は僕のような考えかたはしてくれないからね。それにいろいろ不利な証拠もある」

「証拠って、どういう証拠でございますの」

「先ず第一に、緒方君はなぜ必要もないのに、あんなところに間借りをしていたか。……」

「ああ、そのことなら、兄さん」

　通子はふいに立上って、傍らの洋箪笥《ようだんす》の観音びらきの扉をひらくと、

「兄さん、これを見て頂戴。緒方さんはこの贈物をわたしに下さるために、わざわざ河上の家《うち》に間借りなすったのですわ」

　見ればその戸棚のなかには、十本あまりのマヨネーズ・ソースの空瓶が並んでいるのだった。しかも、その中には、どれにも一輪ずつ、紅の薔薇が封じこめてあるのだ。

「兄さん、わたしが悪かったのです」

　通子はハラハラと流れ落つる涙を、ハンケチで拭いながら、

「この間兄さんに、緒方さんには一度もお眼にかからないと申上げたけれど、あれは嘘でした。二月《ふたつき》ほど以前に、たった一度、それも偶然、あるところで会ったのです。その時わたしは出来るだけ、自分の不幸を打ちあけないようにしたのですけれど、緒方さんは一眼で、それを、お察しになりました。良人が吝嗇で冷淡なことや、陰険で、嫉妬ぶかいことなどを、ちゃんと知っていらしたのです。そして、この後《のち》も、ときどき会ってくれとおっしゃいましたけれど、わたしは無論キッパリお断りいたしました。良人が怖かったばかりではなく、会えばいよいよ切なくなるばかりですもの。それでは文通ぐらい許してくれと仰有ったのですけれど、それもお断りしま

した。するとそれから暫《しばら》くしてふいに緒方さんから手紙が来て、せめてもの心やりに、河上から薔薇を流すゆえ、この贈物だけは受取ってくれ、――とおっしゃって、わたしそれもキッパリお断りすればよかったのですけれど、あまりの真実についほだされて、心弱くも一度、二度と、あの空瓶を拾いあげたのが悪かったのですわ。それにしても何んという不思議なことでしょう、ひろいこの大川の中で、間違いもなくこの家の下に流れよるのも、緒方さんの熱いお志ゆえとおもえば、わたしいっそう、お気の毒で……お気の毒で。……」

通子はそういって、よよとばかりに噎《むせ》び泣くのである。

俊助も思わず瞳をうるませた。なんという哀れな物語だろう。結ばれることを許されなかった、この不幸な、悲恋の男女の心情を思いやると、さすがの俊助も暗然としずにはいられないのだ。

「なるほど、あの封じ薔薇にはそういう意味があったんだねえ。しかし、通さん、それだけの事ではまだまだ緒方君を救うわけには行《ゆ》くまいよ。いやいや、もしこういう事が警察の耳に入れば、反対に疑いはますます濃厚になるばかりだ。それにね、通さん、緒方君にとって、まことに不利な証拠があがっているんだよ」

「証拠ですって?」

「そうだ。矢田貝さんの屍体はね、しっかりと洋服の釦《ボタン》を握りしめていたんだが、その釦というのが、緒方君のものなんだよ」

「まあ!」

この殆んど決定的ともいうべき証拠に、通子は思わず、真蒼になって呻《うめ》き声をあげた。

「そして、そして、その事を緒方さんはなんと言ってらっしゃいますの」

「なんでもね、あの晩、緒方君はあの河沿いの家《うち》で、矢田貝さんに会ったんだそうだよ。矢田貝さんは緒方君を面罵《めんば》した揚句、果てはつかみかかって来たんだそうだ。緒方君はうまくそれをあしらって逃げだしたんだそうだが、多分、その時に釦を剝《も》ぎとられたんだろうと言っている」

「緒方さんがそう仰有ったのですか。それならそれに違いありませんわ。だって、あの方は決して嘘をお吐《つ》きにならない方ですもの」

「むろん、僕は緒方君を信じるさ。しかしね、緒方君があの家を出た後まで、矢田貝さんが生きていたという証拠はどこにもないのだ。ただね、ここに不思議なことは、あの蠟人形だよ。あの蠟人形の出所を調べたところが、なんと、あれをさるモデル商から買いとって行ったのは、どうやら矢田貝博士自身らしいのだよ」

「まあ！　良人が？　だってそれはどういうわけでしょう」

「よく分らない。それが分ればこの謎は解けるんだ。それからあの猫だね。誰が、どういう理由で、パールを犯罪の現場《げんじょう》に連れていったのか。そこに、恐ろしい秘密がありそうな気がするのだがね」

　深い沈黙が二人の間に落ちてきた。不安と恐怖の入りまじった、息づまるような、切ない沈黙なのだ。通子はじっと唇を噛んで、床のうえの絨毯《じゅうたん》を眺めている。絨毯の花模様が、見る見るうちに霧でぼかされたように、うっすらと涙に滲《にじ》んでゆくのである。

片眼の猫

世の中は何が幸いになるか分らないものである。もしこの時、一匹の鼠《ねずみ》が、この矢田貝家の客間に現れなかったら、この驚くべき秘密は、永久に五里霧中のかなたに閉ざされていたかも知れないのである。

　俊助と通子の二人が、黙然として考えこんでいるとき、突然、一匹の鼠が客間へ逃げこんできた。そしてその後を追って、躍りこんで来たのは、通子の愛猫パールなのである。

　猫に追われた鼠は、思いがけなくもここにまた人間の姿を認めて、狼狽のあまり、長椅子のうしろへ逃げこんだ。不幸にも鼠よりも体の大きいパールは、そこまで追っかけて行《ゆ》くことが出来ないのである。しかし、鼠を覘《ねら》う猫には、驚くべき忍耐力が神より与えられている。

　パールは薄暗い長椅子のそばに蹲《うずく》まったまま、じっと椅子のしたを睨《にら》んでいたが、その眼を見たとき、とつぜん俊助がぎょっとしたように叫んだ。

「通さん、あれはどうしたのだ。あのパールの眼は……」

「えっ、パールの眼ですって？」

「ほら、御覧、片っ方の眼はあんなにギラギラ光ってるのに、一方の眼はまるでガラスのようにどんよりと曇《くも》っているじゃないか」

そういわれて、パールの眼をのぞき込んだ通子は、ぎょっとしたように、椅子の両腕を握りしめた。ああ、何という気味の悪いことだ。雨催いの薄暗い部屋の片隅に、片眼の猫が、無気味な静けさを保ちつつ、じっとうずくまっているのである。

「ああ、そういえば、この間河上から流れてきたとき、パールは左の眼にひどい怪我をしておりましたわ」

その刹那、俊助の頭にはさっと恐ろしい考えが入って来た。矢田貝博士の屍体にあった恐ろしい猫の爪跡が、いま、まざまざと彼の眼の前に浮んできた。あの爪跡はいったいどういう意味であったろう。そしてまた、パールはどうして、あの犯行の現場《げんじょう》へ連れられていったのであろうか。——

「通さん、パールをつかまえておくれ。パールを。……」

「兄さん、パールがどうかして？」

「なんでもいいから、早く、早く！」

俊助はとても興奮しているのである。

通子はその意味をハッキリと覚《さと》ることはできなかったが、急に、怯えたような眼をしながら、さっと、パールの体を膝《ひざ》のうえに抱きあげた。

「じっと、押えていておくれよ。少しあばれるかも知れないから……」

そういいながら、俊助は矢庭《やにわ》にパールの左眼《さがん》に指をつっこんだ。と、思うと、その途端、ああ、何んという気味の悪いことだろう。猫の眼がポロリと床のうえに落ちたのである。

「あっ！」

と、叫んで通子が、パールを押えていた手をはなすのと、俊助が、床のうえに躍りかかって、その眼玉を拾いあげるのと、殆んど同時だった。

「通さん、義眼《いれめ》だ。ガラスの眼玉だよ」

「まあ、どうしてそんなものが……」

「待っておいで、いまに分る。ああ、恐ろしい、なんという恐ろしい秘密だろう」

おののく指先でガラスの眼玉をいじくっていた俊助は、とつぜん、勝誇《かちほこ》ったような叫びごえをあげた。

「あった、あった！」

俊助が引っ張りだしたのは、ガラスの眼玉のなかに小さく畳みこまれていた、薄っぺらな皺苦茶の紙片なのである。大急ぎでそれを開いてみると、先ず第一に二人の眼にうつったのは、

「三津木俊助への挑戦」

と、いう文字なのである。

「矢田貝の筆跡ですわね」

「そうだ、読んでみよう」

二人はわくわくとする四つの眼を揃えて、その薄っぺらな紙片のうえを大急ぎで読んでいった。

ああ、それは何んという不思議な、そしてまた、邪悪と執念に充ちた遺書であったろうか。


――三津木君、俺は自殺する。医者は俺を癌だと診断した。俺の生命はあと一年とは持たないのだそうだ。癌がどんなに惨《みじ》めな病気だか、俺も医者だ。知りすぎているほど知っている。

――この恐ろしい病気のために、じりじりと生命を縮められてゆくよりは、俺は寧《むし》ろひと思いの自殺を選ぶ。しかし、ただは死なない。君の妹と、その恋人を道伴《みちづ》れにしてやろうと思うのだ。

――ああ、一週間に二度ずつ河上から流されてくる薔薇の花を、通子が大切にしまっているのを発見したとき、俺の心はどのように憤りに燃えたったことであろうか。その瞬間、俺の理性は一瞬にして狂ってしまった。そして俺は恐ろしい復讐の鬼と化してしまったのだ。

――俺は自殺する。しかし唯の自殺ではない。通子の恋人、緒方紘次郎に殺害《せつがい》されたように見せかけねばならない。そしてあの男を地獄の道伴れにしてやるのだ。

――だが、だが、それだけでは俺の腹はまだ癒えない。そうだ、俺のこの恐ろしい死にざまを、通子の眼のまえにつきつけてやろう。そしてこの物凄い記憶によって、永久に通子を呪ってやらねばならぬ。

――しかし、そうするにはどうすればいいのだろう。なあに、雑作はありやしない。この邸の下は、不思議にも河の流れの関係で、あらゆる物が流れよるようになっているのだから、俺の屍体も、河上から流れてくるようにすればよいのだ。

――ああ、何んという素晴らしい思いつきだ。その朝起きて、通子が薔薇の花を拾いにでる。その時、

ゆらゆらと流れよる俺の恐ろしい屍体を発見したら、どんなに驚くことだろう。

——しかし、俺はなんだか不安だった。果して俺の体がうまく、この邸の下に流れよるであろうか。空瓶のような小さい物は流れ寄るにしても、屍体のような大きな物は、そのまま、河下まで流れて行ってしまいはしないだろうか。

——だが、その心配はなかった。俺は蠟人形を使って験《ため》してみたのだ。人形は無事にこの邸の下へ流れ寄った。ああ、この蠟人形と同じように、やがて、俺の冷えきった屍体も、この邸の下に流れ寄って、通子を脅かす事だろう。ああ、何んというい気味だ。

——しかし、俺は何故こんな遺書を書いておく気になったのか。三津木君、君は俺の性格をよく知っている筈だ。俺は万事、公明正大にやりたいのである。一つも本当の証拠を残しておかないなんて、卑怯なやり方は俺の好まぬところなのだ。

——君が本当に世間の評判どおり、敏腕の新聞記者なら、屍体と同時に、河上から流されたパールに疑惑を持つだろう。そしてこの遺書を発見して、君の妹と親友を救うことが出来るだろう。そうなったら俺の負けだ。でも、俺は敢《あえ》て後悔はしないつもりだ。

——君がもし、世間の評判を裏切って、この遺書を発見出来なかったら、——その時は君の親友は絞首台へ送られ、君の妹は恐らく悲しみの揚句、発狂するだろう。しかも、恋人を救う鍵は、常に彼女の身辺に徘徊《はいかい》しているのだから、何んという皮肉なことだろう。

——万事はうまく行った。俺はいま、緒方絃次郎の秘密の隠《かく》れ家《が》にいてこの遺書を書いている。俺の心臓は、欣《よろこ》びのために顫えているのだ。後はこの遺書を義眼《いれめ》のなかに入れて、パールの眼玉に篏《は》めこむだけのことだ。それには、おそらくちょっとした手荒い手術を必要とするだろう。しかし、そんな事は外科専門の俺にとっては雑作ないことだ。そして万事うまく行ったら、パールを空箱に入れて流すと共に、俺自身、自ら心臓を貫いて河中に投身しよう。

——さあ、三津木君、君がうまくこの遺書を発見して、君の妹と親友を救うことが出来るだろうか、草葉のかげとやらでよくよく眺めていてやろう。

自殺の直前に当って、矢田貝三郎誌《しる》す

妖説孔雀樹《ようせつくじゃくのき》

川開き怨みの二つ玉

お江戸の夏の景物《けいぶつ》は、まず両国《りょうごく》の川開き、趣向をこらした五彩の虹が、夜空にぱっと花とひらいて、玉屋、鍵屋の褒め言葉、どっと押し寄せた群集のなかから、怪我人《けがにん》の五六人も出ないことには、江戸っ児《こ》は夏が来たような気がしない。

「こうこう、船頭衆、なぜ舟をもっとさきへやらねえんだ。花火をみるのにこんな場所《ところ》じゃ、仕様がねえじゃねえかえ。せめてお船蔵か矢の倉あたり、あのへんまでやって貰《もら》いてえもんだな」

「お客さま、それは御無理でございます。いつもとちがって今年の川開きは、お船蔵から向うへ入っちゃならぬと、お奉行所からの強《きつ》いお達しでございまして、へえ」

「なに、お船蔵から向うへ入っちゃならねえ。篦棒《べらぼう》め、そんな馬鹿なことがあってたまるもんけえ。こうこう、この川開きをいってえなんと心得ていやがるんだ。勿体《もったい》なくも享保《きょうほう》十八年、有徳院《うとくいん》様の御治世に、これをもって江戸の夏の象徴《しるし》とせよと、特にお許しを賜《たま》わったこの川開き、いわばこりゃ江戸っ児の魂だ。それを側へよって見物しちゃならねえなど、いってえどこのどいつが定《き》めやがった」

「あ、もし、そんな大きな声をなすっちゃ困ります。ええ、もう、そりゃおまえさんの仰有《おっしゃ》るとおりに違《ご》いございませんが、今年ばかりは格別で、ほら、御覧《ろう》じませ、遙か向うに見える結構な屋形船、なんでもあれにお召しになるのは、当上様《とうえ》の御連枝《ごれんし》孔雀姫《くじゃくひめ》様とやら、それで今夜はなにびとも、お船蔵からさきへ入れてはならぬと、お奉行所でも特別にきつい御警固。あまりブツブツ不平を鳴らして、これが町廻りの耳にでも入ったら、どんなおとがめを食うか知れたもんじゃありませんぜ」

「え？　それじゃいま評判のあの孔雀姫が……おっと、なるほど、こいつはうかつにゃ喋《しゃべ》れねえや」

と、その夜《よ》花火見物に、威勢よく船で漕ぎ出した連中は、かみは蔵前《くらまえ》百本杭、しもは矢の倉お船蔵、いずれもそのへんで喰いとめられ、内心は不平たらたらだが、しかし譬《たと》えにもいうとおり、長いものには巻かれねばならぬ。やむなく神妙に船をとめ、遠くのほうから花火を望み、

「玉屋ァ、鍵屋ァーア」

と、遠慮勝ちな褒め言葉。これじゃせっかくの登《のぼ》り藤降《ふじくだ》り龍《りゅう》、さては虎《とら》の尾《お》唐松《からまつ》も、冴えないこと夥《おびただ》しい。

それにしてもこの大川の上下八丁、お船止めにするほど権勢のある、孔雀姫とはそも何者というに、さっき船頭もいったとおり、当将軍の御連枝、詳しくいえば将軍の姪にあたるわけだが、容色古今無類にて、幼いころより特別に、将軍家の御寵愛《ごちょうあい》ふかく、つい先頃も、将軍家とくべつのお計らいで、加州侯《かしゅう》との御縁談が定まったということだが、どういうわけか孔雀姫、この御縁談が気にそまず、いまでは染《そめ》井《い》の下屋敷《しもやしき》に、病気と称して引籠もり、爾来《じらい》人間がかわったように我儘三昧《わがままざんまい》、姫御前《ひめごぜ》のあられもない御《ご》乱行《らんぎょう》の噂に、江戸町人の眉《まゆ》をひそめしめた。

さればこそ、当時流行《はや》った流行歌《はやりうた》に、「染井通るな染井の奥にゃ、羽根美しい鬼が棲む」と、いうのがあったくらい。羽根美しい鬼といったのは、取りも直さず尋常《ただ》ならぬ容色を持ちながら、その所業の鬼にもひとしいことを言ったもので、詳しいことはもとより外部から窺知《きち》しうべくもないが、染井のお下屋敷の空には、夜毎、人魂が飛び交うという噂もあったくらい。何にしても孔雀姫といえば、さすがの江戸っ児も通り魔のように怖じ恐れたものである。

その孔雀姫、いましも侍女に簾《すだれ》をあげさせ、たおやかに舷《ふなべり》へ身をよせたところは、これが人の生血を吸うと、あられもない評判のある女とは見えない。秋草に飛び交う蛍をあしらった、透綾《すきあや》の裲襠《うちかけ》が肩をすべって、丈なす緑の黒髪の匂やかさ、頭にかざした花簪《はなかんざし》が、ひらひらと水にうつって、花火よりこのほうが、どれほど美しいかわからない。

孔雀姫はほんのりと、微醺《びくん》にほてった顔をあげると、

「撫子《なでしこ》、箏《こと》をこれへ」

と、銀鈴《ぎんれい》をころがすような声。

「はい」

と、答えたお局《つぼね》撫子が、浪に千鳥の浮彫のある、

秘蔵の箏を捧げると、姫は静かに琴爪はめて、やがて弾じだしたのが想夫恋《そうふれん》で。

なにせ上下八丁水のうえには、この屋形船よりほかに一艘《いっそう》もない。しいんと静まりかえった大川を、箏の音が浪にひびいて流れいく美しさ。お局撫子は申すに及ばず腰元衆をはじめとして、同船をゆるされた警固の侍たちは、思わず粛然《しゅくぜん》として襟《えり》をただしたが、その時だ、ふと一同の耳にきこえて来たのは、嫋々《じょうじょう》たる尺八の音、しかも曲は想夫恋、誰かが姫の箏にあわせて吹いているのだ。

「あれあれ、誰かが姫君様の……」

と、撫子がいいもあえず、姫はからりと琴爪落した。紅の頬がさっと一瞬、夕顔の花のように白くなったが、俄《にわ》かにはっと胸をいだくと、瞳をきらきら光らせて、

「あれ、あれはたしかに法水様《のりみず》」

振袖がばらりと水にこぼれるのも委細構わず、舷からさもいとおしげに伸びあがり、身を乗り出した孔雀姫。だが、そのとたん、ドカーン、ドカーンとつづけさまに二発、とどろきわたった砲《つつ》の音。――花火か、あらず、何人《なにびと》が放ったか二つ玉、危く姫のお髪《ぐし》をそれて、屋形船の京簾《きょうすだれ》をうち砕いたから耐《た》まらない。ひらひらと緋房《ひぶさ》が浪のうえに躍って、さあ、あたりは大騒動。

「やあ、狼藉者《ろうぜきもの》、なに奴か姫君様のお生命《いのち》を狙う曲者《くせもの》がござりまするぞ。それ、かたがた、御油断あそばすな」

血相かえた警固の武士が、バラバラと孔雀姫を取り巻いた。

しかし姫はどうしたものか、さも物狂わしげな眼差しで、伸びあがり、伸びあがり、暗い河面を眺めている。

散る花火百艘飛び

「あれ、どうしたんです。いまのは花火の音じゃなかったんですか」

「妙ですね、おや、御覧なさいませ。向うの屋形船のほうが何やら騒がしくなりました。それにあれあれ、両岸から御用提灯をともした舟が八方に飛んで、おやおや、こちらへもやって参りますよ」

「こ、こりゃ大変だ。そうするといまの砲音《つつおと》は、誰

か孔雀姫を狙撃したものがあると見える。そういえばついこの間も、上野《うえの》へお成りのその道筋で、鉄砲を打ちこんだものがあるという噂」

「そうそう、そんな騒ぎがありましたっけ。こいつは大変、おい、船頭さん、船頭さん、早く船をかえしておくれ。こんなところにまごまごしていて、かかりあいになっちゃつまらないよ」

と、両国橋をはさんだ川の上下はたいへんで、われさきに漕ぎ戻そうとする船が押しあいへしあい、まるで芋を洗うような混雑だったが、その時、早くもバラバラと川の周囲を取りまいた御用提灯、ひしひしと四方から漕ぎ寄せながら、

「これよ、者ども鎮まれ鎮まれ、お上のお許しが出るまでは、一艘たりともその場をはなれることはまかりならぬぞ」

と、大音声《だいおんじょう》に呼ばわったから、さあ大変だ。旦那衆はあわてふためく、女子供は泣きわめく。そういう騒ぎのあいだを縫うて、御用提灯をともした舟は、虱潰《しらみつぶ》しの曲者探しだ。

「もし、お許し下され、お許し下されませ。私《わたくし》どもは決して怪しいものではございません。私《わたし》は石町《こくちょう》で袋物を商いまする紙屋治兵衛《かみやじへえ》と申す者、これなるは女房のおさんに娘の小春《こはる》でございます」

「よしよし、行け行《ゆ》け。さて、お次《つ》ぎは？」

「へえ、あっしゃ神田の職人で佐七《さしち》というもの、ここにおりますは芸者の小糸《こいと》で」

「うふふ、お安くないな。よいよい、早く帰って楽しんだがよいぞ」

などと、舟から舟へと虱潰しに探ねていたが、そのうち向うのほうで、

「やあ、いたいた、曲者はこちらにいたぞ。それ、油断して取り逃がすな」

と、だしぬけに呼ばわったから、一同、それっとばかりに舟を漕ぎ寄せる。と、見れば船頭もいない小舟の中に、すっくとばかりに立ちあがったのは、まだ前髪の若侍、種子ヶ島《たねがしま》を小脇にかかえ、大刀さっと振りかぶり、寄らば斬らんという身構えは、たしかにこれが曲者に相違ない。

「おのれ、曲者」

捕手《とりて》のなかの気の早いのが、二三名バラバラと躍りこんだが、とたんにざーっと紅い霧がしぶいて、わっとひと声、二人いっしょに舟から落ちた。

「やあ、こいつ手強いぞ、油断して怪我《けが》するな」

まだ前髪と、相手をのんでかかっていた捕手の衆も、意外に鋭い手練《てなみ》をみると、みな一様に尻込みする。若侍は血をのんだ、大刀をひっさげたまま油断なく、四方八方へ眼を配っていたが、やがてにんまり靨《えくぼ》をきざむと、身を躍らせてひらりと飛んだは、いましもこの騒ぎをよけて、いっさんに漕ぎ戻そうとする屋形船だ。

「あれえ！」

なかから女の悲鳴が聞える。前髪の若侍は、それを尻眼にまた次ぎの舟、いや、その身の軽いことは驚くばかりで、押しあいへしあう舟から舟へと、まるで蝗《いなご》のように飛んでいく。

驚いたのは捕手の衆だ。

「やあ、向うへとんだぞ。それ逃がすな」

と、心ばかりはあせっても、なにせ不自由な水のうえだ。いちいち舵から取り直さねばならぬのだから、みるみるうちに曲者の姿を見失ってしまった。

それからおよそ半刻あまり、神田川《かんだがわ》を漕ぎのぼる一艘の小舟がある。櫓《ろ》を握ったのはひとりの虚無僧《こむそう》、腰に一管の尺八をたばさんだところを見れば、ひょっとすればつい先程、孔雀姫の箏にあわせて、想夫恋の曲を吹奏したのは、この男ではあるまいか。あの騒ぎに花火の客もあらかた散って、川のうえには舟の影もない。

漕ぎ戻すあとは闇なり花火舟。——花火のあとという奴はまことに淋《さび》しいもので、ギイ、ギイと、虚無僧の操る櫓の音のみ、暗い水面に軋っている。

やがて舟は浅草橋《あさくさばし》の袂《たもと》についた。と、虚無僧は天蓋《てんがい》を傾け、あとさきを見廻しながら、

「ちょうどよし、人眼もない。お若いの、この辺でお別れいたそう」

低い声で呟《つぶや》くと、言下にむっくり蓆《むしろ》をあげて、舟底から顔を出したは、まぎれもなくさきほど、孔雀姫を狙撃した、あの前髪の若侍だ。

「忝《かたじけな》い。見ず知らずのこの私《わたくし》を、しかも天下のお訊ね者と知って、お救い下された御芳志、浅くは存知ませぬ。せめて御姓名なりとお名乗り下さい」

「いや、その斟酌《しんしゃく》には及ばぬこと、窮《きゅうちょう》鳥懐中《ふところ》に入《い》れば猟師《りょうし》もなんとやら申す。人眼にかからぬうちに早くいかれたがよい」

ひらりと岸にとびあがる虚無僧の、あとからつづ

いた若侍、しかと相手の袂をとらえ、

「もし、危いところをお救い下された大恩人、その名も知らずにすませては、どうでも、私《わたくし》の心がすみませぬ。おお、これは失礼いたしました。拙者《せっしゃ》は白藤鮎之《しらふじあゆの》助《すけ》と申すもの、故あって孔雀姫を不倶戴天《ふぐたいてん》の仇《あだ》と狙う者でござります」

「存じておる」

　虚無僧の声はなんとなく沈んでいる。

「なに、拙者を御存知とな」

「いかにも、父親玄蕃《げんば》どのを理不尽にも、孔雀姫にうたれなされた鮎之助どの、姫を敵《かたき》と附覘《つけねら》うも無理ではござらぬ」

「ええ、そ、それを御存知のあなた様は？」

「拙者か、拙者は法水主水之《もんどの》助《すけ》と申すもの。鮎之助どの、御縁があらばまた会おう」

　あっと驚く鮎之助の手をふりきって、虚無僧は笠をかたむけ、すたすたと闇のかなたへ姿を消す。あとには鮎之助が茫然と、夢見るごとき眼差しで。

……

濡髪《ぬれがみ》お駒《こま》と兄の直助《なおすけ》

浅草仲店《なかみせ》の雑踏のなかで、

「お、そこへいくのはお駒《こま》じゃねえか」

と、だしぬけに声をかけられ、

「あれ、おまえは兄《あに》さん」

と、お駒はぎくりと足をとめた。

「そうよ、兄の直助《なおすけ》だ。おっと、なにも俺の顔を見たからって、そう逃げ出さなくてもいいじゃねえか」

「あれ、何も逃げるわけじゃないけれど、あたしゃ少し急ぎの用事があるから、兄さん、話があるなら家《うち》のほうへ来ておくれな」

「おっととと、まあ、待ちねえってこと。お駒、あんまり水臭くするもんじゃねえ。久しぶりに兄妹こうして、ここで出会ったというのも、観音様のお引合せ。お駒、俺あちとおめえに話してえことがある。どこかでいっぺえ飲《や》っていこうじゃねえか」

　柳橋《やなぎばし》の濡髪《ぬれがみ》お駒は、踊子仲間でも一流のなかに指を折られる女。それにひきかえ兄の直助、これはとかく素行がおさまらず、金さえあると賭場びたり、いつも素っ裸にされては妹のところへ無心にかけこむ、兄妹とはいえお駒にとってはあまり有難くない兄だった。

「あれ、兄さん、折角《せっかく》だがあたしゃさっきもいう通り、今日は少し気がせいている。話があるならまたこの次にして頂戴《ちょうだい》な」

「ふん、おつに帰りをお急ぎだが、家《うち》にゃ誰か、嬉しい男でも待っているのか」

お駒はえっと顔色かえたが、すぐ笑いにまぎらせると、

「ほほほほほ、馬鹿らしい。踊子仲間で男嫌いでとおっているあたし、兄さんもよく知っている筈《はず》じゃないか」

「ふふふ、それが当てにならねえってよ。さっきから見ていれば、観音様でお神籤《みくじ》ひいて、なんだか気になる顔の色。お駒、近頃おめえの家《うち》にいる、あの色の生《なま》っ白《ちろ》い前髪は、ありゃいってえどういう男だえ」

お駒はぎっくり、さっと蒼白んだが、やがて仕方なさそうに笑うと、

「ほほほほほ、兄さんにゃ敵わないよ。それじゃともかく、御飯でも食べていこうよ」

「おっと、そう来なくちゃいけねえ。丁度幸いこの先に、ちょっとおつな物を食わせる店があるから、そこまでお駒、つきあいねえ」

「あいよ」

お駒はしかたがなさそうに、簪《かんざし》で頭をかきながら、この無頼の兄についていく。

それから間もなく二人が差し向いになったのは、宮戸川《みやとがわ》のほど近く、ちょっと小粋な料理屋の奥座敷。

「兄さん、それで、あたしに話というのは、いったいどういうことなのさ」

「まあ、そ、そう急ぐことはねえじゃねえか。どうだい、一杯やらねえか」

「あたしゃ沢山、それより一刻も早く、兄さんの話というのを聞きたいね」

「おやおや、とんだお急ぎだ。それというのもあの前髪のせいだろう。へん、うまくやってやがる」

直助はぐいと一息に酒を呷《あお》ると、

「お駒、話というのはほかでもねえ、十両ばかり都合して貰いてえ」

「ほほほほほ、何かと思えばまた金のことかえ。兄さん、あたしだって金の成る木を持っているわけじゃなし、そうそうお前の無心は……」

「聴けねえというのかい」

「あい、気の毒だが、あきらめておくれ」

「そうかい、そう言われれば仕方がねえ」

直助は手酌で酒を飲んでいる。いつもと違って、いやに諦めの早いのが、お駒にはなんだか気味が悪い。相手の心を計りかねながら、

「ほんとに済まないんだけど、ここのところあたしも少々手詰りだから、……また、この次ぎにはなんとかするから、悪く思わないでおくれなね」

「いいってことよ。そりゃおめえだって派手な職業《しょうばい》をしているんだ。人の知らない入費《ものいり》もあろうというもの、いいやな、俺あなんにも気にやしねえ。もう、その話は止《よ》しにして、そうそうお駒、おめえにひとつ面白い話を聞かそうか」

「面白い話ってどんなこと?」

お駒はいよいよ薄気味悪い。尻をもじもじさせながら、それでも兄の顔を見ている。

「ありゃこの間の川開きの晩だったたな、一杯機嫌で俺《おいら》も柄になく、舟を仕立てたと思いねえ。ところで、あの晩の騒ぎは、おめえもおおかた知ってるだろうな」

「あい、だけどそれが……」

お駒の額にはさっと黒い影が走った。直助はそ知らぬ顔で、

「どこのどいつか知らねえが、大それた、孔雀姫に鉄砲をぶっ放した奴がある。これにゃ俺《おいら》も驚いたね、まごまごしていて、かかりあいになっちゃ詰まらねえと、大急ぎで舟を漕ぎ戻そうとしていると、向うのほうで御用、御用という騒ぎだ。こいつは面白《おもしれ》え、いってえ曲者というのはどんな野郎だろうと、俗にいう怖いもの見たさ、舟をとめて見ているところへ、だしぬけにドッサリ飛びこんで来た奴がある。つまり、それが曲者さ」

「まあ」

と、お駒は呼吸《いき》をつめ、

「そして、それはどんな男だったえ。どうでそんな大それた事をする奴故、きっと雲つくばかりの大男だったろうね」

「そうよ、俺もそうだと思っていた。ところがその

とたん、ぱっと花火があがったので、その光でよくよく見ると、これがなんと、まだ前髪の、水の垂れそうな若衆だった。はははは、お駒どうした。面《おも》白《しれ》え話だろうが」

お駒は胸に手を入れて、じっと考えこんでいる。鬢《びん》のほつれがパラリと頰にかかって、唇がかすかに顫《ふる》えた。

「兄さん」

やがて顔をあげたお駒の眼には、何やら深い決心の色。

「おまえさっき何んとかいったね。そうそう、十両の金がいるという話だったが、あたしゃちょっと思い出したことがある。ひょっとすると都合がつくかも知れない」

「なに、いいのよ、いいのよ、そういつもいつも、おめえに心配《しんぺえ》ばかりかけちゃ済まねえからな」

「あれ、いやだよ、兄妹のなかでつまらない遠慮じゃないか。実は花川戸《はなかわど》にあたしを贔屓《ひいき》にしてくれる旦那がある。今度の移り変りに、何んとかしてやろうという親切なお言葉、兄さん、これから花川戸まで、あたしと一緒にいってみる気はないかえ」

「おっと、そいつは有難《ありがて》えが……しかしお駒、そりゃほんまのことだろうな」

「誰が嘘などつくものか。その代り兄さん、さっきおまえの話したこと、ありゃみんな嘘だろうねえ」

「え?」

「嘘さ、嘘さ、いえさ、たといほんまの事だろうとも、おまえみんな忘れておくれだろうね」

「はははは、それなら大丈夫。おお、忘れた、忘れた、いやさ、俺ゃ何も見やしなかった」

「そんなら兄さん、そろそろ花川戸へ出かけるとしましょうか」

すらりと立って、帯のうえからそっと胸をおさえたお駒の眼には、ただならぬ殺気が漲《みなぎ》っている。

蝶を捕えるお局撫子

「お駒、おい、お駒、これさ、待ちねえ、いってえ俺をどこまで連れていく気だ」

「あれ、もうすぐそこだよ。だらしがないねえ。おまえさん、あれっぽちの酒でお酔いかえ」

「だって、おめえが無闇に飲ませるものだから、ううい、あ、いい気持ちだ。ところでお駒、おめえ、さっきいったことは本当だろうな」

「あいよ、おまえも疑りぶかいお人だね。あたしの方にゃ間違いないが、兄さん、おまえこそあの話、忘れておくれ……あっ」

「ど、どうした、どうした」

「ちょっ、鼻緒を切らしちまったよ。それに御叮嚀《ごていねい》に生爪はがして、あ、痛っ」

「そいつはいけねえ、どれ、俺が見てやろう」

心配そうにひょろひょろと、側《そば》へ寄って来る直助、お駒は地上に身を屈めたまま、きっとあたりの様子を窺う。そこは花川戸の石切場、日はすでにとっぷり暮れて、暗い河面には白魚をとる漁火《いさりび》がちらりほらり、あたりには人影ひとつ見えなかった。お駒はきっと、おくれ毛を噛みながら、懐中《ふところ》のものを握りしめている。

「どこだ、どこだ、足を出して見ねえ。ええと、こう暗くちゃ何も見えねえが……うわっ」

と、直助、脾肚《ひばら》をおさえてのけぞったはずみに、お駒はすっくと立直り、二三歩たたっと、駆け出すと、積まれた石に片手をかけ、闇のあとさき、きっとばかりに見廻した。

「お、お駒、わ、わりゃそれではこの兄を殺す気だな」

「兄さん、堪忍しておくれ。これというのもお主《しゅ》のため」

「な、な、なんだと」

「兄さん、さっきおまえの言ったあの若様は、大恩ある白藤玄蕃さまの御子息、あの鮎之助様と仰有《おっしゃ》るのは、おっ母《か》さんの乳で育った、いわばわたしと乳兄妹。玄蕃さまはああして、孔雀姫様のわがままから、お手討ちになられさんした故、いまでは御浪々《ごろうろう》の身のうえ、それを計らずお救い申して、おかくまい申上げているんです。それをおまえに知られたからには、どうでもこのまま生かしちゃおけない。兄さん潔く死んでおくれ」

「な、なにを言やがる。現在の兄を殺して、忠義もくそもあるものか。おのれ、おまえがその気なら、恐れながらと訴人《そにん》して……」

「ええ、情ない、そういうおまえの心故、どうでも死んで貰わにゃならぬ。兄さん、堪忍しておくれ」

「チェッ、洒落臭《しゃらくせ》え！」

脾腹をえぐられた直助が、遮二無二《しゃにむに》、投げつける砂礫《すなつぶて》、お駒はそれをかい潜りかい潜り、直助の手許にとび込むと、又も一突き。

「うわっ！」

と、虚空《こくう》をつかんだ直助は、よろよろとうしろにのけぞるはずみに、足踏みすべらせて河の中へ――どぼんと、にぶい水の音とともに、暗い波紋がひろがって、とたんに浅草寺《せんそうじ》の鐘がボーン。……

お駒はぶるっと身顫いした。たといお主《しゅ》のためとはいえ、現在の兄殺し、思えば自分の所行が恐ろしくなって来る。

「兄さん、許して」

水に向って合掌したお駒が、やがて髪を撫でつけ、衣紋《えもん》をつくろい、駒下駄をつっかけて行《ゆ》きすぎようとしたところへ、

「ちょっと、その女、お待ち」

物蔭からだしぬけに、鋭い女の声だった。

お駒はあっと血の気をうしない、うしろを振りかえってみると、ほの暗い月影うけて、にんまりと立っているのは、この近辺ではあまり見かけたことのないお局姿だ。

「はい、あの、わたくしになにか御用でも……」

お駒は歯の根もあわない。がくがくと膝頭《ひざがしら》がふるえている。

「おお、用があるから呼びとめました。お駒――お駒とやら申しましたな。気の毒ながらお駒、そなたの生命《いのち》が貰いたい」

「え、え、何んと仰有います」

「ほほほほほ、何もそのように驚くことはない。現在の兄を殺したからには、どうで生命《いのち》はすてる覚悟であろう。どこで死ぬるも同じこと、その生命《いのち》をあたしにおくれ」

つつと側《そば》へすり寄った気味の悪いお局は、いきなり、ぐいとお駒の手をつかんだ。そのまた掌《てのひら》のねっとりとして冷いこと。お駒はゾーッと総毛立った。

「あれ、お許し下さいまし、お許し下さいまし。これには深い仔細のあること。あ、あれえ」

逃げようと身をもがくお駒の脾腹へ、やんわりとお局の拳が触ったかと思うと、お駒のからだはふいにぐったり。

「ほほほほ、思うたよりもろい女、それ」

奇怪なお局が片手をあげると、闇のなかからばら

ばらと、駕籠《かご》をかついだ供の者が現れる。

「お局様」

「これ」

と、お局はあたりを見廻し、

「静かにしやれ。さあ、一匹蝶をとらえました。これを孔雀姫様に」

「おっと、承知いたしました」

素早くお駒を乗せた駕籠は、闇をとんで消えていく。お局は両袖をはらいながら、

「今夜はこれで三匹とらえた。姫もおおかた満足だろう。ほほほほほ、罪なようだがこれも勤め、どれ、帰るとしましょう」

お局が平然としていきすぎるその鼻先へ、ぬっと立った影がある。さすが大胆不敵なお局も、これにはぎょっと呼吸《いき》をのみ、右へ避けようとすれば右へ、左へ避けようとすれば左へ――お局はしだいに気をいらだち、闇をすかして相手を見れば、天蓋をふかぶかかむった虚無僧《の》だった。

「これ、そこを退きやれ。女と侮《あなど》り無礼をすると許しませせぬぞ」

お局はつと、胸の懐剣《かいけん》に手をあてる。それでも虚無僧は平然として無言だ。月光を浴びた肩がしょんぼりとして、なにかしら、愁然《しゅうぜん》たるものごしなのである。

「ええ、無礼者、名を名乗れ、何奴だ」

「撫子どの」

だしぬけに天蓋のなかから声がした。低い、沈んだ声だった。

「げっ」

お局はわが名をさされてぎょっとたじろぐ。

「そ、そういうそなたは……」

「拙者だ、法水主水之助」

すっくと天蓋とった相手の顔を見て、お局の撫子はよろよろと言葉もなくうしろへよろめく。月の光をうけた相手の顔は、白紙のように蒼褪《あおざ》めて、少しのびた月代《さかやき》、眼《まなこ》涼しく、口許凛々《りり》しく、あっぱれの美丈夫だったが、その面《おもて》にはかくし切れぬ苦悩がある。

「お、おう、あなたは法水様」

「いかにも法水主水之助だ。撫子どの、拙者《せっしゃ》はそなたを見損うた。白藤玄蕃どのがお手討ちとなったいまとなっては、姫君をお諌《いさ》め申すはそなたよりほか

にはない筈、それをなんぞや、自ら先に立って姫君の、御乱行の手先になるとは、情ない、撫子どの」

「主水さま、主水さま、それと申すもみなあなた様故、あなたが姫のお心にそむいて、お姿をくらましてより、姫のお心は狂われました。あなた恋しさに、あなたを日夜想いつめて、姫のお心は狂われました。姫の御乱行もみな主水様、あなた故でござりまするぞ」

「なるほど、さようかも知れぬ。われらとても、姫をお慕い申すは同じこと、しかしのう撫子どの、世の中は思うようには参らぬもの。姫と拙者とでは、あまり身分に高下《こうげ》がありすぎる。立ちかえったら、姫にそのことを申しふくめ、必ず他家へ縁づくよう……」

「いいえ、それは無駄でござります。いくらわたくしなどが申せばとて、お聞き入れになるような姫君ではござりませぬ。わたくしはやっぱり、姫の手先となって蝶あつめ」

「撫子どの」

「まだ、なにか御用でございますか」

「不憫《ふびん》ながら……」

「え？」

「姫のおためじゃ」

血腥《ちなまぐさ》い霧がしぶいて、お局撫子は石切場をまっかに染めて倒れていた。

悲恋孔雀の樹

染井の奥の化物屋敷。——

夜な夜な怪しの鬼火がとぶという、孔雀姫のお下屋敷の庭には、世にも珍らしい一本の大木がある。

高さ数丈、天を摩《ま》するその大木の枝は、さながら、扇のように四方にひろがって、婆娑《ばさ》たる葉の形、眼もあやなその色彩《いろどり》、あたかも孔雀の羽根の美しさそのままのところから、人呼んでこれを孔雀樹《くじゃくのき》という。

雨の日、風の日、この大木が美しい梢《こずえ》を鳴らしてそよぐところは、まるで巨大な孔雀の悩める姿にも似て、美しいなかにも、どこか物凄い鬼気がかんじられる。それもその筈、この孔雀樹には、なんともいえぬ恐ろしい作用《はたらき》があるのだ。人といわず獣といわず、およそ生きとし生ける者が、この大木にちかづくと、あの美しい樹の枝が、蛇のように身をくねらせて、きりきり体に巻きつき、そして孔雀の羽根のようなあの葉末から、哀れな犠牲者の生血を吸うという。

恐ろしい人喰い樹、奇怪な食肉樹。――恋に狂った孔雀姫は、この妖樹を手に入れたときから、もはや常人ではなくなった。哀れな生贄《いけにえ》がその樹にとらえられ、蜘蛛《くも》の巣にひっかかった蝶のように身悶《みもだ》えするのを見るのが、何よりの楽しみという、世にも残忍な悪魔に変形《へんぎょう》していた。

きょうもきょうとて、その孔雀樹の生贄として、供えられる一人の美女、いうまでもなく、それは踊子の濡髪お駒だ。

「楓《かえで》、楓」

奥御殿の縁端に出た孔雀姫は、これから演じられようとする、凄惨な光景に、いくらか昂奮しているのか、美しい眼は異様に輝き、頬はさすがに、さあーっと土色になっている。

「は、はい、姫君様」

庭先に縛られて、生きた空もない哀れな女を見ると、腰元ははやわなわなと顫えている。

「撫子はまだ帰らぬか。昨夜はとうとう帰って来なかったが、なにか変ったことでもあるのでは……」

「それでござります、姫君様」

楓はぞっと身顫いしながら膝をすすめ、

「さきほど、お下《しも》のものを探しに参らせましたところ、お局様には花川戸の、石切場で何者にとも知れず斬り殺されて。……」

「なに、撫子が斬り殺されて……?」

「あい、あえない御最期じゃそうにございます」

「おお」

姫は唇のいろまで真蒼《まっさお》になった。

「花川戸といえば、そこにいる蝶を捕えたところではないか」

「は、はい、さようでございます」

姫はふいにすっくと立上ると、

「おお、憎い奴、その女を引出せ。いやいや、どうで詮議は無用のこと。早くその女をあの孔雀樹に供えたがよい」

姫の言葉も終らぬうちに、どっと腥い風が梢をゆすって、あの不気味な孔雀樹は、咽《むせ》ぶような響きを立てた。おそらくその樹の餌食《えじき》となった、幾十かの生物の執念が、こうして、泣き叫び、咽び泣いているのだろう。

妙に蒸々《むしむし》とする、陰惨な空模様だった。大気はどんより古綿《ふるわた》のように沈んで、鉛色の空の向うから、折々耳鳴りのような遠雷がとどろいて来る。折からまたもや、ざあーっと吹きおろして来た一陣の風に、孔雀樹はいまにも裂けとびそうな響きを立てた。

「これ、何をしている。誰かある、その女めを早々に、あの樹の幹へ引っ立てい」

いらだった姫の叫びに、お庭にひかえていた下郎が、つつとお駒のそばへ走り寄る。お駒はすでに生きた色もなかった。そのお駒の縄尻とった下郎が、言葉も荒々しく、

「女、立ちませい」

と、ぐいと腰を蹴ったときだ。だしぬけにどんと轟く砲《つつ》の音、とたんに下郎はわっと血を吐いてその場へ倒れた。

「や、や、曲者があると覚えた。それ、皆の者、気をつけよ」

満面に朱をそそいだ孔雀姫、その相恰は悪鬼さながら、お駒もはっと顔をあげたとき、たたたと大地を蹴って駆けつけて来たのは、思いがけなく白藤鮎之助だった。

「おお、お駒どの、御無事であったか」

「あれ、あなたは鮎之助様、どうしてあなたがいまここへ」

「ああ、昨夜、話は法水どのより承《うけたまわ》った。いまの砲音が合図のしるし、忍びこめとの言葉故、塀を乗りこえてきてみればこの有様。お駒、ちっとも早くこの場を逃げよ」

と云う間ももどかしく、手早くお駒の縛《いまし》めを解《と》いて、一緒に逃げのびようとする鮎之助の姿をみて、姫はいよいよ烈火の如く憤《いきどお》った。

「おお、推参者《すいさんもの》、誰かある、早くその曲者をひっ捕えよ」

だが、その時だ、またもやどっと吹きおろして来た風に、あの妖木が根こそぎ持っていかれるかとばかり、斜《ななめ》に傾き、梢がさっと地を払う。そのとたん、人々は嫋々たる尺八の音《ね》を、あの孔雀樹の葉がくれにきいたのだ。

それは咽ぶがごと、訴えるがごと、愁々《しゅうしゅう》として人の魂に迫って来る。しかもその曲は想夫恋。

「あれ、あの尺八は」

姫はつかつか階《きざはし》をおりて来る。その顔色はいままでの、あの悪相とはうって変って、恍惚《こうこつ》たるその眼の中には、世にも美しい色、世にもなごやかな気配があった。

尺八の音はまだ続いている。しかも、それはあの孔雀樹の梢から。――姫はふらふらと足下もさだかならず、引き寄せられるように、その方へ近附いていく。

と、見れば色美しい葉がくれに、枝にまたがり尺八を吹いているのは、まぎれもなくあの主水之助。

「あれ、あなたは法水様」

姫の眼にはさっと恐怖のいろがつっ走った。それもその筈、主水之助の体には、あの恐ろしい人喰い樹の枝が、蛇のように十重二十重《とえはたえ》にからみついて、尺八を吹く主水之助の息の根も、早《はや》、たえだえの苦しさ。

「あれ、悲しや主水之助様、あなたは何故《なぜ》そのようなところへお登りなされました。誰かある、あの主水之助を救うておくれ。ええ、もう、みな言い甲斐のない者ばかり、主水之助様、のう、のう、悲しや、こちらへ来て……」

狂気のように身悶《みもだ》えした孔雀姫、われを忘れてあの樹の幹に、がばとばかりに縋《すが》りついた。と、みよみよ、あの貪食《どんしょく》な食肉樹は、さっと枝をそよがせると、きりりと姫の体に巻きついた。

「あれ、姫君様」

並いる腰元、家来のものが、さっと顔色蒼褪めたときには、美しい五色《ごしき》の木《き》の葉《は》がすっぽりと、姫の体を包んでいた。……お駒、鮎之助もこの恐ろしい光景を、相抱いたまま呼吸《いき》をつめて眺めていた。

この孔雀樹は、その後、御公儀《おこうぎ》の命令によって剪《き》り倒されたが、この幹に斧が入れられた時、さっと血のような色をした水が吹き出して、立会いの役人を顫えあがらせたという。

刺青《いれずみ》された男

一

確かにいっぷう変った看板には違いない。縦四尺、横五尺くらいの白塗りのトタン板に、黒ペンキの線描きで、さまざまな物のかたちが描いてある。

先《ま》ず中央には帆に一杯風をはらんだ三本マストのスクーナー船、それを取巻いて、人魚や、黒ん坊の顔や、西洋美人や、錨《いかり》や、椰子《やし》の樹や、カンガルーや、トランプのハートの女王や……等々《とうとうとう》々そして更にそれら全体を取囲んで、鎖つなぎの枠を作っているのは、色彩《いろ》とりどりの世界の国旗。

民国十五六年頃の上海《シャンハイ》の、船着場に近い、とある横町《よこちょう》にかかっていた看板である。

その看板の前に立っている彼は船乗りであった。一瞥《ひとめ》で東洋人と知れる皮膚《ひふ》の色をしていた。だが東洋人としては珍しく見事な体軀《たいく》を持っていて、六尺豊かな身長は堂々たるものだった。手なども野球のグローヴをはめたように大きかった。男振りも悪くなく、毒気のない、開けっ放しな笑顔は船着場の女どもに随分騒がれそうな魅力を持っている。

彼はひどく酔っている。ひょろひょろしながら看板の絵を見ている。絵を見てしまうと今度は看板の下に書いてある横文字に、ちかぢかと顔を寄せた。

Tattoo Expert
Prof. Chan

「刺青師《いれずみし》、張《チャン》先生か」

ふうっと酒臭い息を吐くと、彼は陽気な笑い声をあげた。それから何《な》んの躊躇《ちゅうちょ》もなく、穴蔵のように狭い暗い入口の中へ、ひょろひょろとのめり込んでいった。

刺青師張先生のアトリエはその建物の二階にある。狭い、暗い、陰気な一室で、汚点《しみ》だらけの黄色い壁には刺青をした男女の裸体写真が一面に張りつけてある。西洋人、中国人、日本人、――種々雑多な人種の、種々雑多な刺青をした写真が、雨気をはらんだ薄暗い部屋に、一種異様な妖気を添えている。

窓の側《そば》に粗末な寝台《ベッド》。寝台《ベッド》の側に書物机。その机に向って小柄な男が、背中を丸くして何やら熱心に書いている。その男、刺青師の張はふと顔をあげると、ペンを持ったまま入口を振返《ふりかえ》った。入って来たのは彼である。

「い――刺青師の張というのは――お前さんかい」

呂律《ろれつ》は多少怪しかったが立派な日本語だった。

張は眼動《まじろ》ぎもせずにその男の顔を凝視《みつ》めている。椅子の横木をつかんだ指には、爪の跡が残るほど力がこもっている。小鼻をふくらして二三度大きく息を吸いこんだ。やがて――気がついたようにペンを置くと、大きな鉄縁の眼鏡《めがね》をかけ、おもむろに榻《こしかけ》から立上った。

張の背は五尺そこそこしかない。黄《きいろ》い、ひからびたような顔をした男で、帽子の下から蜻蛉《とんぼ》の尻尾《しっぽ》ほどの短い辮髪《べんぱつ》を垂れている。

「おいでなさい。刺青をなさるんですな」

「おや――大将、日本語が出来るんだね」

「私、長い事日本に居ました。日本で刺青、勉強しました。日本の刺青、世界一素晴らしい」

そういいながら張の眼は、注意深く相手の表情を読んでいる。しかし泥酔した彼は気がつかぬらしく、何んの反応も示さない。

「おっとどっこい。刺青の世界一か、大した自慢にもならねえな。はっはっはっ」

船乗りは寝台《ベッド》の端にどしんと腰を落すと、油臭い上衣《うわぎ》と襯衣《シャツ》をぬぎ捨てた。

「さ、大将、この胸へ刺青してくれ」

「胸――？　胸、刺青しますか。日本人、たいてい、背中、刺青する」

「だから俺ア胸へするのよ。背中へ児雷也《じらいや》や瀧夜叉《たきやしゃ》を背負っているのも気が利かねえ。船乗りは船乗りらしく、ここへ別嬪《べっぴん》の顔を彫ってくれ。うんと可愛い奴をな」

「別嬪さん、よろしい。お国の別嬪さん、なかなか綺麗。娘さん？　芸者さん？」

「いや、支那《シナ》の別嬪さんにして貰《もら》おう。髪を前に垂らした奴でな。可愛いんだ。名は梨英《りえい》――」

「梨英――？」

張の瞳がまた怪しく光ったが、泥酔している船乗は気がつかない。

「梨英——そうよ。可愛い奴なんだ。悪魔みたいに凄い奴よ。大分まえに死んじゃったがな。あっはっは」

張は戸棚を開いて、針だの絵具だのを取出した。針は紫檀《したん》だの象牙だのの柄の尖端に、絹針よりも細いのが、三本から多いのになると三十本ぐらいも取りつけてある。ボカシ彫りに使うのは更にそれより多くて、歯刷子《ブラシ》みたいな恰好をしている。

張がさっき日本で刺青の勉強をして来たといったのは嘘ではなかったらしい。それらの道具は日本の有名な刺青師、彫兼《ほりかね》だの彫宇之《ほりうの》だのという人たちが使うものと殆《ほと》んど変らない。

張は針をアルコールでいちいち叮寧《ていねい》に拭きながら、折々偸視《ぬすみみ》るように船乗りのほうを見ていたが、やがて前の戸棚からウイスキーの瓶と二つのグラスを取出した。グラスにウイスキーをなみなみと注ぐと、張はまた、ちらと船乗りの方へ眼をやった。

船乗りはぼんやり窓の外を眺めている。と——張の手が素速《すばや》く動いて、グラスの一つに白い粉末が投げこまれた。粉末はすぐ琥珀《こはく》色の液体のなかに溶けていく。張は両手にグラスを持って、船乗りの側へやって来た。

「おあがり」

船乗りはびっくりしたように眼をあげて張の顔を見る。

「ウイスキー。これ、飲む、よろしい。針の痛さ、わからない。おあがり」

「こいつは気が利いてる」

船乗りは眼を細めて一息に飲干《のみほ》すと、手の甲で口のまわりを拭きながらからから笑った。張はちょっとグラスの端に唇をつけただけで、すぐ机の上に押しやった。

「さあ、やりましょう。横になりなさい」

船乗りはごろりとベッドに仰向けになる。張は彼の広い胸をアルコールで拭きながら、船乗りの顔を見ている、天井で青蠅《あおばえ》がものうい羽音を立てている。

あーあ、と船乗りが大きな欠伸《あくび》をした。

「俺ア……何んだか……睡《ねむ》くなっちゃった」

「睡《ね》なさい。睡なさい。睡てると針の味分らない。刺青、出来たら起してあげる」

「う、うんそうか。そうして貰おうか……」

船乗りはもう睡っていた。

張は立って窓の鎧扉《よろいど》をしめる。それから小机を引きよせると、そのうえに墨だの朱だの紅殻《べにがら》だのを並べる。その間始終薄笑いをうかべている。こうして用意が出来ると、張は針をとってベッドの側にうずくまり船乗の胸に刺青を彫りはじめた。傍目《わきめ》もふらずに彫り出した。

天井では青蠅がブーンブーンとものうい羽音を立てている。……

○

それからどのくらい経ったか。——

船乗りはポッカリ眼を開くと大きな嚔《くしやみ》をした。あたりは真暗で、どこかでぴたりぴたりと波の寄せるような音がする。それはいいが、仰向けになった顔といわず体といわず冷《つめた》い水滴がいちめんに降り注いでくるのが耐《たま》らない。

船乗りはまた嚔をした。起直ってきょとんとあたりを見廻す。真暗な底から、ちゃぷんちゃぷんと波の音。冷い雨。だしぬけにボーッと霧笛《むてき》が耳をつんざいた。


船乗りはそれではじめて気がついた。彼は波止場の突端《トツパナ》に寝ていたのである。

船乗りはブツブツ言いながら立った。どうしてこんなところに寝ていたのか分らない。向うに灯が見えるので、兎《と》も角《かく》もと歩き出す。と、ふと彼は胸の痛みに気がついた。しかもその痛みは、気がつくと同時にそこら中にひろがって、何百何千という針でつつき廻されるような感じである。

ふいに彼は刺青師のアトリエを思い出した。眠るまえに飲んだウイスキーの味を思い出した。いまから思うとあのウイスキーは苦かったような気がする。彼はあわててポケットを探った。何もなくなっている物はない。第一、あの時脱いだ上衣や襯衣もちゃんと着ている。

だんだん彼は明るい方へやって来た。それほど遅い時刻ではないらしく、電気蓄音機が騒々しく鳴っている。彼は明るいカフェーの前に出た。そのカフェーの前で彼はふと足をとめる。飲物や食べ物を飾った飾窓の奥に、大きな鏡が光っている。

船乗りはその飾窓の前に近寄ってあたりを見廻した。カフェーの中からは蓄音機の音や、酔っぱらいの濁声《だみごえ》が騒々しく聞えて来るが、表の通りには人影もない。船乗りは手早く襯衣のボタンを外して胸を開いた。明るい鏡の中に赤く爛《ただ》れた胸が映る。

数秒――数十秒――彼は眼動《まじろ》ぎもしないで、鏡の中の自分の胸を凝視している。突然、彼の唇がわなわなと顫《ふる》えた。

咽喉《のど》までこみ上げて来る恐怖と驚愕の叫びを嚙殺して、彼はあわてて襯衣の釦《ボタン》をかけた。なおその上から上衣の襟《えり》をかき合せて、きょろきょろあたりを見廻した。

どどどどーと百雷の炸裂するような音が耳の奥で鳴っている。船乗りは夢中になって雨の波止場を駈出した。

○

刺青師の張がアトリエの中で縊《くび》り殺されているのが発見されたのは、それから三日目の事である。犯人は遂に分らずじまいだったが、細い、しなびた張の咽喉に残っていたのは、恐ろしく大きな指の痕だった。

昭和初年頃の上海での出来事である。

二

私がその男の存在を知ったのは、あと数時間で船がシンガポールへ入るという、印度《インド》洋での事である。

暑気と無聊《ぶりよう》に苦しめられながら、医務室で冗《くだ》らない三文小説を読んでいると、五六人の水夫ががやがや口々に罵《ののし》りながら、一人の怪我人《けがにん》を担ぎ込んで来た。怪我人は同じ水夫の津田《つだ》という男である。私は前からこの津田という男を知っているが、彼にはゴリラという綽名《あだな》があって、仲間からはゲジゲジのように嫌われている男である。

ゴリラとはよくよくつけたもので、実際彼の様子はあの獰猛《どうもう》な動物にそっくりであった。腰よりも肩の巾《はば》のほうが広くて手が無闇に長い。ビリケンのように尖った頭はつるつるに禿《は》げて、眼は落ち窪んでいる。いわゆる金壺眼《かなつぼまなこ》という奴である。鼻がへしゃげて口が大きい。おまけに出っ歯である。そして恐ろしく毛深い体質である。

こいつがズボン一つの半裸姿で、ノッシノッシと甲板を歩いているところは全くゴリラそっくりである。おまけにゴリラのように腕っ節が強くて、何彼《なにか》というとそれを振廻すのだから始末が悪い。

そのゴリラが怪我をして担ぎ込まれたのである。しかもこれが過って滑ったの転んだのという怪我でない事は一瞥《ひとめ》見れば分る。片眼が叩潰《たたきつぶ》されている。前歯が二本折れている。鼻翼が裂けて鼻血が泡のように吹出《ふきだ》している。体中が斑《まだら》になって気息奄々《きそくえんえん》としているのである。私は思わず吹出さずにはいられなかった。

「どうした。喧嘩《けんか》か、相手は誰だ」

「相手はマルセーユから乗込んだ新入りですがね、いや強いの何んのって、津田の奴すっかり手玉にとられやがった」

「畜生――野郎――来い――」

ゴリラは弱々しい声で呻《うめ》くと、ぺっと血の混った痰《たん》を吐いた。

「津田をこれだけにやっつけるところを見ると、よっぽど強い奴なんだね。で、相手はどうした。そいつも相当やられてるだろう」

「ところが向うさんは掠傷《かすりきず》ひとつ受けてやしねえ。何んしろゴリラを側へ寄せつけねえんですからな。津田の奴、まるで破れ雑巾《ぞうきん》みたいに振り廻されやがった」

「ほほう、上には上があるもんだね。しかし津田もこれで少しは眼が覚めるだろう。おっと、誰かここへ来て津田の頭をおさえていてくれ。よしよし。全く津田ものさばり過ぎたからな。例によって津田の方から喧嘩を吹っかけたんだろう」

「いえ、ところが今度はさすがのゴリラも大分躊躇《ちよちゆう》していたんです。何んしろ相手があんまり見事な体をしている。それに態度なども妙に他人《ひと》を屈服させる力を持っている。ゴリラも今度は勝手がちがって、一目おいてやアがったんですよ」

「それがまた何故《なぜ》喧嘩になったんだ」

「亀田《かめだ》の奴が悪いんですよ。亀田が嗾《け》しかけやがったんだ」

「冗談いうない。嗾しかけたのは俺じゃねえや。白石《しらいし》じゃねえか。白石が変な事を言い出すもんだから……」

「俺がいつ変な事をいった」

「だって手前《てめえ》じゃねえか。『襯衣を脱がねえ男』っていうのはあいつじゃなかろうかって……」

「それは俺じゃねえ。一番はじめにそれを言い出したのは松山《まつやま》なんだ。なあ、松山、お前が……」

「おい、みんなちょっと黙っていてくれ。津田、どうした、苦しいのか。誰か津田の体を支えていてくれ。静かにやれよ、おっとと……」

津田はまた泡のような血を吐いた。それを見ると水夫たちもしいんとして顔を見合せた。

「先生、津田は悪いんですか……」

「ふむ、どうも肋骨が折れているらしい。こいつが肺にささっていると……津田、どうだ気分は……いいか。なあに、大丈夫だ。もともと頑丈な体なんだからな。で、何んだい、その『襯衣を脱がぬ男』というのは……?」

「へえ……先生は御存じじゃありませんか」

「何を?」

「何をって『襯衣を脱がぬ男』の話でさ」

「だからそれはどういう事なんだ」

「じゃ、先生は御存じねえんですね。なにね、こちとら仲間にゃ有名なもんです。だが、この話なら松山が一番詳しい。松山、手前お話をしろ。お前が一番弁が達者だ」

「おだてるない」

「松山、何んだい。その『襯衣を脱がぬ男』というのは……」

「先生、それはこうなんです。あっしら仲間の水夫のなかにひとり絶対に襯衣を脱がねえ男がいるんです。あっしらまだ一度もそいつに会った事はねえが。船着場なんかでほかの船の仲間と一杯《いっぺえ》やる時、よくそいつの噂が出るんです。不思議なんですね。とにかく決して襯衣を脱がねえてんですから。印度洋や南アフリカの襯衣はおろか自分の皮まで脱いでしまいたくなるような場所へ行っても、そいつだけは決して襯衣を脱がねえ。でまあいろんな事をいうんです。体に傷があるんだとか腫物《おでき》があるんだとか、中にゃ人に見せられねえ刺青をしているんだとか……しかし先生も御存じの通り、あっしら水夫という奴は、極《き》まり悪がるというふうじゃねえ。腫物《おでき》があろうが傷があろうが、そんな事を恥かしがる奴は一人もねえ。刺青なら誰だってやってまさあ。だから不思議なんです。一体、その襯衣の下に何を隠してるんだろうって……ね。ところでそういう噂をする奴も、自分で直接《じか》にそいつに会ったのは殆《ほと》んどねえ。

たいていは噂のまたききのまた、又聞きくらいなんです。だからそいつの名前なども区々《まちまち》で、人格風態なども西洋人みてえに巨《でか》い奴だというのもあるし、そうかと思うと、色の生《なま》っ白《ちろ》い女みたいな野郎だという奴もある。つまりよく分らないんです。というのはそいつは滅多に日本船に乗らねえ。いつでも外国船に乗込《のりこ》んでいるんで、しぜんとこちとらと顔を合せる事はねえんですね。ところが今度マルセーユから乗込んだ男、芳賀《はが》という人ですがね。こいつがどうもそれじゃねえかと……なに、はじめは誰も、夢にもそんな事思ってやあしなかったんですがスエズからこっちへ来るにしたがって怪しくなった。印度洋のこの熱さにも、野郎ちゃんと襯衣を着ている。で、誰がいい出したか、あいつがあれじゃねえか、『襯衣を脱がねえ男』じゃねえか……と先生、そうなると相当気味《きび》が悪いもんですぜ。何んだか、ねえ、こう、いやあな気持ちなんです。みんなそういうんです。で、みんなで相談して、とうとう津田を嗾しかけたんです。つまり津田に喧嘩を吹っかけさせて、奴さんの襯衣をひっぺがして、ひとつ体を見てやろうじゃねえかと……おや、先生、どうかしましたか。津田が……」

津田はまた泡《あぶく》のような血を吐くと、苦しそうにベッドのうえをのたうちまわった。

「津田、どうした。しっかりしろ」

しかし津田の顔色はしだいに紫がかって来る。瞳が急に気味悪く吊上《つりあが》った。あわてて検診器を胸に当てて見ると、呼吸音がすっかり変って、ヒューヒューと毀《こわ》れた笛みたいな音を立てている。しかもそれさえもしだいに弱くなって行く。私の顔色をみて水夫たちもあわてて津田の枕下に集まって来た。

「津田、どうした、だらしがねえぞ」

「しっかりしろ。こんな事で参っちゃ、ゴリラの沽《こ》券《けん》にかかわるぞ」

「先生、津田は……」

私は検診器を耳から外すとかすかに首を振った。

「誰か船長を呼んで来い。それから……何とか言ったな。芳賀か。『襯衣を脱がぬ男』だ。そいつを逃がさぬように……津田にもしもの事があると……」

水夫たちは唾《つば》を飲んで顔見合せた。それから二三人顔色変えて医務室をとび出した。

津田はその晩死んだ。しかし芳賀の姿は船のどこにも発見されなかった。芳賀と一緒にボートが一艘《いっそう》なくなっている事が発見されたのはその翌朝の事である。

襯衣を脱がぬ男の襯衣の下に、いったい何が隠されていたのか、私は渇した者が水を求めるように、その秘密を求めたのだが……

昭和六年頃の私が船医をしていた時分の事である。

三

昭和十七年の夏、私は南洋のある島にいた。私がその島にいたのはむろん戦争のためである。しかし私は今度の戦争については語りたくないし、また戦争はこの物語に何んの関係もない事である。また、島の名もある理由からここに明かす事を差控えたいと思う。これ又この物語にさして重要な役目を持っているとは思えないからである。

その九月に私はある任務のために、部隊をはなれて百数十里向うの地点へ行かなければならなくなった。一行は私のほかに若い将校が一人、下士官が二人、兵が二人、それから報導班員と通訳が一人ずつついていた。

これからお話する出来事は、この旅行の途中で遭遇した事件なのである。

部隊を出発してから数日の後、私たちは大きなジャングルの周辺にある、インドネシヤの部落に分宿した。そこは島でもかなりの奥地で、戦争でもなければ、滅多に日本人などの足を踏入《ふみい》れるところではなかった。

その晩私とともにインドネシヤの小屋に泊ったのは、若い報導班員と通訳のK君だった。ところがもう真夜中に近い頃の事である。昼の疲れで私がとろとろしていると、小屋の入口でしきりに何か言いあっている声がする。一人は通訳のK君らしかったが、聞くともなしに聞いていると、病人だの医者だのという言葉が混《まじ》る。むろん話はインドネシヤの言葉でなされているのだが、その程度の言葉なら私にも分ったのである。

私は起上って小屋を出た。見るとK君をつかまえて、しきりに何か訴えているのは、まだ十三四のインドネシヤの少年だった。

「Kさん、どうしたんですか」

K君の話によると、この部落にいま一人の病人がある。聞けばこの一行の中にお医者さんがいるそうだが、一度その病人を診てくれないかと、こうこの少年は訴えているというのである。

「それからこいつ妙なことをいうんです。その病人はわれわれと同じ日本人だというんです。でその日本人がお前を使いに寄越したのかと聞くと、そうじゃない。病人は何も知らない。むしろ私が医者を呼びに来た事が分ると、どんなに叱《しか》られるか分らないとこういうんです。何故叱られるのかと聞くと、医者が来ると体を見せなければならない、それがきっと病人は厭《いや》なんだろう……と」

「医者に体を見せるのが何故厭なんですか」

「さあ、それは私にも分りませんが、聞いてみましょう」

K君は暫《しばら》くインドネシヤを相手に喋舌《しゃべ》っていたが、

「どうも分りませんねえ。その日本人というのは今迄決して襯衣を脱いだ事がない。つまり体を見せた事がないというのです。その男はこの少年が赤ん坊の時分からこの土地にいるんですが、絶対に襯衣を脱いで体を見せた事がない。今度重病に取り憑かれてからも……」

私はK君の話を皆まで聞かないうちに、小屋へとって返して鞄を持って来た。ごろ寝をしていたので着物を着更《きが》える必要はなかったのである。

「さあ、行こう。お前の主人のところへ案内してくれ」

K君は呆気にとられた。それから急に気がついたように私を制《と》めた。しかし私はK君の言葉を耳にもかけず、インドネシヤの少年を急き立てて案内させた。

その日本人というのは部落から少し離れた小屋に、このインドネシヤの少年と唯《ただ》二人で住んでいるらしい。私が覚束ない土地の言語を操って、みちみち彼から聞き出したところによると、彼はこの近在では非常に尊敬されているらしい。それというのが彼は大変親切である。インドネシヤの面倒をよく見る。しかし怒ると実に怖い。第一非常に強くて、この近在で彼に立向《たちむか》う事が出来る者は一人もない。しかし怒って腕力を揮《ふる》うような事は滅多になく、ずっと以前に自分は唯一回見ただけである。その時彼はたった一撃でインドネシヤを叩殺《たたきころ》した。殺された男はこの近在でも鼻抓《はなつま》みの、性質《たち》の悪い奴だったので、みんな却って喜んだ。そして一層彼を尊敬した。彼は一人である。女房も子供もない。……

　少年の話を聞いているうちに私はいよいよ確信を強めた。あの男なのだ。十年以前、一葉の小舟に身を托して、印度洋の波間に消えていった男、絶対に襯衣を脱がぬ男。――いまこの異郷の空で、計らずもその消息を耳にした私は、今更厳粛な運命の導きに、全身に総毛立つような緊張を覚えた。

　だが私は警戒しなければならなかった。私はその男の並々ならぬ腕力を知っているし、彼があの襯衣の下に秘められた秘密を守るためには、どんな暴力の発揮もいとわぬ事も知っている。どうして彼に襯衣を脱がせようか。いや、どうして彼に知られずに、襯衣の下を見ようか。……

　だが、さすがに強い彼の意志も、運命の前には抗しかねたのだ。私が彼の小屋へ着いた時、彼は昏睡《こんすい》状態におちていた。ほの暗い獣油の光でその顔を見た時、私は果してその男が、彼であるかどうか見極めがつかなかった。みちみちインドネシヤの少年から容態を聞いて、おそらくそれは喉頭癌《こうとうがん》であろうと推断していたが、その推察に誤りはなかったらしい。人類に対する最も惨虐な苛責《かしやく》であるこの病気は、彼の体内から昔日のエネルギーを奪い尽したらしい。その時の彼の形容は枯痩《こそう》の一語に尽きていた。

　暫く私は彼の寝息を窺っていたが、やがて思い切って襯衣の裾《すそ》をまくり上げた。襯衣の下には彼はまだ白い晒布《さらし》を巻いていた。手術用の鋏《はさみ》で私はその晒布を断ちきった。そしてそして私は見たのである。

　それは私が予想した通り刺青だった。しかもその刺青がどのように彼を悩まし苦しめたか、それは何度も何度も焼消《やきけ》そうと試みたらしい、酸憺《さんたん》たる努力の跡を示す如き、無残な皮膚の変色によっても分るのである。しかもあらゆる努力にも拘《かか》わらず、その刺青は依然として、彼の皮肉に喰入りその原形を保っている。あたかも張の執念を示すように……

　ふいにかすかな鼻息が聞えたので、私ははっと顔をあげた。彼は眼を開いて、じっと私の顔を凝視《みつ》めていた。私はあわててその刺青を隠すと、鞄から聴診器を取出《とりだ》した。私の今の所業が底意あるものではなかった事を示すために。……だが、本当の事をいうと、実はそこに深い底意があったのだが。

彼は手を振って私の診察を拒んだ。そして弱いゴロゴロするような声でいった。

「先生、御覧になりましたね。私の刺青を……いいえ、お隠しにならんでもいいんです。どうせ私の体は長いことじゃない。それにこんな戦争じゃ、私を日本へ連れて帰る事も出来ませんからな。は、は、は、は」

彼は弱い、力のない声で笑って、

「先生、お話しましょうか、この刺青の仔細《わけ》を……死ぬ前に、一度誰かに聴いて貰いたいと思っていたんです。今夜は幸い馬鹿に気分がいい。いよいよ死期が近づいたんですな」

彼は凄い微笑をうかべると、それから俄《にわ》かに起きると言い出した。私が手伝って、出来るだけ楽に倚《よ》りかかる事が出来るようにしてやると、彼は何度も礼を言った。そして低い、しゃがれた、苦しそうな声で話し出したのである。以下掲げるのはその時彼の話した物語である。この打明話《うちあけばなし》をした数日後、彼は苦悩に満ちた生涯を閉じたという事だ。

○

大正十二年の夏から秋へかけて、私は神戸《こうべ》の下等な船員宿にごろごろしていました。

その前の航海で私は誤まって船橋《ブリッジ》から落ちて、脚を挫《くじ》いていたので、そこに置き去りにされたわけです。幸い怪我は思ったよりも軽くて、間もなく起出せるようになりました。もっとも多少跛《びっこ》は引いてましたが。……

その時分私はまだ若かったし、無聊に苦しめられていましたし。しぜん起きられるようになると毎晩遊びに出掛ける事になります。どうせ私ども下等な船乗りを慰めてくれるものといったら、酒と女と昔から相場が極まってます。私の足の向くのもやっぱりその方角で、その頃、毎日私が出掛けていったのは、三《さん》の宮《みや》の近くにあるトロカデロという酒場です。

ここは酒場というより船乗相手の地獄宿みたいなところで、五六人の女がいる。みんな日本人ですが、その中に唯一人中国人の娘がいました。それが梨英です。この梨英というのは、まあ、云ってみればフリーランサーみたいな奴で、そこに住込《すみこ》んでいるんじゃなくて、別に家を持っていて、毎晩夕方頃になるとそこへ出張して来るんです。そして酒の相手をしたり、ダンスのお相手を勤めたり——ええ、そこには一寸《ちょっと》したホールもあって、踊れるようにもなっていたんです——そして、十二時になるとさっさと帰って行く。

私はその梨英に惚れたんです。お恥かしい話だが全く夢中になっちまったんです。美人という方じゃない。しかし何しろ凄い奴で、娘というよりは腕白小僧といった感じなんです。体なんどもその年頃の日本娘のようにぶよぶよしていない。きりりと引緊《ひきしま》っていて、そして弾力がある。色は浅黒い方です。

そういう奴が翡翠《ひすい》の耳飾かなんかして、蟬《せみ》の羽根のような薄いきらきらする支那服を着て。しかも唇をついて出る言葉といえば変に流暢《りゅうちょう》な日本語、それも江戸弁で啖呵《たんか》を切るんです。ええ、日本語は実に上手で、その代り肝腎の支那語はから駄目。私は全くこの梨英には悩まされました。だらしない話ですが脚下《あしもと》に跪《ひざま》ずいて泣いた事もあります。ところが梨英の私に対する気持ちというのが、どうしても捕捉出来ない。自惚《うぬぼ》れじゃないがたしかに私を嫌っちゃいない。触れなば落ちんという態度を見せる。それでいて最後のところまで行くと、突っぱねてしまうんです。

私は何度も梨英の家へ押しかけて行きました。梨英はその頃生田《いくた》神社の裏の、安っぽい洋館の二階に、呉《ウー》という中年者の男と二人で住んでいました。この呉というのはちんちくりんの、瘦《や》せっこけた、風采の上らぬ男でしたが、梨英の話によると親の代から彼女一家に仕えているという。私はしかし呉など眼中になかった。それに私が行くといつも呉は座を外して、なるべく姿を見せぬようにしているので、勢い顔を合せる機会も少《すくな》かったわけです。

私が遊びに行くと梨英はいくらでも酒を飲ませる。その時分私は嚢中《のうちゅう》しだいに淋《さび》しくなっていたんですが、そんな事にはお構いなしに実に気前よく飲ませる。で、結局、私は盛りつぶされて、何んのために梨英の家まで押しかけていったのか、割切れない心持ちで帰って来る、と、こういう、お預けをされた犬みたいな、いらいらした、遣切《やりき》れない交渉が一月《ひとつき》ほども続きましたろうか、それが突然変ったものになったというのは……

それは八月も終りに近い、むんむんするように暑い晩のことでした。十二時過ぎになって梨英の家へ押しかけて行くと、梨英は私を待っていた、さあ、すぐ出掛けようという。見ると驚きました、梨英の奴洋服に鳥打帽《とりうちぼう》という男装。それがまたよく似合う。元来がきりりと引緊った、娘というより少年といった感じの体格ですから。

何んにもいわないでよ、私のいう通りにして頂戴《ちょうだい》、その代り今夜はきっと面白く遊んであげる。さあ、これを持ってついて来て頂戴。梨英が私に持たせたのは黒い皮のボストンバッグ、こいつが馬鹿に重い。何が入っているのかと訊いても梨英は笑って取り合わない。どこへ行く、何をしに行く、もしそんな事をうるさく訊こうものなら旋毛《つむじ》を曲げてしまうに極《きま》っている。黙って私のいう通りにして頂戴。そういう言葉に従って、犬のようについて行くより仕方がなかったんです。今夜は面白く遊んであげる。さっき言った梨英の言葉に胸をわくわくさせながら。

梨英が私を引っ張っていったのは、山の手にある異人屋敷でした。梨英の話したところによると、この異人館の主人は目下六甲《ろっこう》の別荘へ避暑に行っていて、家は空《から》っぽである。しかし自分はその主人と懇意で、留守中自由にその屋敷を使ってもいいという許可を得ている。だから今夜はこの家で面白く遊ぼう。

だが、その遊びというのが……手っ取り早く言ってしまいましょう。それは結局強盗なんです。驚いた事に、私の提げて来たボストンバッグには重いも道理泥棒の七ツ道具が入っている。梨英はそいつを器用に使って、扉でも窓でも雑作なく開ける。そして最後には金庫まで。……

梨英はしかしいうんです。自分はここの主人と懇意だから、何もそんなにビクビクする事はない。ただ一寸悪戯《いたずら》をしてびっくりさせてやるだけなんだから。さあ、そう顫えずにしっかり懐中電燈を持って頂戴。だがこれが顫えずにいられますか。ビクビクせずにいられますか。梨英は私を意気地なしだの、見かけ倒しだの、独活《うど》の大木だのと、舌をふるって罵倒する。罵倒しながら一心不乱に錐《きり》を使って金庫に孔をあけている。

だが正直いって、その時ほどの美しい梨英を私はまだ見た事がない。少し汗ばんで、唇を咬《か》んで、きっと錐の尖端《さき》に瞳を据えている、その息苦しいほど緊張した梨英の顔。凄いような真剣さ。金庫は間もなく開きましたが、しかし梨英の予期したほどの財物は得られなかったらしい。ちょっ、あの嘘つき爺《じじ》いめ。自分の金庫には金貨だの宝石だの山ほどあるといっていたが、何んだい、これっぽっちの紙幣束《さつたば》と時計と指輪。梨英はそれでもそれらの物を持って来た袋に詰めました。それから私の方を振向いてにやっと微笑《わら》いました。

お馬鹿さんね。何をそんなに顫えているの。いいわ、さあ、性根を入れてあげる。私の持っていた懐中電燈を叩き落すと、梨英はいきなり私の首っ玉に噛《かじ》りついて来ました。閉めきった、人気《ひとけ》のない、むんむんするほど蒸せっぽい、夏の夜の空屋敷の中での事。……

私は突如、絢爛《けんらん》たるお花畠へ連出《つれだ》された心地です。そこには眼を奪うような色彩と、魂を痺《しび》らすような芳香がある。しかしそれと同時に人を堕落へ誘い込む罌粟《けし》もある。ちょうどあの美しい罌粟から麻薬がとれるように。私はもう梨英の言葉を信じない。いや、あまり尤《もっと》もらしからぬ弁解など、最初から信じていなかった。第一、新聞がちゃんと書いているんです。昨夜山の手の異人館に二人組の強盗が忍び込んで、金庫を破って逃走した。足跡から判断すると、一人は小柄の人物、他の一人は大男で、大男の方は跛である。だが、私はその新聞を突きつけて、梨英を詰問しようなどとは思わなかった。それよりも私の心はもっと別の事に奪われているんです。あの冒険の後に突如やって来た激しい嵐、気狂《きちが》いじみた、獣のような歓楽の思い出。

だが、その後梨英はまた私から遠退いてしまいました。誘うような、焦らすような、人を生殺しにするような以前の梨英、そこを踏越《ふみこ》えて、もう一度あの歓楽を貪《むさぼ》り食うには、同じような冒険をやるよりほかに手段はない。そこで私はやりました。二度三度、私はもう顫えない。錠を破る事も、金庫に孔をあける事も、自ら先に立ってやりました。梨英の歓心を買うためなら、どんな事でもやってのけたんです。

新聞がしだいに騒ぎはじめました。異人館専門の二人組強盗。――不思議にも梨英の選ぶ家はいつも異人館なので――そんな記事が毎日のように新聞に出る。むろん私はそれ等の記事を、いつも注意して読みますが、そのうちに不思議な事実を発見しました。それはこうです、船に乗っていた私は知らなかったのですが、その年の春頃から夏のはじめにかけて、やはり同じような二人組強盗が、阪神《はんしん》間の異人館を専門に荒し廻ったらしい。それが一度ぱったり歇《や》んだのは、強盗の一人と思われる人物が捕まったからなのです。七月の半ば頃の事、御影《みかげ》のドイツ人の家に忍込《しのびこ》んだ二人組強盗は、彼等の今迄の成功を一挙に帳消しにするような大きなヘマを演じた。留守だと思った主人が家にいて、しかも、強盗の一人に向って発砲したのです。弾丸はたしかに一人の脚部に命中したが、その時は二人とも逃げてしまった。しかし、それから二三日後に負傷した奴がとうとう捕まったのです。それは芦屋《あしや》に下宿している学生で、まだ二十三にしかならない青年だったという事が、当時非常に世間を騒がせたらしい。その青年は脚部に銃創があり、そのほかにも逃れられない証拠があったのでしょう。とうとう二人組強盗の一人として挙げられ目下未決にいるという事でした。

さて、以前横行した二人組強盗と、近頃また世間を騒がせはじめた二人組と、全然無関係なものである事は、誰よりも私がよく承知している。しかし二人組のこの強盗のやり方には、不思議に一致した点が多かった。殊に近頃現われる強盗の一人が、跛を引いているという点が、一層、これを同じ人間の連続犯行と見做《みな》す説に有力な根拠を与えたのです。一時強盗沙汰の歇んでいたのは（その点がかの容疑者なる青年の、有罪説を支持するに強い根拠になっていたのですが）仲間の一人が捕えられたためではなく、そいつが負傷で動けなかったからなのだ。それが治って、――但し跛を矯正するまでには至らないが――ふたたび活躍を始めたのが、即ち最近の頻々《ひんぴん》たる強盗沙汰である。そこで世間の同情はかの青年に集まります。それに警察の挙げていた証拠というのも、それほど有力なものではなかったのかして、間もなくその青年は釈放される事になりました。こうなると、私たちの近頃の行動は、まるでその青年を救うためにやっていたもののように見える。そして、事実またそうであったのです。ああ！

青年が釈放されたという記事が新聞に出てから、二三日後の夕方のこと私は梨英を訪れた。そんな時刻に私が彼女を訪れたのは今迄に一度もない事で、実はふいを襲って彼女を驚かしてやろうと思ったのです。事実は驚かされたのは却って私の方でしたが。……扉を開くといつも出て来る呉の姿もその日は見えなかった。私にはこれが勿怪《もっけ》の幸いで、かんかん西陽の当るガタピシの階段を、足音を盗んで登っていくと、途中から梨英の声が聞える。誰か来ているのかと思わず立止まりましたが、すぐ電話をかけているのだと分りました。こんな時には私ならずとも、立聴きしたくなるのが人情でしょう。彼女の部屋は二間続きになっていて、電話は奥の寝室にある。扉を開いて、表の居間へ忍び込む。境の扉はしまっていて、電話の声はその奥から聞えて来るのですが、そこまで来ると急にはっきりする。それを一層よく聞くために、私は扉に耳をつけました。ああ今から思えばあの時あんな真似をしなければよかったものを！

だって、だってそうしなければ……と、梨英の声は涙ぐんで躍起になっている。私は今迄こんな神妙な梨英の声を聞いた事がない。で、一層扉に耳を押しつける。そうしなければあなたは無実の罪におちてしまう。恐ろしい二人組強盗の片割れにされてしまう。しかもあなたがあらぬ疑いを受けたその原因は、私が作ったんですもの。私が過《あや》まってあなたの脚を撃ったためなんですもの。あなたがそれを云いたくない気持ち、私にもよく分る。どうせ私はこんな女ですもの。だから私それを云わないで、あなたを救う方法を一生懸命に考えた。ええ、ええ、それこそ骨身を削る思いで考えたわ。そして結局私のやった方法よりほかに思いつけなかったんですもの。それがいけないって？　だから云ってるじゃないの。盗んで来たものは、どこへもやらずちゃんととってある。あなたが牢から出て来たらいずれ機会を見て、もとの持主に返すつもりだって。ええ？　それはいいがあの男の事ですって？　だって、だって、それは仕方がないわ。ああでもしなければ、あの男相棒になってくれやしないわ。自分の恋人を救うために、泥棒の真似事の相棒になってくれって、そんな事いえて？　たとい言っても相手が肯《き》くと思って？　あの男についてはこの間打ちあけたのがすっかりよ。どうせこんな体ですもの、二度や三度、あの男のおもちゃになったって……嘘よ、嘘よ、私があの男を選んだのは、何も惚れてるからじゃない。あの男の跛なのが、私の計画に都合がよかったからなのよ。

私あの男を憎むわ。こんな生活を憎むわ。こんな生活に落したお父さんを憎むわ。お父さんも私も立派に日本人なのに、……ええ、それゃこんな港町ではふつうの日本娘では人眼を惹かない。異国人になってた方が、男を惹寄せる魅力があるって、そういうお父さんの計画はうまく行ったわ。でも、でも、お父さんを召使いにして、呉だの梨英だの……私、もういや。あなた、あなた、私を救って、……ねえ、私を救ってくれる人はあなたしかないわ。いや、いや、嫌い、嫌い、私、あの男を憎む、憎む、憎む

——

梨英が寝室の中で縊り殺されているのが発見されたのはその翌日の事でした。

○

冒頭に掲げた一節、彼がその後梨英の父に上海で出会って、あの呪わしい刺青をされた顚末《てんまつ》は、ここへ入るべき物なのである。

○

「ねえ、先生」

長い長い物語にも拘らず、刺青された男は疲れも見せずに語りつづけた。

「私は自分をそんなに兇暴な男だとは思っていない。しかし、他人が不当に自分を傷つけた時、私は怒りの発作をどうする事も出来ないのです。そして怒りの発作が起った時……私は自分の腕力を呪う。人並すぐれた膂力《りよりよく》を呪う。梨英の場合でもまた梨英の父の張——呉ですか、二人とも日本人としての名があるのでしょうが私は知らない。どちらの場合でも私は殺そうとまでは思っていなかった。後から思えば梨英は可哀そうな事をしました。私は一度梨英の恋人に会いたいと思う。会って彼女の真情を伝えたいと思う。しかし、もう今となっては駄目ですね」

刺青された男は咽喉をゴロゴロ云わせながら淋しく微笑《ほほえ》んだ。それはもう何んの苦悩も苛責もない、長い間背負わせられて来た重荷をおろした微笑だった。

私は立って小屋の窓から外を見た。空には凄いような熱帯の半月がかかって、大蝙蝠《こうもり》が群をなしてジヤングルの上を飛んで行く。私はつと刺青された男の枕下によった。そして彼の耳許に囁《ささや》いた。

「君は梨英の恋人に会いたいと云いましたね。その希望は果されました。いま君の眼の前にいる男がそれですよ」

私はそういいながら驚愕《きょうがく》に眼を瞠《みは》っている彼の胸に眼をやった。そこには張の彫った呪いの文字が、まだ消えがてに……

大正十二年秋、神戸で梨英という娘を殺した犯人は私である。

車井戸は何故軋る

本位田《ほんいでん》一家に関する覚書
附、本位田大助《だいすけ》・秋月伍一《あきづきごいち》生写しのこと

本位田《ほんいでん》家の墓地は、K村をいだく丘の中腹にある。黒木の柵にとりかこまれた百坪あまりの墓域は、いつも塵《ちり》ひとつとどめぬまでに掃ききよめられ、そこに本位田家累代の墓が整然としてならんでいる。妙なたとえだが私はいつも、人を威圧するようなこの墓の一群を見ると、格式ばった本位田家の一族が、麻裃《あさかみしも》をつけ、かしこまって親族会議をひらいているように思われてならぬ。まことこれらの墓のあるじたちは、このたび起った子孫の不始末について、にがにがしげに評議していることだろう。そう思ってみるせいか、一番末席につらなる墓の、何《な》んとなく恐縮しているように見えるのは、自分の気持ちのせいだろうか。

思えば慈雲院賢哲義達居士《こじ》、俗名本位田大三郎《だいさぶろう》、昭和八年三月二十四日亡と刻まれた、この墓のぬし大三郎こそは、二十数年の昔において、こんどの事件の種をまいた当人なのだ。私はいまはからずも手に入れた、この恐ろしい殺人事件のてんまつを語る一連の文章を発表するにあたって、事件の遠因となった本位田大三郎、ならびに本位田家の地位というものについて、いささか筆をついやしてみようと思う。

由来、本位田家は小野《おの》、秋月《あきづき》の両家とともに、K村の三名《さんみょう》といわれ、旧幕時代年番で、名主をつとめた家柄である。しかも、時代がかわって名主の職をうしなって以来、小野、秋月の両家がしだいに微禄《びろく》していったにもかかわらず、本位田家のみは昔のとおり、いや、昔以上にさかえたという。それにはいろいろ理由もあるが、要するに、他の両家に人物がいなかったに反して、本位田家には代々傑物があらわれたせいであろう。

とりわけ維新当時のあるじ弥助《やすけ》というのが辣腕家《らつわんか》

で、伝説によるとこの人は、当時のドサクサにまぎれて、旧藩主の領地の少《すくな》からぬ部分を、払下げの名目で、自家の名儀に書きかえたという。

そのあとをついだ庄次郎《しょうじろう》という人は、地味で手堅い一方の人物だったが、それだけに貨殖《かしょく》のみちにたけていたらしく、目のとび出るような高利の金を貸しつけ、少しでも返済の期日がおくれると、情容赦なく、家でも田地でも山林でもとりあげた。

一説によると、小野、秋月の両家が衰微したのは、代々の主人が無能だったせいもあるが、さらにそれに拍車をかけたのは、庄次郎の高利の金にいためつけられたからで、大正初年に大三郎が家をついだころには、両家の田地も、あらかた本位田家の名儀になっていたのみならず、両家につたわる家宝什器も、おおむね本位田家の土蔵におさまっていたという。

大正三年庄次郎が死んで家督をついだとき、大三郎は二十八歳、妻はあったが子はなかった。本位田家も弥助を中興の祖とすれば、もう三代になっている。大三郎はいかにも三代目らしい、鷹揚《おうよう》で寛闊《かんかつ》な旦那になっていた。かれは賑《にぎや》かなことが好きで、よく遊び、旅廻りの芸人などに贔屓《ひいき》が多かったが、父祖の血はあらそえぬと見えて、そのために家産をへらすような馬鹿な真似はしなかった。つまり派手な性格のうちにも、チャッカリしたところを持っていたのである。

そのころ小野家はすっかり微禄して、一家ひきはらって神戸《こうべ》のほうへうつっていたが、秋月のほうはそれでも、辛うじて面目をたもっていた。当時の秋月の主人は善太郎《ぜんたろう》といって、大三郎より七つ年上だったが、いかにも没落名家の末裔《まつえい》らしく、生活に関してはまったく無能力者だった。かれは草人と号して歌をよみ、へたな文人画をかき、よく半折《はんせつ》だの短冊だのをかいて、大三郎のところへ持ちこんだ。そして大三郎が快くそれを買ってやると、重い口でへたなお追従《ついしょう》をならべたが、そんなとき家へかえると、うってかわって機嫌が悪く、大三郎を口ぎたなく罵《ののし》り、妻のお柳《りゅう》にあたり散らした。お柳はそれを浅間しいと思う。

お柳はおとなしいもの静かな女で、縹緻《きりょう》も悪くなく、村の娘をあつめてお裁縫をおしえたり、お茶やお花の師匠をしたり、秋月の旦那には過ぎものだという評判だった。善太郎はそれを憎んだ。妻は自分に満足していない。自分を軽蔑《けいべつ》している。——そうかんがえると、善太郎の残忍な血がたぎりたち、なんでもないことに妻を打擲《ちょうちゃく》し、どうかすると髪の毛をとってひきずりまわしたりすることがあった。そんなときお柳は、外聞をはばかって高い声さえ立てなかった。善太郎はそれをしぶといといい、ふてくされていると罵った。

夫婦のあいだには、おりんという女の子がひとりある。縮れっ毛の、愛嬌にとぼしい、陰気な子供であった。

大正六年、おりんが六つの年に、善太郎は中風で倒れて、半身不随になってしまった。それまでは微禄しながらも、なんとなく面目をたもって来た一家の生計は、こうなると長年の無理がたたって火の車になった。病人をかかえて、お柳は身も心もやせ細った。

見るに見かねて大三郎が、ちょくちょく見舞いに来るようになり、来るとかならずいくばくかの金を包んでいく。大三郎が来ると善太郎は大喜びで、歯の浮くようなお追従をならべたが、大三郎がかえっていくと、掌《てのひら》をかえしたように罵った。それでいて大三郎のおいていった金をかえせとはいわなかった。

善太郎が中風でたおれた翌年、即ち大正七年に、大三郎の妻とお柳が、ほとんど同時にみごもった。そして翌年の春、ほとんど同時に男子を出生した。うまれたのは秋月家のほうがひとつきほど早かったが、善太郎はその子がうまれた七日目の夜、不自由なからだで寝床を這い出し、車井戸に身を投じて死んだ。

お柳がうんだ赤ん坊を見たものなら、なぜ善太郎が身投げしたかすぐうなずけた筈《はず》である。その赤ん坊は両眼とも、瞳孔が二重になっていた。ところで本位田大三郎も、この珍しい二重瞳孔の持主なのである。大三郎がうまれたとき、当時まだ生きていた祖父の弥助が、大喜びでこんなことをいったという。

「この子は瞳が二重になっている。将来かならず本位田家の家名を、天下にあげるやつじゃ。大事にそだてなければならぬ」

若くして本位田家をついだ大三郎が、わがままいっぱいにふるまいながら、ひとに乗じられることもなく、立派にやっていけたのは、身にそなわった器量にもよるが、ひとつにはこの伝説からくる威圧が、かれを一種特別な存在として奉っていたからである。

このことと、善太郎が中風で倒れていらい、夫婦の交わりもなかったであろうことを思いあわせれば、お柳のうんだ子が大三郎のたねであろうことは明《あきら》かであり、善太郎がこのあまりにも明瞭な、不義のあかしを見せつけられて、憤死したのは無理もないといわれた。

田舎《いなか》ではこういう問題は、かなりルーズにあつかわれる。ことに男の場合は、不問に附される場合が多いのだが、さすがに女のほうには風当りが強かった。ことに良人《おっと》がそのために憤死したとあっては、お柳に対する非難は大きかった。お柳はそういう嵐のなかを、じっと怺《こら》えて一年いきた。そして伍一《ごいち》（それがお柳のうんだ子供の名前である）が乳ばなれするのを待って、当時八つになっていたおりんとともに遠縁の老女にたくし、おのれは良人の一周忌の晩に、おなじ車井戸に身を投じて死んだ。書置きはなかったが、罪の清算をしたのであろうといわれている。

大三郎の妻のうんだ子は、大助《だいすけ》と命名された。五つ六つになると大助と伍一が兄弟であることは、誰の眼にもハッキリわかった。母を異にしながら、それほど二人はよく似ていた。ただ伍一が二重瞳孔を持っているのに、大助にはそれがないという相違はあったけれど。だから二人がいちばんよく似ていた小学校の五六年ごろには、ふたりを見分けるには眼を見るよりほかはなかったという。

しかし、その期間をすぎると、二人の相似もしだいにうすれていき、二十を過ぎるころにはそれはもうそれほど似ているとは思えなくなった。それはたぶん境遇と環境のせいだろう。小学校を出ると大助は、中学から大阪の専門学校へすすんだが、本位田家の嫡男として鷹揚にそだったかれは、肉附きもゆたかに色も白く、魅力にとんだ青年になっていた。

それに反して幼いころから、姉のおりんとともに鋤鍬《すきくわ》とって働かねばならなかった伍一は、痩《や》せて骨ばって色も黒く、性質もとげとげしていた。

田舎のひとは口につつしみがなく、他人のスキャンダルを肴《さかな》にして楽しむくせがあるから、伍一も早くから自分の出生にからまる秘密を知っていた。そしてそのことがしだいにかれの性質をけわしいものにしていったのである。

同じ父の子でありながら、大助が何不自由なく幸福にしているのに、自分はなぜこのように貧乏で不幸であらねばならないのか。——そう考えると伍一の腸《はらわた》は、不平と不満と憤りとでよじれるようにいたんだ。出生の月日からいえば、自分のほうが大助より、ひと月早かったということである。してみれば自分こそ本位田家の長男として、全財産を要求してもよい筈ではないか。それにも拘《かかわ》らず自分はなぜ、路傍の石ころのように見捨てられなければならないのか。大助が愉快に学生生活を楽しんでいるのに、自分はなぜ、汗にまみれ、血豆だらけになって働かねばならないのか。

伍一のそういう救いがたい不平や怨恨に、はたから油をそそぐのはおりんであった。物心つく時からおりんは、いやというほど父の善太郎から、本位田家に対する呪いの言葉を吹きこまれている。おりんは父からうけたこの呪いを、刺青師《ほりものし》が針でさすように、伍一の皮肉に植えつけようと試みた。本位田家に対する復讐、大三郎への呪い——物心つく時分から、伍一が姉にきく言葉といえば、そういう狂おしい呪詛ばかりであった。

おりんはしかし忘れていたのである。伍一は大三郎の子供であり、本位田家の血をひく一員であるということを。だから、本位田家に対する呪いだの、大三郎への復讐などは、伍一にとってはどうでもよいどころか、むしろかれは、本位田家や大三郎に対して、強い憧れを持っていたのだ。ただあるひとつの事になっては、かれも姉と同じ考えをわかつことが出来る。即ち大助に対する憎しみである。大助のことを考えると、かれは全身の血が、蒼白い焔《ほのお》となってもえあがるかと思われるばかりであった。かれは大助を憎み憎み、憎み、憎んだ。

さて、本位田家では大助のあとに二人の子供がうまれている。大正十一年に次男の慎吉《しんきち》が、昭和五年には娘の鶴代《つるよ》が。実は慎吉と鶴代のあいだにもう二人、子供があったということだが、いずれも早世しているからここでは勘定に入れないことにする。

この鶴代というのは、たいへん気の毒な娘で、先天性心臓弁膜症で、ちょっとの歩行にも息切れがし、屋敷から外へ出ることはほとんどなかった。むろん、学齢に達しても学校へ通うことなど思いもよらず、したがって教育も家庭でうけた。彼女の教育にあったのは主として祖母のお槇《まき》で、彼女は祖母の膝下《ひざもと》で読書きの手ほどきをうけたが、頭のよい子で、十二三のころには『遊仙窟《ゆうせんくつ》』から『源氏《げんじ》』などの古い註釈本なども読んだという。

大三郎は墓にも彫られているとおり、昭和八年、即ち鶴代が四つのときに死んだ。大三郎の妻は毒にも薬にもならないおとなしい女だったので、一家の重責はしっかり者の祖母のお槇の肩にかかって来た。お槇は亡夫庄次郎にきたえられた、たるみのない性質で、がっちりと本位田家の屋台骨をささえていた。

昭和十六年大助は、学校を出るとすぐに結婚した。戦争がいよいよきびしくなったので、相当の家ではどこでも息子を早く結婚させたのである。大助の妻は梨枝《りえ》といって、隣村の没落士族の娘だったが、一説によると、梨枝は伍一と恋仲だったのが、思いがけなく本位田家の跡取り息子から求婚されると、一も二もなく牛を馬に乗りかえたのだという。もしその噂にして真実ならば、伍一の大助に対する憎しみは、いよいよ油をそそがれたことだろう。

昭和十七年大助と伍一は同時に召集をうけ、同じ部隊に入隊した。はじめ二人は揚子江《ようすこう》沿岸にいたようだが、異境にあっては伍一もさすがに旧怨を忘れたのか、たいへん仲よくやっていたらしい。そのころ大助から妻の梨枝に寄越した手紙によると、二人は部隊で双生児のマスコットと大事にされているとあり、二人ならんでうつした写真が同封してあったが、この写真こそ、のちに起ったあの事件に、非常に無気味な影を投げかけたのである。

私も一度その写真を見たが、あの事件とかれこれ思いあわせると、戦慄《せんりつ》せずにはいられなかった。

相似がまた二人の肉体によみがえって来たのである。おそらく戦地という同じ環境が、二人の肉体を平均に地ならししたのだろう。応召まえの大助は、肉附きゆたかに色も白かったのに、戦地の苦労がかれの体から適当に肉を削ぎおとし、顔もたくましく日にやけていた。それに反して伍一のほうは、応召以前より肉附きもよくなり日焼けはかえって色があせ、こうして両方から歩みよった結果、二人はそれこそ瓜二つといってもよいほどよく似て来ていた。ただひとつ、伍一の眼の二重瞳孔から来るあの異様に無気味なかがやきをのぞいては。……

昭和十八年には本位田家の次男慎吉が、学徒出陣で出ていった。しかし、このほうは半年もたたぬうちに胸をやんで召集解除になった。かれは一年あまり自宅で静養していたが、戦争がすむと間もなく、K村から六里ほどはなれたH結核療養所へ入った。

慎吉たちの母は、二人の息子がつぎつぎと兵隊にとられたので気落ちがしたのか、十八年の秋に亡くなったので、慎吉が療養所へ入ると、本位田家のひろい屋敷には祖母のお槇と、嫁の梨枝と、孫の鶴代、ほかに昔からいる老婢のお杉《すぎ》と、鹿蔵《しかぞう》という白痴にちかい下男と、五人きりになってしまった。

だから慎吉は、療養所へ入ってからも、月に一度か二度はかえって来て、二三日泊っていくようにしていた。K村と療養所は、さしわたしにしてわずか六里のみちのりだったが、乗物の便利の悪いところで、汽車の少いローカル線から、軽便鉄道、さらにバスに乗りかえていると、どうかすると朝早く出て、夕方までかかることがある。日帰りは絶対に無理だった。

慎吉は妹を愛した。かれは文学青年で、自分も文学者として立つつもりだったが、自分よりもむしろ妹の才能を高く買っており、たとえば『嵐《あらし》が丘《おか》』の作者、エミリ・ブロンテのような作家に、妹を仕立ててあげようと思っていたらしい。

鶴代はうまれつきの心臓弁膜症で、一歩も家を出ることが出来ない体質で、いつも土蔵のなかの一室で本を読みくらしているような娘だったが、強い感受性と鋭い観察眼をもっていた。

慎吉はこの妹に、用があってもなくても、時折療養所の自分あてに手紙を書くように命じた。それは筆ならしと同時に、ものを観る眼をきたえさせようという意味であったらしい。鶴代は兄のこの命令を守って、せっせと慎吉に手紙を書きおくった。

昭和十九年のおわりから、昭和二十年のはじめへかけて、日本のどこの村でもそうであったように、K村にも多くの変化があった。都会の空襲がはげしくなるにつれて、村から町へ出ていたものが、おいおい疎開でひきあげて来たからである。そのなかに小野の一家があった。

小野の主人は宇《う》一郎《いちろう》といって、神戸で文具店をやっていたのが、焼け出されて三十年ぶりでかえって来たのである。宇一郎が村を出たのは二十代であったが、かえって来たかれは、真っ白な頭をしたよぼよぼの爺さんになっていた。妻のお咲《さき》は後妻だとかいうことで、夫婦のあいだには十六をかしらに五人の子があった。

さいわい小野の家は親戚のものに預けてあったので、それを雨洩りのしない程度につくろい、小作にあずけてあったわずかばかりの田地をかえして貰《もら》って、百姓をはじめた。宇一郎には先妻とのあいだに、昭治《しょうじ》という男の子があったが、兵隊にとられて消息がわからぬという。

昭和二十年八月、戦争がおわると間もなく、伍一の姉のおりんが町からかえって来た。おりんはすでに三十五になっていたが、まだ独身で、戦争中ちかくの町の軍需工場で、炊事婦みたいなことをやっていたが、敗戦と同時に職からはなれ、村へかえって来ると、牛小屋みたいな家へ住み、猫の額ほどの田圃《たんぼ》や畑をつくり出した。幼いころから無愛想な女だったが、うちつづく不仕合せにいよいよ無口になり、どこか妖婆を思わせるような女になっていた。

こうしてだいたい人物がそろったところで、昭和二十一年夏のはじめ、突然なんのまえぶれもなく本位田大助が復員して来た。むろんかれの復員は、本位田家にとっては何物にもかえがたい喜びであったが、それにも拘らず、一種名状しがたい鬼気と戦慄を、かれは持ってかえったのである。

私はもう一度、本位田家の墓地を見まわす。と見れば整然たる本位田家累代の墓のはずれ、赤く咲いた百日紅《さるすべり》の根元に、可愛い一基の塚があり、塚のうえにはまだ新しい白木の柱が立っている。柱の表面には、

――珠蓮如心童子

裏へまわってみると、

――本位田鶴代、昭和二十一年十月十五日亡。

これこそは可憐《かれん》な鶴代の仮墓《かりはか》であり、彼女のいのちを奪ったのは、いうまでもなく、あの恐ろしい事件の衝撃だった。

彼女はしかし死ぬまえに、この事件についておのれの見聞したところ、また、おのれの感想、臆測について、細大あまさず兄の慎吉に書きおくっている。むろん、これらの手紙ははじめから、事件を報告するために書かれたのではない。まえにもいったとおり、慎吉の注告にしたがって、彼女はおのれの身辺

に起る出来事を、なにくれとなく兄に書送っていたのである。しかし、事件が起ってからは、いきおいそれが中心になっていったのは当然で、彼女はそこに世にも恐ろしい疑惑や、血みどろな事件の経過や、最後に彼女の生命をうばい去った、あの凄動的な発見について、綿々として語りつづけている。

私はこの手紙を読みかえすたびに、わずか十七歳の少女を襲った、このような恐ろしい経験に、戦慄をかんじずにはいられない。そこには鶴代という少女の、のたうちまわる苦悶《くもん》と、絶望的な悲しみが、草笛の音のように封じこまれている。

実は、諸君がこれから読まれようとする物語は、鶴代の書いたその文殻《ふみがら》の一束なのである。私がこれをどうして手に入れたか。それはこの事件に関係のない事柄だから語らない。唯一言《ただ》断っておきたいのは、鶴代の手紙はほかにももっと沢山あったのだが、私がここに抜いたのは、事件に直接間接関係のある部分に限ったこと、読み易くするために、いくらか筆を加えたこと。それだけのことをいっておいて、それでは順次、鶴代の手紙をくりひろげていくことにしよう。

最初の手紙は昭和二十一年五月、即ち事件より約五ヶ月まえに書かれたものである。

うらみ葛《くず》の葉《は》
附、葛の葉屛風《びょうぶ》に瞳のないこと

（昭和二十一年五月三日）

昨日はイヤなことがありました。兄さんは小野さんの一家が疎開でこっちへかえっていることを、知っていらっしゃるでしょう。その小野のおじさんが、昨日うちへいいがかりをつけに来たのです。

兄さんはうちに、葛《くず》の葉《は》の屛風《びょうぶ》があるのを御存じですか。わたしはいままでちっとも知らなかった。だってお蔵のなかへしまったきりで、わたしが物心ついた時分から、一度も出したことないんですもの。そんな屛風のあることさえ知らなかったのです。

小野のおじさんが昨日来たのは、その屛風のことなのです。おじさんはそれを返してくれというのです。おじさんはこんなふうに申しました。

「あの屛風は三十年まえに、わたしが神戸へ出るときにこちらの大《だい》さん（お父さんのこと）にお預けしておいたものです。別にお譲りしたわけのものではありません。あれは小野家の家宝として、代々つたわっているものですから、何をなくしても、あれだけは手離すわけには参りません。わたしもこうして、御先祖さまの土地へかえって来たのですから、あの屏風を手許にひきとって、毎日眺めてくらしたいと思います」

と、そんなふうなことをくどくどと、いつまでも繰返すので、ほんとうに弱ってしまいました。はじめはお嫂《ねえ》さんがおあいになりましたが、いつまでたっても埒《らち》があかないので、とうとうお祖母《ばあ》さまが出てお会いになりました。お祖母さまはたいそうお怒りになって、

「宇一《ういっ》つぁん、あんた何をいいなさるのだ。あの屏風のことならわたしもよく憶えていますよ。あれはあんたが村をひきはらって神戸へ出るとき、商売のもとでが足りないから、二十円貸してくれといって、そのかたにあれを置いていったのじゃないか。そのときあんたはなんといいなさった。いかに御先祖様が大事でも、こんな屏風を背負いこんで、神戸三界まで流れていくことは出来ません。これはお宅でとっておいてください、と、そういうたのをわたしはちゃんと憶えていますよ。それをいまさらになって返せなどとはあんまりじゃないか」

お祖母さまはそうお叱《しか》りつけになりましたが、小野のおじさんは眉毛《まゆげ》ひとつ動かさず、同じようなことをくどくどと繰りかえしたあげく、それでは、あのときお借りしたお金はおかえし致しますからと、十円札を二枚ならべたときには、わたしもあまりのことにびっくりしてしまいました。

小野のおじさんは、このインフレを御存じないのでしょうか。戦争まえと現在とでも、物価は何十倍、何百倍とちがっています。ましてや大正のはじめごろの二十円がいまの二十円でとおると思っているのでしょうか。あまり馬鹿にした仕打ちに、わたしでさえ腹が立ってしまいました。

あとでお祖母さまがこうおっしゃいました。

「貧すればドンするで、それは宇一つぁんだっていくらか人間がかわったようだが、まさかあんなユスリがましいことをいって来れるほどの人ではない。あれはお咲さんが悪いのだよ。どこかで屏風のこと

を聞きつけて、宇一つぁんを唆《け》しかけたのにちがいない。それでなければ、こっちへかえってから一年以上もたったいまごろになって、あんなことといって来る筈がないものね。昔馴染《なじ》みのひとがかえって来るのは嬉しいが、お咲さんみたいに、どこの馬の骨だか牛の骨だかわからぬような人間まで、ついて来るんじゃやりきれない。戦争からこっち、だんだん、人間の気持ちが悪くなって来るから、梨枝さん、あんたなんかも、よほどしっかりしてくれなきゃ困りますよ」

わたしは何も、お祖母さまの尻馬に乗るわけじゃありませんが、お咲さんてひと、ほんとに評判の悪いひとです。あのひと神戸で酌婦かなんかしていたんですって。小野のおじさんといっしょになってから、継子《ままこ》の昭治さんをひどくいじめて、家にいられないようにしたのもあの人だということです。昭治さんはそれですっかりぐれてしまって、兵隊にとられてからも何度営倉へ入れられたかわからないという話です。昭治さんといえば、終戦後間もなくひょっこりかえって来ましたが、三日とたたぬうちに、お咲さんと大喧嘩《おおげんか》をしてとび出しました。それでいて、あのおうち、いちど小野のおじさんが売ろうとしたことがあるのを、昭治さんがお金を出してやめさせたことがあるんですって。だから村の人、みんな昭治さんを可哀そうだといっています。昭治さんはK市でゴットン（強盗のこと）をしているという話だけど、それがほんとうだとすると、お気の毒なことです。

○

（昭和二十一年五月四日）

昨日は筆がわきみちへそれたまま、疲れてしまったので、手紙が尻きれとんぼになりました。今日は昨日のつづきで、葛の葉屏風のことを書くことにします。

小野のおじさんは、子供のわたしでさえ腹が立ってジリジリするくらい、同じようなことを繰返していましたが、お祖母さまがなんといっても相手になさらないので、とうとう諦《あきら》めてかえってしまいました。くどくどと同じことばかりいってたときには腹が立ちましたが、そうしてショボリとかえっていくのを見るとなんとなく気の毒になりました。よれよれの兵児帯《へこおび》をちょこんと結んで、結び目の片っ方だけだらりと長くなっているのが、とても貧乏くさいかんじがして、ずっとせんにお墓参りにかえって来たときからみると、小野のおじさんもずいぶん年をとられたと、涙がこぼれそうになりました。

それにしても、わたしとお嫂さんとふたりきりだったらどうでしょう。あんなにしつこくからまれたら、きっと泣出《なきだ》してしまいます。お祖母さまがいらっしゃらなければ、この家はほんとうに暗闇です。お祖母さまはお元気で、気性もしっかりしていらっしゃいますが、なんといってももう七十八、お年がお年ですから、さきのことが心配でたまりません。大助兄さんはまだ消息がわからないし、頼りになるのは兄さんだけです。兄さん、一日も早くお元気な体になってください。

おや、また、筆がわきみちへそれました。御免なさい。こんなに無軌道な書方《かきかた》しか出来ない鶴代、とても小説家なんて思いもよりませんわね。

さて、小野のおじさんがおかえりになったあと、お祖母さまもさすがに気づかれをなすったのでしょうか、しばらく黙って眼をとじていらっしゃいましたが、やがて眼をお開きになると、お嫂さんのほうを向いて、こうおっしゃいました。

「梨枝さん、あんたお杉にいってね、蔵のなかから屏風を出させておくれ」

お嫂さんがびっくりして、

「屏風といいますと……？」

と、お訊ねしますと、お祖母さまは、

「葛の葉の屏風のことですよ。お杉はきっと知っていると思う。あなたも手伝って、ここへ持出《もちだ》してください」

とおっしゃいました。わたしは不思議に思って、

「お祖母さま、それではその屏風、小野さんのところへお返しするの？」

と、ききますと、お祖母さまは、ただ、

「いいえ」

と、おっしゃったきり、あとはなんともおっしゃいませんでした。

お嫂さんとお杉の手で、あの葛の葉屏風が持出されたのは、それから間もなくのことでした。ほんとうをいうと、さっき小野のおじさんの話をきいてい

るときから、わたしはこの屛風についてはげしい好奇心をいだいていたのです。だって、いままでそんな屛風のあることすら知らなかったのですし、小野のおじさんの話をきくと、とても立派なもののように思えたからです。

だから屛風が持出されると、わたしは胸をワクワクさせ、呼吸《いき》をつめて、くるんであった油単《ゆたん》のとかれるのを視詰《みつ》めていました。

兄さんは、あの屛風をごらんになったことがございますか。いいえ、お祖母さまのお話では、もう長いこと出したことがないということですから、きっと御存じないにちがいない。その屛風のおもてを見た刹那《せつな》、わたしはなんとなくはっとするようなものを感じました。なぜ、そんな気になったのかよくわかりませんが、急に身内がシーンと冷えて、胸のドキドキするのを覚えました。

その屛風というのは、二枚折りなのですが、左のほうに葛の葉のすがたが画いてあります。それはたぶん安部《あべ》の童子にわかれをつげ、良人保名《やすな》をふりすてて、信田《しのだ》の森へかえっていくところなのでしょう。両袖《りょうそで》をまえに掻きあわせ、うつむき加減にうなじを長くさしのべた葛の葉のすがたが、胡粉《ごふん》まじりの淡い線で、いかにもなよなよと描かれており、裾《すそ》は秋草のなかに暈《ぼ》かされて……そして、右半双にはただひとつ、二日ばかりの糸のような月。背景には一面にきららが吹きつけてあり、そのきららのくすんだ色が、いっそう夜の安部野の淋しさ、もの悲しさをあらわしているように思われます。

その屛風には、どこにも狐のすがたなど描いてありません。葛の葉にも、尻尾《しっぽ》などは出ておりません。しかしそれでいてすんなり立った女のすがたに、いかにも狐の化けたらしいところが見えるのだから不思議です。秋草のなかに長く裾をひいてぼかされた、下半身から、もう狐になりかけているような気がしてならないのです。わたしはそれを不思議に思いました。そしてその原因がどこにあるのだろうかと、つくづくと葛の葉のすがたかたちを見直しましたが、そうしているうちに、わたしははっとあることに気がついたのです。

その葛の葉は、いかにも悲しげにうなだれているのですが、眼だけはパッチリひらいています。ところが、ひらいた眼には両方とも、瞳がかいてないのです。つまり明盲目《あきめくら》なのです。画竜点睛《がりようてんせい》という言葉がありますが、まったく人のかたちのなかで、いかに瞳というものが大事なものであるか、この絵を見るとよくわかります。なよなよと、色美しくえがかれた美女の顔に、眼はあっても瞳のないということは、なんという妙な感じをいだかせることでしょう。わたしはこの絵を見ているうちに、ふと文楽の人形のことを思い出しました。文楽の人形のうち、たとえば『朝顔日記《あさがおにつき》』の深雪《みゆき》など、盲目になる役につかう人形は、眼玉がくるりとひっくり返って、白眼ばかりになるように仕掛けてありますが、葛の葉屏風の葛の葉は、ちょうどそういうかんじなのです。そして、そこからなんともいえぬ妖気が流れ出しているのでした。

この絵をかいた人は、何かのはずみで瞳を入れるのを忘れたのでしょうか。それとも、あらかじめこういう効果を知っていてわざと瞳を入れなかったのでしょうか。わたしには何んとなく、後者の場合のように思われてなりませんでした。

お嫂さまも呼吸《いき》をつめて、屏風の葛の葉を視詰めていらっしゃいましたが、やがてかすかに身顫《みぶる》いなさると、

「なんだか薄気味の悪い絵ですこと」

と、お呟《つぶや》きになりました。お祖母さまは、不思議そうにその顔をごらんになると、

「おや、どうして?」

「だって、盲目の葛の葉なんて……鶴代さん、あなたどうお思いになって?」

だしぬけにお嫂さまがわたしのほうに話しかけられたので、わたしは思わずドギマギいたしました。これは兄さんだけにお話することですけれど、お嫂さまに話しかけられると、わたしはいつもこうなのです。なぜだか自分でもわかりません。わたしはお嫂さまをやさしい人だと思っていますし、筆や言葉ではいいつくせないほどお嫂さまが好きなのです。それだのに、お嫂さまと二人きりになると固くなってしまって、何か話しかけられたりすると、しどろもどろになってしまうのです。これはきっと、お嫂さまがあまりお美しいせいだろうと思っています。そのときもわたしはすっかりあがってしまって、

「ええ、ほんとうに……わたしもそう思います」

と、簡単にこたえました。お祖母さまは黙って屏

風の絵をごらんになっていましたが、

「あなたがたは、この絵に瞳のないことをいっているのですね。でもこれこそは、この絵をかいた画工《えかき》さんの、ふかい用意にちがいありませんよ。この絵の葛の葉は、ほんとうの葛の葉姫ではありません。狐の化けた葛の葉です。しかも、いま正体が露見して、すごすごと信田の森へかえっていくところなのです。この絵をかいた画工さんは、狐火をもやしたり、狐の尻尾をかいたりしないで、瞳を省略することによって、この葛の葉が人間でないことを示したのです。わたしはいつもこの絵を見ると、そのところに感心させられますよ」

お祖母さまは眼を細めて、なおもまじまじと屏風のおもてをごらんになっていましたが、やがて二人のほうを振返られると、

「この屏風は、このままここへおいておくことにしましょう。いいえ、あたしはそれほどこの屏風が好きだというわけじゃない。しかし、宇一つぁんにあんないいがかりをつけられて、お蔵のなかへしまっておいたら、こちらに後暗いところがあって、かくし立てするように思われましょう。だから、わざとこうして人眼につくところへおいておくのです」

そういうわけで、葛の葉屏風はそのままお座敷へ飾られることになりました。だから今度お兄さんがかえって来たら、屏風を見ることも出来るわけです。あの薄気味悪い葛の葉屏風を。……

○

大助かえる
附、小野昭治脱獄のこと

（昭和二十一年六月十日）

今日は村の噂を二三御報告いたします。

昨日、小野のおじさんのところへ、見識らぬ人が三人、たいへんな権幕で乗りこんで来たそうです。この三人というのは、O市の刑務所の看守さんだそうですが、そのひとたちの話によって、はじめて昭治さんの消息がわかりました。

昭治さんはコソ泥を働いて、O市の未決に入っていたのだそうです。ところがさすがに身分を憚《はばか》った

のか、それとも他に大きな余罪があったのか、大島《おおしま》なにがしと偽名を使っていたということです。ところが、いよいよ公判もちかづいて来たので、偽名では押し通せないと思ったのか、同囚の五六名をかたらって、床板をはがして脱走を企てました。そして、ほかの人たちはすぐ見附かって、全部つかまったのに、大島なにがしだけは見事脱走してしまったのだそうです。

そこで刑務所では、大島なにがしの名乗っていた、生国へ手配をしたところが、そういう該当人物なしということで、はじめて偽名ということがわかり、改めて同囚のひとたちをしらべたところが、いつか大島なにがしの洩らした言葉のなかに、Y島の囚人作業場にいたことがあるということをいっていたそうで、そこで早速、Y島へ電話をかけたところが、大島なにがしという男はこの作業場にいたことはないが、そういう人相風態の男なら、小野昭治にちがいないと、はじめて正体がわかったのだそうです。昭治さんは、どっちかの腕に「御意見無用、命大安売り」という刺青《いれずみ》をしているのだそうです。

そこで刑務所の人たちが、小野のおじさんのところへ来たのだそうで、なんでも脱獄囚があった場合、四十八時間以内は刑務所の責任とやらで、今朝十時頃まで小野のおじさんところへ張込んでいて、それから引揚げていったということです。

わたしは、昭治さんが気の毒でたまりません。聞くところによると、三月ほどまえY村へ入った三人組の強盗も、昭治さんたちだったそうで、この時もほかの二人はつかまったのに、昭治さんだけ逃げてしまったのです。それで警察でも手配中だったとのことですが、そういうことがあるから、昭治さんもコソ泥でつかまったとき、偽名で通そうとしたのでしょう。しかし、いくら逃げても永久に逃げおおせることは出来ますまいに、罪に罪をかさねて、ゆくすえはどうなるのでしょうか。昭治さんはずっとまえ、お咲さんにいびり出されて、三四年この村の親類にあずけられていたことがありますから、村の人はみんな昭治さんに同情しています。昔はあんな人ではなかった。涙もろい、いたって思いやりの深い子だったのに、これというのも、みなお咲さんのせいだと、みんなお咲さんを憎んでいます。そうそう。たしか兄さんと同い年で、昔は仲のよいお友達でしたわね。だから昭治さんのことは、兄さんのほうがよく御存じでしょう。

お咲さんといえば、葛の葉屏風のことで、あの後二三度やって来ましたが、お祖母さまが相手になさらないので、根負けしたのか、このごろ姿を見せなくなりました。お咲さんは、昭治さんを見附けたら、首に綱をつけて駐在所へひきずっていってやると云ってるそうです。なんて憎らしい人でしょう。

秋月のおりんさんは、あいかわらずうちの山の木を盗んで困ります。あの人も伍一さんはかえらないし、うちにひきくらべても気の毒な人と思い、なるべく見て見ぬふりをしていましたが、ちかごろはだんだんずうずうしくなって、自分のうちの焚《た》きものばかりか、よそへ売る分まで盗んでいくということです。うちの鹿蔵が口惜《くや》しがって、昨日ひそかに見張りをしていて、盗んでいる現場をとりおさえたところが、いうことが憎らしいではありませんか。

「山と娘は盗みものだよ。それに元来この山は、うちのものだったのを、本位田家に騙《だま》しとられたのだ」

と、そういって空嘯《うそぶ》いていたといいます。おりんさんはお墓の横の、牛小屋みたいな一軒家に住んでいるのですが、あんな淋しいところにひとりでいて、よく怖くないことだと思います。

吉田《よしだ》の銀《ぎん》さんが、いよいよお嫁さんを貰うことになりました。ところで、そのお嫁さんを誰だとお思いになって？　嫂《あによめ》の加奈江《かなえ》さんなのです。加奈江さんの御主人安《やす》さんは、南方へいったきり消息がわからなかったのですが、ちかごろビルマかどこかで戦死したことがわかりました、そこで弟の銀さんのお嫁さんになることになったのです。加奈江さんは銀さんより三つ年上だということです。村の人はお目出度《めでた》いといっています。そして安さんが生きていたら、たいへんなことになるところだったと、ニヤニヤしながら申します。

わたしはなんだか変な気がしましたが、この話をきいたとき、お祖母さまはとても考えこんでおしまいになりました。そしてわたしと二人きりになったとき、

「慎吉はいくつになったのかしら」

と、ひとりごとのようにおっしゃいました。

「兄さんはわたしより八つうえだから、二十五でし

よう」

と、こたえますと、

「そう。……そうすると、梨枝より一つうえだね」

と、おっしゃいました。わたしがびっくりして、どういうわけかと思ってお祖母さまの顔を見ていると、お祖母さまは気がついたように、きつい顔をして、こんなことをおっしゃいました。

「鶴代、お祖母さんがいまいったこと、決して誰にもいうんじゃありませんよ」

お祖母さまはそれから、俄《にわ》かに思い立ったように、御仏壇にお燈明をあげ、長いことそのまえで合掌していらっしゃいました。

わたしには、お祖母さまが何を考えていらっしたのか、わかりません。

○

（昭和二十一年七月三日）

「ダ　イスケカエルスグ　コイ」マキ

○

（昭和二十一年七月六日）

兄さん、お加減はいかがですか。送っていった鹿蔵の話では、療養所へつくと発熱して、また赤いものが少し出たという話なので、お祖母さまもたいへん心配していらっしゃいます。

兄さん、どうぞ昂奮なさらないで。あまりここで昂奮なすって、せっかく順調にいってたお体が、また悪くでもなるようことがあったら、わたしたちどうしたらいいのでしょう。お年よられたお祖母さまのことも考えてあげてください。こうなったらもう、兄さんひとりが頼りなのですから。

それにしてもあの日の驚き！　いま思い出しても腹の底がつめたくなるような気がします。

あれはさきおとといのことでしたわね。夕方ごろ、わたしは土蔵のなかのお座敷で、兄さんに送っていただいた御本を読んでおりました。隣のお部屋ではお祖母さまが、眼鏡《めがね》をかけてほどきものをしていらっしゃいました。梅雨《つゆ》どきの、妙に冷えびえする晩方で、小雨が降ったり歇《や》んだりしていました。

わたしがときどき本から眼をあげて、隣のお部屋をふりかえってみると、お祖母さまはほどきものをする手をとかく怠《おこた》りがちに、なにやら深くかんがえこんでいられる様子でした。生意気なことをいうようですが、わたしにはそのとき、お祖母さまがなにをかんがえていられるか、はっきりわかるような気がしたのです。それというのが、その日の昼過ぎ、吉田の銀さんがあたらしいお嫁さんの、加奈江さんとおそろいで挨拶《あいさつ》に来られたからです。

銀さんは日焼けのした体に、借着の紋附きを着て、暑いのか恥かしいのか、いっぱい汗をかいていましたが、それでもいかにも嬉しそうでした。加奈江さんは壁のように白粉《おしろい》をぬり立てて、手などもまっ白に塗っていましたが、恥かしいのかろくに顔もあげませんでした。加奈江さんは色白のポチャポチャと可愛い顔立ちですから、銀さんより三つ年うえだといっても、それほど不自然には見えません。銀さんは小さいとき小児麻痺《しょうにまひ》を患って、片脚が少しびっこをひき、そんなことから兵隊にはとられませんでしたが、百姓をするには差支えなく、体も丈夫だし、村でも一番の辛抱人ですから、加奈江さんもきっと幸福になるでしょう。

玄関だけの挨拶でふたりがかえっていくと、お嫂さんやお杉が、いろいろと取沙汰をしました。

「加奈江さんは、パッと派手な顔立ちだから、ああしてお化粧をすると、見違えるほどきれいになるわね、銀さんのあの嬉しそうな顔ったら……」

「でも、変ですねえ。兄さんのお嫁さんだったのが、弟の嫁になるなんて。……しかも、三つも年下の男と……」

「でも、いいじゃないの。二人とも好きあっているという話だもの」

お嫂さんは何気なくそういいましたが、するとお祖母さまが、そのあとをうけて、

「そう、あれもひとつの方法ですね。亡くなったひとには気の毒だけど……」

そういって、お嫂さんの横顔をまじまじとごらんになりました。

お祖母さまはきっと、そのことを考えていらしたのでしょう。おりおりほっと溜息が、つぼめた唇から洩れるのがきこえました。

そのときなのです。お杉のけたたましい声がきこえたのは。……

「御隠居さま、たいへんです。たいへんです。若旦那が……」

わたしはてっきり、兄さん、あなたのことだと思いました。ひょっとすると、兄さんが、療養所でまた悪くなられたのではないかと考えました。だが、すぐにそれが間ちがいであることがわかりました。つぎの瞬間、お杉がころげるように入って来ると、

「御隠居さま、早く出てごらんなさいまし、戦争にいっていた若旦那が、戦友のかたと……」

わたしはそれではじめて、大助兄さんのことだとわかって、弾かれたように立上りましたが、そのとき、何んということなく、お祖母さまの顔色をうかがいました。お祖母さまの顔からは、一瞬血の気がなくなって、石のようにかたい表情になりました。わたしはそれを、いまでも不思議に思っています。

大助兄さんは、お祖母さまの秘蔵っ子でした。大助兄さんのことといえば、お祖母さまは眼がないのでした。それだけに、お祖母さまは大助兄さんの噂をするのが辛いらしく、また万一のときの失望を、自らおもいはかって、大助兄さんは死んだもの、生きてかえらぬものと、自分で自分にいいきかせ、その場合の所置《しょち》までも、ひそかに考えていらっしゃるようなお祖母さまでした。しかし、それはあくまでも、大助兄さんが人一倍、可愛いところから来ているのです。それだのに、あの時のお祖母さまの蒼ざめた顔色と、いかつい表情はどうしたのでしょう。

でも、お祖母さまの顔色はすぐよくなりました。そしてたとえ一刻でも、躊躇《ちゅうちょ》したことを悔むように、ソワソワと立上ると、

「まあ、まあ、まあ、大助が還って来たんですって？　そしてどこにいるの？」

「お玄関にいらっしゃいます。戦友のかたと御一緒に」

「どうしてこっちへ入って来ないの。そして梨枝はどうしました」

「はい、奥さまにも申上げておきました。御隠居さま、早く出ておあげなさいませ」

「鶴代、おまえもおいで」

わたしたちは土蔵を出ると、暗い中廊下を抜けて玄関へ出ました。すると四角い玄関の光のわくのな

かに、兵隊姿の男のひとが二人立っているのが見えました。二人とも妙に押し黙っていました。それにしてもお嫂さまはどうしたのだろうと見廻すと、薄暗い玄関の畳のすみに膝《ひざ》をついたまま、いまにも泣き出しそうなかおをしているのでした。わたしたちの足音をきくと、まえに立っていた人が、こちらへ向きなおって、直立不動の姿勢のまま、

「ああ、お祖母さまでいらっしゃいますか。ぼくは正木《まさき》というものですが、本位田君をお連れして来ました」

「大助は……、大助はどうかしたのですか」

お祖母さまは伸びあがるようにして、正木という人のうしろをのぞきこみながら、こういいました。お声がかすかにふるえているようでした。

「ええ、本位田君は負傷をして、……一人歩きが出来ないものだから、……本位田君、お祖母さまだよ」

正木さんはこういって、一歩横へ身をさけました。そのうしろから大助兄さんが、おずおずと、二三歩まえへ踏み出しましたが、そのとたん、わたしは何かしら、心臓に冷《つめた》いものでも当てられたような悪寒《おかん》をかんじたのです。

大助兄さんはすっかり窶《やつ》れて、おまけに、顔も火傷《やけど》でもしたような大きなひっつれが出来ています。しかし、わたしが無気味に思ったのは、火傷のためではありません。大助兄さんの眼なのです。大助兄さんはこちらを向いて、ハッキリ両眼をひらいています。しかし、その眼はちっとも動かず、こんな際にも拘らず、何んの表情もやどしていないのです。顔の筋肉や唇が、はげしい感動を示しているのに、両眼だけはわれ関せず焉《えん》とばかりに冷々淡々として動かないのです。それはまるでポッカリ開いた魂の抜穴みたいに見えました。

「本位田君は」

と、そのとき正木さんが横から言葉をそえました。

「戦傷を負うて両眼をうしなわれたのです。それであのとおり両方とも義眼をはめているのです」

わたしには正木さんの声が、どこか遠いところからひびいて来るようにきこえました。自分とはまったく関係のないことが話されているような気持ちでした。わたしは正木さんや大助兄さんの姿をこえて、ボンヤリ玄関から外を眺めていました。あいかわら

ず暗い空から、細かい雨がふりつづけています。わたしはふと、こんなことはまえにもあった。雨の降る日に大助兄さんがかえって来て、その兄さんの眼は両方とも義眼だった……と、そんなような他愛のない気持ちがしました。

ふと見ると、門の外に五六人、村の人が立ってこちらを見ています。その人たちは何やらヒソヒソ囁《ささや》きながら、ときどき顔を見合せています。わたしはそのなかに秋月のおりんさんのすがたがまじってい るのに気がつきました。おりんさんのちぢれ毛に、細かい雨が小さな水玉をいっぱいつづっています。おりんさんはしかし、そんなことにはお構いなしに、及び腰になって一心に玄関のなかをのぞきこんでいます。

おりんさんの喰いいるような視線のさきを、何気なくたどって来たとき、わたしは突然、夢からさめたような気がしました。おりんさんの視線は、まるで錐《きり》で揉みこむように、大助兄さんの背後を見透しているのでした。

かたしろ絵馬
附、鶴代、大助の正体を確かめようとすること

○

(昭和二十一年七月十二日)

その後いかがですか。赤いものも一度きりでおとまりになったとやら、お祖母さまもよろこんでいらっしゃいます。暑さが急に加わってまいりましたから、くれぐれもお大事に。

うちもおいおい落着いてまいりました。大助兄さんの復員をきいて、お祝いやらお見舞いやらに来てくださる人も、このごろはだんだん少くなって来て、どうやらもとの、静かなうちにかえりそうでございます。大助兄さんは、つかれが出たといって、あれからずっと寝たり起きたり、お客さまにも出来るだけあわぬようにしていましたが、一昨日《おととい》からずっと起きています。そして昨日は伍一さんの最期の模様をお話しなければならないからと、おりんさんを呼びにやりました。そうそう、この事はまだ御存じな

かったと思いますが、秋月の伍一さんは戦死なされたそうです。

　おりんさんは、だいぶ待たせてからやっとやって来ました。大助兄さんはおりんさんにむかって、伍一さんの最期の模様をこまごまと語ってあげました。わたしもお祖母さまやお嫂さまといっしょに、そばで聞いておりましたが、それはだいたいつぎのようなお話でした。

　モンドーとかいうところの戦争で、大助兄さんは伍一さんと二人きりで、部隊からはぐれてしまったのだそうです。そこへ砲撃を加えられて、伍一さんは死んだのだそうです。大助兄さんは伍一さんのからだから、かたみの品を採り出すと、それを身につけ単身あてもなくさまよっているところを、また砲撃を加えられ、その破片に顔を吹かれて両眼をうしない、気を失って倒れたのだそうです。そこへ折よくとおりかかった友軍に発見され、無事助けられたということでした。

「そういうわけで、伍一君から、何の遺言もきいておりません。亡骸《なきがら》はぼくが埋葬いたしましたが、これがそのとき、とっておいたかたみの品です」

　大助兄さんがそういって差出したのは、黒い血のしみついた手帳でした。おりんさんはそういう話をただ黙ってきいていました。大助兄さんの話がおわっても、自分から根掘り葉掘り聞こうともしないのです。おりんさんはほんとうに妙なひとです。こんな場合、ふつうなら、たったひとりの弟の死ですもの、涙のひとしずくくらい落すのがあたりまえでしょう。それだのにおりんさんは、いかつい、おこったような顔をして、ただ黙ってきいているだけなのです。それでいて、その眼だけは喰いいるように、大助兄さんの顔を視詰めているのです。

　おりんさんはきっと、大助兄さんが生きてかえって来たのに、伍一さんだけ死んだことをおこっているのでしょう。考えてみるとそれも無理のないことで、わたしもおりんさんを気の毒に思います。しかしそれだからといって、わたしはおりんさんの無礼を、許す気にはなれません。折角《せっかく》大助兄さんが、親切に話してあげたのに、おりんさんは一言も、礼もいわずに、かたみの品を鷲《わし》づかみにすると、そのままプイと立ってしまいました。

　ところが、それからすぐあとのことです。お祖母さまもお嫂さまも、あっけにとられてボンヤリしているので、わたしがあわてて玄関まで送っていくと、薄暗いところでおりんさんは、誰も見ていないと思ったのか、ニヤリと妙なわらいかたをしたのです。

ああ、その笑い！　わたしはなぜかゾーッと背筋がつめたくなるような気がしました。それほどそのときのおりんさんの笑いというのは、意地悪い、ヒネこびれた、なんともいいようのないほど気味の悪いものでした。

おりんさんはしかし、すぐわたしの存在に気がつくと、あわててその笑いをひっこめ、ジロリと怖い眼をしてわたしを睨《にら》みつけると、おこったような顔をして、ズンズン出ていきました。それにしてもおりんさんは、なんだってあんなイヤなわらいかたをしたのでしょう。

わたしはやっぱりおりんさんが嫌いです。

○

（昭和二十一年八月一日）

たいへん御無沙汰いたしました。もっとたびたびお手紙差上げるべきところ、鶴代、すっかり混乱してしまって。……なぜ混乱しているのか、鶴代にはハッキリ理由もつかめません。しかし、なんだかわたし怖いのです。ええ、ほんとにほんとにわたし怖いのです。なんだか本位田のうちに、悪いことが起りそうな気がします。兄さん、兄さん。わたしどうしたらよいのでしょう。

○

（昭和二十一年八月八日）

兄さん、堪忍してください。変な手紙を差上げて、よけいな心配をおかけしたことを、まことに済まなく思っております。このお手紙も兄さんのお眼にかけてよいか悪いか、わたしずいぶん迷いました。しかし、あんなお手紙を差上げたあと、奥歯にもののはさまったようなことを書くと、却って兄さんの心配の種になるだろうと思いますので、思いきって何もかも申上げることにいたしました。兄さん、聞いてください。今日このごろのわたしの悩みを。そして、鶴代が間違っているところをピシピシお教え下さい。

　大助兄さんがかえって来てから、家のなかの様子はすっかり変ってしまいました。よいほうへ変ったのではありません。すっかり悪くなってしまったのです。大助兄さんという人は、昔はたいへん朗かな、思いやりの深いそして陽気な人でした。大助兄さんのいるところ笑い声の絶えることなく、誰だって大助兄さんを好きにならずにはいられないような人でした。

　それだのにどうしたのでしょう。今度かえって来てからは、まるで人が変ったように陰気な人になってしまいました。いいえ、陰気ばかりではありません。何んといいますか、妖しい鬼気のようなもので、すっぽり身をつつんでいるのです。大助兄さんがかえって来てから、もうひと月以上になりますが、わたしはいちども、あの人が笑うところを見たことはありません。いいえ、笑うどころか、用事のあるとき、極《ご》く短い言葉でいいつけるほか、口を利くことさえ滅多にないのです。それでいて猫のように足音のない歩きかたで、しじゅう家のなかを歩きまわり、何かを嗅《か》ぎ出そうというふうに、じっと利耳《ききみみ》を立てているかんじなのです。うすぐらい中廊下などで、白い浴衣《ゆかた》を着た大助兄さんが、ガラスの両眼をしらじらと見張ったまま、ソロリソロリと歩いているところなどに出会うと、わたしはゾッと背筋が冷くなるような気がします。土蔵のなかで本を読んだり、ものを書いたりしているときでも、ふと、生気のないあの二つの眼を思い出すと、わたしは心臓に冷い刃をあてられたような悪寒をかんじます。家のなかのどこかから、大助兄さんがガラスの眼で、じっとわたしの姿を見守っている……いいえ、これは決して、わたしの妄想でも脅迫観念でもありません。大助兄さんはどこにいても、家中のものの行動を、ちゃんと知っているのです。そして、わたしたちのあいだに、どのようなことが話されているか、そしてその話のうらにどういう意味がかくされているか(何もかくされてはいやあしないのに)それを嗅ぎ出そうとして、じっと見えぬ眼を見張っているのです。いったい、大助兄さんは何を嗅ぎ出そうしているのでしょう。

　いちばんお気の毒なのはお嫂さまです。

「いいえ、なんでもないのよ。夏痩せよ」

お嫂さまはそうおっしゃいます。しかし、お嫂さまのあのひどい窶れかたが、夏瘦せなどという単純なものでないことは、わたしにはちゃんとわかっています。

このあいだ、お祖母さまが、声をひそめて（ちかごろではおうちの人と話をするときは、いつでも声をひそめるのです。こんな癖がついてしまったのです）こんなことをおっしゃいました。

「ねえ、鶴代、大助と梨枝のことだがねえ」

「ええ。……」

わたしも、あたりを憚るような声で返事をすると、お祖母さまの口許を視詰めました。お気の毒にお祖母さまも、ちかごろ俄かに年寄られました。お祖母さまはちょっとためらっているふうでしたが、やがて思いきったように、

「あの二人は、ちっとも夫婦らしくないじゃないか。寝床なんかも別々にしてさあ。あの年頃で子供もないのに、別々の寝床に寝るなんて、お祖母さまは腑に落ちないよ」

わたしは顔が赤くなりました。そしてずいぶんひどいお祖母さまだと思いました。だって、わたしのような子供をつかまえて、そんな露骨な話をなさるんですもの。でも、考えてみると、これはいちばん深刻な問題かも知れません。そして、事が深刻なだけに、ほかの人には打明けかねて、わたしのような子供でも相手にして、胸の屈託を打明けたくなられたのでしょう。そう思ったものだから、わたしは素直にお祖母さまのいうことを、きいてあげることに致しました。

「お祖母さま、夫婦が別々の寝床に寝ちゃいけないの。だってお兄さま、帰っていらしたときとてもつかれていらしたでしょう。だから一人でおやすみになったのが、そのまま習慣になったのじゃないかしら」

「ええ、それゃ……別々の寝床に寝たってかまやアしないよ。だけど、わたしにはねえ。……」

と、お祖母さまはまた口ごもって、

「大助がかえって来てから、ふたりはまだ夫婦になっていないのじゃないかと思われるのだよ」

「あら」

わたしはまた赤くなりました。

「ひどいお祖母さま。だって、そんなこと、どうし

てわかるの」

「それはわかりますよ。お祖母さまぐらいの年頃になれば、いろんなことがわかります。だけどどっちが悪いのだろう。大助が梨枝を嫌うはずはないし、それに長いあいだ女っ気なしの不自由なくらしをして来たのだからねえ」

「お嫂さまだって、お兄さまを嫌うわけはないでしょう?」

「そう、だからおかしいのだよ。とにかく大助はすっかり人間が変ったようだね」

お祖母さまはそういって、溜息をお吐きになりましたが、最後の一句を聞いたとき、わたしは何かしら恐ろしい戦慄が、背筋をつらぬいて走るのを、どうすることも出来ませんでした。

○

(昭和二十一年八月十五日)

お兄さん、このまえの手紙によって、わたしが何を考えているか、おわかりになったことと思います。それについてのお兄さんの非難のお手紙もたしかに拝見いたしました。むろん、わたしの考えはバカげたことだと思います、そんな恐ろしいことがある筈はなく、また、あってはならぬと思います。

しかし、兄さん。ああいう懼《おそ》れを抱いているのは、わたし一人ではないのです。お嫂さまがやっぱり、同じような恐怖をいだいていらっしゃるのです。お嫂さまはそのことを、極力かくしていらっしゃいますけれど。

昨日のことでした。わたしはふとお嫂さまがぼんやりと座敷に立っているのを見受けました。まえにもいったように、お嫂さまはこのひと月ほどのあいだに、まるで痩せておしまいになって、そうして薄暗い座敷のなかにぼんやりと立っているところを見ると、幽霊かなんぞのように見えるのでした。

「お嫂さま、何をしていらっしゃるの?」

わたしはそうっとうしろによると、あたりを憚るような声でそういいましたが、それでも、お嫂さまにとっては、爆弾でも破裂したような物音にきこえたらしく、とびあがるような恰好でふりむきました。そしてわたしだとわかると、弱々しい微笑をうかべながら、

「まあ、いやな人、だしぬけにびっくりさせるんですもの」

「あら、ごめんなさい。あたしそんなつもりじゃなかったけど。お嫂さま、こんなところで何をしていらしたの？」

「あたし？」

お嫂さまは長い首をかしげて、じっとわたしを見ていらしたが、たゆたうような微笑を頰にきざむと、

「あたしねえ、この屏風を見ていたのよ。ほら、この葛の葉を……」

わたしはぎょっとして、お嫂さまのうしろに眼をやりました。いつかお祖母さまが蔵のなかから取り出させた葛の葉屏風は、いまでも座敷においてあります。ほのぐらい座敷のなかで、屏風の葛の葉がまるでお嫂さまと影を重ねたように、あわれにはかなく見えました。

「まあ、この葛の葉を……お嫂さま、この葛の葉がどうかしたんですの」

わたしは、探るようにお嫂さまと葛の葉を見くらべました。

「鶴代ちゃん、この葛の葉、悪い辻占《つじうら》だったと思わない？　ねえ、この葛の葉には、瞳がないわね。そしてうちのお兄さんにも……」

お嫂さまの声はかすかにふるえておりました。そしてひとりごとをいうように、

「お兄さんは、どうして瞳をなくされたのでしょうねえ。あのガラスの眼が入るまえには、どんな瞳があったのでしょう。もしや……」

「お嫂さま！」

わたしは思わず呼吸《いき》をはずませました。しかし、呼吸《いき》を弾ませたとはいうものの、声を押しころすのを忘れはしませんでした。

「それでは、お嫂さまもやっぱり……お嫂さま、何か思いあたる筋があるんですの。お兄さんの様子に、何かおかしなところがあるんですか」

お嫂さまはぎょっとしたように、わたしの顔を見直しました。お嫂さまの眼はずいぶん大きく見えました。わたしはお嫂さまの眼のなかへ吸いこまれるのじゃないかと思ったくらいです。お嫂さまはわたしの手をとって、

「鶴代ちゃん、あなたが何んのことをいってるのか、あたしにはわかりません。でも滅多なことをいうの

は慎みましょうね。自分が苦しいからって、ひとのことをとやかくいうのはよくないわ。でもねえ」

お嫂さまはまたほうっと、世にも切なげな溜息をつくと、

「この屏風がいけないのよ。この屏風が、よけいな空想をあおってあたしを苦しめるのよ。この葛の葉は狐なのね。ほんとうの葛の葉姫じゃないのね。でも、信田の森の狐が葛の葉姫に化けて安部の保名と契ったのは、悪意からではなかったし、それに保名は男だから、妻と思ってほかの女と契っても、それほど面目にはかかわらないわね。でも……でも、女はどうなるの、良人だと思った人が良人ではなく、あかの他人だったらどうなるの。そんなことがあったら、女はとても生きていられないわ」

兄さん、おわかりになって？　これでわたしと同じような懼れをいだいているひとが、ほかにもあるということを。……しかも、それは大助兄さんをいちばんよく知っている筈のお嫂さまなのです。いえ、いえ、お嫂さまやわたしばかりではなく、お祖母さまも、やっぱり同じ疑いをいだいていらっしゃるのではないでしょうか。いまにして思えば、大助兄さんがかえって来た日、表に立っていたおりんさんの、焦げつくような視線も合点がいくように思われます。また、大助兄さんが伍一さんの最期の模様をきかせてあげたとき、かえりに洩したおりんさんの、あの気味の悪い薄笑い。……ああ、おりんさんはわたしたちよりまえに、あの人、ガラスの眼を持ったあの人の正体を看破っていたのではありますまいか。即ち、おりんさんはあの人が、大助兄さんではなく、自分の弟の伍一さんであることを知っていたのではありますまいか。

兄さん、助けてください！　こんな状態がながくつづいたら、わたしは死んでしまいます。いえいえ、わたしよりまえに、お嫂さまが気が狂うか、死んでしまいなさるでしょう。わたしははっきり知りたいのです。いまうちにいるあの人は、ほんとうに怪我《けが》で両眼をうしなったのか。それとも大助兄さんと伍一さんを区別出来る唯一つの特徴を、わざとくり抜いたのではありますまいか。そして、モンドーとやらで戦死したのは、伍一さんではなく、大助兄さんだったのではありますまいか。

ああ、恐ろしい！　こんなことを考えるだけでも、

わたしはもう気が狂っているのかも知れません。兄さん、何か智慧《ちえ》をかしてください。あの人がほんとうに大助兄さんであるか、贋物《にせもの》であるか。――それがハッキリわかるまで、わたしたちは永遠に地獄から抜出《ぬけだ》すことが出来ないでしょう。

○

(昭和二十一年八月二十三日)

兄さん、有難うございました。兄さんはやっぱり智慧者ねえ。あたしたちどうしてそんな簡単なことに気がつかなかったのでしょう。

ええ、覚えていますわ。あれ、かたしろ絵馬というのですわ。戦争へいくまえ、絵馬にべったり右の手型を押して、御崎様《おんさきさま》へ奉納する。つまりその絵馬を自分のかたしろになるようにという信念なんですわ。大助兄さんも出征まえに、かたしろ絵馬を奉納したこと、わたしよく覚えていますよ。大助兄さんが白木の絵馬にべったり右の手型をおして、それに新田《しんでん》のおじさまが武運長久というような文字をお書きになったのを、わたしいまでも昨日のことのように憶えています。

ええ、あの絵馬はいまでも御崎様の絵馬堂にあるにちがいありません。絵馬の裏には大助兄さんの名前が入っているから、間違える筈はありません。秋月の伍一さんがかたしろ絵馬を奉納したかどうかは、わたしも存じません。でも、そのことはどちらでもよいのではありませんか。大助兄さんの絵馬さえあれば、間にあうのではありませんか。

ええ、人間の指紋がひとりひとりちがっていて、そしてその指紋は永久にかわらないということ、わたしも何かで読んだことがあります。だから、たとい伍一さんの絵馬はなくとも、大助兄さんの絵馬さえあれば、わたしたちのこの恐ろしい疑問に終止符を打つことが出来るのですわ。

今夜お杉にたのんで、御崎様の絵馬堂から、こっそり大助兄さんの絵馬を持って来てもらいます。いいえ、大丈夫。お杉には何かほかの口実をもうけて、決してほんとのことは申しません。わたしがいけるとよいのですけれど、こんな体だもんだから、御崎様のあの急な坂をのぼるなど、とてもとても。大丈夫、大丈夫、お嫂さまにもお祖母さまにも、決してしゃべりは致しません。ことがハッキリするまでは。……

大助兄さんの指紋は、折りを見てうまくとります。決してヘマはやりませんから御安心下さいませ。では……

○

（昭和二十一年八月二十四日）

兄さん、助けて！

お杉は死にました。御崎様の崖から落ちて。お杉は昨夜、わたしのいいつけで御崎様の絵馬堂へ、かたしろ絵馬をとりにいったのです。そしてそのままかえりませんでした。

今朝、田口《たぐち》の実つぁんが、崖の下にお杉の死骸を見つけて報《し》らせてくれました。誰もお杉が絵馬堂へ、絵馬をとりにいったことを知りません。だから、なぜあんなところへ出かけたのか、不思議に思っている様子です。

絵馬はどうなったか、わたしにはわかりません。まだ絵馬堂にブラ下っているのか、それともお杉がとってかえるところを、誰かに奪われて突落《つきおと》されたのか。……

兄さん、怖い、わたしは怖い。

お杉のお葬式は明後日《あさって》です。それを口実に、兄さん、いちどかえって来てください。

鶴代は、もう気が狂いそう。……。

大惨劇
附、鶴代の疑惑いよいよ募ること

○

（昭和二十一年八月二十九日）

兄さん、おつかれではありませんか。でも、思いのほかお元気のお顔色を見て、わたしもどんなに心強くかんじたか知れません。兄さん。ほんとにお大事にね。秋までにはすっかりよくなって、この家へかえれるようになってください。兄さんがいるといないとでは、この家の明るさがどんなにちがうか、今度のお葬式でしみじみと感じました。

鶴代もおいおい落着いています。でも、もう何もかんがえるなと兄さんはおっしゃったけど、そのことばかりは鶴代には無理です。あの事がどっちかへ解決するまでは、わたしはとても、ものを考えずにはいられません。兄さんがかえっていらしたら、いろいろ御相談しようと思っていたことも、人眼が多くて果されず、ちかごろはいっそうもの思う子になってしまいました。

　兄さんにはまた叱られるかも知れませんけれど、物いわねば腹ふくるるわざなりとかや、そしてわたしのものをいう相手は、兄さん、あなたよりほかにないのです。どうぞ兄さん、お叱りにならないで、わたしのとりとめもない物思いをきいてください。

　お杉はほんとうにあやまって、崖からころげ落ちたのでしょうか。いえいえ、それではあまり恐ろしい偶然です。わたしにはやっぱり誰かに、突落とされたとしか思えません。

　では、誰がお杉を突落したのか。そして、何んのために。……わたしには第一の問いはわかりません。しかし第二の問いはわかるような気がします。お杉はあの絵馬のために殺されたのだ。と、いうことは、お杉を殺したひとにとっては、お杉がその絵馬を持ってかえっては都合がわるいことがあったのだ。では、なぜ都合が悪かったのか。それはもういうまでもありません。絵馬の手型と、うちにいるあのガラスの眼を持ったひとの手型と、くらべられたら困るのだ。と、いうことは、即ち、あのガラスの眼のひとは大助兄さんではないのだ。やっぱり秋月伍一さんなのだ。

　兄さん、あなたはよくわたしのことを、女のくせに理屈っぽくて、論理の遊戯にふけりすぎると非難なさいましたね。だからわたしも出来るだけ、自分のそういう習癖をつつしんでいるのですけれど、この場合、どうしても論理癖を出さずにはいられません。しかし、それは決して遊戯ではなく真剣なのです。生きるか死ぬかの問題なのです。

　さて、以上のように考えて来ると、お杉が絵馬を持ってかえったら、誰が一番困るかということもわかって来ます。それはガラスの眼をもったあの人、大助兄さんの替玉を演じている伍一さんよりほかにはありません。そしてあの人ならば、お杉が絵馬をとりにいくということも、なぜその絵馬が必要だかということも、知る機会があったのです。

いつかのお手紙にも書きましたわね。あの人はどこにいても、家のなかでどのような事が話されているか知っていると。そうなんですわ。あのひとはきっと、わたしがお杉に絵馬をとって来てくれるように頼んでいるところを、ぬすみぎきしたのにちがいない。そしてすぐその意味をさとったにちがいない。しかし、ここで問題になるのは、あのひとが盲目だということです。あの人にお杉をつけていって殺そうという意志はあっても、それを実行することは、あの人にとっては不可能なのです。俄か盲目のあのひとは、手引きなしでは一歩も外へ出られないんですもの。

……だが。

ここまで考えて来たとき、ハタとわたしに思いあたったことがあります。そうです。お杉が死んだまえの日、即ちわたしがあのことを、お杉に頼んだ日の夕方でした。わたしは庭の奥で垣根越しに、あの人が誰かと立話《たちばなし》をしているのを見受けました。それは低い、あたりを憚るような声だったので、話の内容まではわかりませんでしたが、相手が秋月のおりんさんだと気がついたときには、何んともいえぬ異様な胸騒ぎをかんじたことを覚えています。

あのときなのだ。ガラスの眼をもったあの人が、おりんさんにお杉を殺すことを頼んだのは。……そういえば、おりんさんと別れて、こっちへ引き返して来たときのあの人の顔は、なんともいいようのないほど凄まじかった。……

ああ、恐ろしい。

お杉を崖から突落したのは、おりんさんなのだ。おりんさんと伍一さんがぐるになって、この家を乗っとろうとしているのだ。おりんさんのお父さんが、うちのお父さんを怨んで、車井戸へ身を投げたことは、小さい時分わたしも誰かにきいたことがある。おりんさんのお母さんも、一年後に同じ井戸へ投身自殺をしたという。

おりんさんと伍一さんは、姉弟で両親の遺志をついでこの家に復讐しようとしているのだ。それだのに、わたしたちには何も出来ない。兄さん、兄さん。しっかりしてください。わたしたちの頼りになるのは、慎吉兄さん、あなたひとりなのです。

それにしても、大事な絵馬はどこへいったのだろう。……

○

（昭和二十一年八月三十日）

昨夜から今朝へかけて、恐ろしいことが二つありました。

そのひとつは昨夜、真夜中ごろに泥棒が入ったことです。それに気がついたのはわたしでした。お祖母さまは日頃いたって目ざとい人なのですが、ちかごろめっきりお年をめして、昼間でもどうかすると、うたたねをなさることがあります。だから、そのときもお祖母さまよりも、わたしのほうがさきに眼がさめたのです。

そのとき、わたしは苦しい夢を見ていました。それはお座敷にかざってある屏風から、葛の葉が抜出して来たかと思うと、いつの間にやらそれが、大助兄さんのすがたになり、あの無気味なガラスの眼で、じっとわたしを睨んでいるのです。

ハッとしてわたしは眼がさめましたが、するとそのとき、どこかで雨戸をこじあけるような物音がきこえました。はじめのうちわたしは、鼠《ねずみ》がどこかを嚙《かじ》っているのかと思いましたが、そのうちに、ゴトゴトと雨戸をあける音がしたので、思わずギョッと寝床のうえに起きなおりました。

「お祖母さま、お祖母さま」

隣《とな》りの部屋へ声をかけましたが、お祖母さまの返事はありません。スースーと規則正しい寝息がきこえるばかりです。わたしは怖くなったものだから、襖《ふすま》をひらいてソッとお祖母さまの部屋へすべりこみ、蒲団のうえからお祖母さまをゆすぶりました。幸いお祖母さまはすぐ眼がさめてくださいました。

「お祖母さま。変な音がするのよ。母屋《おもや》のほうで……」

わたしはお祖母さまが何かおっしゃろうとなさるまえに、耳に口をあててそう囁きました。お祖母さまはすぐハッと寝床のうえに起き直ると、

「変な音って、どんな音……？」

「雨戸をこじあけるような音よ。たしかにお座敷のほうよ」

お祖母さまはじっと利耳を立てていらっしゃいましたが、別に怪しい音もきこえません。

「鶴代、鼠じゃなかったの」

「いいえ、鼠じゃありません。わたしもはじめはそう思ったんですけれど、たしかに雨戸をあける音がしたのよ」

お祖母さまはちょっと考えてから、

「そう、それじゃいってみましょう」

お体のほうはちかごろめっきりお弱りになったようですけれど、気性は昔どおりしっかりしたお祖母さまでした。手早く帯をしめなおすと、そっと襖をおひらきになりました。わたしも怖かったけど、ひとり取残されるのはいっそう怖いので、お祖母さまのあとについていきました。

渡り廊下をわたって、蔵のお部屋から母屋のほうへ来ると、御不浄のそばの雨戸が一枚あいています。わたしは心臓をドキドキさせながら、しっかりお祖母さまの袂《たもと》をにぎりました。お祖母さまはえらい人です。ふつうの人ならこんなとき、すぐにも騒ぎ立てるのでしょうが、お祖母さまははんたいに、足音をしのばせて、お座敷の障子のそとへちかづいていき、障子にはめたガラス越しにそっと中をお覗《のぞ》きになりました。わたしもお祖母さまの真似をして、座敷のなかを覗いてみました。

むろん、座敷のなかは電気が消してあります。しかし雨戸と障子がいちまいずつ開いているので、外の光がさしこんで、おぼろげながらも物の形が見えます。このお座敷に葛の葉屏風が立ててあることは、兄さん、あなたも御存知でしょう。その葛の葉屏風のまえに、誰か人が立っているのです。むろん、誰だかわかりません。しかしぼんやり浮上《うきあが》ったうしろ姿からして、まだ若い、男の人のように思われました。不思議なことに、その人はよねんもなく屏風のおもてを視詰めているのです。まるで屏風の葛の葉に、魅入られたように、茫然として立ちつくしているのです。

「誰？　そこにいるのは？」

突然、お祖母さまが声をおかけになりました。低いが鋭い、力のこもった声でした。屏風のまえに立っていた男は、それをきくと弾かれたように振返り、それから、開いていた障子のすきから縁側へとび出し、雨戸から外へ逃げていきましたが、あまりあわてたので、お座敷の餉台《ちゃぶだい》に向《むこ》う脛《ずね》をぶっつけたと見えて、ものすごい音を立てたうえに、いかにも痛そうに跛《びっこ》をひいているのがおかしな格好でございました。

この物音でつぎの間に寝ていた大助兄さんやお嫂さまも眼がさめたと見えて、パチッという音とともに、欄間《らんま》の隙間から光がさしましたが、やがてお嫂さまが、あいの襖をひらいて出ていらっしゃいました。

「まあ、お祖母さまですの。いまの物音はなんでございました」

「泥棒ですよ」

「泥棒？」

「ええ、そこの雨戸をこじあけて入って来たのです。よい按配《あんばい》に鶴代が眼をさましてくれたので、何もとられずにすんだようだが、……鶴代、電気をつけてごらん」

電気をつけると、縁側から土足の足痕が屛風のまえまでつづいておりましたが、別になくなっているものはないようでした。

「まあ、気味の悪い。あたしちっとも気がつきませんで……」

「気をつけなければいけませんよ。あなたがたの寝息をうかがっていたようです」

「あら、いやだ」

「でも、もう大丈夫、ああして逃げ出したのだから、戻って来るようなことはありますまい。戸締まりを厳重にして、早くおやすみなさい」

不思議なことには、こういう騒ぎのあったあいだ、大助兄さんは起きて来ようともしませんでした。それでいて眠っているのではありません。襖のすきからつぎの間をのぞいてみると、さやさやと揺れている白い蚊帳《かや》のなかに、大助兄さんは起きなおって、じっとこちらの話に利耳を立てているのです。あの気味の悪いガラスの眼を、蚊帳ごしにまじまじとこちらへ向けたまま。……寝床がふたつ並べて敷いてありました。

これが昨夜起った第一の出来事ですが、第二の出来事というのは、それから半時間もたたぬうちに起りました。

泥棒騒ぎがおさまったので、わたしたちは土蔵のお部屋へかえりましたが、昂奮したせいかすっかり眼が冴えて、どうしても眠れそうにありません。輾《てん》転反側《てんはんそく》しているうちに、わたしは、またもや異様な物音を耳にしました。今度もまた母屋のほうで、それは押し殺した苦痛のうめき声のようでした。わたしはハッと寝床のうえに起きなおりましたが、その気配にお祖母さまが隣の部屋から声をおかけになりました。

「鶴代、おまえにもきこえるの、あの声……」

「ええ、お祖母さま、あれ、なんでしょう。ひょっとしたら、泥棒がひっかえして来たのじゃ……」

「いってみましょう」

わたしたちはまた母屋へしのんでいきました。雨戸にはなんの異状もありませんでしたが、呻《うめ》き声はたしかに座敷の奥、大助兄さんの寝室からきこえて来るのです。そっと座敷の障子をあけると、寝室には電気がついているらしく、欄間のすきから雲型の光が天井にうつっています。呻き声はどうやらお嫂さまのようでした。

「大助、梨枝さん。何をしてるの。何があったの？」

さすがにお祖母さまもぎょっとしたらしく、口に袖をあてて、あたりを憚るような声でした。しかし、寝室からはなんの返事もなく、ただ、押し殺したようなお嫂さまの呻き声がきこえるばかり、いえいえ、それにまじって大助兄さんの、ハアハアというはげしい息使いと、畜生ッとか、うぬッとかいうような低い、憎しみに充ちた声がきこえるのです。

お祖母さまはさすがに躊躇なさいましたが、あまり様子が変なので、捨ててはおけぬと思われたのでしょう。あいの襖に手をかけると、そっと細目にひらいてごらんになりました。わたしもお祖母さまの袖の下から、そっとなかを覗きましたが、そのとたん、みぞおちのあたりがジーンと固くなるような、もの恐ろしさを感じたのでした。

蚊帳のなかではお嫂さまが、上半身裸にされて、お兄さまの膝の下に、うつむけに組み伏せられているのです。お兄さまはお嫂さんの手を、いまにも折れはしないかと思われるほどはげしく逆に捩《ね》じあげて、そして片手の掌で、お嫂さまの右の脇腹をしきりに撫でているのです。ああ、そのときのお兄さまの顔！　それこそ地獄の鬼のように、何んともいえぬほどもの凄まじい顔でした。

「まあ、大助！」

お祖母さまは思わず大きな声をお立てになりました。

「おまえ、何をしているの！」

大助兄さんはその声に、はじめてわたしたちに気がついたのか、ガバとお嫂さまのうえからとびのくと、

「おれは眼が見えない。ああ、おれは眼が見えないのだ！」

絶叫するようにそう叫ぶと、両手で髪の毛をかきむしりました。お嫂さまは死んだようにぐったりしたまま、身動きもいたしません。解けた髪の毛が、からす蛇のように白いシーツのうえをのたくって、お嫂さまが嗚咽《おえつ》するたびに、ひっくひっくと動きます。お嫂さまはいつまでもいつまでも嗚咽しつづけていらっしゃいました。

兄さん、これはどうしたことなのでしょう。お嫂さまは今朝蒼い顔をして起きて来ましたが、お祖母さまがどんなにお訊ねになっても、昨夜のことのわけを語ろうとはなさいません。大助兄さんは、寝室へとじこもったきり出て来ようとも致しません。

昨夜の泥棒とこのことと、何か関係があるのでしょうか。と、すればあの泥棒はいったい誰だったのでしょう。わたしにはわからない。なにもかもわからない。唯わかっていることは、何かしら恐ろしいことが、いまに起るだろうということ。……

ああ、ああ、ああ、いったい何が起るというのでしょう。

○

（昭和二十一年九月二日）

兄さん、大変です。お嫂さまが殺されました。大助兄さんは行方がわかりません。お祖母さまは驚きのあまり倒れてしまいました。

この手紙持参の鹿蔵の自転車に乗っけてもらって、すぐ帰って来て下さい。

新聞の語る事実

附、容疑者逆転又逆転のこと

（昭和二十一年九月三日附新聞切抜き）

大暴風雨中の殺人

被害者は素封家《そほうか》の妻

昨二日払暁《ふつぎょう》、二百十日の大暴風雨のなかに、恐ろしい殺人事件が発見された。被害者は県下K郡K村の素封家本位田大助妻梨枝（二四）で、寝室においてズタズタに斬られて死んでいるのが、二日朝義妹本位田鶴代（一七）によって発見された。急報によって駆着けた係官の発表によると、凶行は大体真夜中の十二時ごろ演じられたものと信じられるが、ここに不思議なのは被害者梨枝の良人本位田大助氏（二八）の行方がわからないことで、大助氏は本年七月南方より復員したばかりの戦盲者で、介添なしでは一歩も外出が出来なかったという。尚、同家は祖母槇（七八）、大助、梨江、鶴代のほかに下男鹿蔵の五人暮しだが、この大惨劇を朝まで誰も気附かなかったのは、昨夜の大暴風雨のため、悲鳴がきこえなかったためであろうといわれている。

（昭和二十一年九月四日附新聞切抜き）

○

良人も井戸の中に

屏風のうえにべったり血の手型

既報K村の素封家本位田家の殺人事件において、失踪中の主人大助氏の行方厳探中のところ、意外にも二日夕刻ごろにいたって、同家裏庭にある車井戸のなかより、死骸となって発見された。大助氏は心臓を抉《えぐ》られた後、井戸の中に投込まれたらしいが、凶器はまだ発見されていない。尚、犯人の遺留品とおぼしきものとしては、凶行のあった寝室の隣座敷にある同家秘蔵の屏風のうえにべったりと血染めの手型がついているのが発見され、これが犯人のものとすれば、事件解決は案外早かろうといわれている。当局では早くも犯人の目星がついたらしく大活動を開始した。

（昭和二十一年九月五日附新聞切抜き）

○

犯人は家庭の中に？

複雑な本位田家の内部事情

K村の本位田家殺人事件については、その後、俄然、局面が一転した模様である。先《ま》ず犯人唯一の遺留品として希望を持たれたかの屏風のうえの手型は、その後調査の結果、被害者本位田大助氏のものであることが判明した。また、当局必死の捜査の結果、同家裏庭の草叢《くさむら》の中より、凶器として用いられたと覚しき貞宗《さだむね》の短刀が発見されたが、この貞宗は本位田家所有のもので、常に座敷の床の間に飾られてあったという。但《ただ》し、その短刀がいつごろより紛失したか、誰も記憶している者はない。しかし、これらの点より見れば、犯人は本位田家内部にあるのではないかという憶測も考えられる。当局でも一応その点を考慮に入れたと見え家人はきびしい追求をうけたが、いまのところこれという確証もあがらぬ模様である。ただ、被害者大助氏の弟慎吉氏（二五）はK村より六里はなれたH療養所に長く入院中で事件の翌日、妹鶴代の手紙によって急ぎ帰宅したといわれるが、その点に疑問を持たれ、H療養所を調査したところ、二日夜のアリバイは完全に証明されたという。又二日朝下男鹿蔵が濡れ鼠になっていたこと、自転車が泥まみれであったことなどに疑問が持たれたが、これは事件発見直後鶴代の命令によって雨風を冒し、H療養所まで慎吉氏を迎えにいったためであることが判明した。唯祖母の槇刀自《とじ》は大助氏のまだ復員せず生死不明であったころ、梨枝と慎吉氏を夫婦にしようという肚を持っていたらしく、こういうところに凶行の原因があるのではないかといわれている。

○

（昭和二十一年九月六日附新聞切抜き）

被害者は果して大助か？

本位田事件の奇怪な新事実

本位田家の二重殺人事件について、又々奇怪な新事実がとび出した。この新事実を暴露したのは、同村に住む秋月りん（三五）という婦人で、彼女の語るところによるとこうである。

秋月りん女談。殺されたのは大助さんではありません。あれは私の弟の秋月伍一です。大助さんと伍一とが、生写しであったことは村の人はみんな知っています。見て下さい。ここに戦争中大助さんと伍一のならんで写した写真がありますがそっくりでしょう。唯ちがっているのは、伍一の瞳が二重になっているのに、大助さんはふつうの眼を持っていることです。だから伍一は大助さんが戦死すると、自ら眼玉をくりぬいて大助さんになりすましたのです。何故そんなことをしたかというと、本位田家に復讐するためで、あの子も本位田家の先代大三郎さんの落し胤《おとだね》だのに、不当に扱われて来たからです。では、犯人は誰かというのですか。それはいうまでもありません。本位田一家が全部共謀でやったことです。慎吉さんのあの夜の行動をよく調べて下さい。きっと療養所を抜出して、この村へかえって来たのにちがいありません。自転車を利用すれば往復五時間もあれば大丈夫です。あの人はこっそり療養所を抜出し、兄を殺し井戸へ投込み、夜明けまえにこっそり療養所へかえっていったのです。梨枝さんを殺したのは、現場を見られたか、それとも行がけの駄賃にしたのでしょう。云々《うんぬん》。

しかし調査の結果、りん女のこの告発は、根拠のないものであることが判明した。既報のとおり慎吉氏のアリバイは完全に立証されている。慎吉氏は五時間はおろか、二時間も療養所をあけなかったことが、当夜の宿直看護婦二名によって証明されている。H療養所では一時間ごとに、宿直看護婦二名が患者の寝室を巡廻するのだが、慎吉氏はいつも寝室におり、当夜は不眠をうったえて睡眠剤などを請求している。

尚、りん女の告発によって問題となった被害者の両眼については、ここに一つの興味ある事実がある。被害者は両眼に義眼をはめていたが、発見された死骸からは右の義眼がひとつ失われていた。しかも本位田家の邸内が隈なく捜索されたにも拘らず、いまだ義眼は発見されていない。義眼よ、いずこ。或いはそんなところに事件解決の鍵があるのではなかろうか。

○

(昭和二十一年九月七日附新聞切抜き)

犯人は前科者か

本位田事件又逆戻り

K村の本位田家殺人事件については、俄然有力な新容疑者が浮きあがって来た。新容疑者とは同村に疎開中の小野宇一郎(六四)長男昭治(二五)で、同人は前科三犯、しかも本年六月六日、偽名を名乗って収容されていたO刑務所未決監房を破って脱獄かねて手配中の人物である。当局では親許に立廻るのではないかと、脱獄以来警戒中のところ、俄然、本位田事件のあった二日早朝、同人を現場附近で見たという証人が現れた。又、本位田家では惨劇のあった四日まえ、即ち八月二十九日深更《しんこう》泥棒に押入られたという事実があるがその泥棒も小野昭治であったろうといわれている。尚、小野一家には本位田家に対して深い怨恨があるらしく、当局では目下鋭意該人物を捜索中。

○

（昭和二十一年九月十日附新聞切抜き）

本位田事件容疑者逮捕

逃がれぬ証拠はポケットの義眼

県下K郡K村に起った本位田家殺人事件の重大容疑者として手配中の小野昭治は、O市の知人宅に潜伏中のところを逮捕された。昭治は警察へ連行されると直ちに身体検査をされたが、意外にも上衣《うわぎ》ポケットの破れ穴より一個の義眼が現れて当局を緊張させた。思うに被害者本位田大助氏の死骸を井戸へ運ぶ途中、義眼がはずれてポケットへ滑りこんだのを、いままで気づかなかったのであろうといわれ、この義眼にして大助氏のものと判明すれば、事件は急速度に解決へのみちを辿るべく、本人の自供も案外ちかいのではないかと信じられている。

○

（昭和二十一年九月十二日附新聞切抜き）

小野昭治犯行を自認

凄惨な本位田事件の真相

本位田家殺人事件の重大容疑者として逮捕された小野昭治（二五）は、十一日夜にいたって一切の犯行を自供した。ここに本人の自供をもととして、凄惨な本位田事件の輪郭《りんかく》を描いてみると、つぎの如くである。

小野昭治の生家小野家というのは、本位田家とともにK村の名家であったが、本位田家の先代大三郎氏、先々代庄次郎氏の辣腕により、小野家の資産はすっかり奪われ、昭治の父宇一郎の代にいたって、郷里を捨て神戸へ出るのを余儀なくされた。爾来《じらい》三十年、神戸において一通りの成功をおさめた宇一郎は戦災のため再び無一物となり、K村へ舞いもどったが郷里の人情は失敗者に対して冷かった。ことに本位田家では三十年以前宇一郎より預かった家宝の屏風を横領したまま、言を左右にして返却しようとせず、小野一家は多くの子弟をかかえて糊口《ここう》に窮する有様だった。O刑務所を破ってひそかに父のもとへ舞いもどった昭治は、これらの事情をきくや、本位田家に対して含むところ深く、ここに一家鏖殺《おうさつ》を決意するに至ったのである。

　つぎに昭治の計画と犯行の顚末《てんまつ》を述べるにつぎの如くである。八月二十九日深更、かれは第一回の本位田家襲撃を試みたが、この時はふいに家人にとがめられ狼狽《ろうばい》のあまり一旦逃出《にげだ》した。但し、床脇《とこわき》にあった貞宗はそのとき持去ったものという。越えて九月一日夜、折からの二百十日の大暴風を幸いに忍びこんだ昭治は、以前来たときに見定めておいた大助氏夫婦の寝室へ忍び入り、まず熟睡中の妻梨枝を滅多斬りにした。その物音に眼覚めた大助氏は、盲目ながらも血の匂いに驚いたのか、蚊帳よりとび出し、つぎの間の屏風のまえまで逃げのびたが、そこを追いすがった昭治に一突き、心臓を抉られたのである。血に狂った昭治は、更に他の家人のありかを探し求めたが、幸か不幸か大助の祖母槇、妹鶴代は離れの土蔵の中に就寝中のため、危《あや》うくこの難をまぬかれたのである。昭治はかれらを発見出来ぬと知るや、大助の死骸を抱いて車井戸に投じ、凶器を草叢のなかに投じて逃走したが、その際被害者の義眼がポケットの中に滑りこんだことは夢にも知らなかったという。以上が凄惨なる本位田家殺人事件の真相である。

恐ろしき妹
附、鶴代真相を語ること、並びに慎吉附記のこと

○

(昭和二十一年十月七日)

このあいだから思いみだれ、悩みまどうて来たこ

の気持ちを、今日はなんとかして一篇の手記にまとめあげたいと、病みほうけ、起きあがるかいもない体で、こうして机に向いました。こうして同じ屋根の下に住むようになった兄さんに、手紙を書くということはおかしなことです。しかし、これ以外に鶴代のいまのこの気持ちを、兄さんにおつたえするすべを知りません。しかも、いまのうちにそれを果しておかなければ、もうすぐ遅過ぎることになるであろうことも、鶴代はよく知っております。大助兄さんの復員以来、猜疑《さいぎ》と恐怖と緊張に、いためつけられて来たわたしの心臓は、あの大惨事の際、一瞬にして鼓動を停止するかと思われました。それをいままでつなぎとめて来たのは、ひとつに自分の責任観からでした。お祖母さまがお倒れになった、せめて自分だけでもしっかりしていなければならない。そういう自覚がからくも、かぼそいわたしの生命の根をつなぎとめてくれたのです。しかし、それももう限界に達しています。つい二三日前に思いがけなくわたしを見舞ったあの恐ろしい発見、それはもう一挙にしてわたしの自信を粉砕してしまいました。ああ、ああ、わたしはもうこれ以上生きてはいけまい！

わたしが何を発見したか。それはこうです。

あれはさきおとといのことでした。昏々《こんこん》として眠りつづけるお祖母さまの枕もとに坐《すわ》って、わたしはとりとめもなくものかなしい思いを、心のなかにつづっていたのです。兄さんはどこかへお出かけになって留守でした。鹿蔵は野良へ出ていきました。わたしは一人で窓の外に見える葉鶏頭《はげいとう》の赤さを視詰めていました。と、そのときなのです。わたしは自分の座っている畳の、なんとなく坐り心地の悪いのをかんじました。はじめのうちは気にもとめず、二三度座をずらせたりしてみましたが、どうしても坐り心地が悪いので、何気なく畳を見ると、少しばかり畳のはしが持上っているのです。わたしは妙に思いまして、お祖母さまはきちょうめんなかたで、畳なども一枚の板のように、ピッタリ合っていなければ気にすまぬかたです。いったい、何が畳の下にはさまっているのであろう。……わたしは何気なく畳のはしを持上げたのですが、すると、その下に奉書の紙で包んだものがおいてあります。わたしは、なんとなくはげしい胸騒ぎをかんじました。こんなところに何がかくしてあるのだろう。

お祖母さまを見るとすやすやとよく眠っていらっしゃいます。わたしはうしろめたさを感じましたが、やっぱり好奇心のほうが強かったのです。わたしはそっとその包みを畳の下から取り出しましたが、板のような固い手触りが、はっとあるものをわたしに連想させました。わたしは急いで奉書の紙をひらいてみました。

それはやっぱり絵馬でした。しかも大助兄さんが出征するとき、御崎様へおさめたかたしろ絵馬、お杉がそれを取りにいって、崖から落ちて死んだあの絵馬なのです。

ああ、そのときのわたしの驚き！　わたしはいまにも心臓の鼓動がとまるような気がしました。お祖母さまはどうしてこの絵馬を持っていらっしゃるのだろう。いえいえ、ここはお祖母さまのお部屋ですし、奉書に包んだ手際はたしかにお祖母さまだし、してみれば、これをかくしたのはお祖母さまにちがいございません。と、すれば、お祖母さまはどうしてこの絵馬を手にお入れなすったのだろう。わたしはなにかしら、わっと大声に叫びたいような恐怖にうたれたことでした。

このことがあってから、わたしは夜も昼もそれを考えつづけました。兄さんも御存じのとおり、わたしは何か気になることがあると、それがどっちかへ片附くまではどうしても落着くことの出来ない性質です。わたしは考えて、考えて、考えつづけました。そしてその揚句《あげく》、やっとつぎのような結論に到達しました。

お祖母さまがお杉を突落したとは、どうしてもかんがえられません。お祖母さまは二三年まえから歩行も不自由で、めったに外へお出になることはなく、ましてや御崎様のあの急な坂をのぼることなど思いもよりません。では、誰かほかの人に頼んで、その絵馬をとって来てもらったのだろうか。しかし、そうなると、お祖母さまはこの絵馬の持つ意味を御存じだったということになりますが、いかに利口なお祖母さまでも、そこまで気がおつきになるとは思えず、もし、また気がついていたとしても、お祖母さまがこんな重大なことをお頼みになるほど信用出来る人は誰もいないように思われます。唯一人の兄さん、あなたをのぞいては。……

そこまで考えて来たとき、わたしはハッと思いあたることがありました。そうなのだ、この絵馬を持って来たのは、兄さん、あなたなのだ。ではいつそれを持って来たのか。そこまで考えて来たとき、思い出したのは、お杉の災難があったとき、あなたが療養所からかえって来たことです。お杉が崖から落ちたことは、兄さん、あなたを驚かせました。もしや……という気が兄さんにも起ったにちがいありません。そこでそっと御崎様へいってみたところが、絵馬は絵馬堂にちゃんとのこっていた、ということは、お杉が崖から落ちたのは、絵馬とは何んの関係もなく、まったくの災難だったということを意味していないでしょうか。

そうなのです。わたしはいまこそ自分の恐ろしい思い過しに気がついています。わたしは馬鹿な娘だったのだ。ありもしないところに恐怖の楼閣《ろうかく》をきずきあげて、勝手にその影におののいていたのです。そのことは絵馬の手型と葛の葉屏風にのこされた血の手型をくらべてみることによって一挙に解決されました。屏風にのこされた手型は、たしかに井戸の中から引揚げられた死骸の手と一致すると警察ではいっています。そしてその手型と絵馬の手型は、ぴったり一致したのです。即ち、ガラスの眼を持ったあの人は、やっぱりわたしたちの兄さんだったのだ。大助兄さんだったのだ。伍一さんなんかじゃなかったのです！

ああ、わたしはなんという娘だったのでしょう。真実の兄さんを他人と疑い、コソコソとその人の様子をうかがい、影口をきき、そのことによって大助兄さんを、いっそう不幸と孤独におとしいれていたのです。

ああ、わたしはなんという愚かな悪い娘だったのでしょう。それはさておき、絵馬堂から絵馬を持ってかえった兄さん、あなたはなぜそのことをわたしに話さなかったのか。それもだいたい、わたしにはわかるような気がします。絵馬堂に絵馬があったことによって、あなたはひとまず安心された。しかし、まだ確信が持てなかった。まさかとは思うものの、ひょっとしたらガラスの眼をもったあの人が替玉であるかも知れない。そう考えたあなたは、それを確かめる大役を、わたしのような感じ易い、ものに驚き易い娘に託すことを危険にかんじられたのだ。そこでそれをこっそりお祖母さまに渡された。お祖母さまはいつか機会があったら、大助兄さんの手型とひきくらべてみるつもりで、そっとかくしておかれたのだ。しかし……しかし……その機会が来たときは、大助兄さんはすでに死んでいた！

絵馬のことは、だいたいこれで解決がつきました。そして今度は、あの恐ろしい殺人事件です。

小野の昭治さんは、自分がふたりを殺したのだと自白したという事です。しかしわたしは、はじめからそんなこと嘘であることを知っていました。それは感じのうえでも知っていましたし、また理屈のうえでも辻褄《つじつま》のあわぬところがあるのです。昭治さんは八月二十九日の晩忍びこんだとき、貞宗の短刀を奪いとったといっています。ところが、わたしは九月一日の夜、その短刀がお座敷の違い棚のうえにあったことを、はっきり憶えているのです。

昭治さんは嘘をついているのです。誰かをかばうために、みずから犯人の役を買って出たのです。では、誰をかばっているのか。犯人はいったい誰なのか。

わたしはもう一度、事件当時の新聞を繰りかえし、繰りかえし読みました。そしてひとつの結論を得たのです。あの当時警察では、あなたに対して鋭い疑惑の眼をむけていたのです。それでいながら、結局あなたを見のがしたのは、あなたに完全なアリバイがあったからです。あなたは絶対にあの晩、六里はなれたK村へやって来ることは出来なかった。したがってあなたは今度の殺人事件に無関係である。……そういうふうに見られたのです。

わたしはこれを考えてみました。あなたをこの殺人事件に結びつけることは、絶対に不可能だろうか。H療養所とK村と、六里はなれていて、殺人を行うことは絶対に出来ないだろうか。それは絶対に出来ないということはない。第一に犯人のほうからやって来る場合、第二に被害者のほうから出かけていった場合。この二つがあります。第一の場合はあなたのアリバイが完全だから絶対に不合理です。しかし第二の場合は……？

警察がこの場合をかんがえてみなかったのは、なんという大きな手落ちでしょう。それは被害者が盲目であって、介添なしには一歩も外へ出られないという事実が先入観となったのでしょうが、そのことを逆にかんがえれば、介添さえあれば外へ出られなくはないということにもなります。そして、誰かの……たとえば鹿蔵の自転車に乗っけて貰えば、K村からH療養所へ駆着けることは決して不可能ではない。そして更に、H療養所附近であなたに会って、殺されて、死骸となって鹿蔵に運ばれ、K村の車井戸に投げこまれるということは、これまた不可能ではないのです。

兄さん、わたしが、このような恐ろしい結論に到達したのにはわけがあるのです。そのわけは三つありました。

第一は、お嫂さまの死骸を発見して、驚いて鹿蔵を起しにいったとき、鹿蔵の服がズブ濡れになって壁にかかっていたこと、そして自転車が泥まみれになっていたこと。このことは警察でも眼をつけたのですが、すぐそのあとで、つまり警官の駆けつけるまえに鹿蔵はまた、その自転車でH療養所まであなたを迎えにいったので、そのとき濡れたのであろうということになりました。わたしはわざと黙っていました。

第二は、お嫂さまの殺されたのは一日の夜の十二時だったということ。ところが、わたしは二日の朝の五時ごろに、車井戸のはげしく軋る音をきいたのです。大助兄さんはあのとき井戸へ投げこまれたのにちがいない。しかし、それでは犯人はなんだって十二時から夜明けまで待たなければならなかったのかという疑問。

第三は、お嫂さまの死骸は座敷へ捨てておきながら、なぜ兄さんの死骸だけ車井戸に投げこまなければならなかったかということ。井戸へ投げこむには、投げこむだけの理由がなければなりません。つまりそれは、お兄さんがHまでの往復でズブ濡れになり、泥まみれになっていたから、座敷へおいとくわけにはいかなかったからではないでしょうか。

兄さん、わたしはいまあの夜の情景が、まざまざと眼に見えるような気がいたします。大助兄さんはおりんさんから、お嫂さまとあなたのなかに、道ならぬ関係があるように吹きこまれたのだ。そして嫉妬に狂った大助兄さんは、あの夜、お嫂さまをズタズタに斬り殺し、鹿蔵を脅迫してH療養所まで案内させ、そこであなたを殺そうとしたが、逆にあなたに殺されて、ふたたび鹿蔵の自転車に乗せられて、明方ごろ死骸となってここへかえって来ると、井戸のなかへ投げこまれたのだ。……

ここまで書いて、蔵の窓から空を仰ぐと、青く晴れた空には、羊の毛をちぎったような雲が浮いています。その雲を見ていると、わたしはなんだか体が宙に浮いて、フワフワとこのまま昇天してしまいそうな気分です。体中がガラスのように透明になって、一切の苦しみも悲しみも昇華したような気持ちです。

わたしはなぜ、小野の昭治さんが犯人の役を買って出たのか知りません。しかし、あの人はその昔、あなたとたいへん仲のよいお友達でしたわね。わたしは鹿蔵を問いつめて、事の実否をただそうなどとは夢にも思いません。わたしはただ思いつめ、思いつめて、このまま空気のように天上のはるかかなたへ消えていってしまいたいのです。

そして、そのときは、もうそれほど遠いことではないでしょう。さようなら。兄さん。わたしは悪い妹です。

慎吉追記（昭和二十一年十二月八日）

恐ろしい妹よ。

鶴代の最後の手記が、あの事件についてなにもかも、あますところなく書いている以上、私に何んの書加《かきくわ》えることがあろう。ただ、あの事件にいたるまでの兄の苦悶と、それから事件当時の模様について、些《いささ》かここに誌しておこう。

私は兄が、あのような恐ろしい疑惑に悩んでいるとは夢にも知らなかった。あの夜、私を殺しに来たとき、気ちがいのように罵った、兄の言葉をきくまでは、私は兄の心をしめていた、あの恐ろしい秘密を夢にも気づかなかったのである。

兄を苦しめたのは、まず嫂に対する不信であった。嫂の不貞に関する疑惑だった。しかもこの地獄の種をまいたのは秋月伍一なのだから、われわれはまんまと、秋月一家に復讐されたといってもよいだろう。

伍一が死ぬとき、たったひとり見とってやったのは兄だった。その兄に向って伍一は、断末魔の息の下から、こんなことをいったそうである。

「貴様の女房の梨枝は、昔おれと関係があったのだぞ。それが嘘だと思うなら、今度かえったら、梨枝の右脇腹、股のつけ根にいたるあたりを調べてみろ。そこに小さなヒョータン型の痣《あざ》があるのだ。それを知っていることは、とりもなおさず、あの女がおれに体を許した証拠ではあるまいか」

兄は一年足らず嫂と結婚生活をつづけたが、つつしみぶかいかれは、嫂の体のすみずみまで知っているわけではなかった。だから伍一のこの告白は、かれを愕然《がくぜん》とさせると同時に、泥沼のような疑惑のなかに投込んだのであった。しかも、その直後失明するにいたって、兄の疑惑はもうみずから確かめようのない、救いがたい地獄となった。

復員して来たとき、兄のからだをつつんでいたあの凄惨な鬼気は、実にこういう理由によるのであった。しかも、その後おりんさんから、妻と弟の不義を吹きこまれた兄は、ここにおいて奈落のどん底へおちこんだ。いちど妻の不貞に動揺していた兄は、おりんさんのこの根も葉もない中傷を、すぐ真にうける心理状態になっていたのだ。しかも、そこへ更に不幸なことが持上った。

八月二十九日の夜、兄夫婦の寝室附近へ忍びこんだものがあった。それは警察でもいっているとおり小野昭治君だったのだが、兄はそれを私だと誤解した。しかし祖母も妹もそれを知っていながら、私をかばっているのだと思いこんだのだ。ああ、悲しいのは盲人の猜疑であった。しかも、兄はそれらの猜疑を決して口に出さなかったから、それがわれわれを悩ませ、恐れさせ、そのことがまた逆に、兄の猜疑を煽《あお》ったのであった。

九月一日、あの大暴風雨の夜、おさえにおさえられた兄の猜疑と嫉妬は、あらしとともに爆発した。兄は嫂をズタズタに斬り殺すと、血にまみれた凶器をもって鹿蔵を脅迫し、H療養所まで駆着けて来た。

誰でも知っているとおり、結核療養所というものはいたって解放的な建築に出来ている。ことに私の病棟はいちばん奥まったところにあるから、裏山からもすぐに廊下へ入ることが出来るのだ。鹿蔵はまえに何度も見舞いに来たことがあるので、私の病室をよく知っていた。

私はいまでもあの夜のことを忘れることは出来ない。真夜中の二時ごろ、私は鹿蔵に起されて裏山へ連出《つれだ》されて、そこに兄の立っているのを見て愕然とした。兄はすぐその場から鹿蔵を去らせ、そこではじめて嫂の不貞、私の不信の罪を鳴らした。伍一のことは知らないが、私に関する限り、まったく身におぼえのないことだったので、私はむろん極力抗弁した。しかし、もうそういう言葉の耳に入る兄ではなかった。兄はいきなり短刀をふるって私に斬りつけた。

それから後のことは、あまり語りたくない。いや、語ろうにも私にもはっきり記憶がないのだ。私たちは嵐の中で揉みあった。私はただ助かりたい一心と、兄を正気に戻したいばかりに抵抗したのだ。私たちは組合ったまま横に倒れた。そしてそれきり兄は動かなくなった。気がつくと兄の心臓にはあの短刀が根元まで突き立っていた。不思議に血は一滴も出ていなかった。

あのとき、私がどうしてあの死骸をK村まで運ばせて、井戸の中へ投込ませようなどと考えついたのか、自分でもわからない。私はすぐに鹿蔵を呼んで来て死骸を見せた。鹿蔵はふるえあがって怖れたが、そのときかれは、こんなことをいった。

「若旦那、この人はどうせ遅かれ早かれ死ななきゃならなかったんだ。だって、奥さんを殺しているんですからね。旦那、わたしがこの死骸を自転車につんでかえりましょう。誰もこの人がここへ来たことを知るものはねえだから……」

鹿蔵のこの言葉がヒントとなって、私はああいう計画を立てたのだ。兄の死骸を井戸へ投じたのは、鶴代の看破したとおりの理由による。私は兄の死骸を嫂と並べておきたかったのだが、ズブ濡れになった死骸を座敷へおくわけにはいかなかった。しかし、自分のこの計画が、ああもうまく成功するとは思わなかったし、また鹿蔵の口があああまで堅かろうとは、まったく予期しないところだった。私はただ、自分の気持ちが整理されるまで、ひとまず事件からはなれていたかったのだ。

昭治君が私の罪をひきうけたのは、鶴代の察しているとおりの理由からであった。昭治君がK村で過した幼いときの四年間、私たちはもっとも仲のよい友達だった。だから、復員して来た昭治君が小野のおじさんのところからお咲さんに追い出されると、かれはこの療養所へやって来た。そのとき私はいくらかの金を恵んだのである。爾来、昭治君はときどき、そっと私を訪ねて来るようになり、O市の刑務所を破って出て来たときも、一番に私のところへやって来た。私は別に法に反抗するつもりはなかったが、昭治君という人間を昔から気の毒な人と思っていた。ちかごろのかれの生活には同感出来なかったが、そこへ落ちていかざるを得なかった経路には同情した。だからかれを密告するどころか、逆にいろんな面でかれを援助していたのである。

九月一日、あの恐ろしい事件の夜も、昭治君はこっそり私のところへ来ていた。鹿蔵を送り出したあと、私はかれを叩き起して、いちぶしじゅうの話をした。かれも驚いたらしかったが、すぐこんな事をいって胸を叩いた。

「慎ちゃん、大丈夫だ。いざとなったらおれが一切しょいこんでやる。なに、どうせこちとら躓《つまず》いた人間なのだ。人殺しの一つや二つしょいこんだところで、同じことだよ」

昭治君はそういって、ものすごい顔をしてわらった。それから現場に何か証拠になるようなものが残っているといけないからと、一人で出ていったが、しばらくするとニヤニヤしながらかえって来て、

「だから素人《しろうと》は駄目だというのだ。ほら、こんな立派な証拠がのこっていたじゃないか」

そういって、掌にのせて出してみせたのがあの兄の義眼だった。私はそのとき、血の凍るような恐怖をかんじたことを憶えている。

「これはおれが貰っておくよ。ふん、これさえ持ってれゃ犯人となること疑いなしさ」

昭治君はそれから間もなく療養所を出ていった。わざと本位田家の近所にすがたを見せておくために。

……

さあ、これで私のいおうとすることは、すべていい尽したつもりである。いや、そうではない。もうひとつ肝腎なことをいっておかねばならなかった。九月二日、鶴代の迎えで家へかえって来たとき、私は一番に嫂の体を調べてみた。嫂の右の脇腹には、どんな痣もなかったのである。ああ、われわれは完全に秋月姉弟に復讐されたのだ。

可哀そうな兄よ。

鶴代は十月十五日に死んだ。彼女のように弱過ぎる心臓と、鋭過ぎる頭脳を持った少女は、長く生きていないほうが幸福であろう。祖母も一週間まえになくなった。祖母には何も打明けなかったが、彼女はきっと、ある程度まで知っていたにちがいない。

そして、いまや本位田家唯一人の生残りの男が、この手記を書いているのである。その唯一人も、明日

をも待たずこの世から消えているだろう。
……

蝙蝠《こうもり》と蛞蝓《なめくじ》

一

およそ世の中になにがいやだといって、蝙蝠《こうもり》ほどいやなやつはない。昼のあいだはくらい洞穴《ほらあな》の奥や、じめじめした森の木蔭や、土蔵の軒下にぶらんとぶらさがっていて、夕方になるとひらひら飛出して来る。

第一、あの飛びかたからして気に喰わん。ひとを小馬鹿にしたように、あっちへひらひら、こっちへひらひら、そうかと思うとだしぬけに、高いところから舞下りて来て、ひとの頰《ほ》っぺたを撫でていく。子供がわらじを投げつけると、いかにもひっかかったようなかおをして、途中までおりて来るが、いざとなると、ヘン、お気の毒さまといわぬばかりに、わらじを見捨てて飛んでいく。いまいましいったらない。ヨーロッパの伝説によると、深夜墓場を抜出して、人の生血を吸う吸血鬼という奴は、蝙蝠のかたちをしているそうだ。またインドかアフリカにいる白蝙蝠という奴は、実際に動物の生血を吸うそうだ。そういう特別なやつは別としても、とにかく、これほど虫の好かん動物はない。いつかおれは夕方の町を散歩していて、こいつに頰っぺたを撫でられて、きもを冷やしたことがある。それ以来ますます嫌いになった。

ところでおれがなぜこんなことを書出したかというと、ちかごろ隣の部屋へひっこして来た男というのが、おれのきらいな蝙蝠にそっくりなんだ。別につらが似てるわけじゃないが、見た感じがだ。なんとなくあのいやな動物を連想させるのだ。このあいだもおれがアパートの廊下を散歩していたら、だしぬけに暗い物蔭からふらふらと出て来て、すうっとおれのそばへ寄って来やァがった。おれはぎゃっと叫んでその場に立竦《たちすく》んだが、すると奴め、フフフと鼻のうえに皺《しわ》を寄せ、失礼ともいわずにそのままふらふら向うへいってしまやァがった。いま考えてもいまいましいったらない。

そもそも——と、ひらきなおるほどの男じゃないが、そいつの名前は金田一耕助《きんだいちこうすけ》というらしい。わりに上手な字で書いた名札が、ドアのうえに貼りつけてある。年はおれより七つか八つ年うえの、三十三四というところらしいが、いつも髪をもじゃもじゃにして、冴えぬ顔色をしている。それにおかしいのは、こんな時代にもかかわらず、いつも和服で押し通している。ところがその和服たるやだ。襟垢《えりあか》まみれの皺苦茶《しわくちゃ》で、なにしろああ敵《かたき》のように着られちゃ、どんな筋のとおったしろもんでも耐《た》まるまいと、おれはひそかに着物に同情している。しかし、御当人は一向平気なのか、それともそういう取りつくろわぬ服装をてらっているのか、外へ出るときには、垢まみれの皺苦茶のうえに、袴《はかま》を一着に及ぶんだから、いよいよもって鼻持ちがならん。その袴たるや——と、いまさらいうだけ野暮だろう。いまどき、場末の芝居小屋の作者部屋の見習いにもあんなのはいない。もっとも、小柄で貧相な風采だから、おめかしをしてもはじまらんことを自分でもちゃんと知っているのかも知れん。生涯うだつのあがらぬ人相だが、そこが蝙蝠の蝙蝠たるゆえんかも知れん。はじめおれは戦災者かと思っていたが、べらぼうに本を沢山持っているところを見ると、そうでもないらしい。アパートのお加代《かよ》ちゃんの話によると、昼のうちは寝そべって、本ばかり読んでいるが、夕方になるとふらふら出かけていくそうだ。いよいよもって蝙蝠である。

「いったい、どんな本を読んでいるんだい」

おれが訊ねると、お加代ちゃんはかわいい眉《まゆ》に皺を寄せて、

「それがねえ、気味が悪いのよ。死人《しびと》だの骸骨《がいこつ》だの、それから人殺しの場面だの、そんな写真ばかり出てる本なのよ。このあいだ私が掃除に入ったら、首吊り男の写真が机のうえにひろげてあったからゾーッとしたわ」

フウンとおれは鹿爪らしく顎《あご》を撫でてみせたが、心中ではたいへんな奴が隣へ来たもんだと、内心少《すく》なからず気味悪かった。職業を訊くとお加代さんも知らんという。

「なんでも伯父さんがまえにお世話になったことがあるんですって。それでとても信用してンのよ。でも、あんな死人の写真ばかり見てる人、気味が悪い

わねえ、湯浅《ゆあさ》さん」

お加代ちゃんもおれと同意見だったので嬉しかった。

それにしても、隣の男のことがこんなに気にかかるなんて、おれもよっぽどどうかしている。おれは戦争前からこのアパートにいるが、いままでどの部屋にどんなやつがいるか、そんな事が気になったためしはない。むろん、つきあいなんかひとりもない。もっとも、三階の、おれのまうえの部屋にいる山名《やまな》紅吉《こうきち》だけは別だ。その紅吉が、この間、心配そうにおれの顔を見ながらにこんな事をいった。

「どうしたんです。湯浅さん、お顔の色が悪いようですね。どこか悪いんじゃありませんか」

「うん、どうもくさくさして困る。つまらん事が気になってね」

「まだ、裏の蛞蝓《なめくじ》女史のことを気にしてるんじゃないですか。あんな女のこと、いい加減に忘れてしまいなさい。ひとの身よりもわが身の上ですよ」

「ううん、いまおれが気にしてるのは蛞蝓のことじゃない。こんど隣へひっこして来た、蝙蝠男のことだ」

「はてな、蝙蝠男たァ何《な》んです」

そこでおれが蝙蝠男の金田一耕助のことを話してやると、山名紅吉は心配そうに指の爪をかみながら、

「あなた、それは神経衰弱ですぜ。気をつけなければいけませんね。当分学校を休んで静養したらどうですか」

それから紅吉は、情なさそうに溜息をつくと、

「いや、お互い、神経衰弱になるのも無理はありませんね。私なんぞも、いつまで学資がつづくかと思うと、じっとしていられないような気持ちですよ。今月はまだ部屋代もはらってないしまつでしてね」

と、さみしそうな声でいう。そこでおれも俄《にわ》かに同情をもよおして、

「田舎《いなか》のほう、やっぱりいけないのかい」

と、親切らしくきいてやった。

「駄目ですね。財産税と農地改革、二重にいためつけられてるんですから、よい筈《はず》がありません。没落地主にゃ秋風が身にしみますよ。学資はともかく、部屋代だけはなんとかしなきゃあと思ってるんですがね」

「なあに、部屋代のことなんざあどうでもいいさ。

君にゃお加代がついてるんだから大丈夫だよ」

　おれがそういってやると、

「御冗談でしょう」

　と、紅吉はあわてて打消《うちけ》したが、そのとたんにポーッと頰を赧《あか》らめるのを見た時にゃあ、われにもなくおれは妬ましさがむらむらとこみあげて来た。山名紅吉、名前もなまめかしいが、実際、たいへんな美少年である。

「御冗談でしょう？　ヘン、白ばっくれてもわかってるよ。君がお加代とよろしくやってることを、おれはちゃあんと知ってるんだ。君はうまうま、人眼を欺《あざむ》いてるつもりだろうが、ヘン、そんなことでごまかされるもんか。だいたい君は水臭いぜ。前の下宿を追い出されてさ、いくところがなくて弱っているのを、ここのおやじの剣突剣十郎《けんつきけんじゅうろう》に口を利いてやったのはこのおれだぜ。いわば、このアパートでは先輩のおれだ。しかるに何んぞや、いつの間にやら先輩を出し抜いて、お加代をものにするなんぞ……いや、なに、それはいいさ、それはいいが、何も先輩のおれにかくし立てするこたァないじゃないか。お加代と出来たのなら出来たと……」

　おれは急にパックリと口を噤《つぐ》んだ。紅吉があっけにとられたように、まじまじとおれの顔色を見ているのに気がついたからである。いけない、いけない、おれはやっぱり神経衰弱かしらん。内かぶとを見透《みす》かされたような気がして、おれは急にきまりが悪くなった。ぬらぬらとした冷汗が、体中から吹き出して来た。そこで、照れかくしに、かんらかんらと豪傑笑いをしてやった。それからこんなことをいった。

「そんなことは、ま、どうでもいいや。金のことだって、いまに何んとかなるさ。金は天下のまわりものさ。裏の蛞蝓を見い。このあいだまで、メソメソと、死ぬことばかり考えていやァがったが、ちかごろ俄かに生気を取りかえしやァがったじゃないか」

「それゃア、裏の蛞蝓女史は、ああして売りとばす着物を持っとるです。しかし、われわれと来た日にゃ……」

「まったく逆さにふるっても鼻血も出ないなア。君はそれでも、お加代がついてるだけましだよ」

「まだ、あんなことをいってる。それよりねえ、湯浅さん。うらの蛞蝓女史ですがね、今日また着物を売って、たんまり金が入ったらしいですよ。さっき三階の窓から見てたら、手の切れそうな札束の勘定をしてましたよ。僕アもう、それを見ると、世の中がはかなくなりましてねえ」

「ふうん」

おれは溜息とも、呻《うめ》き声ともつかぬ声を鼻から噴《ふ》き出《だ》した。それから俄かに思いついてこういった。

「おい、山名君、君、お加代もお加代だが、ひとつあの蛞蝓女史にモーションをかけてみないかい」

「蛞蝓女史に、モーション、かけるんですって？」

紅吉はびっくりしたように、一句一句、言葉を切ってそういうと、眼をパチクリさせながら、おれの顔を見直した。

「そうさ、君なら大丈夫成功するよ。いや、あいつとうから君におぼしめしがあるんだ。だからああして、わざと縁側に机を持出《もちだ》して、あんな変てこな書置きを書きやがるんだ。あれゃアつまり、君の同情をひこうという策戦だぜ。だからさ、なんかきっかけをこさえて、インギンを通ずるんだね。そして、嬉しがらせのひとつもいってやってみろ。部屋代の心配なんか、たちどころに雲散霧消《うんさんむしょう》すらあ。おい、山名君、どうしたんだい。逃げなくったっていいじゃないか。ちょっ、意気地のねえ野郎だ」

山名紅吉がこそこそと部屋を出ていってから間もなく、階下のほうでお加代さんの弾けるような笑いごえがきこえたので、おれはぎょっとした。気のせいか紅吉の声もきこえるような気がする。ちきしょう、ちきしょう、畜生と、おれは切歯扼腕《せっしやくわん》した。何もかも癪《しゃく》にさわってたまらん。お加代も紅吉も蝙蝠男も蛞蝓女も、どいつもこいつも鬼にくわれてしまやぁがれ！

二

きょうおれは学校からのかえりがけに、素晴らしいことを思いついた。そこで晩飯を食ってしまうと、さっそく机にむかって原稿紙をひろげ、まず、

蝙蝠男

と、題を書いてみた。だが、どうも気に喰わんので、もうひとつそのそばに、

人間蝙蝠

と、書添えてみた。そしてしばらく二つの題を見くらべていたが、結局どっちの題も気に入らん。第一、こんな題をつけると、江戸川乱歩《えどがわらんぽ》の真似だと嗤《わら》われる。そこで二つとも消してしまうと、改めてそばに、

蝙蝠

と、書いた。これがいい。これがいい。このほうがよっぽどあっさりしている。さて、題がきまったので、いよいよ書出しにかかる。

ええ——と、蝙蝠男の耕助は——なんだ。馬鹿に語呂がいいじゃないか。蝙蝠男の耕助か……ウフフ、面白い、面白い。だが——その後なんとつづけたらいいのかな。いや、それより蝙蝠男の耕助に、いったい何をやらせようというんだ。——おれはしばらく原稿紙をにらんでいたが、そのうちに頭がいたくなったので、万年筆を投出して、畳のうえにふんぞりかえった。実はきょうおれは、学校のかえりに、蝙蝠男の耕助をモデルにして、小説を書いてやろうと思いついたのだ。その小説のなかで、あいつのことをうんと悪く書いてやる。日頃のうっぷんを存分晴らす。そうすれば、溜飲《りゅういん》がさがって、このいらいらとした気分が、いくらかおさまりやせんかと思ったのだ。

しかし、いよいよ筆をとってみると、なかなか生優《なまやさ》しいことで書けるものでないことが判明した。第一、おれはまだ、蝙蝠男の耕助に、何をやらせようとするのか、それさえ考えていなかった。まず、それから極《き》めてかからねばお話にならん。そこでおれは起直《おきなお》ると、書こうとすることを箇条書きにしてみる。

一、蝙蝠男の耕助は気味の悪い人物である。

二、蝙蝠男の耕助は人を殺すのである。

と、そこまで書いて、おれは待てよと考えなおした。耕助に人殺しをさせるのは平凡である。そんな事で溜飲はさがらん。そこで筆をとって次《つ》ぎの如く書きあらためた。

二、蝙蝠男の耕助は人を殺すのではない。他人の演じた殺人の罪をおわされて、あわれ死刑となるのである。

うまい、うまい、このほうがよろしい。このほうがはるかに深刻である。身におぼえのない殺人の嫌

疑に、蒼くなって周章狼狽《しゅうしょうろうばい》している蝙蝠男の耕助の顔をかんがえると、おれはやっと溜飲がさがりそうな気がした。ざまァ見ろだ。さて――と、おれはまた筆をとって、

三、殺されるのは女である。女というのはお加代である。

と、いっきに書いたが、書いてしまってから、おれはどきっとして、あわててその項を塗消した。一本の線では心配なので、二本も三本も棒をひいた。おれはよっぽどどうかしている。お加代を殺すなんて鶴亀鶴亀《つるかめつるかめ》、あの子はおれに好意を持っている。いや、ちかごろ山名紅吉が移って来てからは、少し眼うつりがしているらしいが、元来、あの子はおれのものである、と、おれは心にきめとる。それにあの子がおらんと、このアパートは一日もたちゆかん。あの子はここの経営者、剣突剣十郎の姪《めい》だが、おやじの剣十郎はどういうものか、とかくちかごろ病いがちである。鬼のカクランで、しょっちゅう床《とこ》についている。あの子がおらんと、アパート閉鎖ということにならぬとも限らん。あの子はまあ生かしておくことにしよう。

そこでおれは改めて、どこかに殺されても惜しくないような女はおらんかと物色したが、するとすぐに思いついたのが裏の蛞蝓女。おれははたと膝《ひざ》をたたいた。そうだ、そうだ、あの女に限る。第一、あいつ自身、死にたがって、毎日ほど書置きを書いてやァがるじゃないか。あの女を殺すのは悪事ではなくて功徳《くどく》である。そこでおれはあらためてこう書いた。

三、殺されるのは女である。女というのは蛞蝓女のお繁《しげ》である。

こうきまるとおれは俄然愉快になった。一石二鳥とはこの事だ。蝙蝠男が隣へひっこして来るまでは、おれの関心の的はもっぱらこのお繁だったが、いまや一挙にしてふたりを粉砕することが出来る。名案、名案。

ところで小説というものは、いきなり主人公が顔を出しても面白くないから、先ず殺されるお繁のことから書いてみよう。お繁のことならいくらでも書けそうな気がする。そこでおれはしばし沈思黙考のすえ、改めて題を、

と、書いた。それから筆に油が乗って、いっきにつぎの如く書きとばした。

三

いったい、その家というのは路次《ろじ》の奥にあるせいか、よくお妾《めかけ》が引越して来る。このまえ住んでいたのも女給あがりのお妾だったが、その後へ入ったお繁もお妾である。お繁がその家へ入ってから三年になるが、戦争中はたいそう景気がよかった。それというのがお繁の旦那が軍需会社の下請けかなんかやっていて、ずいぶんボロイ儲けをしていたからだ。

　ところが敗戦と同時にお繁の運がかたむきはじめた。先《ま》ず、旦那が警察へひっぱられたのがけちのつきはじめだった。聞くところによると、終戦のどさくさまぎれに、悪どいことをやったのが暴露して、当分娑婆《しゃば》へ出られまいとのことである。だが、その頃お繁はまだそれほど参ってはいなかった。戦争中旦那からしぼりあげた金がしこたまあって、当分、楽に喰っていけるらしかった。ところが、そこへやって来たのが預金封鎖、ついで物凄いインフレだ。貨幣価値の下落とともに、彼女は二進《にっち》も三進《さっち》もいかなくなった。お繁が二言目には死にたい、死にたいと言い出したのはそれ以来のことである。

　もっともこの女には昔からヒステリーがあって、よく発作を起す。但しその発作たるや唐紙を破るとか、着物を食いやぶるとか、ひっくりかえって癪を起すとか、そういうはなばなしいやつではなくて、妙に陰にこもるのである。その発作がちかごろ慢性になったらしい。すっかり窶《やつ》れて蒼白い顔がいよいよ蒼白くなった。いや、蒼白いというよりは生気のない蒼黒さになった。そして、髪もゆわず終日きょとんと寝床の上に坐《すわ》っている。外へ出ると、世間の人間、これことごとく敵である、というような気がするらしい。

　こういうわけでお繁はもう、広い世間に身のおきどころのないような心細い気持ちになり、さてこそ、ちかごろ死にたい、死にたいとやり出したわけだ。しかも彼女は口に出していうのみならず、紙にむかって書きしるす。まず彼女は縁側に机を持出す。そのうえに巻紙をひろげる。そして、書置きのことと、わりに上手な字で書く。そしてそのあとへさんざっぱら、悲しそうなことを書きつらねる。書きながら、ポタポタと涙を巻紙のうえに落す。これがちかごろの日課である。

ところで、お繁の家のすぐうらには、三階建てのアパートがあって、その二階に湯浅順平《じゅんぺい》という男が住んでいる（これは下書きだから、おれの本名を書いとくが、いよいよの時には、むろん名前はかえるつもりだ）。順平の部屋の窓からのぞくと、お繁の家がましたに見える。障子があいてると座敷の中は見透《みとお》しで、床の間の一部まで見える。順平はまえからお繁がきらいであったが、ちかごろではいよいよますます、彼女を憎むことがはげしくなった。髪もゆわずに、のろのろしているお繁を見ると、日蔭の湿地をのたくっている蛞蝓を連想する。順平は蛞蝓が大嫌いだ。

そのお繁がちかごろ縁側に机を持出して、毎日お習字みたいなことをやり出したのはよいとして、書きながら、しきりにメソメソしている様子だから、さあ、順平は気になりだした。この男は一度気になり出すと、絶対に気分転換が出来ない性《たち》である。そこである日こっそりと、友人の山名紅吉のところから持出した双眼鏡で、お繁の書いているところのものを偵察したが、するとなんと書置きの事。

これには順平も驚いた。驚いたのみならず、俄かにお繁が憐《あわ》れになった。いままで憎んでいたのが相済まぬような気持ちになった。自業自得とは申せ、思えば不愍《ふびん》なものであると、大いに惻隠《そくいん》の情をもよおした。

こうして順平が同情しながら、一方、心ひそかに期待しているにも拘《かかわ》らず、お繁はいっこうかれの期待に添おうとしない。つまり自殺しようとせんのである。それでいて、毎日、「書置きの事」を手習いすることだけは止《や》めんのだから妙である。はじめのうち順平は、正直にきょうかあすかと待っていたが、しまいにはしだいにしびれが切れて来た。

「畜生、自殺するならさっさと自殺しやァがれ！」

だが、それでもまだしゃあしゃあと生きているお繁を見ると、順平はムラムラとかんしゃくを爆発させた。

「ちきしょう、ちきしょう。あいつは結局自殺なんかせんのだ。書置きを書くのが道楽なんだ」

ところがある日、順平はたいへん面妖なことを発見した。昨日までメソメソとして、書置きばかり書いていたお繁が、きょうは妙ににこにこしている。久しぶりに髪も取りあげ、白粉《おしろい》も塗り、着物もパリッとしたやつを着ている。はて、面妖な、これはいかなる風向きぞと、順平がおどろいて偵察をつづけていると、間もなく彼女はどこからか、手の切れそうな紙幣束《さつたば》を持ち出して勘定をはじめたから、さあ、順平はいよいよ驚いた。驚くというより呆れた。いきをのんで双眼鏡をのぞいてみると、札束はたっぷりと一万円はあった。お繁はそれを持って久しぶりに、しゃなりしゃなりと外出していったのである。

あとでは順平が、狐につままれたようなかおをして、ポカンとかんがえこんでいた。いったい、どこからあんな金を――と、そこで、彼ははたと膝をたたいたのである。まえの晩のことである。お繁は二三枚の着物を取出して、妙に悲しげなかおをしながら、撫でたりさすったりしていたが、さてはあの着物を売りゃアがったにちがいない。……

この金があるあいだ、お繁は幸福そうであった。毎日パリッとしたふうをして、いそいそと楽しげに出かけていった。そして毎晩牛肉の匂いで順平を悩ませ、どうかすると、三味線など持出してうかれていることもあった。ところがそれも束の間で、日がたつにしたがって、風船の中から空気が抜けていくみたいに、眼に見えて、お繁の元気がしぼんでいった。そして髪もゆわず、白粉気もなくなり、寝間着のままのろのろしている日が多くなったかと思うと、またある日、縁側に机を持出して、書置きのこと。

お繁はなんべんもなんべんもそんなことを繰返した。そして、いよいよますます、順平をじりじりさせた。この調子でいけば、お繁の自殺は、いつになったら実現するかわからん、と順平は溜息ついた。着物道楽の彼女は、まだまだ売代《うりしろ》にこと缺《か》かん様子である。インフレはますます亢進《こうしん》していくが、その代り、着物もいよいよ高くなっていくから、この調子ではあと一年や二年、寿命が持つかも知れん。それにだ。お繁はまだ若いのである。お化粧をして、パリッとしたみなりをしているところを見ると、まだまだ男を惹きつける魅力を持っとる。いつなんどき、ヤミ屋の親分かインフレ成金がひっかからんもんでもない。そうなったらもうおしまいである。未来永劫、彼女の自殺を見物するという楽しみはけしとんでしまう。……

順平はだんだんあせり気味になったが、そういうある日、お繁は妙なものを買って来た。金魚鉢と金魚である。世の中には金があると、うずうずして、なんでもかんでも手当りしだい、買わずにいられんという人間があるもんだが、この女もそういう人種のひとりにちがいない。順平もそういう金魚鉢を、ちかごろ表通りのヤミ市で沢山うってるのを知っているが、そこから買って来たにちがいない。ふつうありきたりのガラスの鉢で、縁のところが巾着の口みたいに、ひらひら波がたになっているあれだ。中に金魚が五六匹泳いでいる。

つまらんものを買って来たなと順平は心で嗤《わら》ったが、お繁がこの金魚ならびに金魚鉢を大事にすることは非常なものである。彼女は毎日水をかえてやる。ところが、この女はモノメニヤ的性向が多分にあると見えて、水をかえるのがたいへんなのである。彼女はいちいち物尺《ものさし》をもって来て、水の深さを測量する。なんでも金魚鉢のくびのところまで、きっちりなければ承知が出来んらしい。それより多くても少くても、注ぎ足したり汲み出したり、そして、そのたびにいちいち物尺で測り直すのだから大変だ。さて、ようやく水の深さに納得がいくと、今度はそれを、床の間へかざるのがまたひと仕事だ。なんでも、左の床柱からきっちり一尺のところへ置かんと気がすまんらしい。これまた、いちいち物尺ではかったのちに、やっと彼女は満足するのである。

こういう様子を見ていると、順平はいちいち、神経をさかさに撫でられるようないらだたしさを感じた。切なくて呼吸《いき》がつまりそうであった。ちきしょう、ちきしょう、ちきしょう。——と、全身がムズかゆくなるようないらだたしさに、順平は七転八倒するのである。殺してやる、殺してやる、殺してやる。——と、つい夢中になって叫んでいるうちに、かれははっとして、自分の心のなかを見直した。そして、恐ろしさに、ブルルと身をふるわせた。しばらくかれは、しいんと黙りこんで、視線のさきをあてもなく見詰めていた。

ふいにかれはけらけらと笑った。それから、なぜいけないんだ。あの女を殺すことがどうしていけないんだと自問自答した。あの女は蛞蝓である。蛞蝓をひねりつぶすのに、なんの遠慮があるものか。しかもあいつは道楽とはいえ、死にたがって毎日ほど書置きを書いているではないか。

「よし」

と、そこで順平は決心の臍《ほぞ》をさだめる。すると、近来珍しく、胸中すがすがしくなるのを感じたが、しばらくすると、しかし、待てよと、また小首をひねった。あの女は蛞蝓である。その点、疑う余地はない。しかし、あの女の正体を看破しているのは自分だけである。世間ではあいつ、立派に人間の牝《めす》でとおっている。とすれば、あんなやつでも殺したら、いや、殺したのが自分であるということがわかったら、やっぱり自分は警察へひっぱられるかも知れん。悪くすると死刑だ。死刑はいやだ。蛞蝓と生命の取りかえはまっぴらである。

ここにおいて順平が思いついたのが、蝙蝠男の耕助のことである。そうだ、そうだ、蛞蝓を殺して、その罪を蝙蝠にきせる。おれの代りに蝙蝠が死刑になる。ここにおいておれははじめて、目出度《めでた》し、目出度しと枕を高くして眠ることが出来る。ああ、なんという小気味のよいことだ。考えただけでも溜飲がさがるではないか。……

四

おれはいっきにここまで書いて筆をおいた。これからいよいよ佳境に入るところだが、そういっぺんには書けん。ローマは一日にして成らず、傑作は一夜漬けでは出来ん。それに第一、いかにして蛞蝓を殺すか、そしてまた、いかなるトリックを用いて、蝙蝠に罪をきせるか、それからして考えねばならん。それはまあ、いずれゆっくり想を練ることにして、——と、おれはひとまず筆をおさめて寝ることにした。その晩おれは久しぶりによく眠った。

ところが翌日になると、おれはすっかり小説に興味をうしなってしまった。昨夜かいたところを読返してみたが、阿房《あほ》らしくておかしくてお話にならん。こんなものをなぜ書いたのか、どうして昨夜は、これが一大傑作と思われたのか、自分で自分の神経がわからん。そこでおれは本箱のなかに原稿を突っこんでしまうと、綺麗さっぱりあとを書くことを諦《あきら》めた。諦めたのみならず、そんなものを書いたことさえ忘れていた。

ところが、――である。それから半月ほどたって大変なことが起ったのである。

おれはその日も、いつもと同じように学校へいって、四時ごろアパートへかえって来たが、見ると、表に人相の悪い奴がふたり立っていた。おれがなかへ入ると、そいつら妙な眼をして、ギロリとおれの顔を睨《にら》みやァがった。虫の好かん奴だ。おれはしかし、別に気にもとめんとアパートの玄関へ入ったが、するとそこにお加代ちゃんと紅吉のやつが立っていた。ふたりともおれのかおを見ると、おびえたように、二三歩あとじさりした。おれが何かいおうとすると、お加代ちゃんは急にまっさおになって、バタバタ向うへ逃げてしまった。紅吉の奴もこわばったような顔を、おれの視線からそむけると、これまたお加代ちゃんのあとを追っていきやァがった。

どうも変なぐあいである。

しかし、おれはまだ気がつかずに、そのまま自分の部屋へかえって来たが、すると、さっき表に立っていた人相の悪いふたりが、すうっとおれのあとから入って来やァがった。

「な、なんだい、君たちゃア――」

「湯浅順平というのは君ですか」

こっちの問いには答えずに、向うからこう切出しやァがった。いやに落着いたやつだ。

「湯浅順平はおれだが、いったい君たちゃア――」

「君はこれに見憶えがありますか」

相手はまた、おれの質問を無視すると、手に持っていた風呂敷包みをひらいた。風呂敷の中から出て来たのは、べっとりと血を吸った抜身の短刀だがおれはそれを見ると、びっくりして眼をみはった。

「何んだ、どうしたんだ、君たちゃア。その短刀はおれのもんだが、いつの間に持出したんだ。そしてその血はどうしたんだ」

「向うにかかっているのは君の寝間着だね。あの袖《そで》についてるしみはいったいどうしたんだね」

相手は三度おれの質問を無視しやァがった。しかし、おれはもう相手の無礼をとがめるよゆうもなかった。重ねがさね妙なことをいうと、うしろの柱にかかっている寝間着に眼をやったが、そのとたんおれの体のあらゆる筋肉が、完全にストライキを起してしまった。白いタオルの寝間着の右袖が、ぐっしょりと赤黒い血で染まっているのである。

「この原稿は、――」

と、人相の悪い男がおれの顔を見ながらまたいった。

「たしかに君が書いたものだろうね」

「わ、わ、わ、わ、わ！」

おれは何かいおうとしたが、舌が痙攣《けいれん》して言葉が出ない。人相の悪いふたりの男は、顔見合せてにやりと笑った。

「河野《こうの》君、そいつの指紋をとって見たまえ」

おれは抵抗しようと試みたが、何しろ全身の筋肉が、完全におれの命令をボイコットしているのだからどうにもならん。不甲斐なくもまんまと指紋をとられてしまった。人相の悪い奴はその指紋を、別の指紋と比較していたが、やがて薄気味悪いかおをして頷《うなず》きあった。

「やっぱりそうです。間違いありません」

「い、い、いったい、君たちゃア」

突然、おれの舌がストライキを中止して、おれの命令に服従するようになった。そこでふたたびストライキに入らぬうちにと、おれは大急ぎでこれだけのことを怒鳴った。

「き、き、君たちゃアなんだ。勝手にひとの部屋に闖入《ちんにゅう》して、いつの間にやらおれの原稿を探し出したり、そ、そ、それは新憲法の精神に反するぞ」

人相の悪い男はにやりと笑った。そしてこんなことをいった。

「まあ、いい。そんなことは警察へ来てからいえ」

「け、け、警察――？　おれがなぜ警察へいくのだ。おれがなにをしたというんだ」

「君はね、昨夜、その原稿に書いたことを実行したのだ。君のいわゆる蛞蝓を、この短刀で刺殺したのだ。さて、お繁を殺したあとで、君は金魚鉢で手を洗った。そのことは、金魚鉢の水があかく染まっているのですぐわかるんだ。ところが、君はそのとき、ひとつ大縮尻《おおしくじり》を演じた。金魚鉢のふちをうっかり握ったので、そこに君の指紋がのこったのだ。なあ、分ったか。その短刀は、誰かが盗んだのだと、言訳《いいわけ》することが出来るかも知れん、また、寝間着の血痕にも、もっともらしい口実をつけることが出来るかも知れぬ。しかし、金魚鉢にのこった指紋ばかりは、言抜けする言葉はあるまい。あるか」

なかった。第一、おれはお繁の家の金魚鉢になど、絶対にさわった覚えはないのだから。

「よし、それじゃ素直に警察へついて来たまえ」

人相の悪い男が左右からおれの手をとった。おれは声なき悲鳴をあげるとともに、首を抜かれたように、ぐにゃぐにゃその場にへたばってしまった。

五

それからのち数日間のことは、どうもよくおれの記憶にのこっていない。警察へひっぱられたおれは、五体の筋肉のみならず、精神状態までサボタージュしていたらしい。元来おれは小心者なのだ。警察だのお巡りだのときくと、この年になっても、五体がしびれて恐慌状態におちいるという習慣がある。だから、はじめのうちは一切無我夢中だった。うまく答えようと思っても、舌が意志に反してうまく廻らなかった。そして、その事がいよいよ警察官の心証を悪くすることがわかると、ますますもっておれは畏縮《いしゅく》するばかりだった。

ところが——ところがである。四五日たつと、警部の風向きが急に変って来た。たいへん優しくなって来たのである。そして、こんなことをきくのである。あなたは——と、俄かにていねいな言葉になって、お繁の家にあるような金魚鉢を、どこかほかでさわってみたことはないか。ああいう金魚鉢を、お宅の近所のヤミ市でたくさん売っているが、いつかそれにさわって見たことはないか、これは大事なことだから、ようく考えて、思い出して下さい、とそんな事をいうのだ。しかし、考えてみるまでもない。おれは何年にも金魚鉢などさわったことはなかった。そこで、そのとおりいうと、警部はふうんと溜息をもらした。そして憐れむようにおれの顔を見ながら、あなたはきっとどわすれをしているにちがいない、きっとどこかでさわったにちがいない、今夜、ようく考えて思い出してごらんなさいといった。どうもその口ぶりから察すると、それを思い出しさえすれば助かるらしい気がしたが、憶えのないことを思い出すわけには参らん。

ところがその翌日のことである。いつものように取調べ室へひっぱり出されたおれは、突然、はっと何もかも一時に氷解したような気がした。と、いままでストライキしていた舌が、急におれの命令に服従するようになった。おれは大声でこう怒鳴った。

「そいつだ、そいつだ。その蝙蝠だ。そいつがやったことなのだ。そしておれに罪をかぶせやァがったのだ」

　おれは怒り心頭に発した。地団駄ふんで叫んだ、怒鳴った、そして果てはおいおい泣き出した。あのときなぜ泣いたのか知らんが、とにかくおれは泣いたのだ。すると警部はまあまあというようにおれを制しながら、

「まあ、そう昂奮しないで。ここにいる金田一耕助氏は、君の考えているような人物じゃありませんよ。この人はね、きょうはあなたにとって、非常に有利なことを報《し》らせに来て下すったのですよ」

「嘘だ！」

　と、おれは叫んだ。

「嘘だ、嘘だ、そんなことをいって、そいつはおれをペテンにかけようというのだ」

「嘘なら嘘で結構ですがね、とにかく私のいうことをきいて下さい」

　金田一耕助のやつ、長いもじゃもじゃ頭をかきまわしながら、にこにこ笑った。案外人なつっこい笑い顔だ。それからこんなことをいった。

「このあいだ、そう、あの事件のまえの晩のことでしたね。私が表からかえって来ると、あなたはお加代さんに呼ばれて、あの人の部屋へ入っていったでしょう」

「そ、そ、それがどうしたというんだ！」

　おれはまだむかっ腹がおさまらないで、そう怒鳴ってやった。

「まあまあ、そう昂奮せずに――さてあの時、お加代さんの部屋はまっくらだった。電気の故障だという事だった。それで、その修繕にたのまれて、あなたはお加代さんの部屋へ入っていったのでしたね。あのとき私は、自分に少し電気の知識があるものだから、もしあなたの手にあまるようだったら手伝ってあげようと、部屋の外で待機していたんですよ。するとまっくらな部屋のなかから、お加代さんのこういうこえがきこえた。湯浅さん、ちょっと、この電気の笠を持っていて――離しちゃ駄目よ、ほら、ここの端を持って――お持ちになってて、ああ、や

っぱりこっちへとっとくわ、危《あぶな》いから。——ねえ、そうでしたね。あの時、あなたはくらがりの中で、お加代さんの差出《さしだ》した電気の笠のはしを、ちょっとお持ちになったんじゃありませんか」

そういえばそんなことがあった。

「しかし、そ、それがどうしたというんだ」

おれは何んとなく心が騒いだ。舌が思わずふるえた。

「つまりですね、問題はその時の笠のかたちなんですがね、お加代さん、どうしたのか、ちかごろ馬鹿にでかい笠をつけたじゃありませんか。朝顔みたいにこっぽりした奴で、ふちが巾着の口みたいにひらひらしている……」

おれは突然、ぎょくんとして跳上《とびあが》った、眼がくらんで、顎ががくがく痙攣した。

「君は——君は——何をいうのだ。それじゃ——それじゃ、あのときお加代さんが電気の笠だといって、おれに握らせたのが——」

「つまり、金魚鉢だったんですよ」

おれは何かいおうとした。しかし、舌がまたサボタージュを起して、一言も発することが出来なんだ。

すると金田一耕助はにこにこしながら、

「湯浅さん、まあ、お聞きなさい。この事に私が気がついたのは、あなたのあの未完の傑作のおかげなんですよ。あなたはあの小説の中に、お繁という女が、金魚鉢について、いかにモノメニヤ的な神経質さを持っているか、ということを書いていますね。ところが、お繁が殺された現場にある金魚鉢は、あなたがお書きになった位置よりも、約一尺、つまり金魚鉢の直径ほど、右によったところにあり、しかも、中の水も半分ほどしかなかったんですよ。その水が赤く染まっているところから、犯人が金魚鉢で手を洗ったことは分っていますが、手を洗うのに金魚鉢を動かす必要もなければ、また、水が半分もへるわけがない。そこで私はこう考えたんです。犯人は第二の金魚鉢を持って来て、もとからあった第一の金魚鉢のそばにおいた。そして第一の金魚鉢の中身を、第二の金魚鉢にうつしたが、そのとき、あわてていたので半分ほど水をこぼした——と、このことは、床の間のまえの畳が、じっとりとしめっているのでも想像が出来るんです。だが、なぜ、そんなことをしたのか、——それは、つまり、あなたの指紋を現場に残しておきたかったからですね。そこで、昨日警部さんに頼んで、あなたに、どこかほかで、金魚鉢にさわった事はないかと、訊ねてもらったんです。しかし、あなたはそんな記憶がないとおっしゃる。そこでふと思い出したのが、先日のあの電気の笠のエピソードなんですよ」

「それじゃ――それじゃあのお加代が――」

　おれはいまにも泣出しそうになった。あのお加代が――あのお加代が――ああ、なんちゅうことじゃ！

「そう、あのお加代と山名紅吉の二人がやったんですね。と、いうよりもお加代が紅吉を唆《そその》かしてやらせたんですよ。湯浅さん、人間を外貌から判断しちゃいけない。あのお加代という女は、年は若いが実に恐ろしいやつですよ。私がなぜあのアパートへ招かれていったと思います。実は剣突剣十郎氏の依嘱をうけて、剣十郎氏のちかごろ悩まされている、正体不明の吐瀉《としゃ》事件を調査にいったんですよ。剣十郎氏はあきらかにある毒物を少量ずつ盛られていた。放っておけば、その毒物が体内につもりつもって、早晩命とりになるという恐ろしい事件です。私はちかごろやっと、その毒殺魔が姪のお加代であるという証拠を手に入れた、その矢先に起ったのが今度の事件で、だから私ははじめからお加代に眼をつけていたんです。あいつは恐ろしい女ですよ。美しい顔の下に、蛇のような陰険さと貪婪《どんらん》さを持った女です。あいつまえから、お繁の金に眼をつけていたが、その矢先に、あなたの原稿を見たので、それからヒントを得て、ああいう恐ろしい計画をたて、山名紅吉を口説き落して仲間にひきずりこんだんです。つまりあなたが空想のうえで私にしようとしたことを、即ち自分で殺して私に濡衣《ぬれぎぬ》を着せようという、あの空想を、お加代は実際にやって、しかも罪を背負わされる犠牲者にあなたを選んだのです。どうです分りましたか」

「それじゃ――それじゃ、――お加代は自ら手を下して、――お繁を殺したんですか」

「そう、半分――。半分というのはこうです。お繁は心臓をえぐられて死んでいたんですが、同時に咽《の》喉《ど》のところに縊《くく》られたあとが残っていた。しかも、その跡は、心臓をつかれた後でも先でもないことがわかった。尤《もっと》も心臓をえぐり殺したあとで、首をしめる奴もありませんね。つまり、その跡は心臓をえぐると同時に出来たものなんです。だから、これは一人の人間の仕業でないことが想像された。どんな器用な犯人でも、細紐で首をしめながら、心臓をえぐるわけにはいきませんからね。そういうことからも、共犯者のないあなたが犯人でないことがわかったし、同時にお加代と紅吉に眼をつけたというわけです。何しろ凄い奴ですよ、お加代という女は――お繁のうしろからとびついて、細紐で首をしめ、そこを紅吉に突殺《つきころ》させたというんですからね」

おれはもう口をきくのも大儀になったが、それでも突止めるだけのことは突止めておかねばならん。

「しかも、私に罪をきせるために、兇器として私の短刀を用いたんですね。そして私の寝間着に血をつけて……」

「そうです、そうです。あの短刀は二三日前にお加代があなたの部屋から盗出《ぬすみだ》したもので、また、寝間着の血は、あなたが学校へいったあとで、お加代が自分の体からしぼりとった血をなすりつけておいたんです。利口な奴で、あの寝間着が発見されるのは、ずっと後のことになり、それまでには血が乾いているだろう事を知っていたし、また、お繁が、自分と同じ血液型だということを、隣組の防空やなんかでちゃんと知っていたんですね」

おれは悲しいやら、恐ろしいやら、わけがわからん複雑な気持ちで、しいんと黙りこんでいたが、するとふいに金田一耕助が、にこにこ笑いながら、こんなことをいった。

「どうです、湯浅さん、あなたはこれでもまだ蝙蝠がきらいですか」

正直のところ、おれはちかごろ蝙蝠が大好きだ。夏の夕方など、ひらひら飛んでいるのは、なかなか風情のあるものである。

それに第一、蝙蝠は益鳥である。

蜃気楼島《しんきろうとう》の情熱

一

「いったい、アメリカみたいな国からかえってきて、都会に住むならともかく、こういう田舎《いなか》へひっこんだ人間で、アメリカ在住当時の生活習慣をまもっていくやつはほとんどないな。みんな日本趣味、それも極端な日本趣味に還元してしまうようだな」

「ああ、そう、そういうことはいえますな。アメリカのああいう、画一的な缶詰文化の国からかえってくると、この国の非能率的なところが、かえって大きな魅力になるんですね」

「つまり束縛から解放されたような気になるのかな。耕《こう》さんのその和服主義なども、その現れのひとつだろうが……」

「いやあ、ぼくの話はよしましょう」

金田《きんだ》一耕助《いちこうすけ》は、雀《すずめ》の巣のようなもじゃもじゃ頭を、五本の指でゆるく掻きまわしながら、照れたようなうすら笑いをうかべた。

「あっはっは、しかし、あんたの和服主義も久しいもんだな。もう何十年来というところだが、何か主義とか主張とかいうようなものがあるのかな」

「何十年来はひどいですよ。おじさん、これでもまだぼくは若いんですからね。うっふっふ」

金田一耕助はふくみ笑いをして、

「べつに主義もへちまもありませんがね。このほうが便利ですからね。第一、洋服だとズボンをはいてバンドでとめる。ワイシャツを着てネクタイをしめる。靴下をはいてガーターでとめる。靴をはいて……それだって靴ベラってものがいりますさあ。それから紐をむすぶ。考えただけだって、頭がいたくなりそうな手数をかけて支度をしながら、さて、ひとさまのうちを訪問して、そのままスーッとあがれるうちってめったにありませんからね。まず靴の紐をといて靴をぬぎ、それからやっと上へあがるということになる。かえるときにはどうかというと、靴べらはどこへやったと、あちこちポケットをさがしまわったあげく、結局、うちへ忘れてきたことに気がつき、やむなくそこのうちの備えつけの、いやに長っ細いへなへなした靴べらを借用したとたん、ポキッと折っちまう。大いに面目玉《めんぼくだま》を失墜したあげく、お尻をおったてて靴の紐をむすんでるうちにまえへつんのめる……」

「あっはっは」

「ことにおじさんみたいに、腹のつん出たひとが、フーフーいいながら靴の紐を結んでるところを見ると気の毒になりますよ。今朝だって、式台に泥靴をかけておばさんに叱《しか》られたじゃありませんか」

「うっふっふ」

「あれだって、じぶんのうちだからこそ、亭主関白の位でああいうことが出来るんだが、ひとさまのおうちじゃ、いかにおじさんみたいなずうずうしいひとでもやれんでしょう。結局、まえへつんのめって脳溢血《のういっけつ》を起すということになる。これをもってしても、日本における洋服生活というやつが、いかに非能率的であり、かつ非衛生的だということがわかるじゃありませんか。おじさんなんぞもいまのうちに考えなおしたほうがいいですよ」


金田一耕助がけろりとすましているのに反して、いや、耕助がすましているだけにかえっておかしく、相手は腹をかかえてげらげら笑っている。

「わかった、わかった。それじゃ、耕さんが和服で押通しているのは、脳溢血がこわいからだね」

「そうですよ。この若さでよいよいになっちゃみじめですからね。おじさん、この蟹《かに》、うまいですよ。食べてごらんなさい」

金田一耕助の相手は眼に涙をためてまだ笑っている。それでいて耕助を見る眼つきにこのうえもない愛情がこもっている。

この男は久保《くぼ》銀造《ぎんぞう》といって、金田一耕助の一種のパトロンである。

金田一耕助が「本陣殺人事件」でデビューしたときの登場人物で若いころアメリカへわたって、カリフォルニヤの農園で働いていたが、そこで習得した技術と稼ぎためた金を日本へ持ってかえって、郷里の岡山県の農村で果樹園をはじめた。この果樹園は成功して、いまではジュースなども製造して、かなり盛んにやっている。

金田一耕助も青年時代の数年を、アメリカの西部で放浪生活を送ったが、そのころ、ふとしたことから識合《しりあ》って以来、親子ほどある年齢のへだたりにもかかわらず、どういうものかうまがあって、耕助がげんざいやっている、風変りな職業に入るときにも、この男の出資を仰いだ。

爾来《じらい》、いっそう緊密な友情にむすばれて、耕助は年に一度はかならず銀造の果樹園へ、骨休めにやってくる。

金田一耕助のような職業にたずさわる人間には、ときどきの休養が必要だし、その休養の場として、静かで、新鮮な果樹の熟れる果樹園ほどかっこうの場所はなかった。久保銀造も金田一耕助の飄々《ひょうひょう》たる人柄を愛して、年に一度、かれがやってくるのを何よりの楽しみとしている。

今年もかれがやってくるのを待って、二三日のんきなむだ話に過したのち、俄《にわ》かに思い出したように旅行にひっぱり出した。そしていま瀬戸内海《せとないかい》に面した町の、宿の二階にくつろいでいるふたりである。

「ねえ、耕さん、いまのような話をね、志賀《しが》のやつにしておやり。よろこぶぜ、あの男……」

「承知しました。志賀さんの日本趣味に大いに共鳴して、ご機嫌をとりむすんで、ひとつパトロンになってもらいますかな」

「あっはっは、それがいいかもしれん。あいつはおれより、よっぽど金を持っとるからな。しかし、あいつのあれ、日本趣味というのかな。日本趣味だか支那《しな》趣味だか、なんだかえたいのしれん趣味だよ、あいつのは……何しろあのとおり、龍宮城みたいな家を建てるやつだからな」

久保銀造はふりかえって、欄干《らんかん》の外を指さした。欄干の外はすぐ海で、海の向う一里ばかりのところに、小さな島がうかんでいる。

夏ももう終りにちかいころのこととて、海はとかく荒れぎみで、今日も雀色の黄昏《たそがれ》の靄《もや》のなかに、幾筋かの白い波頭をならべて、不機嫌そうな鉛色をしている。その海のむこうに、小ぢんまりと藍色にうかんでいるのは、周囲一里たらずの小島だが、この島は全然孤立しているのではなく、狭い桟道《さんどう》のようなもので本土とつながっているらしい。

「しかし、志賀さんがああいう島を買って、龍宮城のような家を建てるというのも、長いアメリカ生活にたいするひとつの反動でしょうな。大袈裟《おおげさ》にいうとレジスタンスというやつかな」

「そうそう、それは大いにあるんだ。アメリカでしこたま稼ぎためたにゃちがいないが、それと同時にひどい目にあってるからな」

「ひどい目って……？」

「いや、それはいつか話そう。耕さんの領分にぞくすることだがな」

「ぼくの領分に……？」

耕助がちょっとドキリとしたような眼で、銀造の顔を見直したとき、女中が階下からあがってきて、

「あの……沖の小島の旦那さまがいらっしゃいましたが……」

話題のぬしがやってきたのである。

二

久保銀造はそこへ入ってきた男の服装をみると、おやというふうに眼を見張って、

「どうしたのそれ、ちかごろ君はいつでもそんな服装をしてるの？」

「あっはっは、馬鹿なことを。……なんぼぼくがこちかぶれになったからって、紋附の羽織袴《はおりはかま》をふだん着にしてちゃたいへんだ。いや、失礼しました」

「いや、どうも、はじめまして……」

金田一耕助もおどろいたのだが、その男、黒紋附の羽織袴に白足袋《しろたび》をはいて、手に白扇《はくせん》を持っている。年齢は銀造とおっつかっつというところだろうが、色白の好男子なので五つ六つ若く見える。八字ひげをぴいんと生やして、七三にわけた髪もまだくろい。

これがいま話題になっている志賀泰三《たいぞう》という人物なのである。

「どうだい？　こうしてるとちょっとした男前だろう」

「まったくだ。静子《しずこ》さんの惚れるのも無理はないな」

「いや、ありがとう。そのとおり、そのとおりだ」

志賀は扇を使いながら、子供のようによろこんでいる。

「しかし、どうしたんだ。その服装は……？」

「いや、それについてちょっとお詫びにあがったんだが、親戚のうちに不幸があってね、今夜がそのお通夜《つや》なんだ。いま、そっちへ出向くとちゅうなんだ

が……」

「おや、それはそれは……親戚というとお医者さんをしている村松《むらまつ》さん？」

「ああ、そう、ぼくの親戚といえばあそこしかないからね。そこの次男の滋《しげる》というのが亡くなって、今夜がそのお通夜なんです」

「ああ、そう、それはいけなかったね」

「そういうわけで、これからすぐにあなたがたを御案内するというわけにはいかなくなったんだが、お通夜といったところで、どうせ半通夜で、十二時ごろにはお開きになるそうだから、その時分お迎えにあがります。それまで待ってください」

「いや、そんな無理はしなくも……そういうわけなら今度はご遠慮しようか」

「それゃいけませんよ、久保さん、あなたはともかく金田一先生はわざわざ東京からいらしたんだから、是非見ていってください。ねえ、金田一先生、よろしいでしょう」

　八字ひげなんか生やして鹿爪らしいが、ものねだりするようなそういう口のききかたには、子供のような無邪気さがある。

「はあ、ぼくはぜひ見せていただきたいと思ってるんですが……」

「そうれ、ごらん、久保君、このかたのほうがあんたなんかよりよっぽど同情があるぜ。あっはっは」

　眼尻に皺《しわ》をよせてうれしそうにわらっている。

「なにしろ御自慢のおうちだからね」

「そうですとも、それからもうひとつ御自慢のものをね、ぜひ見ていただかなくちゃ……」

「もうひとつ御自慢のもの……？　それ、なんだっけ？」

「あれ、いやだなあ、久保さんたら、それをわしの口からいわせるんですか。それゃ、いえというならいくらでもいうが……あっはっは」

　いくらか赫《あか》くなった顔を、白扇でばたばた煽《あお》いでいる。

「あっはっは、そうか、そうか、御自慢の奥さんを忘れてちゃ申訳ない。ところで、今夜、奥さんも御一緒……？」

「ところがね、久保さん」

　と、志賀は亀の子のように首をちぢめて、

「静子はちかごろ体ぐあいが悪いといって、寝たり起きたりしてるんだ。それで、今夜もおいてきたがね」

「ああ、それゃ、心配だね」

「どうして？　何も心配なことないじゃないか。それゃまあ、おれもはじめてだから、心配なことは心配だが、それよりうれしいほうがさきでね。あっはっは」

「ああ、そうか」

　銀造ははじめて気がついたように、

「そうか、そうか、それはお目出度《めでと》う。そうすると志賀泰三先生、いよいよ万々歳だね」

「あっはっは、ありがとう。おれ、それをはじめて聞いたとき、あんまりうれしいもんだから、静子のやつを抱きしめて、そこらじゅうキッスしてやった。あっはっは」

　あまり露骨なよろこびの表現に、金田一耕助はクスクス笑う。

　志賀もさすがに照れたのか、血色のよい頰《ほ》っぺたをつるりと撫であげると、

「いや、どうも御免なさい。なにしろアメリカ育ちのガサツもんですから、つい、お里が出ましてね。あっはっは」

「いや、わたしこそ。……そうすると、志賀さんはお子さん、はじめてですか」

「はあ。なんしろかかあもないのに、子供出来っこありませんや」

「すると、最近まで独身でいられたんですか」

「いや、若いころ一度結婚したことがあるんですが。……相手はアメリカ人でしたがね。それでひどい目にあって……そうそう、その話、久保君もよく知ってるんだが、お聞きじゃありませんか」

「いいえ、どういうお話ですか。……」

「あのとき、あなたみたいな名探偵がいてくれたら、わたしも助かったんですが。……それにこりたもんだから、生涯、結婚はすまいと思ったんですよ。それが、あの、静子みたいな天使が現れたもんだから……」

　志賀はそこで、袴にはさんだ時計を出してみて、

「おや、もう出向かなきゃならないな。それじゃ、久保さん、金田一先生、わたし、ちょっとこれから出向いてきます。十二時前後にはきっとお迎えにあがります。それまでにさっきの話、久保さんから聞

いてください。わたしもずいぶん可哀そうな男だったんです。じゃ、のちほど」

志賀泰三が出ていったあとで、金田一耕助と久保銀造は、顔見合せて笑った。何《な》んとなく心のあたたまる笑いであった。

「あっはっは、あいつも八字ひげなんか生やしてるところは山師みたいだが、だいたいがああいう男なんだ。それにいま、幸福の絶頂にあるんだな」

「ねえ、おじさん、あのひとアメリカ主義に反抗して、日本趣味に転向したということですが、それにしてはただひとつ忘れてるところがありますね」

「忘れてるって、どういうとこ？」

「日本じゃ、あれくらいの金持ちで、あれくらいの年輩になると、もう少し気取るもんですがね。ああフランクによろこびを表現しない。もっとも、おじさんだからそうなのかもしれないけれど……」

「いや、誰にたいしてもああだよ。なにしろ変てこなうちを建てて、わかい細君をもって有頂天になってるんだからね」

「なかなか愛妻家のようですね」

「ああ、舐《な》めるように可愛がるってのはあのことだね。それで最初の結婚のときも間違いが起ったんだ」

久保銀造はちょっと厳重な顔をした。

「そのことですか。さっきあなたに話してもらうようにといってらしたのは……？」

「ああ、そう」

銀造はちょっと暗い顔をして、

「あの男、かくすってことが出来ないらしいんだね。それで、こちらの連中もみんなしってるんだが、最初の結婚の相手、イヴォンヌってフランス系のアメリカ人だったが、あいつのことだから猛烈に惚れてね、イヴォンヌでなければ日も夜も明けないという状態だったんだ。ところがわれわれはみんな知ってたんだが、イヴォンヌには結婚以前から、アメリカ人の情夫があって、結婚後もつづいているんだね。だから、何か間違いがなければよいがと、みんな心配してたところが、果してそのイヴォンヌが殺されたんだね。ベッドのなかで……」

金田一耕助はちょっと呼吸《いき》をのんで、銀造の顔を見直した。銀造は渋い顔をして、

「なんでも絞め殺されたって話だが、それを発見し

たのがあの男さ。ところがあいつそれをすぐに届けて出ればよかったのに、イヴォンヌ、なぜ死んだというわけなんだろうね。二三日、死体といっしょに暮したんだ。ベッドをともにして。……つまり、死体といっしょに寝たんだね」

銀造は顔をしかめて、

「もっとも、悪戯《いたずら》はしなかったようだが。……イヴォンヌを手放すにしのびなかったんだね。ところがそこを発見されたもんだから、てっきり犯人ということになったんだね。無理もない、われわれでさえ、ひょっとすると……と、思ったくらいだから。妻の不貞をしって、かっとして……と、そんなふうに思ったくらいだからな。ところが、あの男じしんは頑強に否定したんだね。第一、妻が不貞を働いてたってことさえ知らなかったというんだ。ところがあいつが犯人でないとすると、睨《にら》まれるのは情夫だが、このほうには完全にアリバイがあったんだ。そのうちにあいつ、当時まだあった検事のサード・ディグリーにひっかかって、身におぼえもないことを告白してしまったんだね。サード・ディグリーというのをおぼえてるだろう」

「一種の誘導訊問ですね」

「そうそう、あれは拷問にかわるもんだって、世論の反対にあってのちに禁止されたけど、それにひっかかったんだね。それで、あやうく刑の宣告をうけようというどたん場になって、真犯人が自首して出たんだ」

「真犯人というのは……?」

「それが悪いことにやはり日本人でね。樋上四郎《ひがみしろう》といってあいつの友人だったんだ。これがイヴォンヌをくどくかなんかして、跳ねつけられたもんだから、ついかっとして……と、いうわけだったらしい。志賀が潔白になったのはうれしかったが、真犯人がやはり日本人だというんで、当時、われわれ肩身のせまい思いをしたもんだ」

「それで真犯人の樋上というのはどうなりました。電気椅子でしたか」

「いいや、電気椅子にはならなかった。自首して出たのと、それにそいつ、そう悪い人間じゃなかったんだね。イヴォンヌに誘惑されて、それに乗って、いざという間際にはぐらかされるかなんかして、それでかっとなったんだが、性質としては実直というより、いくらかこう鈍なやつだったな。たしか二十年だったと思うが、その後、どうなったかしらない。わたしが内地へひきあげてきたときには、まだくらいこんでいたようだが……」

夏の終りといえばそろそろ台風の季節である。嵐でもくるのか、しだいに風と波の音がたかくなってくる。欄干の外にはすっかり夜の闇が垂れこめて、ふたつ、三つ、星のまたたく空には、雲脚が馬鹿にはやくなっていた。

三

志賀泰三が瀬戸内海の小島（沖の小島という）に建てた龍宮城のような建物は、新聞や雑誌にも報道されてちょっと評判になっていた。

それは日本趣味とも支那趣味とも、飛鳥天平《あすかてんぴょう》とも安土桃山《あづちももやま》時代ともつかぬ、摩訶《まか》不思議な構造物の混血児だが、見るひとのどぎもを抜くには十分だった。

「なあに、よくよくみるとチャチなもんでね、材料やなんかも安っぽいもんで、それを極彩色《ごくさいしき》に塗りたくって誤魔化《ごまか》してあるというしろものなんだが、結構だけは相当なもんだな。あいつがああいう家を建てようとは思わなかった。結局、あれはアメリカ主義で、アメリカ人の見た東洋趣味が、あそこに圧縮されているのかもしれない」

久保銀造はその家についてそう説明した。

「奥さんはこの土地のひとですか」

「ああ、そう、さっき話の出た村松ね、名前はたしか恒《つね》といったと思うが、そのひとがこの町のお医者さんなんだ。静子というのはみなし児《ご》で、村松さんのところで看護婦をしてたんだが、それを戦後アメリカからかえってきた志賀のやつが見染めてね。村松さん夫婦の媒酌《ばいしゃく》で結婚したんだ。自慢するだけあってなかなかべっぴんだよ」

「まだお若いんですか」

「若いも若いも、二十三か四だろう。結婚したのは一昨年《おととし》だったがね。それからだよ、あいつひげを生やしたり、髪をきれいになでつけたりしはじめたのは。もとはわれわれ同様もっとラフな男だったがな」

「いまでもその感じはありますな。とても無邪気で。……しかし、そういう奥さんに子供が出来るとなると、ああして有頂天になるのもむりはありませんね」

「あいつもいよいよ有卦《うけ》にいったかな」

銀造もわがことのようによろこんだが、しかし、必ずしも有卦に入ったのでないことは、それから間もなくわかった。

それはさておき、十二時少しまえになって、村松家から女中が懐中電灯をもって迎えにきた。

沖の小島の旦那様は、お酒に酔うてひとあしさきに艀《はしけ》にいらっしゃいましたから、みなさまもこれからおいでくださいますようにという口上だった。

その女中の案内で船着場まできた耕助は、そこに碇泊しているランチを見て、思わず大きく眼を見張った。

あとで聞くと、それが志賀泰三の自家用ランチだそうだが、まるで龍頭げき首のうえに、お神輿《みこし》をくっつけたような恰好をしている。なるほど龍宮城のあるじの船としてはこうあるべきなのだろう。金田一耕助はちょっと頬笑ましかった。

志賀泰三はそのランチのそばに、ぐでんぐでんに酔払った恰好で立っていた。足下もおぼつかない模様なのを、二十七八の青年が肩でささえて、

「おじさん、危《あぶな》いですよ、危いですよ」

と、ハラハラするように注意をしている。

「志賀さん、どうしたんだね。ひどくまた酔っ払ったもんじゃないか」

「ああ、こ、これは久保さん、き、金田一先生も……し、失礼。だけどな、だけどな、ここ、これが酔わずにいられれよか。あっはっは」

乾いたような笑い声をあげる志賀泰三の眼には、涙のようなものが光っている。

「どうかしたんですか。お通夜の席でなにかあったんですか」

「はあ、あの……、おやじがつい、よけいなことをおじさんのお耳にいれたもんだから。……失礼しました。ぼく村松の長男で徹《とおる》というもんです」

ズボンに開襟《かいきん》シャツ一枚の徹は、陽にやけたたくましい体をしている。なんとなくうさん臭そうな顔色で、銀造と耕助の顔を見くらべていた。

「おじさん、お客さんがいらしたんだから、さあ、乗りましょう。ランチはぼくが運転します。滋のことは許してください。あいつももう仏になったんで

すから」

「ううう、うう、許すも許さんも……だけど、おれはなんだか変な気になった」

志賀泰三はバリバリと髪の毛をかきむしる。金田一耕助と久保銀造は、思わず顔を見合せた。

「おじさん、おじさん」

徹は泣き出しそうな声である。

「志賀さん、しっかりしたまえ。徹君が心配してるからとにかく船に乗ろう。われわれもいっしょに乗るから。さあ……」

「ああ、久保さん、すまん、すまん、こんな狂態をお眼にかけて……き、金田一先生、す、すみません」

徹に抱かれるようにして、志賀泰三はランチに乗込む。久保銀造と金田一耕助もそのあとにつづいた。

ランチのなかにはビロードを張りつめた長い腰掛けがある。志賀はゴロリとその腰掛けによこたわると、駄々っ児のように両脚をバタバタさせながら、なにやらわけのわからぬことをくどくどいっていたが、急にしくしく泣き出した。

「どうしたんですか、徹君、なんだかひどく動揺しているようだが……」

「はあ、すみません、おやじがあんなこと打明けなければよかったんです。いま、すぐ船を出します」

徹が運転台へうつると、すぐランチが出発する。

嵐はだんだん強くなってくるらしく、雨はまだ落ちてこなかったが、風が強く、波のうねりが大きかった。空も海も墨をながしたように真暗《まつくら》で、そのなかにただひとつ、明るくかがやいている沖の小島の標識灯をめざしてランチは突進していくのである。

志賀泰三のすすり泣きは、まだきれぎれにつづいている。それを聞いているうちに、金田一耕助はふっと、物《もの》の怪《け》におそわれたようなうすら寒さをおぼえた。

志賀泰三は腰掛けのうえで、しくしく泣きながらてんてん反側していたが、急にむっくり起きなおると、

「ああ、そうそう、久保さん」

と、涙をぬぐいながら声をかけた。

「はあ。……」

「さっきいい忘れたが、樋上四郎がいまうちにいるんです。樋上四郎……おぼえてるでしょう」

それだけいうと、志賀泰三はまたゴロリと横になって、もう泣かなくなったけれど、それきり口をきかなくなった。

金田一耕助と久保銀造は、思わずギョッと顔を見合せる。

樋上四郎というのは、その昔、志賀の細君だったイヴォンヌを殺した男ではないか。

金田一耕助はふっと怪しい胸騒ぎをおぼえて、仰向けに寝ころんでいる志賀のほうへ眼をやった。久保銀造も同じ思いとみえて、喰いいるように志賀の顔をにらんでいる。じっと眼をつむっている志賀の顔は物凄いほど蒼白く冴えて、なにかしら、悲痛な影がやどっている。

金田一耕助と久保銀造は、また、ふっと顔を見合せた。

四

ランチが沖の小島へついたころには、嵐はいよいよ本式になってきた。

水門からボート・ハウスのなかへ入っていくと、白小袖《しろこそで》に水色の袴をはいた少年が迎えに出た。

「徹、今夜はここへ泊っておいで。夜が明けてから陸づたいにかえるがいい。それでも葬式に間にあうだろう」

志賀もいくらか落着いていた。

「はあ、そうさせていただきます。すみません」

徹はランチをつなぎとめながら、ペコリと頭をさげた。

徹をそこにのこして一同がボート・ハウスを出ると、暗い嵐の空に、累々層々たる屋根の勾配が重なりあって、強い風のなかに風鐸《ふうたく》が鳴っている。昼間、この島を遠望すると、おそらく蜃気楼《しんきろう》のように見えるだろう。

大きな朱塗りの門を通り、春日灯籠《かすがとうろう》のならんだ御《み》影石《かげいし》の道をいくと玄関があり、老女がひとり出迎えた。

「ああ、お秋《あき》さん、静のようすはどうだね」

「はあ、なんですか。今夜はとくべつに気分が悪いとおっしゃって、宵から寝所へお入りになりました。旦那さまがおかえりになりましたら、恐れいりますが、菊の間でおやすみくださいますようにとのことづけでした」

「ああ、そう、ちょっと見舞いにいっちゃいけないかしら」

　志賀の声はひどく元気がない。

「おじさん、今夜はおよしになったほうがいいでしょう。気分がおさまってから。……」

　あとから来た徹が注意する。

「ふむ」

　おとなしくうなずいたものの、徹を見る志賀の眼には、なにかしら不快なものがうかんでいる。しかし、すぐその色をもみ消すと、

「いや、失礼しました。それではこちらへ……」

　案内されたのは菊の間だろう。欄間《らんま》の彫りも襖《ふすま》の模様も、ぜんぶ菊ずくめの豪華な十二畳で、客にそなえて座蒲団などもよくくばられていた。

「あの、召上りもののお支度をいたしましょうか」

「ああ、いや、もうおそいからそれには及びません。志賀さん、あんたもおやすみなさい。なんだか気分が悪そうだから」

「はあ、どうも。……醜態をお眼にかけて……金田一先生もお許しください」

　志賀はまだふかく酔いがのこっている眼付きだが、さっきの狂燥状態とは反対に、ふかい憂鬱《ゆううつ》の谷のなかに落ちこんでいるらしかった。

　その晩、耕助は久保銀造と枕をならべて寝たが、なかなか眠りつけなかった。嵐はますますひどくなるらしく、風鐸の音が耳について離れない。しかし、それよりもっと耕助の眠りをさまたげたのは、さっきの志賀の狂態である。

　宵に宿であったときの上機嫌とうってかわったあの狂態は、いったい、何を意味するのか。お通夜の席で親戚の村松が、何かいったということだが、それはどういうことか。

　それにもうひとつ、気になるのは、かつて志賀の細君を殺したという男が、いまここにいるということだ。それ自体、不安をそそる事実だが、それよりも、あの狂態の最中に、志賀はなぜまたそのことを云い出したのか。久保銀造も寝られぬらしく、てんてん反側していたが、しかし、さすがに失礼な憶測はひかえて、ふたりとも口を利かず、そのうちに耕助はとろとろとまどろんだ。

　その耕助がただならぬ気配に眼ざめたのは、明方

ちかくのことだった。

寝床のうえに起きなおって、聴き耳を立てると、遠くのほうで廊下をいきかう足音が乱れて、それにまじって誰か号泣する声がきこえる。

「おじさん、おじさん」

耕助がゆすぶると、隣に寝ていた銀造もすぐ眼をさました。

「耕さん、何かあったかな」

ただならぬ耕助の顔色に、銀造もギョッと起きなおった。

「おじさん、何かあったらしいですよ。ほら、あの声……」

銀造もちょっと耳をすまして、

「志賀の声じゃないか。いってみよう!」

寝間着のまま声のするほうへいってみると、一間のまえにお秋という老女と女中が三人、それに六十前後の白髪のおやじがひとりまじって、ものにおびえたように座敷のなかをのぞいている。

それを掻きわけて金田一耕助がのぞいてみると、つぎの間のむこうに寝室があるらしく、立てまわした屏風《びょうぶ》のはしから絹夜具《きぬやぐ》がのぞいている。その夜具のうえに白い寝間着を着た男の脚と、赤い腰巻ひとつの女の脚が寝そべっていて、

「静……静……おまえはなぜ死んだんだ。おれをのこしてなぜ死んだんだ。静……静……」

号泣する志賀の声が屏風のむこうから聞えてくる。金田一耕助は久保銀造をふりかえって、ギョッと呼吸《きい》をのんだ。

「おれじゃない。おれじゃない。おれは何もしなかった」

そばに立っているずんぐりとした白髪のおやじが、何かにつかれたような眼の色をしてつぶやいている。金田一耕助がまた銀造のほうをふりかえると、銀造がかすかにうなずきかえした。これがその昔、志賀の愛妻を殺したという樋上四郎なのだろう。

「おじさん、とにかくなかへ入ってみましょう」

屏風のなかをのぞいてみると、志賀はしっかり愛妻の体を抱きしめ、頬ずりし、肌と肌とをくっつけて、静よ、なぜ死んだと掻きくどいているのである。

その静子は腰巻ひとつの裸体で、長い髪が肩からふくよかな乳房のうえにからまっている。志賀が夢中でその体をゆすったとき、黒髪がばさりと寝床の

うえに落ちたが、そのとたん、金田一耕助と久保銀造ははっきり見たのだ。

　静子ののどには大きな拇指《おやゆび》の跡がふたつ、なまなましくついている。……

　だが、それにしても、静子の枕もとにころがっているものはなんだろう。いびつな球状をしたガラスのたまで、中央に黒い円形の点がある。金田一耕助はそれをのぞいてみて、またギョッと呼吸《いき》をのみこんだ。

　それは義眼であった。ガラスでつくった入眼《いれめ》である。その入眼が瞳をすえて、静子の死体と、志賀泰三の狂態を視《み》すえているかのように……。

　金田一耕助はゾクリと肩をふるわせた。

五

「おやじがあんなこと云わなければよかったんです。いかに弟の遺言だからって、おじさんの気性をよく知ってるんだから、いうべきじゃなかったんです。ただ、しかし、おやじもまさか、こんなことになろうとは思わなかったろうし、それにおじさんに謝まりたいという気持もわかるんですが……」

　おそく起きてこの変事をしった徹は、愕然《がくぜん》たる顔色で、おじさんに悪かった、静子さんに気の毒だと、しきりに繰りかえしていたが、そこを金田一耕助と久保銀造に問いつめられて、やっとしぶしぶ口をひらいた。

「これはわれわれにとっても、思いもよらぬことだったんですが、病いが改まっていよいよもういけないと覚悟をきめたとき、滋がこんなことを告白したんです。静子さんと弟は、静子さんの結婚まえ、つまりうちでまだ看護婦をしていた時分、恋愛関係があったというんです。だから、静子さんは結婚したとき、処女ではなかったし、しかもその交渉は静子さんの結婚後も、ひそかにつづけられていたというんです」

　金田一耕助と久保銀造は顔見合せてうなずきあった。昨夜以来の志賀の言動から、ふたりはだいたいそのようなこともあろうかと想像していたのである。

「そして、そのことを昨夜、お通夜の席で村松さんがおっしゃったのかな」

　銀造の口調はきびしかった。徹は身もちぢむよう

な恰好で、愁然《しゅうぜん》と頭をたれながら、

「はい。それが滋の遺言でしたから。……滋はおじさんにすまなかった。悪いことをしたと云いつづけ、じぶんが死んだらおじさんにこのことをうちあけて、よく謝ってくれといいつづけて死んだものですから。……」

「いくら故人の遺言だからって、静子さんの立場もかんがえないで……」

銀造の顔にははげしい憤りがもえている。言葉も強く、するどかった。

「はあ、あの、まったくそうなんです。しかし、父としては媒酌人としての責任もありますし、一応、耳に入れるだけは入れておこうと……まさか、こんなことになるとは思わなかったでしょうから……」

「なんぼ媒酌人としての責任があるからって、そ、そんな非常識な……」

「おじさん、まあまあ、しゃべってしまったものはもう仕方がありませんよ。ところで、徹さん」

「はあ」

「あなたはまさかこんなことになるとは思わなかったから、お父さんが秘密をうちあけたとおっしゃるが、そうすると、お父さんが秘密をうちあけたから、こんなことになった。……と、いうことは、志賀さんが静子さんを殺したんだとおっしゃるんですか」

徹はギョッとしたように顔をあげて、金田一耕助の顔を見直すと、やがて声をひそめて、

「じゃ、おじさんじゃないんですか。たれかほかに……」

「いいえ、それはまだわかりません。こういうことはよく調査したうえでないと、軽々には判断はくだせないものです」

「失礼しました。ぼ、ぼく……昨夜の今朝のことですし、おじさんが非常な激情家だってことしってますし、それに……それに、昔、アメリカで、おじさん、やっぱり同じようなことをやったって話聞いてますから……」

「しかし、あれは志賀がやったことじゃなかったんだよ。犯人はほかにあったんだ！」

銀造は怒りをおさえかねて怒鳴りつける。徹はしどろもどろの顔色ながら、しかし、どこかしぶとい色をうかべて、

「はあ、あの、それは……おじさんもそう云ってま

した。しかし、何分にも遠い昔の、しかもアメリカでの出来事ですから。……」

「そ、それじゃ、君は……」

「おじさん、まあまあ、いいですよ。それより徹さん、もうひとつお訊ねしたいことがあるんですが……」

「はあ」

「滋君と静子さんの交渉は結婚後もつづけられていたとおっしゃるが、いつごろまでつづいていたんですか」

「はあ、あの、それなんです。それがあるから、父は面目ないというんです。ふたりの関係は滋が大喀《だいかっ》血《けつ》をして倒れるまで、すなわち、三月ほどまえまでつづいていたというんです。だから、ひょっとすると、静子さんの腹の子は……」

　徹もさすがにそれ以上はいいかねたが、それを聞くと耕助と銀造は、ギョッとしたように顔見合せた。銀造は怒りに声をふるわせて、

「そ、そ、そんなことまでいったのか！」

「はあ、あの、それが一番だいじなことですから。……云いだしたからにはそこまでいわなければ……しかし、しかし、やっぱり父が悪かったんです。全然、云わなければよかったんです」

　銀造が何かきびしい口調で怒鳴りつけようとするところへ、老女のお秋が入ってきた。

「久保の旦那様、ちょっと旦那様のところへ来ていただけないでしょうか。わたしどもではちょっと。……」

「ああ、おじさん、いってあげてください。そのかわりお秋さん、あなたここにいてください。ちょっとお訊ねしたいことがありますから」

「はあ」

「耕さん、じゃわしはいってくる」

　銀造は憎々しげな一瞥《いちべつ》を徹にのこして、そそくさと部屋から出ていった。徹はもじもじしながら、

「ぼくもそろそろかえりたいんですが……きょうは弟の葬式ですから」

「葬式は何時ですか」

「三時出棺ということになってるんですが、いろいろ支度がありますから」

　徹は心配そうに外を見ている。昨夜から見ると風はいくらかおさまったけれど、そのかわり大土砂降

りになっていた。

「ああ、そう、それじゃおかえりにならなきゃなりませんが、そのまえにお訊ねがもうひとつ」

「はあ、どういうことですか」

「このへんに、どなたか入眼をしているひとがありますか」

「入眼？」

徹とお秋が同時にさけんで耕助の顔を見直した。

「お心当りがありますか」

「入眼が、ど、どうかしたんですか」

「いや、お心当りがありますかって……」

「入眼なら滋さんがそうでしたね。右の眼がたしか入眼だとか……」

お秋の言葉に金田一耕助は、思わず大きく眼を見張った。それから、口をすぼめて口笛でも吹きそうな恰好をしたが、それをやめて、徹のほうにかるく頭をさげると、

「いや、お引きとめして失礼しました。それではどうぞお引取りになって……」

徹はもじもじと、何かをさぐり出そうとするかのように、耕助の顔を見ていたが、やがて諦《あきら》めたように肩をゆすると、

「お秋さん、自転車をかしてほしいんだが……」

「はあ、ところが、いま見ると、その自転車がこわれてるんですよ。傘を出させますから……」

お秋は女中を呼んで傘を出すように命じた。徹は外の雨を気にしながら、しぶしぶ出ていった。

そのうしろ姿を見送って、耕助はお秋のほうにむきなおった。

「ねえ、お秋さん。こういうことになったら、何もかも腹蔵《ふくぞう》なくおっしゃっていただかねばなりません。多少、失礼なことをお訊ねするかもしれませんが……」

「はあ、あの、どういうことでしょうか」

お秋は心配そうに体をかたくしている。

「露骨なことをお訊ねするようだが、奥さんはいつもああして……つまり、その、腰巻ひとつでおやすみになるんですか」

「とんでもない」

お秋は言下に打ち消して、

「奥さまはそんなかたではございません。あのかたはとてもたしなみのよいかたでしたから、裸で寝る

なんて、そんな……」

「それじゃ、誰かが裸にしたと思わなければなりませんが、あのお部屋に寝間着が見えなかったんですがね」

「はあ、あの、それは敷蒲団の下に敷いてあるのじゃございませんか。奥さまは万事きちんとしたかたで、お召物などもいつも折目のついたのをお好みになりますので、お寝間着などお寝間をしくとき、ちゃんとたたんで、その下に敷いておきますんで……」

「ああ、なるほど、道理で……」

しかし、これはどういうことになるのか。静子は寝間着に着更《きが》えようとして、着物をぬいだところを絞め殺されたのだろうか。しかし、女が着物をぬぎかえるときには、誰でも本能的に用心ぶかくなるものだ。

着物をぬぎすててしまってから、敷蒲団の下にしいてある、寝間着を取り出しにかかるとは思えない。一応、寝間着を出しておいてから、着物をぬぐべきではないか。しかも、着物はきちんとたたんで衣桁《いこう》にかかっていたのだ。

「ところで、昨夜お召しになっていた着物は、衣桁にかかっている、あれにちがいないでしょうな」

「はあ、あれにちがいございません」

「奥さまは昨夜、何時ごろに寝所へおひきとりになりましたか」

「七時すぎでしたでしょうか。今夜は気分が悪いからとおっしゃって……」

「旦那さまがおかえりになったら、菊の間でおやすみになるようにとおっしゃったのはそのときで……？」

「はあ、さようでございます。わたしどもにも用事があったらベルを鳴らすから、それまではさまたげないようにとおっしゃって……」

「それから今朝まで、奥さんにおあいにならなかったんですね」

「はあ、でも、十二時ちょっとまえでした。呼鈴《よびりん》がみじかく鳴りましたので、お部屋のまえまでおうかがいして、声をおかけしたんですけれど、御返事がなくて、寝返りをおうちになるような気配がしました。それで、間違ってベルを押されたのだろうと、ひきさがって参りましたので。……ベルの鳴りかたが、ほんにみじかかったものですから……」

「呼鈴はどこに？」

「コードになって、枕下においてございます。寝ながらでも押せるように……」

金田一耕助はしばらくためらったのちに、

「ところで、旦那様と奥さんのお仲ですがね。ふだんどういうふうでした」

「それはもう、あれほど仲のよいご夫婦ってちょっと珍しいんじゃないでしょうか。旦那様はもう奥様のことといえば夢中ですし、奥様もとても旦那様をだいじになすって……」

それは誰でも奉公人のいう言葉である。

「どうでしょうね。奥さんには旦那さまのほかに愛人があったというようなことは……そして、結婚後もひそかに関係がつづいていたというようなことは……」

お秋はびっくりしたように、耕助の顔を見ていたが、急に瞼《まぶた》を怒りにそめると、

「金田一先生、あなたのことはさきほど久保さんからおうかがいいたしました。あなたのような職業のかたは、とかくそういうふうにお疑いになるのかもしれませんが、なんぼなんでも、それではあたし心外ですよ。それはまあ、結婚以前のことはあたし存じません。しかし、こちらへお嫁にこられてから、そんな馬鹿なこと。……これだけ大勢奉公人がいるのですから。そういうことがあればすぐしれますし、第一、そんなかたじゃございません。しかし……」

と、お秋は急に不安そうな眼の色を見せて、

「誰かそんなことをいうひとがあるんですか」

「いや、まあ、それはちょっと……」

と、耕助は言葉をにごして、

「ときに志賀さんのご親戚といえば、村松さんしかないそうですが、あそこのかた、ちょくちょく……？」

「はあ、それはよくいらっしゃいます。奥様は娘時分、あそこのおうちにいられたんですから、田鶴子《たずこ》さんなど、しょっちゅういらっしゃいます」

「田鶴子さんというのは？」

「さっきここにいらした徹さんの妹さん、お亡くなりになった滋さんの下で、ことし二十におなりとか……奥さまとはご姉妹のようになすって……」

「なるほど、それからほかには……」

「ちかごろは先生が一週に一度はいらっしゃいます。奥さまが御妊娠なすってから、旦那さまがとても御心配なさいますので……一昨日《おととい》もいらっしゃいました」

「一昨日というと、滋君というひとが……」

「はあ、ですから、先生は滋さんの死目《しにめ》におあいになれなかったそうで。……それですから、奥さまが悪い、悪いと気になすって……」

金田一耕助が何かほかに聞くことはないかと、思案をしているところへ、対岸の町から係官がどやどやと駆けつけてきた。

六

志賀泰三はそのときまで、静子の死体を抱いてはなさなかった。肌と肌をくっつけて、そうすることによって、静子の魂を呼びもどすことが出来るかのように、愛妻の名を呼び、かきくどいてやまなかった。だから、係官がやってきたとき、志賀をなだめて引きはなすのに難渋しなければならなかった。

「イヴォンヌのときがやっぱりあれだったんだ。情の濃いのもほどほどで、度がすぎるもんだから他の誤解を招くんだ」

久保銀造が慨歎《がいたん》したが、じっさい、係官の印象はあまりよくなかったようだ。

さて、こういう場合、何よりも必要なのは医者の検視だが、困ったことには嘱託医の村松氏は葬式でとりこんでいるうえに、近親者だから遠慮したいという申入れがあったので、県の警察本部から医者がくるのを待たなければならなかった。

金田一耕助は係官の現場検証がおわった後、蒲団の下を見せて貰《もら》ったが、そこには果して袖だたみにした寝間着がしいてあった。

正午頃、志賀泰三が睡眠剤をのんでよく寝こんだころを見計って、

「お秋さん、ぼくちょっと向うの町へいってみたいんですが、自転車はありませんか」

「それがあいにくなことにはこわれておりまして。……」

「歩いていくと、どれくらい？」

「歩いてはたいへんです。うかうかすると二時間はかかります。あの、なんでしたらランチを仕立てま

しょうか」

「ああ、そうしていただけたら。それじゃ、おじさん、あなたも一緒にいきましょう」

「ああ、そう、じゃいこう」

金田一耕助のやりくちをしっている銀造は、多くはいわずについてきた。

午前中降りしきっていた雨は小降りになって、霧のように細かい水滴が、いちめんに海のうえに垂れこめている。ランチの運転台には昨晩迎えに出た少年が坐《すわ》っていた。

対岸の町へついて村松家をきくとすぐわかった。そこはランチのつく桟橋から一丁とははなれておらず、裏の石垣はすぐ海に面している。田舎の医者らしい門構えを入っていくと、そろそろ集まった弔問客のなかから、

「あらまあ、お嬢さん、どうなすったんです。そのお手……？」

と、仰山《ぎょうさん》そうにたずねる女の声が聞えた。

「おっほっほ、いやあねえ。会うひとごとに訊かれるんですもの。昨夜、階段からすべり落ちてあっと手をついたとたん挫《くじ》いちゃったの。大したことないんだけどお母さんにうんと叱られたわ。お転婆だからって。あら、あの、どなた様でございましょうか」

と、金田一耕助と久保銀造のほうへむきなおったのは、黒っぽいスーツを着たわかい娘で、左手を包帯でまいて首からつっている。これが田鶴子という娘だろう。

「はあ、あの、沖の小島の志賀さんとこに厄介《やっかい》になっているもんですが、ちょっと御両親のお耳に入れたいことが、ございまして……」

「ああ、そう、あちらのお姉さま……」

と、云いかけて気がついたように、あたりを見まわすと、

「少々お待ちくださいまし、いま父に申してまいりますから」

田鶴子は一旦中へ入ったがすぐ出てきて、

「どうぞ」

と、案内されたのは人気《ひとけ》のない四畳半、待つ間もなく村松医師とその細君らしい、五十前後の中婆さん、それから徹もやってきた。三人とも紋服姿である。

「あなたが金田一さんですね。じつはさっき徹から話を聞いて、こちらからおうかがいしようと思っていたところでした。あなた、徹に義眼のことをお訊ねだったそうですが、それはどういう……？」

村松医師は志賀泰三のいとこだということだが、なるほどそういえばちょっと似ている。眼の大きな、鼻のたかい、若いときは相当の好男子だったろうと思われるが、泰三とちがうところは、ひどく横柄で高飛車なところである。しかし、これは田舎の医者として、あとから身についた体臭なのだろう。

「はあ、あの、ちょっと……こちら、義眼について何かお間違いでも……？」

「はあ、さっき徹から話をきいてふしぎに思って、お棺の蓋《ふた》をとってみたところが、滋の義眼がくりぬかれているんです。あなた、それについて何か御存じでも……」

村松医師も、細君も、徹も田鶴子も疑わしそうな眼で耕助の顔を見まもっている。

「ああ、なるほど、それじゃ間違いはなさそうですね」

「間違いはないってどういうんですか」

村松医師はいらいらして、まるで極《き》めつけるような調子である。

「じつは……沖の小島の奥さんが絞殺されたってこと、ご存じでしょう」

「はあ、それはさっき徹から聞きました。みんなびっくりしてるところで……さっそく駆けつけなきゃいけないんだが、こっちもこのとおりのとりこみで……」

「いや、ごもっともです」

「で、その義眼のことだが……？」

「はあ、あの、奥さんの殺されている枕もとに、義眼がひとつころがっていたんです。まるで死体を見まもるようにね」

そのときの一同のおどろきかたは、たしかに印象的だった。田鶴子のごときはキャッとさけんで畳につっぷしたくらいである。

「田鶴子、なんです。お行儀の悪い。あなたは向うへいってらっしゃい」

村松夫人がたしなめた。これまた良人《おっと》に劣らぬ見識ぶった女である。田鶴子はしかし頭を横にふったまま動かなかった。

「しかし、それは、ど、どういうんでしょう」

「さあ、どういうんでしょうかね。ひょっとすると滋君の魂が、愛するひとの最後を見とどけたんじゃないでしょうかね」

「馬鹿なことをおっしゃい」

夫人はぴしりと極めつけるように、

「それは泰三さんがくり抜いていったにきまってますよ。滋がよっぽど憎らしかったのね。そして、その義眼をつきつけて、静さんを責めたあげく、絞め殺したんですよ。いかにもあのひとのやりそうなことです」

「安子《やすこ》、おだまり」

村松医師は夫人を叱りつけておいて、

「これのいうことを気になさらないで。……ところで何か当りが立ってるもんですから。少し気がってるもんですから。……ところで何か当りが
……？　強盗でも入ったんじゃないんですか」

「さあ、いまのところまだはっきりとは……何しろいつごろ殺されたのか、それもまだよくわからない状態ですから」

「いや、すみません。わたしがいければいいのですが、何しろこの状態で……」


それから昨夜のお通夜の話になったが、いくら故人の遺言とはいえ、あんなこと打明けなければよかった。その点についてはふかく反省していると、村松医師も恐縮していた。

金田一耕助と久保銀造は、せっかく来たのだからと、仏に線香をあげ、三時の出棺を見送って村松家を出た。村松医師も葬式がすんだら駆けつけるといっていた。

「耕さん、何か収穫があったかね」

ランチに乗ったとき銀造がたずねた。

「いや、べつに……ただ、なんとなくあのひとたちに会ってみたかったんです」

金田一耕助はもの思わしげな眼で、ぼんやりと窓外を見ていたが、ふと、その眼を腰掛けのうえに落したとき、急に大きく眼をみはった。腰掛けと板壁とのあいだに、何やらきらきら光るものがはさまっている。

「おじさん、おじさん、ナイフかなにかお持ちじゃありませんか」

「耕さん、何かあったかね」

銀造の出してわたしたナイフで、その光るものを

掘りだしてみると、なんとそれはダイヤをちりばめた腕輪ではないか。しかも、中央についているロケットのようなものを開いてみると、安産のお守りが入っている。

「あっ、こ、耕さん。これゃ静さんの……」

「そ、そ、そうでしょう、こ、こ、こんな豪勢な腕輪をもってるの、あのひとしかないでしょうからね」

金田一耕助もおそろしく昂奮している。腕輪をもつ手がわなわなふるえた。

「しかし、これがどうしてここに……?」

金田一耕助は瞳をすえて、ランチのなかを見まわしていたが、

「おじさん、ちょ、ちょ、ちょっと立ってみてください。そこどいてみてください」

「こ、こ、耕さん、どうかしたかな」

銀造が立ちあがると、耕助は腰掛けの上部に手をかけてひっぱりあげたが、すると案の定蓋のように開いて、なかは箱になっている。しかも、その箱のなかは最近誰かが洗ったらしく、まだ少しぬれている。

「おじさん、おじさん、このなかに人間ひとり押しこもうとすれば入りますね」

「こ、こ、耕さん」

耕助は蓋をしめようとして、ふと、蓋の裏がわから、長い毛髪をつまみあげた。

「おじさん、あなたが証人ですよ。この髪の毛はこの蓋の裏にくっついていたのですよ」

耕助はその毛髪をていねいに紙にくるむと、

「そして、こんな長い髪の毛持ってるの、志賀夫人よりほかになさそうですね」

七

沖の小島へかえってみると、さっき着いたといって、県の警察本部から駆けつけてきた連中が、島の回りを駆けずり廻っていた。

金田一耕助が玄関から入っていくと、なかからとび出した中老の男が、いきなり耕助に抱きついた。

「金田一さん、金田一さん、あんたがこっちへきてるとは夢にもしらなかったよ。岡山へ来て、わしのところへ挨拶《あいさつ》に来んという法はないぞ。わしが県でも古狸だということをしらんのかな。あっはっは」

いかにもうれしそうに笑っているのは磯川《いそかわ》警部である。「本陣殺人事件」以来おなじみのふたりは、「獄門島」のときもいっしょに働いたので、強い友情にむすばれている。

「いやあ、さっそくご挨拶にうかがいたかったんですが、ここにいるご老体がはなしてくれませんのでね」

「あっはっは、耕さんはわたしの情人《いろ》ですからな。いや、警部さんしばらく」

「いやあ、しばらく。あんたもお元気で。……しかし、金田一さん、あんた昨夜ここへお渡りだということだが、それじゃ、もう犯人の当りはついているんでしょう」

「まさかね」

「どうだかな」

磯川警部はわざと小鼻をふくらまして、意地悪そうにジロジロ耕助の顔を見ながら、

「その顔色じゃ何だかどうも臭いですぞ」

「いやね、警部さん、ぼくは第一、犯行の時刻を知らんのですよ。それに死因なんかもはっきりわからないし……」

「ああ、そう、犯行の時刻は昨夜の十二時前後……幅を持たして午後十一時から午前一時ごろまでの間というんですがね。それから死因は扼殺《やくさつ》……両手でしめたんですな。ところがちょっと妙なところがある」

「妙なとこって?」

「下《しも》から相当出血していて、ズロースは真紅に染まってるんだが、そのわりに腰巻がよごれていない。それに汚物を吐いた形跡があるというんだが、敷布のよごれかたがこれも少《すく》ない。しかし、これは大したことじゃないかもしれんが……」

と、云いながらジロリとふたりの顔を見て、

「あっはっは、金田一さん、あんたはしらをきるのはお上手だが、こちらのご老体は駄目ですな。いまわたしのいったことに何か重大な意味があるらしいですな」

「あっはっは、おじさん、気をつけてください。この警部さん、みずから古狸と称するだけあって油断はなりませんからね」

銀造はしぶい苦笑いをうかべている。

「冗談はさておいて、警部さん、あなたがたのお考

えは……？」

「われわれのはいたって単純なもんです。昨夜のお通夜の席で、妻の不貞をきいたここの主人が、嫉妬のあまり……犯行の時間を一時とすると、時間的にもあいますからね。みなさん十二時過ぎにかえってきたそうじゃありませんか」

金田一耕助はギョッと銀造をふり返った。

「それじゃ、昨夜のお通夜の席の話は、あなたがたにもしれてるんですか」

「それゃ、お通夜ですもの、ほかにも客がいましたからね。土地の警察のものがそれらのひとから聞き出したんです」

金田一耕助はうれしそうにもじゃもじゃ頭をかきまわしている。銀造はあきれたように苦りきっていた。

「それにここの主人、若いときにもアメリカで細君をやったというじゃありませんか」

銀造の顔にはいまにも爆発しそうな憤懣《ふんまん》の色がうかんだが、金田一耕助はいよいようれしそうに、もじゃもじゃ頭をかきまわした。

「金田一さん、金田一さん、どうしたんです。あんたがその頭をかきまわすとどうも臭い。何かしってるなら教えてください」

「失礼しました、警部さん、それじゃ、お秋さんをここへ呼んでくれませんか」

お秋はあの腕輪を見ると、言下に静子のものだと断言した。そして、そこに安産のお守りが入っているから肌身離さず、寝るときも身につけていたと附加える。

「処で、お秋さん、昨夜奥さんが外出されたという様な疑いはないでしょうかね」

お秋はそれを聞くと、ギョッとしたように、耕助の顔を見たが、やがて低い声で、

「じつはそれについて、あたし、不思議に思ってることがあるんです」

「不思議というと……」

「じつは、あの、ぶしつけな話ですが、奥さまがお腰のものの下にズロースを召してらしたってこと……」

「そ、そ、それがどうして不思議なんですか」

「奥さまは和服のときには、ズロースを絶対にお召しになりませんでした。ズロースをはいてるとつい

気のゆるみから、無作法なまねがあってはならぬとおっしゃって……ましてや、おやすみになるというのに……」

「お秋さん、お秋さん、しかし、奥さん、ズロースをはくばあいもあるんでしょう。持っていらっしゃるところをみると……」

「ええ、それは洋装のときはもちろん」

「お秋さん、奥さんの洋服を調べてください。ああ、それから自転車がこわれてるといってましたね。いつ、こわれたんですか」

「それがおかしいんです。今朝、徹さんに用達《ようだ》てようと思って自転車置場……玄関の外にあるんですが、そこへいってみたらこわれてたんです。しかも泥だらけになって」

「わかりました。それじゃ、洋服をひとつ調べてください。ああ、それから、樋上さんにここへくるようにいってくれませんか」

お秋といれちがいに樋上四郎が入ってきた。志賀泰三と同年輩のはずだが、顔じゅうにふかい皺がきざまれたところに、不幸な人生が忍ばれて、年齢《とし》もよほど老けてみえる。

金田一耕助はにこにこしながら、

「樋上さん、また同じようなことが起りましたね。二度あることは三度あるというが……」

樋上はちらと上眼使いに耕助を見ると、

「しかし、……しかし、……今度はわたしじゃない。わたしは何もしなかった」

樋上は喘《あえ》ぐようにいう。

「しかし、あんたはゆうべ奥さんの部屋へ入っていったんでしょう。なんのために、あの部屋へ入っていったんですか」

樋上はまた上眼使いに耕助を見ると、恐怖の色をいっぱいうかべて、

「しかし、そ、そ、そのとき奥さんはいなかったんです。わたしゃ半時間あまり待ったんですが、奥さんはとうとうかえってこなかった。そのうちに、わたしが呼鈴にさわったとみえて、あのお秋さんが用事を聞きにきたりしたんで、わたしはあきらめて自分の部屋へかえったんです」

耕助は磯川警部の顔を見ながら、

「ねえ、樋上さん、わたしはあんたが奥さんを殺したといってるんじゃないんですよ。奥さんが外出し

てたことはわたしもしってる。わたしの聞きたいのは、なんの為に、あんたが奥さんの部屋へ入っていったか……」

「はあ、それは、……昔、わたし志賀さんの奥さんを殺したことがあるんで……」

磯川警部はギョッとして樋上の顔を見た。

「いや、警部さん、いいんです。いいんです。このひとは自首して出て、むこうで刑期をすましてきているんですから。……樋上さん、それで……？」

「はあ、あの、そのことを志賀さんは黙っておれ内緒にしとけとおっしゃるんですが、わたし、それではなんだか不安で、不安で……」

「不安というのは……？」

「はあ、さっきあなたが、二度あることは三度あるとおっしゃったように、わたしまた、あの奥さんののどを絞めるようなはめになるんじゃないかと……。あの奥さんに親切にしていただけばいただくほど、なんだか怖くなって……それで、奥さんにわたしのことをよくしっていただいて、お互に用心したほうがよくはないかと……それで、ゆうべ志賀さんの留守を幸《さいわい》に、お話に上ったんです。わたし、あんないい奥さんを殺そうなどとは夢にも思いませんがそれでいながら、夢に奥さんののどを絞めるところを見たりして……」

樋上四郎はポトリと膝《ひざ》のうえに涙を落す。

そこへお秋が入ってきて、

「あの……黒のスーツが一着と、それからお靴も一足……」

八

金田一耕助は縁側の外に、累々層々と重なりあっている屋根の勾配に眼をやり乍《なが》ら、

「ねえ、警部さん、推理のうえで犯人が誰だということはわかっていても、それを証拠立てるということはむつかしい。ことに新刑法では、本人の自供は大して意味がなく、物的証拠の裏附けがたいせつですが、この事件の場合、完全に証拠を蒐《しゅう》集《しゅう》してるかどうか……」

耕助は庭前の霧雨から磯川警部に眼をうつして、

「いまお聞きになったとおり、こちらの奥さんは昨夜ここにいられなかったんです。少くとも十一時半

から十二時ごろまで、即ち、樋上四郎があの座敷にがんばっているあいだ、奥さんがそこにいなかったことはたしかですね。では、奥さんはどこにいたか、おそらく対岸の町にいたんじゃないかと思うんです。そして、犯行の時刻を十一時ごろとして矛盾がないとすれば、奥さんはむこうの町で殺されたんでしょう」

磯川警部はギョッとしたように耕助を見る。そして、何かいおうとするのを、

「いや、まあ、待ってください。おいおい話していきますから。さて、そのとき奥さんは、黒のスーツを着ておられたが、犯人は殺害後それをぬがせ、ズロースひとつの裸の体を、ランチの腰掛の下にかくしておいたんです」

警部がまた何かいおうとするのを耕助は手でおさえて、

「このことだけは、腰掛けの下を綿密に検査すれば証明出来ると思います。犯人は腰掛けの下を洗ったようですが、下《しも》から相当出血があったとすれば、まだ血痕がのこっているかもしれませんし、汚物の跡なども検出できると思います」

磯川警部は強い息を吸って大きく肯《うなず》く。

「それにこの毛髪が腰掛けの蓋のうらにくっついてましたから、これを奥さんの毛髪と比較することによって、奥さんの死体……少くとも体が、いっとき、あの腰掛のなかにあったということは証明出来ましょう。さて、犯人は奥さんの死体をランチのなかにかくして、ここへ運んできたんですが、それはいつか。……自分でかってにランチを動かせば怪しまれますし、こちらでも音をききつけてすぐ気がつきます。だから、それにはただひとつのチャンスしかない。すなわち、われわれがあのランチでこちらへやってきたとき……」

「耕さん、耕さん」

とつぜん銀造が口をはさんだ。

「それじゃ、我々は死体と一緒に……」

「そうですよ。おじさん。あのとき、志賀さんが泣き伏していた腰掛けの下に、奥さんの死体が横たわっていたんです」

銀造はいまさらのように身ぶるいをする。

「さて、ランチがこっちへつくと、犯人は死体をそこから取り出し、寝室へはこんだんですが、それ

は誰か。少くともおじさんとぼくはそれでないことははっきりしてますね。すると残りは志賀さんと徹君です。このふたりとも、対岸の町にいたんだから、奥さんを殺すチャンスはあった。また、ふたりとも奥さんの死体を、寝室へはこびこむチャンスを持っている。しかし、死体のあの情況からして、志賀さんは除外してもいいと思うんです」

「死体のあの情況というと……？」

「犯人はね、奥さんはあの部屋で絞め殺されたと見せかけようとしたんです。だから寝間着を着せておくほうがより自然ですね。ところがその寝間着は蒲団の下にしかれていたので、犯人には見つからなかったんです。ところが志賀さんなら、いつも閨房《けいぼう》をともにしているんだから、奥さんのそういう習慣をしってたはずです。だから、これは志賀さんではない。残るひとりの徹君……徹君は寝間着が見つからなかったので、せめて腰巻だけでもと、奥さんが出かけるとき、脱いでおかれた腰巻をさせておいたんです」

「しかし、徹という男がなぜにまた……」

「いや、それを考えるまえに、奥さんがなぜ、誰にも内緒で出かけたか、……そのことから考えましょう。一昨日、村松先生がここへ診察に来られたというから、そのとき、奥さん、脅迫的に呼び出されたんじゃないでしょうか。滋君との昔の関係をたねに、滋が死んだら、いちど死顔でも見てやってくれと」

「それじゃ、親子共謀だというんですか」

磯川警部は思わず眼を見張る。

「いや、もうひとつ、自転車のことがありますね。徹君はそう長く、お通夜の席をはずすわけにはいかなかったでしょう。だから田鶴子という娘がそれに乗って、こっそりここへ返しにきたんじゃないか。そして、途中で自転車がころんで、自転車はこわれるし、自分は腕を折るし。……」

「耕さん、耕さん！」

銀造が喉を絞められた様な音《ね》をあげた。

「それじゃ、一家全部で……？」

「いや、まあ、それだけのねうちはありますね。静子さんは志賀さんのたねをはらんでいた。それを殺して、志賀さんを罪におとせば、これだけの財産がどこへころげこむかということを考えればね」

金田一耕助はものうげに首をふると、

「しかし、警部さん、これはあくまで推理にとどまって、証拠というのは毛髪と腕輪と、腰掛けの下の状態だけ。徹君の犯行を証拠立てるのは困難でないかもしれぬが、共同謀議ということを証明するのはなかなかむずかしい。村松医師というのは相当の人物のようですから。まあ、御成功をいのります」

三人はしばらく黙りこくっていたが、銀造がふと思い出したように、

「しかし、耕さん、あの義眼は……？」

「ああ、あれはやっぱり志賀さんが持ってかえったんじゃないでしょうか、どういう意味で持ちかえったのかしれませんがね。ねえ、おじさん、犯人というものは、自分の計画以外のことが起ると、とても不安をかんじるもんです。義眼が死体のそばにあったといったとき、あの連中がいかにおどろいたか。……田鶴子のごときは泣き出しましたね。おそらく滋君はほんとうに静子さんを愛して、その幸福をいのって死んだんでしょう。だから、その義眼が死体を視まもっていたとぼくがいったとき、あの娘、急にこわくなったんですね」

金田一耕助はそこで立ちあがると、縁側へ出て、霧雨けむる高楼に眼をやりながら、思い出したように身ぶるいをした。

義眼に就ては後に志賀がこういっていた。

「わたしは結婚まえに静子と滋の関係はまえからしっていたんだ。しかし、そんなことわたしの眼中にはなかった。わたしはきっと自分の誠意で、静子に惚れさせてみせるという自信があったし、そして、事実そのとおりになったんだ。しかし、静子がそのことを内緒にして、いつも心を苦しめているので可哀そうでならなかった。だから滋が死んだのを機会に、何もかも知っていたということを打明けて安心させてやろうと思った。それと同時に静子に滋にたいするお別れをさせてやりたかったんだが、滋の死体を持ってくるわけにはいかん。そこで義眼を持ってかえったんだ。義眼をくりぬいたのは、村松が満座のなかで、滋と静子の関係をばくろするまえだったので、わたしもあんなに動揺しておらず、悪戯心もあったんだ。しかし、そのあとで、満座のなかで……しかも腹の子を滋の子かもしれんなどと……あんまり無茶なことをいうもんだから……おまけに……おまけに、馬鹿なわたしがひょっとすると……

などと考えて……静子……静子……許してくれ。ほんのちょっとでもおまえを疑うなんて……」

志賀泰三はその後間もなく蜃気楼島をひきはらって、樋上とともにふたたびアメリカへ渡ったという。かれのような人間には、このセチ辛い日本はふさわしくなかったと見えるのである。

睡《ねむ》れる花嫁

一

ちかごろは兇悪な犯罪や陰惨な事件がつぎからつぎへと起って、ほとんど応接のいとまもないくらいだが、これからお話しようとする「睡《ねむ》れる花嫁」の事件ときたら、その陰虐さにおいて比類がなく、この事件の真相が究明されたときには、さすがに大犯罪や怪事件に麻痺《まひ》した都会人も、あっとばかりに肝をつぶしたものである。

それは兇悪であるばかりでなく陰惨であった。陰惨であるばかりでなく不潔であった。しかもあいついでおこった陰惨にして兇悪、兇悪にして不潔な「睡れる花嫁」事件の底には、ほとんど常識ではかんがえもおよばぬような、犯人のゆがんだ狡智《こうち》と計画がひそんでいたのだ。

さて、それらの事件の露頭がはじめて顔を出したのは、昭和二十七年十一月五日の夜のことだったが、その顛末《てんまつ》というのはこうである。

その夜十一時ごろ、S警察署管内にあるT派出所づめのパトロール、山内《やまうち》巡査は受持区域を巡廻すべく、十一時ごろ、同僚の石川《いしかわ》巡査と交替で派出所を出ていった。

人間の運命ほどわからないものはなく、これが生きている山内巡査を見る最後になろうとは、石川巡査も気がつかず、また、当の本人、山内巡査も神ならぬ身のしるよしもなかった。

しかし、あとから思えば虫がしらせたというのか、山内巡査は出るまえに、石川巡査とこんな会話をかわしたそうだ。

「いやだなあ。また、あのアトリエのそばを通らねばならんのか。おれゃ、あのアトリエのそばを通るとき、いつもゾーッと総毛立つような気がするんだ」

「あっはっは、そんな臆病なことをいってちゃ、この職業は一日もつとまらない」

「いや、おれじしん、そんな臆病な人間とは思っちゃいない。巡廻区域のなかにゃ、もっともっと淋《さび》しいところもあるんだが、あのアトリエだけは苦手だな。いまいましい、どうしてはやくぶっこわしてしまわないのかな」

「そんなことをいったって、持主の都合もあるんだろう。まあいいからはやくいって来たまえ。いやな仕事を片附けて、あとで何かあったかいものでもおごろうじゃないか」

「ふむ、そうしよう、じゃ、いってくるよ」

そうして山内巡査は出かけたのだが、それきり生きてふたたび、派出所へかえってくることはなかったのである。

いったい、S警察署のあるS町というのは、郊外の相当高級な住宅街で、やたらに樹木が多く、夜などたいへん淋しい町だ。しかも、そこにはS学園という、幼稚園から大学まで包括する大きな学校もあり、昼間の人口と夜の人口とのあいだに、相当のひらきがあるといわれるくらい、夜ともなればしずかなところである。

おまけに、山内巡査の受持ち区域というのが、S学園からS町のはずれへかけての、この町でもいちばんさびしい区画だ。山内巡査はこの区域を、いつもあんまり好んでいなかったが、夜のパトロールのときはことにいやだった。

それというのが、さっき石川巡査とのあいだに話が出た、あのアトリエのことがあるからだった。そのアトリエというのは、S学園の建物を通りすぎて、人家もまばらな畑地へさしかかると間もなく、むこうに見えてくるのである。

それはもうながく住むひともなく、荒れるにまかせてあるうえに、いちばんちかい隣家からでも、百メートル以上もはなれており、おまけに亭々《ていてい》たる杉木立にとりかこまれて、めったに陽のさすこともなく、昼間見ても、ゾーッと総毛立つほど陰気で、いかにも曰《いわ》くありそうな建物なのだ。

しかも、じっさいそのアトリエには、世にも陰惨な歴史があるのだ。

それはまだ山内巡査がこの土地をしらないまえの出来事だったが、いつか同僚の石川巡査からきかされた、その陰惨なエピソードの記憶が、夜の巡廻の途次《とじ》など、ことになまなましく脳裡《のうり》によみがえってくるのだ。

それはいまから数年まえの秋の出来事だった。

当時、そのアトリエには樋口邦彦《ひぐちくにひこ》という画家が、細君とふたりきりで住んでいた。樋口邦彦というのは、その当時の年齢で、四十ちかかったそうだが、それに反して、細君の瞳《ひとみ》というのは、まだ若い、しかし病身そうな女であった。

じっさい、瞳は肺をわずらっていたのだ。彼女はそれより一年ほどまえまで、銀座《ぎんざ》裏のキャバレーで、ダンサーとして働いていたところを、樋口邦彦と相識って、同棲することになったのだが、キャバレーにいるころから、ときどき喀血《かっけつ》していたという。

しかも、その病勢は樋口と同棲することによって、快方にむかうどころか、いっそう昂進していった形跡がある。げんに瞳がそのアトリエに住むようになって以来、定期的に診察していた医者は、ふたりに別居するようにと、切にすすめたそうである。かれらの異様な愛欲生活が、女の病勢をつのらせていることが、はっきりわかっていたからだ。

しかし、瞳はわらってとりあわず、樋口も彼女を手ばなさなかった。

かわりものの樋口は、近所づきあいというものをほとんどやらなかったが、それでも御用聞きやなにかの口からもれて、かれの瞳にたいする熱愛ぶりは、近所でもしらぬものはなかった。

それは瞳の病勢が、いよいよつのってきた八月ごろのことである。

旦那さんが病室へたらいを持ちこんで、まるで、赤ん坊に行水をつかわせるように、奥さんのからだのすみずみまで洗っていただの、奥さんのおしもの世話は、いっさい旦那さんがおやりだの、それでいて、毎晩旦那さんは奥さんといっしょにおやすみだのというような、顔の赧《あか》くなりそうな噂が、御用聞きの口からもれて、聞くひとの眉《まゆ》をひそめさせた。

そのうちに十月になると、誰ももう瞳のすがたを見なくなった。声も聞かなかった。

御用聞きが訊ねると、奥で寝ている。ちかごろはだいぶん快《い》いほうだと、樋口はにこにこしながらこたえた。そのようすにはべつに変ったところも見られなかった。

だが、そのうちに樋口は、御用聞きたちをしめ出してしまった。表も裏もしめきって、必要な品はじぶんで店まで買いにいった。

そういう樋口のようすに、ここにひとり、疑惑を抱くものが現われた。それは酒屋の小僧の浩吉《こうきち》という少年で、町でも評判のいたずら小僧だった。

かれはある日、樋口が買物に出かけるのを待って、垣根のなかへしのびこんだ。瞳の病室はアトリエから廊下づたいでいける日本座敷であることを、浩吉はまえからしっている。

ところがその病室には雨戸がぴったりしまっていた。いや、病室ならず、どこもかしこも、雨戸や鎧《よろい》扉《ど》がしまっていた。

浩吉の胸はいよいよ騒いだ。結核患者にとって、新鮮な空気がなによりも必要なことを浩吉もしっていた。だから風のない日には、どんな寒い季節でも、瞳はガラス戸を開放して寝ていた。それにもかかわらず昼日中から、雨戸をぴったりしめきっているとは……？

そのことと、もうひとつ、浩吉の胸をはっと騒がせたものがあった。それはどこからともなく匂うてくる、なんともいえぬいやな匂いだ。胸がむかむかするような、吐気をもよおしそうないやな匂い……しかも、どうやらそれは雨戸のなかから匂うてくるらしいのである。

浩吉は思わず武者ぶるいをした。かれはいまや好奇心と功名心のとりこになっていたのだ。ひょっとすると、じぶんが世にも異様な犯罪の発見者になるかもしれないという自覚が、かれに武者ぶるいをさせてやまなかった。

浩吉はどこかなかへ忍びこむすきまはないかと、家のまわりをさがしてあるいた。そして、アトリエの窓の鎧扉のひとつが、かなりいたんでいるのに眼をつけた。悪戯《いたずら》小僧の浩吉には、それをこわして、そこから忍びこむくらいのことは朝飯前だ。

浩吉はこの家の間どりをよくしっている。アトリエから廊下づたいに、薄暗い病室のまえまでくると、襖《ふすま》のむこうからまたしても、胸のむかむかするようないやな匂いが、いまにも嘔吐《おうと》をもよおしそうなほど強く匂ってきた。

浩吉はぐっとひと息吸いこむと、それから思いきって襖をひらき、手さぐりに壁ぎわのスイッチをひねった。

と、そのとたん、この季節にもかかわらず、おびただしい蠅《はえ》がわんわんとびたち、お座敷用のひくいベッドのなかに、世にも気味のわるい死体が横たわっているのを発見したのである。

浩吉のような子どもにも、ひとめ見てそれが死体とわかったのは、それが死後、相当の時日が経過して、かなり腐らんの度がすすんでいたからだ。あのまがまがしい臭気と、おびただしい蝿は、その腐らん死体から発するものだった。……

この陰惨な事件は、当時大センセーションをまきおこした。

樋口邦彦はただちに逮捕され、死体は解剖に附された。しかし、他殺の痕跡はなく、大喀血による死亡であることが確認された。

だから、ただそれだけならば、死亡届けを怠り、死体をいつまでも手許においたという罪だけですむのだろうが、世にもいまわしいことには、その死体に死後も愛撫されていたらしい形跡が、歴然とのこっていたことである。

それについて、樋口邦彦はこういったという。

「それは故人の遺志だったのです。瞳は息をひきとるまえに、わたしにむかってこういったのです。わたしが死んでも火葬になどせず、いつまでもおそばにおいて愛しつづけてくださいと。……」

樋口はもちろん精神鑑定をうけた。しかし、べつに異常を来しているふうもなかった。かれは起訴され、断罪された。いま刑務所にいるはずである。

その後、アトリエに附属する建物はとりこわされて、どこかへ転売されていったが、アトリエのほうは立ちくされたまま、いまも無気味なすがたをさらしているのだ。

二

さて、まえにもいった昭和二十七年十一月五日の夜、このアトリエのまえまでさしかかった山内巡査は、アトリエの窓からもれるあかりを見て、思わずぎょっと足をとめた。

そのあかりというのは、どうやらマッチの火らしく、一瞬にしてめらめらと消えてしまったのだから、もし山内巡査がとくべつに、このアトリエに関心をもち、無意識のうちにも注目していなかったとしたら、気がつかずに通りすぎていたかもしれない。それに気がついたのが山内巡査の不運だった。

山内巡査は危く立ち枯れそうになっている、杉の生垣に身をよせて、いまあかりのもれた窓を往視していたが、二度とあかりはもれず、その代りどこかで蝶番《ちょうつがい》のきしる音がした。誰かがアトリエの扉を開いたのだ。

山内巡査が小走りに、門のほうへ走っていくのと、門のなかからひとりの男がとびだしたのと、ほとんど同時だった。相手は山内巡査のすがたを見ると、ぎょっとしたように、大谷石《おおやいし》の門柱のそばに立ちすくんだ。

「君、君」

と、山内巡査は声をかけて、懐中電灯の光をむけながら、その男のほうへちかよった。

懐中電灯の光のなかに浮きあがったのは、鳥打帽子《とりうちぼうし》をまぶかにかぶり、大きな黒眼鏡《くろめがね》をかけ、外套《がいとう》の襟《えり》をふかぶか立てた、中肉中背の男のすがただった。男は外套の襟を立てているのみならず、マフラーで鼻から口をつつんでいるので、顔はほとんどわからない。

それがいっそう山内巡査の疑惑をあおった。

「君はいまあのアトリエのなかでなにをしていたんだね」

山内巡査はするどく訊ねた。

「はあ、あの……」

相手はまぶしそうに懐中電灯の光から眼をそらしながら、ひくい声でもぐもぐいったが、山内巡査にはよく聞きとれなかった。

「君はこの家が空家《あきや》だということをしってるかね」

「しってます」

相手はあいかわらず、ひくい不明瞭な声である。

「その空屋のなかでいったいなにをしていたのかね」

「ここはぼくの家ですから」

山内巡査はそれを聞くと、思わずぎょっと相手の顔を見直した。しかし、あいかわらず鳥打帽子と黒眼鏡、マフラーと外套の襟で顔はほとんどわからない。

「君の名は……?」

「樋口邦彦……」

低い、陰気な声である。

山内巡査はなにかしら、総毛立つような気もちがして、思わず一歩しりぞいた。かれはここへくるみちすがら、樋口という男のことを考えていたのだ。

「樋口邦彦というのは君かあ?」

山内巡査は思わず問いかえしたが、相手はそれにたいしてなんとも答えず、あいかわらず無言のまま門柱のそばに立っている。

山内巡査はまたあらためて、黒眼鏡のおくをのぞきこんだが、あいにく懐中電灯の光を反射して、眼鏡が黄色くひかっているので、そのおくにどんな眼があるのかわからなかった。

なるほど、しかし、樋口邦彦なら顔をかくすのも無理はないと山内巡査はかんがえた。この近所では顔をしられているのだろうし、昔の浅ましい所業を思えば、とても顔を出してはおけないのだろうと、山内巡査は善意に解釈した。だが、しかし、訊くだけのことは訊かねばならぬ。

「しかし、樋口邦彦なら、いま刑務所にいるはずだが……」

「最近出所したのです」

「いつ?」

「一ケ月ほどまえ……」

山内巡査はちょっと小首をかしげて考えた。このまま見のがしてよいだろうか。……しかし、なんとなく不安である。

「とにかく、ぼくといっしょにアトリエへ来たまえ。そこで君が何をしていたか聞かせてもらおう」

しかし、相手は無言のまま門柱のそばをはなれようとしない。

「おい、来ないか」

相手のそばへ立ちよって、その手をとろうとした山内巡査は、どうしたのか、とつぜん、

「ううむ!」

と、低い、鋭いうめきをあげると、そのまま、骨を抜かれたように、くたくたとその場にくずれていった。見ると、樋口邦彦と名のる男の右手には、血に染まった鋭い刃物が握られている。

黒眼鏡の男は相手が倒れるのを見ると、ひらりとそのうえをとびこえて、そのまま闇のなかを逃げていく。

山内巡査は腰のピストルに手をやったが、もうそれを取りあげる気力もなかった。

あのアトリエの隣家(と、いってもまえにも云ったとおり百メートル以上もはなれているのだが)に

住む、村上章三《むらかみしようぞう》という人物が、その場に通りかかったのは、それから五分ほどのちのことである。

村上氏は門柱のそばに落ちている懐中電灯の光に眼をとめて、不思議に思って立ちよってきた。そして、そこに血糊《ちのり》のなかにのたうちまわっている山内巡査を発見したのだ。

さいわい、村上氏のうちには電話があったので、ただちにこの由が警察へ報告され、係官が大勢どやどやと駈けつけてきた。山内巡査の体はすぐにもよりの病院へかつぎこまれたが、そのころにはまだ山内巡査の生命もあり、意識もわりにはっきりしていたので、樋口邦彦なる人物を、職務訊問した顚末《てんまつ》が虫の息のうちにも語られた。山内巡査はそれを語りおわって、不幸な生涯をとじたのである。

そこでただちにこの由が警視庁へ報告され、警視庁から全都にわたって、樋口邦彦の指名手配がおこなわれたが、いっぽう例のアトリエは、S署の捜査主任井川《いがわ》警部補と、二三の刑事によって取調べられた。そして、そこに世にもおどろくべき事実が発見されたのである。

いったい、建物というものは、住むひとがないと、かえっていっそう荒廃するものだが、そのアトリエも御多分にもれず、ものすごいほどの荒れようだった。雨もりがはげしいらしく、したがって床のある部分はぼろぼろに腐朽していて、うっかり脚を踏みこもうものなら、そのままめりこんでしまうおそれがあった。蜘蛛《くも》の巣がいちめんに張りめぐらされ、壁つちはほとんど剝《は》げおちていた。

井川警部補と三人の刑事は、顔にかかる蜘蛛の巣を、気味悪そうに払いのけながら、懐中電灯をふりかざして、このアトリエのなかへ入っていったが、とつぜん、刑事のひとりが、

「あっ、主任さん、あんなところに屛風《びょうぶ》が張りめぐらしてある!」

と、さけびながら懐中電灯の光をむけた。

見ればなるほど、アトリエのいちばんおくまったところに、屛風がむこうむきに張りめぐらしてある。

この荒廃したアトリエと、日本風の屛風。この奇妙な取りあわせが、警部補や刑事に一種異様な戦慄《せんりつ》をもたらした。一同はぎょっとしたように、しばらく顔を見合せていたが、

「よし、いってみよう」

と、警部補はせんとうに立って、屏風の背後へ近よると、そのむこうがわへ懐中電灯の光をさしむけたが、そのとたん、

「ううむ！」

と、鋭くうめいて、はちきれんばかりに眼を見張った。

屏風のむこうには、いささか古びてはいるけれど、眼もあやなちりめんの夜具《やぐ》がしいてあり、夜具のなかには高島田《たかしまだ》に結った女が、塗枕《ぬりまくら》をして眠っている。

……

いや、いや、それは眠っているのではない。死んでいるのだ。しかも、死後相当たっているらしいことは、そこから発する異様な臭気から察しられる。女は紅白粉《べにおしろい》も濃厚に、厚化粧をしているけれど、顔のかたちはややいくらかくずれかけている。

「畜生！」

井川警部補はするどく口のうちで舌打ちした。

樋口邦彦という男が、かつてこのアトリエのなかで、どんなことをしたかしっている警部補は、こんやここから逃げ出したその男が、腐らんしかけたこの女の死体に、いったいなにをしかけたのか、想像出来るような気がするのだ。

警部補はなんともいえぬ忌《いま》わしい戦慄をかんじながら、金屏風のまえに横たわった、花嫁すがたの女の死体を視《み》つめていたが、そのとき、とつぜん刑事のひとりが、しゃがれた声で注意した。

「主任さん、主任さん、これゃあの女ですぜ。ほら手配のあった写真の女……天命堂《てんめいどう》病院からぬすまれた死体の女……」

井川警部補はそれを聞くと、さらにはちきれんばかりに眼を視張って、女の顔を視つめていたが、

「ううむ！」

と、またもや鋭くうめいた。

三

渋谷《しぶや》道玄坂《どうげんざか》附近に、天命堂という病院がある。その三等病室に入院していた河野《こうの》朝子《あさこ》という女が、十一月二日の正午ごろに死亡した。

病気は結核で、相当ながい病歴をもっていたが、天命堂病院で気胸《ききょう》の手術をうけていたのがかえって悪かったらしく、にわかに病勢が悪化して、半月ほ

どの入院ののち、とうとういけなくなったのである。

河野朝子は渋谷にあるブルー・テープという、あんまりはやらないバーの女給だった。いや、女給というより、ブルー・テープを張店《はりみせ》にして、客をあさる時間外の稼業のほうが、本職のような女であった。

彼女には東京に親戚がなかったので、ブルー・テープのマダム水木加奈子《みずきかなこ》がそのなきがらを、引きとることになっていた。加奈子はお店へなきがらを引きとって、形ばかりでもお葬《とむら》いを出してやるつもりだといっていた。

ところがその死体について妙なことが起ったのだ。

病院では死体移管の手続きをおわって、ブルー・テープから受取りにくるのを待っていたが、すると、二日の夜おそく、加奈子の使いのものだと称して、男がひとりやってきた。

その男は中肉中背で、鳥打帽子をまぶかにかぶり、大きな黒眼鏡をかけ、風邪でもひいているのか大きなマスクをかけていた。そのうえに外套の襟をふかぶかと立てているので、顔はほとんどというより、全然わからなかった。

その男は事務室へ、水木加奈子の手紙を差出《さしだ》した。文面はこのひとに、河野朝子の死体をわたしてほしいというのだが、この手紙はのちに加奈子の筆跡と比較された。そして、それが全然ちがっており、贋《にせ》手紙であることが立証された。

しかし、病院ではそんなこととは気がつかなかった。まさか死体をぬすんでいこうなどという、ものずきな人間があろうとは思わなかったのだ。

ただ、あとになって、死体引渡しに立ちあった、山本《やまもと》医師と沢村《さわむら》看護婦の語るところによると、

「そういえば、病室へ入っても帽子もとらず外套もぬがず、失敬なやつだと思っていました。それにほとんど口もきかず、こちらが型どおりおくやみを述べてもただうなずくだけで、冷淡なやつだと思っていましたが、まさか死体泥棒だったとは……」

「わたしも、死体がぬすまれたとわかってから気がついたんですが、なんとなく陰気なひとで、ゾーッとするような印象でしたね。病室から死体運搬車で玄関まで死体をはこんだんですが、そのあいだもひとことも口をきかずに……そうそう、左の脚が悪いらしく、すこしびっこを曳いてたようです」

その男は玄関まで死体を運んでもらうと、雑役夫

にたのんで、死体を表に待たせておいた自動車へはこびこませた。そして、みずから運転して立ち去ったというが、誰もこれが贋使者としらないから、車体番号に注意を払うものもなかった。

ところが、この自動車が立ち去ってから、一時間ほどのちのことである。

水木加奈子の代理のものから電話がかかって、こんやは都合がわるいから、死体の受取りはあしたにしてほしいといってきたから、病院でもへんに思った。

そこで、さっき使いのものがやってきたので、死体をわたしたと話すと、電話口へ出た水木加奈子の代理の女は、ひどく驚いたらしかった。

そんなはずはない、ママはこんやじぶんで受取りにいくつもりだったが、宵《よい》から胃痙攣《いけいれん》をおこして苦しんでいるので、使いなど出したおぼえはないと云いはった。そこでさんざん押問答をしたすえ、それじゃ、ともかくママと相談して、誰かが出向いていくからと、代理の女は電話を切った。

それから半時間ほどたって、水木加奈子の養女しげると、死んだ朝子の朋輩《ほうばい》原田由美子《はらだゆみこ》というふたりの女が、天命堂病院へかけつけてきたが、やっぱり加奈子に使いを出したおぼえはないと聞いて、病院でもおどろいた。試みに使いの持ってきた手紙を見せると、ふたりとも言下に加奈子の筆跡ではないと否定した。

それから騒ぎが大きくなって、警視庁から等々力《とどろき》警部が出張し、病院の関係者はいうにおよばず、ブルー・テープのマダム水木加奈子、加奈子の養女しげる、さらに通い女給の原田由美子が取調べられたが、死体泥棒の正体については、誰もこれといった証言を提供することはできなかった。

その日も、ブルー・テープは平常どおり開業しており、客も相当あったが、それらの客のなかには、朝子の死体がこんやおそくかえってくることを、しげるや由美子から聞いていったものもあるというから、あるいはそれらの客のうちのだれかが悪戯をしたのかもしれなかった。しかし、だれも左脚が不自由で、びっこをひいている男に、心当りはないという。

マダムの加奈子は、十時ごろには死体をひきとりにいくつもりだったが、その一時間ほどまえから胃痙攣がはげしくなったので、店のほうはしげると由美子にまかせておいて、じぶんは離れになっている寝室へしりぞいた。ところが、いつまでたっても胃の痛みが去らないので、あまり病院を待たせてもと、十一時ごろ、養女のしげるに電話をかけさせたのだという。

これが二日の夜の出来事で、それ以来、警察のやっきとなった捜索にもかかわらず、杳《よう》としてわからなかった朝子の死体が、はからずもS町のいわくつきのアトリエから発見されたのである。しかも、世にもあさましい睡れる花嫁として。……

四

「ああ、これはひどい。これはひどい。これゃ人間の所業じゃないな」

むっと異臭のただようアトリエのなかを、檻《おり》のなかのライオンのように、行きつもどりつしながら、顔をしかめてつぶやくのは、ほかならぬ金田一耕助《きんだいちこうすけ》である。あいかわらず、よれよれの着物によれよれの袴《はかま》をはいて、頭は例によって雀《すずめ》の巣のような蓬髪《ほうはつ》である。

金屏風のむこうがわでは、医者や鑑識の連中が、いそがしそうに立ちはたらいている。刑事がアトリエを出たり、入ったり、捜査主任の等々力警部の差図《さしず》を仰いで、どこかへとび出していったりした。アトリエの外には新聞記者が大勢つめかけている。

十一月六日、薄曇《うすぐも》りの朝十時ごろのことである。

金田一耕助は天命堂病院の死体盗難事件にひどく興味をもっていた。かれはその事件がただそれだけにとどまらないで、なにかしら、薄気味悪い事件に発展していきそうな予感を持っていたのだ。

ところが今朝の新聞を見ると、果然、その死体は警官殺しという血なまぐさい事件をともなって発見されたのだ。しかも、睡れる花嫁として。……

金田一耕助はその記事を読むと、すぐに警視庁の等々力警部に電話した。さいわい、警部はまだ在庁して、これからS町へ出向くつもりだから、なんならすぐにということだった。そこで警視庁へ急行した金田一耕助は、そこから警部たちと、このいまわしい現場へ同行したのである。

医師の検屍や鑑識課の指紋採集、さては現場撮影などがおわると、金田一耕助は等々力警部にうながされて、はじめて金屛風のむこうへ入った。

河野朝子は昨夜、井川警部補が発見したときと同じ姿勢で、絹夜具のうえに横たわっている。しかし、掛蒲団ははねのけられて、派手な緋《ひ》ぢりめんの長襦袢《ながじゅばん》をきた姿が、この荒廃したアトリエの空気と、異様なコントラストをしめして無気味だった。

それに、すでに形のくずれかかった青黒い死体が、頭もおもたげな文金《ぶんきん》高島田に結い、眼もさめるような長襦袢をきているところが、なんだか木乃伊《ミイラ》の粧《よそお》いでも見るように薄気味わるかった。

「あの頭はかつらなんですね」

「そう」

「犯人はここで死体と結婚したわけですね」

「結婚……？」

と、等々力警部はちらりと金屛風に眼をやって、

「ふむ、まあ、そういうことになりますな。死体は愛撫されているんだから」

等々力警部はそういって、ぺっと唾《つば》を吐くまねをした。さすがものなれたこの老練警部も、いかにも胸糞《むなくそ》が悪そうだ。

「ところで犯人と目されている樋口邦彦という男には、これと同様な前科があるんですね」

「ええ、そう、だからこの事件、警戒を要すると思うんですね。最初の事件で味をおぼえて、そういう習性がついたとすると、今後もまた、こういうことをやらかすんじゃないかと思ってね」

「なるほど、それもかんがえられますね」

「なにしろ、警官をさしころすほど、デスペレートになっているとすれば、あいつのこれに対する願望は、非常に深刻かつ兇暴なものになっていると思わなければなりませんからな」

金田一耕助はくらい眼をして、哀れな犠牲者の頭を見ていたが、何を思ったのか、急にゾクリと肩をふるわせる。

「金田一さん、どうかしましたか」

「いえね。警部さん、ぼくはいま警部さんのおっしゃった言葉から、とても恐ろしいことを連想したんです」

「恐ろしいこととは……？」

「警部さんはいま、そいつの願望が非常に深刻かつ、兇暴なものになっていると思わなければならぬとお

っしゃったでしょう。ところで、死体を手にいれるということは、そう楽な仕事じゃありませんね。ことに若い女の死体と限定されているんですから。だから、死体が手に入らないとすると……?」

「死体が手に入らないとすると……」

「じぶんの手で死体をつくろうと考えだすんじゃないかと……」

「金田一さん!」

警部はギョッとしたように、はげしい視線を金田一耕助のほうへむけて、

「それじゃ、この事件の犯人は、いずれ殺人を犯すだろうと……」

「とにかく、昨夜、警官をひとりやっつけているんですからね」

金田一耕助は軒をつたう雨垂れのように、ポトリと陰気な声でつぶやいた。

警部はなおもはげしい眼つきで、金田一耕助の顔を視つめていたが、とつぜん、強い語調でさけぶように、

「いいや、そういうことがあってはならん。断じてそういうことはやらせん。そのまえに挙げてしまわなきゃ……」

「樋口は一ケ月まえに出獄してるンですね」

「ええ、そう」

「それからの行動は……?」

「いまそれを調査中なんですがね。あいつは相当財産をもってるだけに厄介《やっかい》なんです」

「この被害者、河野朝子、あるいはブルー・テープとのコネクションは……?」

「いや、それもいま調査中なんですがね。間もなくここへ、ブルー・テープのマダムがくることになってるンです。それに聞けばなにかわかるかもしれない」

ブルー・テープのマダム水木加奈子が、ふたりの女をつれて駆けつけてきたのは、それから間もなくのことだった。ふたりの女とはいうまでもなく、養女のしげると女給の原田由美子である。

三人は井川警部補に案内されて、アトリエのなかへ入ってくると、緊張した面持ちで屏風のなかをのぞきこんだが、ひとめ死体の顔を見ると、三人ともすぐに眼をそらした。

「もっとよく見てください。河野朝子にちがいあり

ませんか」

「はあ、あの……」

加奈子は口にハンケチを押しあてたまま、もう一度恐ろしそうに死体に眼をやったが、

「はあ、あの、朝子ちゃんにちがいございません。どうお、しげるも由美ちゃんも?」

「ええ、あの、ママのいうとおりよ。朝子ちゃんにちがいないわね、由美ちゃん」

「ええ」

由美子は死体から眼をそらすと、恐ろしそうに身ぶるいをする。

「いや、ありがとう。それじゃちょっとあんたがたに訊きたいことがあるんだが、ここじゃなんだから、むこうの隅へいきましょう」

等々力警部は三人の女をうながして、アトリエのべつの隅へみちびいた。

金田一耕助はすこしはなれて、それとなく三人の女を観察している。これが事件に突入したときのかれの習癖なのだ。どんな些細《ささい》な関係でも、事件につながりのあるとみられた人物は、かれの注意ぶかい観察からのがれることはできないのだ。


「マダムは樋口邦彦という人物をしっちゃいないかね」

等々力警部の質問にたいして、加奈子はあらかじめ予期していたもののように、わざとらしく眉をひそめて、

「ええ、そのことなんですの。けさ新聞にあのひとのことが出ているのを見て、すっかりびっくりしてしまって……」

こういう種類の女の年齢はなかなかわかりにくいものだが、水木加奈子はおそらく三十五六、あるいはもっといってるかもしれない。大柄のパッと眼につくような派手な顔立ちだ、どぎついくらい濃い紅白粉も、豊満な肉体によく調和している。身ぶりや表情もそれに相応して、万事大げさだった。

「ああ、それじゃマダムはあの男をしってるんだね」

「はあ、存じております」

「どういう関係で……?」

マダムは表情たっぷりに、警部の顔にながし眼をくれながら、

「だって、あたしもと、銀座のキャバレー・ランタ

ンで働いてたんですもの」

「銀座のキャバレー・ランタンというと?」

「御存じありません? 樋口さんのおくさんになった瞳さんの働いてたキャバレー」

「ああ、そう」

等々力警部は急に大きく眼を視張り、加奈子の顔を視直した。

「じゃ、マダムもあのキャバレーのダンサー……?」

「いいえ、あたしダンサーじゃありませんの。こんなおばあちゃんですものね。あたしあそこでダンサーたちの監督みたいなことしてましたの。やりてばばあの憎まれ役。うっふっふ」

等々力警部はおこったようなきつい顔で、加奈子の冗談を無視して、

「それじゃ、そのじぶん、樋口をしったわけですね」

「ええ、そう。あたし瞳さんとは仲よしでしたの。ですから、瞳さんがあのひとといっしょになってから、ここへも二三度あそびにきたことがございます。あのじぶんからみると、このお家《うち》、見ちがえるみたい」

加奈子はあたりを見まわして、大げさに肩をすくめる。この女、すべてが芝居がかりである。

「それで、あの男が刑務所を出てきてから、会ったことは……?」

「ええ、それが会っておりますのよ。そのことについて、警部さんにもおわびしなければならないと思っていますの。ほら、朝子ちゃんの……」

と、加奈子はまた表情たっぷりの視線を、屛風のおくに投げかけると、

「あの死体が紛失したとき、どうして樋口さんのことを思い出さなかったものか」

「じゃ、なにか思いあたることでも……」

「ええ、そうなんですの。あの日、二日でしたわね。天命堂病院で朝子さんの死水《しにみず》をとってのかえりがけ、道玄坂でばったり樋口さんにお眼にかかったんです。すると、樋口さんがこんやあそびにいってもいいかとおっしゃるでしょ。それで、こんやは駄目、お店早じまいにして、病院へ死体をひきとりにいかねばならない。それからお通夜をするんだからって、そういったら、樋口さんが亡くなったのはどういうひとだ。いくつぐらいの娘だ。きれいな女かっていろ

いろお訊ねになるんです。でも、それ、身うちのものが……朝子ちゃんは身うちってわけじゃありませんけど、身内同様にしてたでしょ。そういうものが亡くなったとき、だれでもお訊ねになることでしょう。だから、それにとくべつの意味があるなんて、あたしけさ新聞を見るまで気がつかなかったんです。あのひと、あの晩、お店へいらしたそうです。あたしそのこと、さっきしげるから聞くまで、ちっともしらなかったんですけれど……?」

「店へきたというのは……?」

だしぬけに等々力警部に問いかけられて、しげるはちょっとどぎまぎする。

金田一耕助はさっきから、この女を興味ぶかい眼で見まもっていた。女としても小柄のほうだが、手脚がすんなりのびていて、体も均勢がとれているので、小柄なのがすこしも気にならない。それに、ぴったりと身についた、袖のながい黒繻子《くろじゅす》の支那服《しなふく》をきているので、じっさいよりも背がたかく見える。年齢は二十くらい……いや、まだそこまではいっていないかもしれない。体の曲線に女としての十分な成熟が見られず、前髪をそろえて額にたらした顔も、きれいなことはきれいだが、女としての色気がたりない。ちょっと少年といったかんじである。

「はあ、あの、いまから考えると、あれはきっとママの様子をさぐりにきたんですね。あれは何時ごろでしたか、九時から十時までのあいだだったと思います。あのひとがやってきて……」

「あのひとというのは樋口邦彦だね」

「はあ」

「君はそれまでに樋口にあったことがあるの」

「ええ、二三度うちへいらしたことがあるんです。でも、あたし、昔あんなことがあったかただとはしらなかったんです。ママがいってくれなかったもんですから。刑務所から出てきたばかりだということさえしらなかったんです」

「ふむふむ、それで二日の晩……?」

「はあ、あの、たぶん九時半ごろだったと思います。ここにいる由美ちゃんはしらないそうですから、きっと御不浄へでもいった留守だったんでしょう。樋口さんがやってきて、ママはもう病院へ死体をひきとりにいったかって訊くんです。それで、あたし、ママは今夜、胃痙攣を起して寝ているから、死体引取りはむつかしいんじゃないかって、つい何気なしにいったんです。そしたら、ふたこと三こと、ほかのことを話して、そのままかえっていったんです。いまから考えると、たしかに妙だったんですけれど、そのときは、あのひとがあんなひとだとは夢にもしらなかったもんですから、けさ、新聞であのひとの名前を見るまで、つい、そのことを忘れていて、ママにもいってなかったんです」

「しげるがそのことを云ってくれたら、昔のこともございますし、朝子ちゃんの死体をぬすんだの、ひょっとするとあのひとかもしれないと、気がついたかもしれないいんですけれど……」

マダムが例によって表情たっぷりに附加えた。

「しかし、死体盗人の犯人が、びっこをひいてたってことから、樋口という男を怪しいと思いませんでしたか」

だしぬけに、金田一耕助に言葉をかけられ、加奈子としげるはびっくりしたようにふりかえったが、

「ええ、そのことなんですがね」

と、マダムは怪訝《けげん》そうに、耕助の顔をジロジロ見ながら、

「そのことについても、けさしげると話しあったんでございますのよ。樋口さん、びっこをひいていたかしら。……あたしがせんにしってるころには、べつに脚が悪いようなことはなかったんですもの」

「いや、樋口は刑務所にいるあいだに、左脚を負傷して、それ以来、びっこをひいてたっていうんだがね」

等々力警部は口をはさんだ。

「ああ、そう、それじゃ、あたしもしげるも見のがしてたんですわね。そんなにひどいびっこじゃないんでしょう」

「ああ、ごくかるいびっこだって話だが……」

「あんたは」

と、金田一耕助は由美子のほうをふりかえって、

「樋口という男にあったことないの」

「いえ、あの、あたし……」

由美子はもじもじしながら、

「二三度、お店へいらしたので、お眼にかかったことがございます」

由美子というのは特色のない、ひとくちにいってもっさりした女だ。ことに眼から鼻へ抜けるように

聡《さか》しげなしげるとならべて比較すると、いっそう、その平凡さが眼についた。だぶだぶとしたしまりのない肉附き、小羊のように臆病そうな眼、まるまっちい鼻、金田一耕助にただそれだけのことを聞かれても、額に汗をにじませているところを見ると、よほど気の小さい女なのだろう。

「二日の晩、その男がお店へきたときには、君はいなかったんだね」

「はあ、あの、きっとお手洗いへでも……」

「ああ、そう、ところで君もその男が、びっこをひいてたことに気がつかなかった？」

「いいえ、あの、あたしは気がついていました」

と、いってからマダムとしげるの顔を見て、

「でも、ほんにかるいびっこでしたから。……」

と、あわてたようにつけくわえた。

「あら、そう、由美ちゃんは気がついてたの。それじゃ、あたしたちよっぽどぼんやりしてたのね。ほっほっほ」

「ところで、マダム」

と、等々力警部。

「樋口が二三度マダムのところへきたというのは、なにか特別の用件でもあったの？」

「いいえ、べつに。なにぶんにも、……以前ああいうことがあったひとでしょう。だから、誰も気味悪がって、相手にしなかったんですね。それで、あたしのところへ、今後の身のふりかたについて相談にきてたわけなんですの」

「マダムは気味悪くなかったんだね」

「いいえ、それはあたしだっていやでしたわ。まさかこんなことをしようとは存じませんでしたけれど、……でも、そうむげに追っぱらうわけにもね。それで話を聞いてあげてたんですけれど……」

「どんな話をしてたかね」

「なんでも、あたしどもみたいな商売をしたいようにいうんです。あのひと、小金を持ってるらしいんですね。でも、ああいう商売、どうしても女が主にならなければ駄目でしょう。そういう女が見つかるか、……あのひとのしてきたことをしったら、だれだってね、気味悪がって逃げだしてしまいますわ。ですけれど、あたしとしてはそうも云えませんので、何かもっとかたぎな商売なすったら……と、いったんです。でも、いやあねえ」

と、マダムは眉をひそめて、

「だって、今後の身のふりかたについて、相談にのってくれなんてきながら、こんなことするんですもの。もうああいう趣味が本能になってるんでしょうか」

加奈子は大げさな身ぶりで、ゾクリと眉をふるわせた。

五

樋口邦彦のけだもののようなこの行為は、俄然世間に大きなセンセーションをまきおこした。

樋口はもう、生きた女では満足できず、死体、あるいは腐肉でないと、真に快楽を味わえないのではないか。もし、そうだとすれば、早晩、金田一耕助がおそれるように、兇暴な殺人行為にでも発展していくのではないか……。

警察ではむろん、やっきとなって樋口のゆくえを追究したが、二日たち、三日とすぎても、杳として消息がつかめない。

全国に写真がバラまかれ、新聞にも毎日のように、いろんな写真が掲載されたが、いっこう効果はあがらなかった。いや、こんな場合の常として、投書や密告はぞくぞくときたが、つきとめてみるといずれも人ちがいで、いたずらに警官たちを奔命につかれさすばかりだった。

「樋口があくまで執擁《しつよう》に、逃げのびようとするのもむりはない。そこには、あのいまわしい死体に関する犯罪のみならず、警官殺しという大罪が附随しているのだ。つかまったがさいごということを、かれもよくわきまえているにちがいない」

しかし、警察もただいたずらに、手をこまねいていたわけではない。

五日の夜以後の樋口のゆくえはわからなかったが、刑務所を出てからのかれの行動はだいたい調べがついていた。

小石川《こいしかわ》に住んでいる、樋口正直《まさなお》という某会社の重役が、かれのいとこだった。十月八日、刑務所内の善行によって、刑期を短縮されて出てきた樋口邦彦は、いったんそこに身をよせたが、三日ほどして本郷《ほんごう》の旅館へひきうつっている。

それについて樋口正直氏の談によるとこうである。

「刑務所へ入るとき、財産一切の管理をまかされたものですから、それを受取りにきたんです。財産はS町にある地所はべつとしても、証券類で約五六百万はあったでしょう。それを資本に……それでも足りなければS町の地所を売ってでも、何か商売をしたいといってました。アトリエは持っていても、画家として立っていく自信はなかったんですね。刑務所を出てから、すっかり人間がかわってましたね。以前からそう陽気なほうではなかったんですが、こんどは恐ろしく無口になって……やはりあの事件が影響したんだねと、家内なんかと話したことです。ここを出たのはやはり面目なかったんでしょう。きっと何もしらぬ他人のなかへ入りたかったんですね。こっちもしいて引きとめませんでした。家にも年頃の娘がありますんでね」

　邦彦は本郷の宿も三日で出て、牛込《うしごめ》の旅館へうつっている。ところがその牛込の旅館も十日ばかりで出て、それからどこに泊っていたのかはっきりしない。

　おそらく前身がしれるのをおそれて、変名で宿から宿へとうつっていたのだろう。加奈子にも、しょっちゅう変るからといって、はっきり住所を云わなかったそうだ。

　ところが、十月二十八日になって、新宿《しんじゅく》のM証券会社で、証券類をいっさい金にかえている。そのたかは六百万円で、だから、かれはそれだけの金をふところに、どこかに潜伏しているわけだ。

　こうして警察必死の追究のうちに、五日とたち、十日とすぎたが、十一月二十日になって、またもやおぞましい第二の犯行が暴露された。

　ああ、金田一耕助の予想は的中したのだ。妖獣はいよいよ本領を発揮して、その歪《ゆが》んだ欲望を遂行するために、ついに殺人をあえてしたのである。

六

　それよりさき、十一月十七日のことである。中野《なかの》区野方町《のがたまち》にある柊屋《ひいらぎや》という小間物店へ、ひとりの男が訪ねてきた。

　この柊屋は自宅のおくに、五間ほどの部屋をもっていて、それを貸間にしているのだが、そのひとつが最近あいたので、周旋屋へたのんで間借人《まがりにん》をさがしていたところが、そこから間借りの希望者をよこしたわけである。

その男は茶色のソフトに、べっ甲ぶちのめがねをかけ、感冒よけの大きなマスク、それに外套の襟をふかぶかと立てているので、ほとんど顔はわからなかった。

しかし、その日がちょうど空《から》っ風《かぜ》のつよい、とても寒い日だったので、柊屋の主人もべつに怪しみもせず、部屋を見せたところが、すぐに話がついて、若干の敷金のほかに、一ケ月分の間代《まだい》をおいていった。家族は妻とふたりきりで、今夜のうちにはひっこしてくるといっていた。

名前は松浦三五郎《まつうらさんごろう》、丸の内《まるのうち》にある角丸《かくまる》商事につとめているといったが、そんな会社があるのか、柊屋の主人はしらなかった。

さて、その夜、松浦三五郎とその妻は、夜具をつんで自動車でやってきた。九時ごろのことだった。

ところが柊屋の貸部屋は、間借人専用の門と玄関がべつにあるので、柊屋の主人は松浦三五郎のやってきたのをしらなかった。

但し、柊屋のおかみが間借人のひとりの部屋から出てきたところへ、松浦三五郎が玄関へ、夜具の包みをはこびこんできたので、

「ああ、いまおつきですか」

と、挨拶《あいさつ》すると、

「はあ、今夜は夜具だけ。ほかの道具はいずれ明日……」

「奥さまは……?」

「自動車のなかにいます。ちょっと体をこわしているので……」

松浦は昼間とおなじように、大きなマスクをかけているので、言葉はもぐもぐ聞きとれなかった。

柊屋のおかみはちょっと細君というのを見たいと思ったが、それもあんまり野次馬らしいと思ったので、

「それじゃ、お大事に。……」

と、挨拶をのこして母屋《おもや》のほうへ立ち去った。松浦は夜具を部屋へはこびこむと、表へ出てきて、

「それじゃ、運転手君、手つだってくれたまえ。家内は病気で、歩かせちゃ悪いから」

「承知しました」

と、運転手は松浦に手つだって、若い女をかつぎ

出すと、

「奥さん、大丈夫ですか。じゃ、お客さん、どうぞ」

と、左右から細君をかかえるようにして、玄関からなかへ入っていった。そして、自分の部屋へ入ろうとするところへ、隣の部屋から間借人の細君が顔を出して、

「あら、どうかなすったんですか」

と、びっくりしたように訊ねた。

「いえ、ちょっと脚に怪我《けが》をしているものですから」

と、松浦は運転手にいったのとはべつのことをいって、そのまま自分の部屋へ入っていった。隣の部屋の細君も、べつに怪しみもせず、そのまま、障子をしめてしまった。

それが十七日の晩の出来事だが、それきり誰も松浦ならびにその細君を見たものはなかった。しかし、柊屋のほうではさきに間代をとっているのだし、間借人には万事自由にやらせているので、べつに気にもとめなかった。また同居人は同居人で、柊屋との契約がどうなっているのかしらないので、これまた大して気にもとめなかった。

ところが二十日の朝になって、隣室の細君が何やら異様な臭気をかんじた。その細君はちょうどつわりだったので、臭気にかんして敏感になっていたのである。彼女は料理をしていても、昼飯の食卓にむかっても、異様な臭気が鼻についてはなれず、食事ものどに通らぬどころか、食べたものさえ吐きそうだった。その臭気の源はたしかに隣室、すなわち松浦の部屋にあるらしかった。

夕方ごろ、たまらなくなった細君は、母屋へいって柊屋のおかみにそのことを訴えた。そこへほかの間借人もおなじようなことを訴えてきたので、柊屋のおかみもすててはおけず、裏の貸部屋へいってみた。

「松浦さん、松浦さん、奥さんもお留守でございますか」

柊屋のおかみが声をかけるのを聞いて、

「あら、それじゃ、この部屋のかた、ここにいらっしゃるはずなんですか」

と、隣室の細君がたずねた。

「もちろん、そうですよ。どうして？」

「だって、きのうもおとといも、全然、ひとの気配がしないので、あたしまた、ひと晩だけのお客かと思って……」

隣室の細君はそういって、ちょっと顔をあからめた。十七日の夜、真夜中すぎまでこの部屋から聞えてきた、むつごとの気配になやまされたことを思い出したからである。

「いいえ、そんなはずはありませんよ。ひと月分いただいてるんですからね。松浦さん、松浦さん、あけますよ。よござんすか」

障子をあけると異様な空気は、いっせいに三人の鼻をつよくついた。貸部屋はいずれもふた間《ま》つづきになっているのだが、表の間には何事もなく、臭気はしめきった襖のむこうの、奥の間から匂うてくるらしかった。

三人とも不安な予感に真蒼《まっさお》になっていた。隣室のわかい細君は膝頭《ひざがしら》をがくがくふるわせた。彼女の脳裡をふっとS町のアトリエの事件がかすめたからである。

「おかみさん、おかみさん、お止《よ》しなさい、お止しなさい、その襖ひらくの……あたし、怖い。……」

おかみはしかし、きつい顔をして、襖のひきてに手をかけると、

「松浦さん、松浦さん、ここあけますよ。よござんすか」

と、うわずった声で念を押すと、思いきって襖をひらいたが、そのとたん、いまにも吐き出しそうなほど、強い匂いが三人の鼻をおそうた。

この部屋には雨戸がなく、張出し窓に格子と、ガラス戸がしまっているだけなので、部屋のなかはまだ明るい。その部屋の中央に蒲団がしいてあって、そこに女が仰向きに寝ている。そして、その女の周囲から、あの異様な臭気は発するのだ。

隣室の細君はもうべったりと敷居のうえに腰をおとしており、彼女よりすこし勇気のあるおかみと、もうひとりの同居人は、それでも蒲団のそばまでいって、女の顔をのぞきこんだが、ふたりとも、

「きゃっ!」

と、さけんで尻餅ついた。その女は明《あき》らかに死んでおり、しかも、そろそろ顔のかたちがくずれかけていた。

おかみも同居人もしらなかったけれど、それはブ

ルー・テープの通い女給由美子だった。

由美子は青酸カリで殺されたのち、あさましい妖獣の手にかかって、第二の睡れる花嫁にされたのだった。

七

二十日の夜おそく、中野署へよび出されたブルー・テープのマダム水木加奈子は、そこにいる等々力警部と金田一耕助の顔を見ると、ふいに胸をつかれたように、よろよろ二三歩よろめいた。

ふだんからゼシュチュアの大きなマダムなので、それがほんとの驚きなのか、それともお芝居たっぷりなのか、さすがの金田一耕助にも判断がつきかねた。

「また、なにか、あったんですか」

と、その声はひくくしゃがれてふるえている。大きな眼が吸いつくように等々力警部の眼を視つめている。

「ああ、それをいうまえに、マダムにちょっと訊きたいんだが、おたくの女給の由美子だがね、いつからお店を休んでいるんだね」

「ゆ、由美ちゃん……？」

マダムはひくく絶叫するようにいって、右手の指を口に押当てた。

「由美ちゃんが、ど、どうかしたんですか」

「いや、それよりもぼくの質問にこたえてくれたまえ」

「由美子は十五日の昼すぎ電話をかけてきて……いいえ、由美子自身じゃないんです。代理のもんだといって、男の声だったそうですけれど……」

「そうですけれどといって、マダム自身電話に出たんじゃないの？」

「いいえ、うちのしげるが出たんです」

「ああ、そう、それで……」

「由美子は四五日旅行するから、お店を休むと、ただそれだけいって、電話をきってしまったそうです。それで、しげるとふたりでぷんぷん憤《おこ》ってたんです。朝子が死んでそうでなくても手の足りないところへ、いかにお客さんがついたからって、四五日もかってに休むなんて……それで……」

「ああ、ちょっと」

と、金田一耕助が言葉をはさんで、

「そうして、客と旅行するようなことは、ちょくちょくあるんですか」

「はあ、それは……」

と、マダムはちょっと耕助をながし眼にみて、

「ああいう稼業でございますから、ちょくちょく……でも、たいていひと晩どまりで熱海《あたみ》かなんかへ……」

「ああ、なるほど、それでマダムは四五日という長期にわたって、由美君が旅行するということを、怪しいとは思いませんでしたか」

「いいえ、べつに……ただ、身勝手なのが腹が立ったのと、いったいどんな客かしらないけれど、あんなもっさりした娘を、四五日もつれ出すなんて……と、しげると話してわらったくらいのもんですけれど……」

「ところで、きょうはしげるちゃんは……?」

しげるの名を聞くと、とつぜん、マダムの顔色がかわった。

「ねえ、警部さん、ほんとに由美子はどうしたんです。じつはけさからしげるがかえらないんで、心配していたところへ呼出しですから、ひょっとするとしげるに何かと……」

「し、しげる君がけさからかえらないって?」

金田一耕助と等々力警部が、ほとんど同時にさけんで身をのり出した。ある不安な予感が、さっとふたりの脳裡をかすめた。

「ええ、そうなんです。ですから、警部さん、由美子はいったい……?」

「殺されたよ。いま解剖にまわっているから、その結果を見なければはっきりわからないが、だいたい、青酸加里にまちがいないようだ」

「そして、やっぱり……?」

マダムの唇はまっさおである。

「ああ、やっぱり朝子の死体とおなじように……」

加奈子はひくくうめいて、眼をつむると、めまいを感じたように、少し上体をふらふらさせたが、急に大きく眼を視張り、

「警部さん、警部さん、しげるをさがしてください。しげるももしや……」

しげるはその朝、渋谷駅のちかくにあるS銀行へ十万円引出しにいった。金はたしかに十万円引出し

ており、銀行でも支那服を着たしげるの姿をおぼえているのだが、それきり姿が消えてしまったのである。

支那服を着た女の死体が、三鷹《みたか》の、マンホールから発見されたのは、それから一ケ月あまりもたった十二月二十五日のことで、むろん、死体は相好の鑑別もつかぬほど腐敗していた。しかし、着衣持物からブルー・テープの養女しげると判断され、殺害されたのは十一月二十日前後と推定された。

こうして妖獣、樋口邦彦はついに第三の犠牲者をほふったわけだが、ただ、ここに不思議なのは、しげるの顔は腐敗するまえから、相好の鑑別もつかぬほど、石かなにかでめちゃめちゃに、うち砕かれていたのではないかという疑いが濃厚なことである。

樋口はなぜそんなことをしたのか、また、その後、どこへ消えたのか、年が改まって一月になっても、かれの消息は杳としてわからなかった。

八

「ねえ、警部さん、ぼくはきのう、川口定吉《かわぐちさだきち》という人物にあって来ましたよ」

松のとれた一月十日、警視庁の捜査一課、第五調室にひょっこり訊ねてきた金田一耕助は、ぐったりと椅子に腰をおとすと、ゆっくりともじゃもじゃ頭をかきまわしながら、雨垂れをおとすようにポトリといった。

「川口定吉……？　それ、どういう人物ですか」

「川口土建の親方で、ブルー・テープのマダム、水木加奈子のパトロンだった男ですよ」

等々力警部はぎょっとしたように、椅子を鳴らして体を起した。

「金田一さん、その男がどうかしたというのですか」

「いえ、べつに……ただ、この男は去年の秋まで、すなわち九月の終りごろまで、加奈子のパトロンだったんですが、十月になってぴったり手を切ったんですね。それで、なにかわかりやしないかと……」

「しかし、金田一さん、樋口邦彦が刑務所を出たのは、十月になってからですよ。その以前に手をきってわかれたとしたら、樋口のことはしるはずがないが……」

等々力警部は不思議そうな顔色である。

「そうです、そうです。しかし、ブルー・テープの経済状態はわかるだろうと思ったんです」

「ブルー・テープの経済状態……？」

「ええ、パトロンの送金がたえたとしたら、どういうことになるか、それくらいのことはわかるでしょうからね。いや、じっさいにわかったんです。川口定吉なる人物がいうのに、自分が手をひいた以上、至急に誰かあとがまをつかまえなければ、とてもあの店はやっていけぬだろう。加奈子というのが、とてもぜいたく屋だったからというんです」

「金田一さん、しかし、それが……？」

等々力警部はまだ腑におちぬ顔色である。

「いや、まあ、聞いてください。それで、ブルー・テープの経済状態がわかったので、ぼくはもうひとつ聞いてみたんです。あなたはどうして、加奈子と手を切ることになったのか。もしや、加奈子に男でもあることに、気がついたんじゃないかと」

等々力警部は無言のまま、穴のあくほど金田一耕助を凝視している。耕助がこういう話ぶりをするときには、何かを握っていることを、いままでの経験によって、等々力警部はしっているのだ。

「すると、川口定吉なる人物がこういうんです。いかにもあなたのおっしゃるとおりだ。しかし、ただそれだけではないと。……」

「ただ、それだけでないというと……？」

「川口定吉氏がいうのに、自分もひととおり道楽をしてきた男だ。ああいう種類の女を世話する以上、浮気をするのは覚悟のまえだ。情夫のひとりやふたりこさえたのへ、いちいちやいていては、とてもパトロンはつとまらない。ところが、水木加奈子のばあい、いささか気味が悪くなってきたというんですね」

「どういう点が……？」

「川口氏のいうのに、いままでの経験によると、女が情夫をつくったばあい、注意していると、たいてい、相手がだれだか見当がつくものだ。じぶんはいままで、こっちでちゃんとしっているのに、相手がひたかくしにかくし、しかもじぶんをだましおおせたと、得意になっている男女を見ると、おかしくてしかたがなかった。そういうのを見るのが、いつかじぶんの楽しみになっていた。……」

「あっはっは」

と、等々力警部はひくくわらって、

「川口という男も変態じゃないかね」

「いくらかその傾向なきにしもあらずですね。ところがそういう趣味をもっている川口氏にして、加奈子の情夫はついに見当がつかなかった。あんまりうまくかくしおおせているので、だんだん、気味が悪くなってきて、こんな女にかかりあっちゃ、いつ、どんなふうにだまされるかもしれないと、それで、手を切ることにしたんだそうです。加奈子にはだいぶん、かきくどかれたそうですが……」

「ふむふむ、それで、金田一さんには、加奈子の情夫というのがわかっているんですか」

金田一耕助はゆっくり首を左右にふって、

「いや、まだはっきり断定するわけにはいきませんがね。だいたい、そうじゃないかと思われる人物があるんです」

「その情夫が、何かこんどの事件に……？」

「いや、まあ、聞いてください。ぼくはだいぶんまえから、加奈子のあとをつけまわしていたんです。加奈子が誰かと秘密に通信するんじゃないかと。

……」

「金田一さん、金田一さん、あなたは加奈子が樋口をかくまっているとおっしゃるんですか。しかし、樋口の出獄は十月に入ってからだから、川口という男の気附いた情夫とは……」

「いや、まあ、待ってください。いまにわかります。とにかく、加奈子を尾行していたんですね。ところがきのう、加奈子は神楽坂《かぐらざか》へ出向いていって、そこのポストへ手紙を投函したんです。ぼくにはそれがわざわざ手紙を投函しにいったとしか思えなかった。そこでぼくは、わざと切手を貼らない手紙を投函したんです。そして、集配人のやってくるのを待って、切手を貼るのを忘れたから、ちょっと手紙をよらせてくださいと頼んだんです。さいわい、集配人が親切なひとだったのと、手紙がそうたくさんなかったので、加奈子の手紙はすぐ見つかりました。差出人は加奈子と、名前だけしか書いてなく、宛名は清水《しみず》浩吉様というんですが、近頃ぼくは、あれほど大きなショックにうたれたことはありませんでしたね」

「清水浩吉……？　そ、それはどういう人物ですか」

「いまから四年まえ、S町のアトリエでああいうことがあったとき、瞳という女の死体をさいしょに発見した酒屋の小僧とおなじ名前ですね」

とつぜん、等々力警部は椅子のなかで、ギクリと体をふるわせた。そして、しばらく口もきけない顔色で、金田一耕助を視つめていたが、

「金田一さん!」

と、急に体をのり出すと、

「あの小僧が、ど、どういう……?」

「ぼくはそれをつきとめると、すぐにS町へ出向いていって、清水浩吉のはたらいていた、三船屋《みふねや》という酒屋を訪ねたんですが、あの事件のあったのは、浩吉の十三歳のときだったが、その翌年、女中にへんなことをしかけたので、三船屋を放逐されたというんです。聞いてみると、悪戯ははげしかったが、非常な美少年だったというんですね。それで、写真はないかとさがしてもらったんですが、やっと一枚見つけてくれました。これがそうなんですがね」

金田一耕助のとりだしたのは、ローライ・コードでとった写真で、にっこり笑った少年の胸からうえがうつっている。なるほど美少年である。

「警部さん、その顔、誰かに似てると思いませんか」

「誰かにって、誰に……?」

「それに、四五年としをとらせて、前髪を額にたらし、女の支那服の襟でのど仏をかくさせたら……」

等々力警部の眼は、とつぜん、張り裂けんばかりに大きくなった。そして、かみつきそうな視線で、写真の顔を凝視していたが、

「し、し、しげる! そ、そ、それじゃ、あいつは男だったのか」

等々力警部はしばらく茫然として、金田一耕助の顔を視つめていたが、にわかにハンケチを取り出して、額の汗をぬぐうと、

「金田一さん、いってください。それじゃ樋口という男は……?」

「殺されたんじゃないでしょうかねえ。マダムとしげるに……」

「六百万円を奪うためだな」

「そうです、そうです。きっとどこかに、バーの売物があるとかなんとか持ちかけたんでしょう。それで六百万円を持ってきたとき、ふたりで殺して死体

をかくした。しかし、それきり樋口が行方不明になってては、どういうところから、じぶんの店へ糸をたぐってくるかもしれないとおそれたんでしょう。ところが、ちょうどさいわい、朝子という女が亡くなったので……」

「死体を盗みにいったのは……？」

「これはマダムでしょう。胃痙攣と称して離れへひっこみ……」

「そして、死体に悪戯したのは……」

等々力警部と金田一耕助は、顔見合せて、ゾクリと体をふるわせた。

「ねえ、警部さん」

しばらくたって、金田一耕助は世にも切ない表情を示した。

「清水浩吉はこれが最初の経験ではないんじゃないかと疑うんです。四年まえの事件のとき、かれはもっと早く瞳の死体をしっていたのじゃないか。そして樋口の留守中に……満十三歳といえば、そろそろですからね」

等々力警部は啞然《あぜん》として、耕助の顔を視つめていたが、急につめたい汗が吹き出すのをかんじた。

「しかし、金田一さん、由美子はなぜ……？　浩吉のゆがんだ興味から……？」

「いや、それはきっと何かあるんでしょう。由美子になにか覚られたんじゃないか。しげるが男であることをしられたか、それとも樋口の殺害か……」

等々力警部は二三度つよくうなずくと、

「樋口のびっこ……由美子のようなぼんやりが気がついているのに、眼から鼻へ抜けるようなマダムとしげるが気がつかなかったというのは……あのとき、変だと思わなきゃいけなかったんだな」

と、きっと唇をかみしめた。

「さて、こうして、ふたりまでブルー・テープの女が槍玉にあがったとすると、しげるはもうわれわれのまえへ出られませんよ。疑われないまでも、つよく注目されますからね。いくらうまく化けていても、女装の男という不自然さがありますからね。そこで姿をくらましたが、くらましたきりじゃ、疑いを招くおそれがあるので、誰かおなじ年頃の、体つきの似た女を、替玉につかったんですね」

「だから、顔をめちゃめちゃにしておいたのか」

等々力警部は溜息をつき、それからまたはげしく体をふるわせた。

　考えてみると清水浩吉はまだ十七歳。女装しやすい年齢だが、それにしても十七歳の少年が……。

「どうして識りあったのかしりませんが、三十年増《としま》と十七歳の美少年、その歪んで、ただれた愛欲が、こんないまわしい事件に発展していったんですね」

　金田一耕助はゆっくりと立ちあがると、ポケットから手帳を出して、その一頁を破りとると、それを警部のほうへ押しやった。

「ここに清水浩吉のいまいる、アパートの所書きがあります。ぼくもちょっとかいま見てきましたけれど、髪を七三にわけ、べっ甲ぶちの眼鏡なんかかけて、すっかり男にかえっていますが、しげるにちがいないようです。はやくなさらないと、ブルー・テープに買手がついたようですから、ふたりで高跳びするんじゃないでしょうか」

　金田一耕助は出ていきかけたが、思い出したようにドアのところで立ちどまると、

「それから、去年の十一月二十日前後に失踪した女を、もう一度お調べになるんですね。マンホールの女の死体……いや、こんなことは、ぼくが申すまでもありませんが……御成功をいのります」

　金田一耕助はかるく頭をさげると飄々《ひょうひょう》として、寒風の吹きすさむ街頭へと出ていった。

鞄の中の女

人形の殺人

1

「ああ、もしもし……金田一《きんだいち》先生のおたくでいらっしゃいましょうか……。ああ、先生でいらっしゃいますか。どうも失礼申上げました。……はあ、あの、いいえ、こちら、まだ先生にお眼にかかったことはないものでございますけれど……はあ、あの、それはかようでございますの。……先生、きのうの夕刊をごらんになりまして……？　はあ、あの、ほんの小さな記事でございましたけれど。……ほら、あの、街を走ってる自動車の後尾トランクから、女の脚がのぞいてたっていう……ええ、ええ、さようでございます。……つまり、それで、それを目撃したひとのとどけによって、警視庁でも緊張して、全都に手配りをした……ってところまで、きのうの夕刊に載っておりましたわね。……はあ、はあ、さようでございます。ところが……けさの新聞を見ますと、トランクからのぞいていたのは、脚は脚でも石膏像《せっこうぞう》……つまり人形の脚だったってことで、けりがついておりますでしょう。……はあ、はあ、さようでございます。ところが、あたくし、その件について、とても、心配なことがございまして……と、申しますのは、あたくし、その自動車を運転しておりました片桐《かたぎり》ってかたを存じ上げておりますの。それに……いえ、あの、とても電話では申上げかねるんでございますが、これから、先生のところへお伺《うかが》いしたいんですが、いかがでございましょうか。……ああ、そう、ありがとうございます。先生のおたくは緑《みどり》ヶ丘《おか》のどのへんでございましょうか。緑ヶ丘の駅をおりて、進行方向にむかって左側……？　ああ、そう、それでは渋谷《しぶや》からバスでまいりまして、線路よりてまえでございますわね。……緑ヶ丘荘と聞けばすぐわかる……？　はあ、ありがとうございます。

それでは、いまから一時間ほどかかると思いますけれど……ええ、そうでございますわね。五時までにはきっとまいりますから。……では、また、のちほど……」

ながい、ながい電話をきって、金田一耕助《こうすけ》はほっと額の汗をぬぐった。陽春の妙に生暖かい、けだるい午後のことである。時計を見ると四時過ぎ。

金田一耕助は受話器をにぎっていた掌《てのひら》のねばつくのを気味わるそうにハンケチでゴシゴシ拭うと、安楽椅子にからだを反らして、ふうっというように息を吐いた。

金田一耕助が渋谷からも新宿《しんじゅく》からも、バスや電車で半時間ほどかかる、この郊外の静かな住宅地、緑ヶ丘町に引っこしてきたのは、つい最近のことである。

さる知人の世話で、緑ヶ丘荘というこのしゃれた高級アパートに、かれが落着いてから、まだ三ヶ月とはたっていない。それだけにガラスをたくさんつかったこの近代的な建物と、例によって雀《すずめ》の巣のようなもじゃもじゃ頭とよれよれの袴《はかま》といういでたちの金田一耕助とでは、なんとなくそぐわぬ感じの強いのもむりはない。

本人もそれを意識しているので、はじめての客があるということになると、いつも妙に照れくさいような、落着きのないギゴチなさをかんずるのである。

いまもやっぱりそのとおりで、安楽椅子にふんぞりかえったまま、やたらにたばこの煙を吹かしていたが、急に思い出したようにぴょこんと椅子から立上ると、部屋の隅からもってきた新聞の綴込みを、デスクのうえにひろげてのぞきこんだ。

きのうのきょうのことだから、さっきの電話の記事はすぐ見つかった。それはだいたいつぎのような事実である。

きのう、すなわち四月五日の午前九時ごろのことである。神楽坂《かぐらざか》附近にある三河屋《みかわや》という酒屋の小僧安井友吉《やすいともきち》君というのが、自転車にのって御用聞きにまわっているとちゅう、飯田橋《いいだばし》付近で自家用車とおぼしい大型のセダンとすれちがったが、なにげなくその後部を見て、思わずぎょっと息をのんだ。

自動車の後尾トランクのなかから、ヌーッと、白い、女の脚がつきだしているのである。その白い女の脚は靴下も靴もはいていなくて、すれちがった一瞬うけた印象によると、やわらかいうぶ毛が生えていたようにさえ見えたという。

安井友吉君は思わず大声をあげて叫んだ。と、その声がきこえたのか、運転台から運転手が顔を出してうしろをのぞいたが、安井友吉君が気ちがいのように自動車の後部を指しているのを見ると、急にスピードをはやめて、肴町《さかなまち》のほうへ消えていった。

安井友吉君はしばらく茫然として、自動車の消えた方向を見送っていた。そこにはうすい茶褐色をした砂煙が舞っているだけで、あたりは人影も見えなかった。

安井友吉君にも、それがほんとの女の脚であったかどうかはたしかでなかった。ひょっとすると人形かなんかだったかもしれなかった。しかし、安井友吉君はわりに空想力にとんだ少年だった。かれは探偵小説が好きだったし、新聞の社会面にトランク詰めの死体の記事でも出ようものなら、眼を皿のようにして読むほうだった。

自動車の後尾トランクに詰められた裸女の死体……。そんなことを考えると、安井友吉君は胸がワクワクするほど昂奮するのだ。しかも、じぶんが唯一の目撃者である……。

しかし、そうはいうものの、安井友吉君もいまじぶんが見たものについて、たぶんに半信半疑だった。つまり、十分な確信がなかったのである。それにかれには御用聞きという用事もあった。

そこで、一時間ほどかかってお得意さんをひとまわりしてかえってくると、話のついでにふとさっき目撃したものについて主人に話した。三河屋の主人はさいわい防犯ということについてたいへん熱心だったし、それに、すぐちかくにある交番のお巡りさんとも懇意だった。そこで、三河屋の主人が安井友吉君をつれて、交番へ出頭したことから、俄然、事件が明るみに出て、警視庁では目下その怪自動車のゆくえを追求中である云々。……と、いうのが、ゆうべの夕刊に載っていた記事で、金田一耕助も昨夜これを読んだとき、ちょっと興味をそそられたのだった。

ところが、けさの新聞を見ると、この事件はいっぺんの笑い話として片附けられている。

この怪自動車にはほかにも目撃者があった。しかも、この目撃者は安井友吉君よりも気がきいていて、自動車のバックナンバーを記憶していた。そのナンバーから調べていくと、自動車の持主というのが、阿佐《あさ》ヶ谷《や》に住む彫刻家の片桐梧郎《ごろう》という人物であることがわかった。そこですぐに所轄警察から刑事が出向いていくと、片桐梧郎は笑って刑事をアトリエへ案内した。そのアトリエには片脚の折れた女の裸身像が、壁にむけて立てかけてあった。

片桐梧郎の説明によるとこうである。

その裸身像は上野《うえの》の春の展覧会に出品したものだが、みごと落選したので、きょう受取りにいってきたものである。大きさからいって、ちょうど自動車のトランクにおさまったが、ポーズの関係から片脚だけがはみ出す結果になった。片桐梧郎はしかし委細かまわず自動車を走らせていたが、あちこちでひとを驚かせるはめになったので、やむなく片脚を折ってしまったものであると……。

そこでこんどは上野のほうへ照会してみると、片桐梧郎の言葉にまちがいのないことがわかった。そこでこのひとさわがせなトランク詰めの死美人事件も、一編の笑い話としてけりがついたのである……。

2

それにもかかわらずいまあの事件について、大きな不安におそわれている女が、ここにひとりいるわけである。金田一耕助はいまの電話の女の声の、かくしきれない深刻な不安と、恐怖を左の耳の鼓膜にいたいほど感じたのである。いったい、あの女はなにをあのように恐れているのであろうか。

そこまで考えてきて金田一耕助は、とつぜん愕然《がくぜん》としたようにがっくりと顎《あご》をおとした。かんじんの電話のぬしの名前を聞きおとしていたことに、いまになって気がついたのである。こちらが名前を聞いたとき、まだお眼にかかったことのないものでございますという答えだった。それにいずれのちほど訪ねてくるという話だったので、改めて聞かずにすましてしまったが、用心ぶかい金田一耕助としては、こんなことはめったにないことだった。

《あっはっは、陽気のせいか、おれもよっぽどどうかしている》

金田一耕助は苦笑しながら、それでも思い出したように受話器を取りあげると、警視庁の第五調べ室を呼出《よびだ》した。

さいわい、等々力《とどろき》警部がいあわせたので、問題の事件を問いあわせると、

「あっはっは、いや、あれはとんだ人騒がせでしたよ」

と、警部も言下に笑殺した。

「いや、もう、きょうの朝刊に載っているのがほんとうです。片桐梧郎という男のきのうの朝の足取りもはっきりしているんです。上野の展覧会から引きとってきた人形の脚にちがいありませんよ」

「しかし、それにしちゃ、警部さん、上野から阿佐ヶ谷へかえるのに、飯田橋付近をとおるというのはちとおかしいじゃありませんか。新聞の記事だけじゃ、くわしいことはわかりませんが、飯田橋から肴町のほうへ消えたというんじゃ、少し道順がちがうような気がするんです」

「いや、それも理由があるんです。やっこさん、上野からのかえりがけ、江戸川《えどがわ》アパートへ立寄っているんですよ」

「江戸川アパートへ……?」

「ええ、そう、江戸川アパートに望月《もちづき》エミ子という女がいるんです。なんでもその女が落選した石膏像のモデルかなんかだったらしい。あるいは片桐とそれ以上の関係があったのかもしれません。ところが、片桐が訪問したとき、望月エミ子は不在だった。つまり、ひと晩、アパートをあけていたんですね。そこでやっこさん、少《すく》なからず不機嫌で自動車を走らせているうちに、酒屋の小僧をおどろかせた。そこですっかり業をにやして、ポキンとせっかくの傑作の脚を折っちまったというわけらしい。あっはっは」

と、等々力警部もこのところ難事件にもぶつからないのか、けさはなかなかのご機嫌らしいが、しかし、そのことがどういうわけか、かえって金田一耕助を憂《ゆう》ウツにするのである。やはり耕助にはさっきの電話の女の妙にうわずった語気が気になっているのである。それと、うかつにも名前を聞いておかなかったということが……。

「だけど、金田一さん、どうかしたんですか。あの事件について、なにかまた……?」

「いやいや、べつに……ただ、ゆうべの夕刊を読んだとき、こいつは面白そうな事件だと思っていたん

ですが、それがすっかり当てが外れたもんだから……」

「そうやたらに面白そうな事件が頻発されちゃたまりませんよ。ここんところいたって天下泰平、清閑《せいかん》を楽しんでるんですからね」

等々力警部はあくまでもご機嫌らしい。

「ところで……」

と、金田一耕助はもうひと押し押してみる。

「片桐梧郎という男ですがね、自家用車をもってるところを見ると、相当の金持ちなんですね」

「そうそう、親の遺産をたんまりもらって、道楽三昧《ざんまい》に世を送ってる男だそうです。美校を出てることは出てるそうですが、彫刻家なんて世をしのぶ仮《か》りの姿で、女の裸を翫賞《がんしょう》したいから、やってるんだろうって説があるくらいだそうです。変りもんで独身で召使いもおかず、自炊してるそうですがね」

「ところで、江戸川アパートにいる望月エミ子という女に、どなたかお会いになりましたか」

「いやあ、それはいまもいったとおり、一昨日《おととい》の晩からアパートを明けているもんだから……」

と、そこまでいってから、等々力警部は急に不安をおぼえたように、

「しかし、金田一さん、どうかしたんですか。あなた、この事件についてなにか……」

「いや、いや、べつに……なにかあったらまた連絡しますから……」

等々力警部はまだなにか話したそうだったが、金田一耕助は聞くだけのことを聞いてしまうと、ガチャリと受話器をかけてしまった。

3

約束の五時を一時間すぎて六時になっても電話の女は現われなかった。待たされるということは、どんなばあいでもいらだたしいものである。ことにさっきの電話でたぶんに好奇心をそそられているだけに、金田一耕助はいっそう腹立たしいものをかんじずにはいられなかった。

六時半になっても女はやって来なかった。

騙《だま》されたかな。誰かが悪戯《いたずら》にからかってきたのかもしれない……。

ちょっと勢いだっていただけに、金田一耕助は苦

笑しながら、ひとりで夕食を終ったところへ、受附から電話がかかってきた。

「駒井泰三《こまいたいぞう》さんてかたがいらっしゃいましたが……」

「駒井泰三さん……？　しらんねえ、どういうご用件か聞いてみてくれませんか」

しばらく待たせたのち、

「さきほどお電話でご面会のお約束をなすったご婦人のご主人になるかただそうですけれど……」

「ああ、そう、それではすぐにこちらへ……」

金田一耕助はちょっと緊張した眼つきになる。

どういうわけか金田一耕助は、さっきの電話のぬしをまだ独身の女だとばかり思いこんでいたのである。結婚している女ならば、当然、主人に相談すべきだという考えがあったのかもしれない。しかし、どちらにしても、さっきの電話が悪戯でなかったことがわかって、耕助もほっと安堵《あんど》の吐息をついた。悪戯にひっかかって昂奮したとあっては、金田一耕助たるもの、大いにプライドをきずつけられるわけである。

金田一耕助のフラットは一階にあって、寝室と書斎と応接室の三間になっている。その応接室へ入ってきた駒井泰三というのは、三十前後の、とくにこれという特徴のない男だった。

強いていえば、きびしい頰《ほお》の線をもった、いくらか眼つきの鋭い、一見紳士風の人物である。

「やあ、はじめまして……」

と、駒井泰三は金田一耕助の風采を、けげんそうにまじまじ見ながら、

「あなたが、あの、金田一先生で……？」

「はあ、さようで、さきほどのお電話、奥さんでしたか」

「はあ、いや、たいへん失礼しました」

と、駒井はちょっととまどいしたような眼つきで、金田一耕助の雀の巣のようなもじゃもじゃ頭を視《み》ながら、

「昌子《まさこ》がたあいのないことで騒ぎ立てるものですから……。昌子というのはわたしのワイフなんですがね」

「たあいのないこととおっしゃいますと……？」

「いえね、さっきも電話でお話していたようですが、あの自動車のトランクのなかからのぞいていた脚……あれはもうあきらかに石膏像の脚にちがいない

んです。ところが昌子はそれにたいして、妙な妄想をいだいてるんですね」

「妙な妄想とおっしゃると、それがやはりほんものの女の脚ではなかったかと……？」

「そうそうです。そうです。それというのが望月のやつが悪いんですね」

「望月さんとおっしゃると……？」

金田一耕助は内心ドキッとしたのを、やっと制して顔色には出さなかった。望月といえば江戸川アパートに住む望月エミ子ではないか。

「はあ、望月エミ子といってモデルかなんかしてる女子なんですがね。こいつが昌子の頭脳に妙な妄想を吹きこんだんですね」

「それはどういう意味で……？」

「つまり、望月がそもそもいつか兄貴に殺されるんじゃないかという妄想を抱きはじめたんです」

「兄貴とおっしゃいますと……？」

「ほら、新聞に載っておりましたでしょう。あの怪自動車の運転手、片桐梧郎ですね」

「ほほう、するとあなたと片桐さんとはご兄弟なんですか」

「いや、わたしじゃなく、ワイフの昌子が片桐の妹になるわけです」

金田一耕助はあいての顔を視直して、

「しかし、望月エミ子さんがなんだって、そんな妄想をえがきはじめたんですか」

「いやあ、望月は昌子の学校友達でしてね。これがヌードモデルをはじめたもんだから、昌子が兄貴に周旋したんですね。ところが、いつの間にやら兄貴と関係ができてしまった。ところがこの望月というのが、まあ、相当の浮気もんときてるところへ、兄貴というのが恐ろしいヤキモチヤキなんですね。まえにもいちど結婚したことがあるんですが、あまりヤキモチがはげしくて、とうとうワイフに逃げられてしまった経験があるんです。ヤキ出すと気ちがいみたいになって手がつけられない。ぶったり、殴ったり、寒中に素《す》っ裸《ぱだか》にして水をぶっかけたり……。そりゃ正気の沙汰とは思えないんです。そういう過去があるんだから、望月なんかも恐れをなして、いつか兄貴に殺されるんじゃないかって……」

「なるほど、それで奥さんはきょうの新聞をごらんになって、きのう自動車のトランクからはみ出していた女の脚を、望月エミ子さんの死体の脚ではないかと……？」

「そうなんです。そんな馬鹿なことはないといくらいっても聞かないんです。そこへもってきて、江戸川アパートへ電話で聞きあわせると、望月がおとといからかえらないというでしょう。だから、先生にあんな馬鹿なお電話をしたんです」

「それで、奥さんはどうしてここへいらっしゃらなかったんです」

「そんなつまらない心配をするひまにゃ、阿佐ヶ谷へいって、兄貴のようすをたしかめてこいと、そっちのほうへやったんです。しかし、先生にはお約束もあることですし、こうしておわびにあがったんですが……」

駒井泰三の話のとちゅうで、卓上電話のベルがけたたましく鳴りだした。金田一耕助が受話器をとりあげると、

「ああ、そちら金田一先生でいらっしゃいますか。あたくし駒井昌子というものですが、主人がそちらにおりましょうか」

と、女の声がひどくおびえてふるえていた。

駒井泰三は妻から電話だと聞くと、びっくりしたように受話器を取りあげたが、話をきいているうちに、その顔からみるみる血の気がひいていった。

「えっ、アトリエの鍵孔からなかをのぞくと、寝椅子のうえに誰か女が……？　ま、昌子……それゃ、ほんとうか。それで、兄貴は、……？　いない？　うんよし、わかった。それじゃ、金田一先生にお願いしていっしょにいっていただこう。馬鹿！　交番へとどけちゃいけない。だって、まだはっきりわからないじゃないか。ああ、おまえはどっかの喫茶店へでもいっておいで」

電話のところで金田一耕助はもう身支度をととのえていた。身支度といってもくちゃくちゃのお釜帽《かまぼう》を頭にのっけ、合いの二重廻しを羽織るだけのことなのだが……。

「先生、すみません。表に自動車をおいときましたから……」

駒井泰三も羽振りのよい男とみえて、豪奢《ごうしゃ》な自動車を表に待たせてあった。金田一耕助がその客席へのりこむと、駒井は運転台へとび乗った。みずから運転するのである。

それから、十五分ののち着いた阿佐ヶ谷のアトリエというのは、たいへん淋しい場所にあった。

「昌子……昌子……」

駒井泰三は大声に怒鳴ったが返事はなかった。

「奥さんはどこかの喫茶店へでもいかれたんじゃ……」

「ああ、そうでしたね。昌子のやつはここからのぞいてみたらしいが……」

と、駒井は身をかがめて鍵孔からなかをのぞいたが、すぐ、顔色をかえて金田一耕助をふりかえった。

「金田一先生、あれをちょっと……」

金田一耕助は駒井にかわって鍵孔に眼を当てがったが、急にゾーッとしたように肩をすぼめた。ほの暗い明りのついたアトリエのなか、背のひくい幅のひろい寝椅子のうえに、シミーズ一枚の女が仰向きに倒れているようだった。

それはたしかに人間らしかった。人間の女のようだった。そして、その女のうえにのしかかるようにして、うつ伏せになっているのは、片脚をうしなった石膏像らしい。頬と頬とをくっつけているので、女の顔はわからなかった。

「金田一先生！」

駒井泰三が腰をぬかさんばかりにふるえているのをみて、

「ああ、駒井さん、あなたはここで見張りをしていてください。ぼく、お巡りさんを呼んできます」

それから五分ののち、警官立ちあいのもとに、ドアを破ってなかへ入ってみると、寝椅子のうえで絞め殺されているのは望月エミ子という女であった。エミ子の咽喉《のど》には大きな拇指《おやゆび》の跡がふたつ、なまなましく印せられている。

そして、そのうえにのしかかった石膏像の片腕がエミ子の首をまくようにしているのが、いかにも薄気味がわるかった……。

「あなた……」

そこへ駒井の妻の昌子が真蒼《まつさお》な顔をして入ってきた。

もうひとりの女

1

被害者望月エミ子は両手で咽喉を絞め殺されているのである。たとえ相手が女とはいえ、ひとひとり絞め殺すその力といい、また、咽喉部《いんこうぶ》にのこるなまなましい拇指の跡の大きさといい、犯人が男であることはいうまでもあるまい。

そして、その時刻は六時半から七時までのあいだだろうという医者の意見である。

六時半ごろから七時までのあいだといえば、駒井泰三が金田一耕助のアパートへ訪ねてきた時刻と前後している。と、いうことは泰三の妻の昌子が、兄のアトリエへ到着する直前ででもあったろうか。

昌子は駆けつけてきた等々力警部の質問にたいして、つぎのように答えている。

「あたしがここへついたのはちょうど六時半ごろのことでした。玄関があいていたので、兄がうちにいることだとばかり思ってなかへ入ってきたのです。ところが、家じゅうさがしてみても、どこにも兄のすがたが見えません。しかし、兄は気まぐれで、よく戸締まりもしないで、ふらりとそのへんを歩いてくることがあるので、きょうもそのでんだろうと思って、むこうの母屋《おもや》の居間で待っていたのです。ところが、そのうちに、このアトリエに明りがついていることに気がつきました。兄はお金持ちのくせにとてもシマリ屋で、むだなことが大嫌い、電気なども不用なときには、片っぱしから消してしまうのです。そういう点、じつに神経質で、まえの義姉《あね》の由紀子《ゆきこ》さんがとびだしたのも、ひとつはそういう口うるさいところも原因だったんです。まあ、それはさておき、明りがついているところをみると、てっきり兄はこのアトリエにいることだとばかり思って、こっちのほうへやってきたのです。ところが、ドアの外からいくら呼んでも返事がないので、うたた寝でもしているのかしらと、鍵孔からなかをのぞいてみると……」

と、そこまで語って、昌子はごくりと唾《つば》をのみこむと、さむざむと肩をすぼめる。年齢は二十六七だろう。大柄の、ぱっと眼につく容色で、毛皮のオーヴァにくるまり、真紅《まっか》に爪をそめた指にもダイヤの指輪が光っているが、どこか体の線にくずれたところがみえるのは、どういう夫婦生活をしているのだろうかと、金田一耕助は小首をかしげた。

「あなたはここにいらっしゃる金田一先生に、お電話したそうですね」

と、いう等々力警部の質問にたいして昌子はちらりと耕助のほうをながし眼に見ると、

「はあ……」

と、小声に答えて眼を伏せる。

「あれはどういう意味だったのですか。あなたはこういう犯罪が起るだろうということを、予知していらしたんですか」

金田一耕助の眼にはつつみきれない好奇心の色が光っている。

「いえ、あの、そういうわけではなく、きのう自動車のトランクの中から突きだしていた脚が、なんだか本物の女の脚じゃないかというような気がしたものですから……」

「しかし、それはまたどうして……？」

と、げんざいの兄を誣告《ぶこく》するような、この不謹慎な妹にたいして、等々力警部は眼をまるくする。

「いやあ、それはこうなんです」

と、そばから良人《おっと》の泰三がひきとって、

「これは金田一先生にもさきほどお話したんですが、以前からエミちゃん……即ち、むこうで殺されている女ですね、あのひとがいつか義兄に殺されるんじゃないか、そんな気がしてならないと、怯えてよく、そんな話をこれにしていたんですね。そこへもってきて場所が飯田橋……つまり、江戸川アパートの近所でしょう。だから、そんな連想がわいたというわけなんでしょう」

「はあ、あの、主人のいうとおりでございますの」

と、昌子も良人の言葉に合槌《あいづち》をうって、

「しかし、あとで主人にそのことを申しますと、主人が一笑に附して、そんな馬鹿なこと……それほど心配なら阿佐ヶ谷へいってごらん、金田一先生のほうへはじぶんがいってお断りしてくると申しますものですから……」

「それで、あなたがた、同時にお出かけになったのですか」

「はあ、ほとんど同時でした」

「お宅はどちら……？」

「渋谷の羽沢町《はねざわちょう》でございます」

「失礼ながら、駒井さん、あなたご職業は……？」

「はあ、西銀座《にしぎんざ》でキャバレーを経営してるんです。〝金色〟というんですがね」

なるほど、この男の眼つきの鋭さは、そういう職業からくるのだろうかと、金田一耕助もうなずいた。

「それで、奥さんもちょくちょくお店へ……？」

「いや、これは以前店でダンサーをしていたんですがね」

と、泰三はうすら笑いをうかべて、

「しかし、結婚してからは店へ出さないことにしております」

なるほど、キャバレーのダンサーをしていたのかと、金田一耕助は心のなかでうなずいた、それで、この女の体の線のくずれもうなずけるような気がするのである。

「ところで、被害者がこの家のご主人を恐れていたというのは、どういう……」こんどは等々力警部が金田一耕助にかわって質問した。


「はあ、これもさきほど、金田一先生にお話したんですが、兄貴というのがとても嫉妬ぶかい男なんでしてね。これは別れたまえの義姉《あね》に訊ねてくだすってもわかりますが、ヤキモチをやきだすときりがないんです。それが昂じてくると、寒中でも義姉《ねえ》さんを素っ裸にして縛りあげ、ザーザーと水をぶっかけるという騒ぎで、せんの由紀ちゃんなんかも、なんど半殺しのめにあったかわからないくらいなんで……エミちゃんなんかもおおかたそんなめにあいかけた経験があるんじゃないですか」

「それで、せんの奥さんの由紀子さんというのはいまどこに……？」

「さあ……昌子、おまえはしらない？」

「はあ、なんでも浅草《あさくさ》へんのバーかなんかで働いてるって話でしたけど、どちらにお住いだかちょっと……」

「苗字はなんというんですか」

「緒方《おがた》というんです。緒方由紀子といって、やはり以前、うちのキャバレーに出ていたひとなんですがね」

泰三の言葉もおわらぬうちに、ちょうどそこへ入

ってきた刑事のひとりが、

「緒方由紀子というんですって？　それ、どういうひとですか」と、ちょっと声をはずませた。

「ああ、山口《やまぐち》君、どうかしたの？　緒方由紀子という苗字になにか心当りがあるの？」

「いや、じつは警部さん、いま、そこのアトリエの窓の外で、こんなものを拾ったんです。ほら、ちっとも湿りけのないところをみると、ごく最近、たれかがそこへ落していったものと思われるんですが、ほら、こういうイニシアルが……」と、刑事がひろげてみせたのは桃色のハンケチだったが、その片隅にはY・Oというイニシアルが……。

それを見ると泰三と昌子はおもわずぎょっとしたように顔見合せた。

「それじゃ、由紀子が……」

と、いいかけて、泰三はそのまま口を閉してしまった。

泰三はいったい由紀子がどうしたというつもりだったのだろうか。昌子も真蒼に血の気のひいた顔色で、わなわなと肩をふるわせている。

2

この奇怪な殺人事件ほど当局を困惑させた事件はなかった。

医者の検屍によると……いや、医者の検屍をまつまでもなく、最初、事件を発見した金田一耕助の熟練した観察眼によっても、犯行が演じられてからそれほど多くの時間がたっていないことはよくわかった……エミ子が絞殺されたのは、四月六日の午後六時半から七時までのあいだということになっている。とすれば、あの前日、飯田橋附近で三河屋の小僧の安井友吉が目撃した脚はまったく被害者と関係がなかったことは明《あきら》かだ。

だが、そういう騒ぎがあった翌日、片桐梧郎がほんとうに人殺しをしたというのは、これは単なる偶然か暗合なのだろうか。あの自動車のトランクのなかからのぞいていた女の脚が、なにかこんどの事件の前奏曲をなしていたのではあるまいか……金田一耕助にはそのことが、脳裡《のうり》にこびりついて、なんとなくいらいらと落着かぬ気持ちのうちに三日とすぎ、五日とたっていった。

　当局ではもちろん、やっきとなって片桐梧郎のゆくえを捜索していたが、いまにいたるもまったく消息がない。いや、いや、片桐梧郎のみならず、かつてはかれの妻であった緒方由紀子も、行方をくらましているのである。ふたりの姿がいちばん最後に他人に見られているのは、五日の晩と六日の夕方だったらしい。即ち、自動車のトランクのなかからのぞいていた女の脚の一件から、五日の晩、所轄警察から海野《うみの》という刑事が出向いていって片桐梧郎にあっている。そのときの片桐の態度には、たぶんに不遜で横柄なところはあったものの、べつに変ったところは見られなかったという。

　いま世間でしられているかぎり、この海野刑事が片桐にあった最後の人らしい。と、いうのは六日の朝の新聞に、片桐梧郎の名前が出たので、近所の人も好奇心をもっていたから、かれの姿を見れば記憶しているはずだが六日以後、だれもかれを見たというものはなかった。

　いっぽう、片桐のアトリエのすぐ近所にあるたばこ屋のおかみさんが、六日の夕方、緒方由紀子の姿を見ている。いや、由紀子の姿を見ているのみならず、由紀子と話もしているのである。

「あれは新聞に片桐さんの名前が出た日の夕方のこと……さあ、だいたい、六時半ごろのことでしたろうか。あたしがお店に坐っていると、奥さん、いえ、別れたせんの奥さんが、表から声をかけたんですの」

　その由紀子のくちぶりからすると、彼女もけさの新聞を読んで、なんとなくそのことが気になったらしい……と、いうよりも、新聞に名前が出たことで、由紀子は別れた男のことを思い出したらしいのである。

「そのとき、あたしがどうして夫婦わかれをしたのかとお訊ねすると、奥さんはさびしそうな顔をして、だって追い出されたんだもの、しかたがないわ……と、そんなふうにおっしゃってました」

　由紀子はそれからふたこと、三こと、片桐の近況、ことに女関係のことなどを訊ねていたが、おかみさんも立ちいったことはしりもしないし、しっていても言いたくもなかったので、いいかげんにお茶をにごしていると、由紀子はまもなくアトリエのほうへむかって立ち去ったという。

「たぶん、片桐さんのところへおいでになったんだと思いますけれど、それから姿を見ませんので、いつおかえりになったのかは存じません」

このたばこ屋のおかみ以外には、誰も由紀子の姿を見たものはなかった。阿佐ヶ谷といっても、そこは町はずれの淋しい場所で、片桐の家じたいが、千坪にちかい広い敷地のなかにあり、敷地の北側には武蔵野《むさしの》の原始林が、ウッソーとしてしげっている。いかさま、奇怪な殺人事件でも起りそうな、いんきで無気味なたたずまいであった。片桐梧郎はそういう広い、いんきな家で、由紀子とわかれて以来、召使いもおかずに、ただひとりで自炊していたのである。当然、ご用聞きやなんかのあいだで、いろんないまわしい取り沙汰がされていた。

それらの取り沙汰のなかで、もっとも当局の注目をひいたのは、片桐がサヂストであるらしいということである。よく、夜など由紀子の悲鳴のようなものがきこえていたし、また、由紀子の肌に縦横にみみずばれの跡があるのを見たものがあるという評判もあった。だから、由紀子が片桐とわかれたとき、あれでは奥さんがつづかないのもむりはないと、近所でも取り沙汰をしていたという。

しかし、六日の夕方、たばこ屋のおかみさんが由紀子じしんの口から聞いたところでは、逃げ出したのは由紀子じしんではなく、由紀子はかえって追い出されたのだという。

「ええ、奥さんはたしかにそうおっしゃいました。そして、片桐さんにとても未練がおありのような口ぶりでした」

と、たばこ屋のおかみはキッパリと断言している。

いずれにしても由紀子が片桐のもとを訪れたのは、エミ子が殺される前後であるとすると、彼女は犯行を目撃したのではないか。そして犯人である昔の良人といっしょに、姿をくらましたのか、あるいは片桐に脅迫されて、いずくへか拉致《らち》されたのではないか。と、すれば彼女の生命もまた危いのではなかろうか……。捜査当局のこういう懸念は的中した。

四月十二日……即ち、事件後六日のことである。緑ヶ丘にある金田一耕助のもとへあわただしく電話がかかってきた。

「あっ、金田一さんですか。こちら、等々力……あなた、これからすぐ駒形《こまがた》にある昭和《しょうわ》アパートへお出向きになってくださいませんか。ええ、そう、緒方由紀子のアパート……駒形橋《こまがたばし》のすぐそばですから……はあ、はあ、予測されたとおり、由紀子の死体が出てきたんです。しかも、由紀子の部屋の押入れの中から……それじゃのちほど」

それから一時間ほどのちのこと、アパートの一室で、絞殺されている由紀子の死体を見せられたとき、金田一耕助はおもわずぎょっと息をのんだ。

被害者の肌にはいちめんに、なまなましいみみずばれの跡が……。

3

金田一耕助の部屋の壁にかけてある大きなカレンダーは一枚めくれて、もう五月をしめしている。しかも、きょうは五月の五日。即ち、阿佐ヶ谷のアトリエで望月エミ子が殺害されてからもうかれこれひと月になるのに、いまもって、容疑者と目されている片桐梧郎のゆくえはわからない。

新聞に出た片桐の容貌は、かなり特徴のあるものである。かなり長くしている髪の毛は、もじゃもじゃにちぢれて、鼻が鷲《わし》のくちばしみたいにとがっており、ギョロリとした眼、大きな口……それはいかにも女を責めさいなむことによってしか、性の満足をえられない、サヂスト的な印象をひとにあたえる。しかも、身の丈は六尺にちかかったといわれている。こういう特異な風采の持主であるにもかかわらず、どこへもぐりこんだのか片桐は、犯行後ひと月ちかくも姿をくらましているのである。

金田一耕助はもの悩ましげな眼つきをして、じぶんのアパートのベランダに立って、さわやかな五月の空にひるがえっている、いくつかの鯉《こい》のぼりをぼんやり見ている。一日おきにかよってくる婆《ば》あやがやってきて、部屋のなかを掃除しているので、かれは埃《ほこり》をさけてベランダへ出ているのである。

とつぜん、部屋のなかで、婆あやの叫び声とともに、わかい女の声がきこえたので、金田一耕助はぎょっとしたようにそのほうをふりかえった。

「杉山《すぎやま》さん、どうしたの、誰かお客様……？」

「い、いいえ、先生、これ、なんですの蓄音機なんですの？　さわったらきゅうに鳴りだして……」

「ああ、それ、テープレコーダー……?」

金田一耕助は応接室へ入っていくと、デスクのうえで回転しているテープレコーダーを、ふしぎそうに見ていたが、きゅうにぎょっとしたように、大きく呼吸《いき》をうちへ吸いこんだ。

「……はあ、あの、いいえ、こちら、まだ先生におめにかかったことはないものでございますけれど……はあ、あの、それはかようでございますの……先生、きのうの夕刊をごらんになりまして……?

はあ、あの、ほんの小さな記事でございましたけれど……ほら、あの、街を走ってる自動車の後尾トランクから、女の脚がのぞいてたっていう……」テープレコーダーから吐き出されている、女の声を聞いているうちに、金田一耕助の瞳はしだいに大きくひろがってくる。それは四月六日の夕方かかってきた電話を録音したものだった。あのとき、金田一耕助は見識らぬ依頼人からだと気がついて、なかば無意識のうちにそれをテープレコーダーにとっておいたのだが、きょうまですっかりそのことを失念していたのである。失念していたということは、たったいままで、電話の話に疑問の余地があろうとは気がつかなかった証拠である。金田一耕助はそれを聞いているうちに、とつぜんまた大きく呼吸《いき》をうちへ吸った。そして、それがおわると、もういちどはじめから終まで聞きなおした。

聞きおわったとき、金田一耕助の額には、びっしょりと脂汗が吹き出していた。

「畜生!」と、叫ぶと、かれはあわてて受話器を外して、警視庁を呼び出した。さいわい等々力警部がいあわせたので、これからすぐに出向いていくから、どこへもいかずに待っていてほしいむねをつたえておいて、金田一耕助はテープレコーダーをひっさげると、風のように緑ヶ丘荘をとび出していった。

「金田一さん、どうしたんですか。それ、なんですか」

「警部さん、聞いてください。これが四月六日の午後四時、ぼくのところへかかってきた電話の声なんです」

等々力警部は唖然《あぜん》として、テープレコーダーからもれてくる声を聞いていたが、

「警部さんほら、このあとを注意して聞いてくださ い」

　金田一耕助が押し殺したような声で注意したつぎの瞬間、テープレコーダーからつぎのような言葉がもれてきた。

「……と、申しますのは、あたくし、その自動車を運転しておりました片桐ってかたを存じ上げておりますの」

「警部さん、駒井泰三の言葉によるとこの電話は、細君の昌子がかけたということになってるんですよ。しかし、妹がじぶんの兄のことを、こんなふうにいうでしょうか。片桐ってひとをしっておりますとでもいうのがふつうじゃないでしょうか」

「しかし、金田一さん、それじゃ、この電話はいったいだれ……？」

「被害者の望月エミ子じゃありませんか」

「しかし、それじゃエミ子を殺したのは……？」

「むろん、駒井にきまってますよ」

「しかし、金田一さん、それは時間的に不可能ですよ。エミ子が殺された時刻には、駒井はおたくの近くにいた……」

「だからエミ子は緑ヶ丘で殺されたんです。この電話で約束したとおり、うちへくるつもりで緑ヶ丘へやってきた。そして、そこであとから追ってきた駒井に殺され、自動車の後尾トランクへ詰められて、ぼくといっしょに阿佐ヶ谷へはこばれた……」

「き、金田一さん！」

　と、等々力警部はぴょこんと椅子からとびあがると、いまにも金田一耕助につかみかからんばかりの勢いで、

「しかし……しかし、あなたがアトリエへつかれたとき、ベッドのうえに女の死体が……」

「いいえ、あれが死体だったかどうだか……鍵孔からのぞいただけですからね。あれは、細君の昌子が死体のふりをしていたんです。そして、ぼくが警官を呼びにいった五分ほどのあいだに、昌子はかくれ、トランクの中から出したエミ子の死体を、おなじ姿勢で寝かせておいたのです」

「しかし、動機は……？」

「兄の遺産が目当てじゃないかな」

「兄の遺産……？　それじゃ、片桐に罪をきせて死刑にして……」

　金田一耕助は悩ましげに首を左右にふると、

「いいえ、かれらのやりかたはもっと端的じゃない

でしょうかねえ。片桐のうちの原始林、あそこを探してごらんなさい。きっと片桐の死体が出てきますよ。しかし、片桐がただ行方不明になっただけじゃ、じぶんたちに疑いがかかってくる。そこでこういう狂言をかんがえ出したのでしょう。ヒントはやはり、あの前日、自動車のトランクから人形の脚がのぞいていたこと……それによって、自動車のトランクによって死体をはこびうるということに気がついたんですね。それで、エミ子をうちへ呼びよせ、エミ子を怯えさせてわたしのところへ電話をかけさせたのでしょう。つまり、このぼくにアリバイを立証させようという魂胆《こんたん》だったんですね」

「しかし、金田一さん、緒方由紀子を殺したのは……?」

「むろん、あの夫婦ですよ。由紀子はふたりにとって、とても都合の悪いときにアトリエへやってきたわけです。たとえ、由紀子がふたりのからくりをしらなくとも、六時半ごろアトリエをのぞいたとき、死体なんかなかったと証言されたらおしまいですからね。だから、事件が新聞に出るまえに、押しかけていって口をふさいだのです。警部さん、死体探しはよほど慎重に……」

金田一耕助の推理は当っていた。

片桐たくの林の中の、うず高《たか》くつもった落葉の底から、全裸にちかい梧郎の死体が発見されたとき、等々力警部も金田一耕助も、背中をつたう汗を禁じえなかったという。

空蟬処女《うつせみおとめ》

1

今宵《こよい》は中秋名月である。

そして新聞のつたうるところによると、今日はあたかも二百二十日《はつか》に当っているという。しかし、天われら日本人をあわれみ給うたか、軽羅《うすもの》のような雲、空になびいてはいるけれども、颱風《たいふう》の余波とてもなく、まったくお誂え向きのおだやかな中秋名月である。

いまともし火を消して茅屋《ぼうおく》の障子をあけはなてば、松の影畳に落ちて、

名月や畳のうえに松の影

という其角《きかく》の秀句が思い出され、さらにまた、山ふところに抱《いだ》かれたわが家《や》の縁側に立って、稔《みの》りゆたかな吉備《きび》の平野を見渡せば、

明月に麓《ふもと》のきりや田のくもり

という、芭蕉《ばしょう》の名句さながらの景色がそこにあるのだった。

私はふたたび灯を点じて、月に向って筆をとる。と、忽然として私の耳にひびいて来るかと思われるのは、あの、美しい歌声であった。

山のあなたの空遠く
幸《さいわい》住むと人のいう。
噫《ああ》、われひととと尋《と》めゆきて
涙さしぐみかえりきぬ。
山のあなたになお遠く
幸住むと人のいう。

これは皆さんも御承知の如く、上田敏《うえだびん》訳すところの、カール・ブッセの詩である。

去年の今月今夜中秋名月のもと、私はある場所でゆくりなくもこの歌をきいた。その時の一種異様な印象は、いまなおあざやかに私の脳裡《のうり》に生きており、そしてその時の感興が、いま私をかってこの一文を草《そう》せしめているのである。

去年の今夜もよい月であった。終戦によって、ようやく人間らしい感情を取戻していた私は、幾年ぶ

りかでしみじみと、中秋名月を賞《め》でる気になった。ひとつには、その年の五月にこちらへ疎開して来たばかりの私にとっては、はじめて住む農村の風物がことごとに物珍しく、田舎《いなか》で見るこの名月を、長く記憶にとどめておきたいと、ステッキ片手にふらりと家を出たのであった。

いったい、岡山県というところは、西日本の穀倉《こくそう》といわれているが、わけても吉備郡はその岡山県の穀倉といわれるだけあって、よく耕された田が、毛細管のように複雑な地形をつくっている低い山脈《やまなみ》のあいまあいまに喰いこんで、見渡すかぎりつづいている。そしてそういう低い山——というよりも人工の丘にも似た平地の突起部には、いたるところに灌《かん》漑《がい》用の池が掘ってある。私の家のちかくにもそういう池が二三あるが、その夜私の足を向けたのも、そんなふうな池の一つであった。

そこは私の家から五分あまりの距離で、周囲の水田のなかに、擂鉢《すりばち》をさかさに伏せたように盛りあがった丘があり、その丘の一部に、このへんとしては珍しく大きな池が掘ってあるのだった。そこはおりおりの散歩の途次、かよいなれた路《みち》でであったし、名月は昼のように明《あか》かったので、私はなんのためらいもなく、丘へ通ずるだらだら坂を登っていった。

坂を登りきるとすぐ池がひらけ、とっつきに濡れ仏が立っている。濡れ仏の額も眉《まゆ》も唇も、しっとりと夜露と月光に濡れて光っていた。左を見ると池の中に小さな島が突出していて、その島にまつってある祠《ほこら》が、水のうえにあざやかな影を落していた。

私はいつもこの池のほとりへ散歩に来ると、その祠で休むことにしているのだが、今宵はそこを後まわしにして、まず池をひとめぐりして来ようと、右のほうへ路をとった。そして約半分あまり池をまわった時であった。私はふいにあの歌声をきいたのであった。

山のあなたの空遠く
　幸住むと人のいう……

私は思わず池のほとりに足をとめ、声するかたへ眼をやった。月はいま沖天《ちゅうてん》にさしかかり、池のおもては絵絹《えぎぬ》のようになめらかな光につつまれている。その池をわたって歌声は、小島のうえのあの祠からきこえて来るのであった。

噫、われひととととめゆきて

涙さしぐみかえり来ぬ……

声はまだうら若い女性のものであったが、その旋律のなかにある、一種異様なものがなしさが、強く私の胸をうった。それは月にうかれての即興ではない。さぐりあげる魂の叫びのようであった。悲哀と痛恨のほとばしりのように思われた。

山のあなたになお遠く
幸住むと人のいう。……

月光のなかに長くふるえて尾をひいて、嫋々《じょうじょう》と消えていくその歌声のなかに、私は魂を破るような、若い女のすすり泣きがきけるように思われた。

歌声がとぎれるとともに、あたりはふたたび静かな名月の夜にかえった。私はロマンスの世界から、突如として俳句の世界にかえったような心易さをおぼえながら、またぶらぶらと歩き出した。

岩ばなやここにも一人月の友

これは芭蕉の弟子の去来《きょらい》の秀句であるが、今宵の月の友は、俳句の点景人物ではなさそうだと、私は微苦笑される心持ちだった。むろん私はその歌声の主に対して、かすかな好奇心をおぼえていた。しかし、皆さんが考えているほども、その人に会いたいとは思わなかった。私はもう四十を越している。しかも困難な戦争の数年は、私の心からいっそう若々しい弾力をうばっていた。好奇心というものは、この弾力から生まれるものである。だから私は五六歩もあゆまぬうちに、もうその人のことは忘れかけていたくらいである。

さて、池をひとめぐりして、あの小島のところへ行くには、どうしても途中竹藪《たけやぶ》のなかを通り抜けなければならない。それは大して広い藪ではなかったが、池のすぐ水際から堤いっぱい塞いでいるので、そこをよけて通ろうとすれば、土堤《どて》をおりてしまわなければならない。幸いその竹藪の中には、兎の通い路ほどの小径《こみち》のついていることを私は知っていたし、月の光は藪の中までさしこんでいるので、怪我《けが》をするような心配はまずなさそうであった。

そこで私はステッキの先で、下草をわけながら藪の中へ踏みこんでいった。ステッキの先に草の露がほろほろこぼれて、すぐ私は素足の爪先から着物の裾《すそ》まで、ぐっしょりと濡れそぼれた。それにもかまわず竹藪の中を進んでいくと、ふいにその時、向うの方でがさがさと草を踏む音がした。

私がちょっと驚いて立止《たちど》まると、向うのほうでも立止まったらしく、足音がやんで、

「あら。……誰か来るのね」

と、ひくい呟《つぶや》くような女の声がきこえた。その声で私はすぐに、それがさっきの歌声の主であることをさとった。そこでまた私は五六歩藪のなかを突進《つきすす》んでいったが、急にはたとしてその場に立止まったのである。

その時、私が眼前に見た光景は、いまもなおあざやかな瞼花《けんか》となって、私の瞼《まぶた》のうらに残っている。それはいかに四十を越して、若々しい心の弾力をうしなっている私でも、なおかつ立止まらずにはいられないほど、強い美しい印象であった。

私の行手《ゆくて》数歩のところで、藪は一段小高くなっていた。その小高い段のうえに、彼女は立っていたのである。その人はゆるやかなワンピースを着ていた。そのワンピースにはなんの装飾もなく、また色合もさだかにわからなかったが、月の光でそれは銀色にかがやきわたっているのだった。そしてその銀色の地のうえに、竹の葉影が斑々《はんぱん》として、美しい斑《ふ》をおいていた。

しかし彼女の肩からうえは、すっくと月光の中にぬきんでていた。そして、ああ、その横顔の神秘なまでの美しさ！　彼女は片手でかるく青竹の幹を握り、それに頬《ほお》を寄せるようにしてうっとりと月を仰いでいる。少し長目にカットした髪が、ふさふさと肩のあたりで渦を巻いている。そういう姿勢のためでもあろうが、白い頸《うなじ》は髪の重さにも耐えかねるほど長かった。

私はまた一歩足をはこんだ。と、女はゆっくり瞳を転じて、私のほうを見下ろすと、

「あら……誰か来たのね」

さっきと同じことを呟いたが、その声にはほとんど何《な》んの感動もふくまれていないようであった。いや、声ばかりではない。まじまじと私を見下ろす瞳にも、こんな場合、若い女として当然持っていなければならぬ筈《はず》の、危懼《きく》も懸念も警戒も見られなかった。それは赤ん坊のように無心――というよりは感情と理性のうつろを示しているように思われた。それでいて美しいことはこのうえもなく美しい。……

私は間もなく女のそばを通りぬけ、竹藪から外へ出た。

と、この時、藪の背後にある丘のうえから、また別の女の声がきこえて来た。

「タマキさん……タマキさんどこ……?」

私は立止まって藪のほうを振返《ふりかえ》った。さっきの女が返事をするかと思ったのだが、藪の中からは何んの声もきこえて来なかった。女はさっきの姿勢のまま、向う向きに立っている。

「タマキさん、タマキさんどこなのよ」

ばたばたと軽い足音がきこえて、若い女の姿が丘のうえに現れた。少女は丘のうえから私の姿を見下ろすと、

「あら」

と、叫んで立ちすくんだが、すぐ快活な声で、

「あの、ちょっとお訊ねします。このへんで若い女の方、お見かけじゃありません?」

私は無言のままステッキをあげて竹藪の中を指さした。

「あ、そう、有難うございます」

少女は身軽に丘のうえから滑りおりると、私にちょっと会釈《えしやく》をして、すぐ竹藪のなかへかけこんでいった。

「まあ、タマキさん、こんなところにいらしたの。あたしさっきから探していたのよ。誰かがお池のほうで歌声がするというものだから……さあ、帰りましょう。あらあら、大変、髪がぐっしょり濡れているわ。風邪をひくといけませんから帰りましょうね」

見たところ、後から来た少女のほうが、二つ三つ若いように思われた。それにも拘《かかわ》らず口の利方《ききかた》をきいていると、まるで妹をあやしているようであった。私は不審に思いながら、しかし、しだいに藪からはなれていった。……。

2

私がこの二人の少女のことをはっきり知ったのは、その翌日のことで、それを話してくれたのは私の娘である。私の娘は、こっちへ疎開して来るとすぐ、村役場へ勤務していたので、村の様子は私や私の妻などよりも、よほどよく知っていた。

彼女の話によると、その若いほうの少女は名を祥《さち》子《こ》さんといって、池の向うに大きなお屋敷のある本《ほん》

堂《どう》家のお嬢さんであろうということであった。そしてタマキさんというのは、その本堂家へ寄食している娘さんで、タマキとは珠生《たまき》と書くらしかった。

「珠生さんという方、ほんとうにお気の毒な方なのよ。珠生と名前はわかっていても、苗字は何んというかわからないんですって」

「苗字がわからない？」

私は驚いてきき返したが、すると娘はそれについてつぎのように説明してくれた。

あの本堂家というのは近在きっての物持ちだが、御主人はずっとまえに亡くなって、後には未亡人の綾乃《あやの》さんという人と、啓一《けいいち》祥子という二人の子供が残っていた。この啓一という青年は数年まえに応召して、まだ復員していない。祥子さんは神戸《こうべ》にある有名なミッションスクールの高等部に席があって、戦争中もずっとそこに頑張っていた。むろん戦争がしだいに苛烈になっていくにしたがって、どの学校も勉強どころではなく、それぞれもよりの軍需工場などへ動員されていったが、祥子さんの学校では、学校の建物全体を一種のセツルメントみたいにして、戦災者や戦災孤児などの面倒を見ることになった。学生たちはノートや教科書を捨てて、保姆《ほぼ》兼見習看護婦みたいな役に早変りした。

祥子さんのお母さんはそれをとても心配して、一日も早く帰郷するようにと、幾度となく祥子さんに言ってやったが、彼女は頑としてきかなかった。お友達や気の毒な戦災孤児を見捨てて帰郷するなんてこと、絶対に出来ないと頑張りつづけていた。

ところがそこへはじまったのが、一昨年《おととし》の三月十日の東京大空襲を皮切りとして、いよいよ切って落された一聯《いちれん》のあの本格的空襲であった。十二日には名古屋《なごや》がやられ、十四日には大阪がやられたときくと、祥子さんのお母さんはもう居ても立ってもいられなかった。そこで自分の弟の妹尾《せのお》さんという人に頼んで、無理矢理にでも祥子さんを連れてかえるようにと、出発してもらったのが三月十五日であった。

妹尾さんはこの村で開業しているお医者さんであったが、神戸へ急行すると姪《めい》にあって、姉の心配をうったえた。そして言葉をつくして帰郷するようにとすすめたが、祥子さんはそれでもまだ帰郷するとはいわなかった。妹尾さんはその日のうちに祥子さんをつれてかえるつもりだったが、議論をしているうちに遅くなったので、仕方なしに一晩神戸へ泊《とま》ることになった。そしてその晩、あの大空襲に見舞われたのである。

「それで祥子さんと叔父さんが、火の粉を浴びて逃げまわっているうちに、あのタマキさんという方を見付けたんですって。あの方、気を失って路傍《みちばた》に倒れ、防空服にも火がついていたそうです。それを揉み消して、やっと安全な場所まで、お連れしたのですが……ほら、あのとおり記憶をうしなっていらっしゃるでしょう。御自分がどこのどういう方か、それさえ憶えていらっしゃらないのよ」

私は思わず呼吸《いき》をのんだ。

「それじゃ、あの娘さん、記憶喪失者なのかい？」

「ええ、空襲のショックと、それに頭脳《あたま》にひどい怪我をしていらしたそうなのよ。それで三月十五日以前のことはまるで憶えていらっしゃらないの。身のまわりの持物もすっかりなくなっているし、それにねえ、防空服に縫いつけてあった名札の布も半分焼けて、御住所も苗字もわからなくなっていたんですって。唯《ただ》焼け残った布の端から、珠生というお名前だけがわかったんですって」

私は昨夜あったあの少女のうつろな瞳を思い出した。私がその少女から神秘な感じをうけとったのは、必ずしもあの時の月光のせいばかりではなかったのである。彼女のあの美しい肉体の中には、魂が宿っていなかったのだ。それは空蟬《うつせみ》にも似た、哀れな、はかない、やるせない宿命の象徴だったのだ。

私は深い溜息をついた。

「それで、本堂さんで引きとってお世話をしているんだね」

「ええ、そういう頼りない方を、見捨ててしまうわけにはいかないでしょう。それに祥子さんがとても離さないのよ。あんな綺麗な方だから、祥子さん、すっかりチャームされていらっしゃるのね。でも、あの方決して気違いじゃないのよ。ひとのいう事よくわかるし、ふだんはちっともふつうの人と変りはないわ。ただ、あの空襲よりまえの事がわからないだけね。ただ……ただ一寸《ちよつと》妙なことがあるの」

「妙なこと？」

「お父さま、あの方、お嬢さんに見えて？　それとも奥さんに見えて？」

私は娘の顔を見直した。

「それじゃ、あの人奥さんらしいと思われるようなところがあるのかい」

「ええ。ふだんは少しもふつうの人とお変りないんですけれど、ときどき発作を起すと、それはそれは淋《さび》しそうになるんですって。そんなときにはきまって、赤ちゃんをあやすような真似をなさるし、それから、坊や……坊や……って泣くんですって。その声の悲しそうなことったら、きいてても、腸《はらわた》がちぎれるような気がするって、本堂さんの女中さんがいってたわ」

「それじゃ空襲で坊やを失った、若いお母さんかも知れないね。そしてその悲しみのために、いっそう気が変になったのかも知れないね」

日本全国にそういう哀れな母がずいぶん沢山あることだろうと思うと、私は暗澹《あんたん》たる気持ちになったが、しかし何故《なぜ》か私には、月下の竹藪であったあの女が、人妻であるとはどうしても思われなかった。魂は抜けていても、空蟬のはかない身ではあっても、処女《おとめ》のみずみずしさと美しさは、まだ失われていないように思われてならなかった。

3

十月から十一月になると、この村にも外地からの復員者がしだいに多くなって来た。それは主として朝鮮からの復員であった。父や良人《おっと》や兄弟を朝鮮へ送っている人々は、よるとさわるとその話で持切《もちき》りだった。どこの誰それは昨日かえって来たそうだが、家《うち》のはまだかえらない。南鮮《なんせん》は大丈夫だが北鮮《ほくせん》はいつになるかわからないなどと、戦争中はなかば諦《あきら》めていたけれど、こうなると一日が千秋《せんしゅう》の思いであるらしかった。私の家へもよく、朝鮮の何んとか道《どう》というのは、南鮮か北鮮かなどとききに来る人があった。

本堂さんの啓一君がかえって来たのは十一月も終りにちかい頃だった。それを最初に私につたえてくれたのは、やはりその時分まだ役場へ勤務していた娘であった。

「お父さま、本堂さんの啓一さんがかえっていらしたわ。あの方東京の商大なんですって。そしてきいてみると吉祥寺《きちじょうじ》の、うちのすぐ近所に下宿していらしたらしいのよ」

この奇遇に昂奮したのか、役場からかえって来た娘は、いきを弾ませて私の部屋へかけこんで来た。

「何んだ、お前話をしたのか」

「ううん、そうじゃないけど、あの方おかえりの途中役場へお寄りになったのよ。あたし知らない顔でしょう？　じろじろ私の顔を御覧になるのよ。とても極《き》まりが悪かったわ。そしたら助役さんが紹介して下すったの。あの方お父さまのお名前よく知ってらしたわ。それからお家《うち》吉祥寺だと申上《もうしあ》げると、とても懐しがって、……快活な、ひょうきんな愉快な方よ」

娘はそのあとでふふふふと思い出し笑いをしながらこんな話をした。

啓一君が役場を出ていったすぐ後で、娘は配給のことで、本堂さんへお伺《うかが》いしなければならぬ用事のあることを思い出したというのである。おおかた少女らしい好奇心から、だしぬけに息子を迎える本堂家の幸福な騒ぎを見たかったのであろう。彼女は啓一君のすぐうしろからついていった。

「ところが、本堂さんのお屋敷のよこまで来ると、珠生さんが竹箒《たけぼうき》をもってお玄関のまえを掃いていらっしゃるのよ。あたしにはすぐ珠生さんだとわかったけれど、後姿だったから啓一さんにはわからなかったのね。あたしの方を御覧になると、黙ってらっしゃいというふうに、ふいと首をすくめると、そっと珠生さんのうしろによって、両手でこう目隠しをなすったのよ。きっと妹さんの祥子さんと間違えたのね。あたしはっとしたけれど、いうわけにはいかないでしょう。黙って見ていると、当《あて》て御覧、誰だかわかる……なんていってらっしゃるの。でも、そのうちに変だってことがわかって来たのね、手をはなして顔を覗《のぞ》きこんだんですけれど、その時のお顔ったら……うっふふふ、人違いよりもあまり綺麗な方なので、びっくりなすったのね。狐につままれたようにきょとんとしていらっしゃるのよ。珠生さんのほうでも真赧《まっか》になって、箒もなにもそこに投出《なげだ》して、お家の中へかけこんでおしまいになったわ。その騒ぎに祥子さんがひょっこり出ていらして……、でも、あの時の啓一さんの顔、あたしいまでも忘れられないわ。ふふふふふ！」

箸《はし》がころげてもおかしいという年頃の娘は、そういって腹をかかえて笑っていたが、私はその時ふと、この事が将来どういうふうに発展していくだろうかと、かすかな懸念のようなものを感じたのであった。本堂さんの未亡人は、たいへん優しい人ではあったが、気位の高い、そして家柄自慢の人ときいている。……

4

啓一君はその後間もなく私の家へ遊びに来るようになった。娘のいったとおり、気さくな、人懐っこい性質で、うちの者ともすぐ心易くなった。かれは学業の途中で応召したので、一日も早く上京したいのだが、食糧や住宅の関係で思うようにいかないとこぼしていた。しかし、啓一君の上京をさまたげているものは、都会の食糧事情や住宅問題のほかにもあるのではないかと私は危《あやぶ》んだ。

ある時、私がそれとなくその問題にふれると、正直な啓一君は太い首筋まで真赧になった。そしてこんな事をいうのであった。

「先生、先生はどうお思いですか。あの人、処女でしょうか、それとも……奥さんだったことがある人でしょうか」

「さあ……」

私は言葉を濁《にご》していた。よけいな事をいってこの青年をたきつけるような破目になってはならぬと思ったからである。

啓一君はまた顔を赧《あか》くして、

「叔父さんはあの人の体を見て、どうも子供をうんだ人のようには思えないというんです。しかし、母はあの人のおりおり示す素振《そぶ》りや言葉から、きっと赤ちゃんがあったにちがいない、だから……」

啓一君はすっかりしょげ切っていた。珠生という あの美しい不思議な存在をとりまいて、ちかごろ本堂さんのお家がしだいにむつかしくなっているらしいという事は、私もほかから耳にしていた。私はそれを啓一君や珠生さんのために悲しむとともに、お母さんが危むのも無理ではないと思われた。

「珠生さんの病気はどうなんです。よくなる見込みはないのですか」

「それについては岡山や倉敷《くらしき》の病院でもみてもらったんですが、いまのところ適当な療法はないというのです。あの人の過去を知っている人が、ゆっくり昔を憶《おも》い出させるように指導していくよりほか、みちはないというんですが、それが問題で、あの人の過去を知ってる人があるくらいなら、こんなに心配しやあしないんですがねえ」

「それにしても妙ですねえ。神戸のほうをききあわせてみたんですか」

「ええ、それはもう、終戦後手をつくして、ほうぼうききあわせているんですが、どうもはっきりした情報が得られないんですね。僕が思うのにあの人は神戸の者じゃないらしい。言葉などすっかり東京弁ですからねえ。東京から神戸へやって来て、そこをやられたとしたら……これは調べるのになかなか骨が折れますねえ」

「どうでしょう、一度珠生さんを、あの人が倒れていたところへ連れていってみたら？　そうすれば何か憶い出すかも知れない」

「それもやってみたんですよ。この間も祥子の発案で、あの人を神戸へつれていったんですが、一向反応がないのです。何も憶い出せないというんですよ。そういうときのあの人の、悲しそうな、絶望したような眼付き……あのへん一帯焼野原になっていて、まるで様子がかわっていますから、考えてみると無理もないのです」

啓一君は暗いかおをして溜息をついた。私もこの青年の心中を察すると、暗然とせずにはいられなかった。この青年のためにも、珠生さんの記憶がよみがえるか、それとも彼女の過去を知った人物の現れることの、一日も早からんことを祈らずにはいられなかった。

ところがそういう日は思いのほか早くやって来たのである。しかもそれはかなり劇的な場面をもって。

……

5

去年の秋から今年の春の農閑期へかけて、農村慰安演芸団と称する芸能人の団体が、この村へもたびたびやって来た。はじめのうち私は、どうせ碌《ろく》なのはやって来まい。三流か四流か、あるいはそれ以下のもあるのだろうとたかをくくっていたが、よくよくきいてみると、一流とまではいかずとも、二流の上ぐらいの人たちがしばしばまじっていることがあるらしかった。

おそらく都会の食糧事情におわれたそういう人たちは、慰安かたがた農村から農村へと「白い飯」を食ってまわっているのだろう。だが、その人たちの動機が何にせよ、娯楽の少《すく》ない農民たちの喜びようにかわりはなかった。映画館も劇場も持たない農村のことだから、そういう人たちを迎えると、いつも国民学校の講堂が開放される。そして当然プログラムとして、いつも村の青年男女の喉自慢競演会や舞踊が演じられるのである。

今年の三月十四日にもそういう演芸団の一行がやって来た。私の家では誰もいかなかったが、その翌日の昼過ぎになって、娘が少からぬ昂奮の面持ちでかえって来ると、いきなりこんなことをいうのである。

「お父さま、珠生さんが昨夜からいなくなったんですって！」

「珠生さんがいなくなった？」

「ええ、あたしいまそこで啓一さんと祥子さんに出会ったのよ。二人とも顔色がかわっていて、とても急いでいらっしゃるようなので、どうなすったのかと思ってお訊ねしたら、これから神戸へ珠生さんを探しにいらっしゃるんですって」

「ふうむ、それはまた急だね。昨夜、珠生さんに何かあったのかね」

「ああ、そうそう、お父さまは昨夜のこと御存じないのね。昨夜とうとう珠生さんの素性がわかったんですって」

娘がきいて来たところによると、それはこういう事情らしかった。

珠生と祥子の二人も昨夜の演芸会を見物に出かけた。その時二人は、別にのど自慢競演会に加わろうなどとは思っていなかったらしいのだが、村の青年たちが二人を見付けると、無理矢理に舞台にひっぱりあげてしまった。

「そこで珠生さん仕方なしに、祥子さんにオルガンを弾いてもらって、シューベルトのアヴェ・マリヤをお歌いになったんですって。するとその歌をきいて楽屋から、歌謡曲の浅原芳郎という人が……お父さま、浅原芳郎という人、御存じ？」

名前だけなら私もその男を知っていた。ひところは相当人気のあった流行歌手だが、無軌道な生活のために咽喉《のど》をいためて、すぐ凋落《ちょうらく》してしまった。素行のうえでもとかくよくない噂のあった男なのである。

「ほほう、浅原が来ていたのかい」

「ええ、その浅原さんが舞台へとび出して来て、珠生さんをつかまえ、あなたは村上《むらかみ》さんじゃないかというわけなのよ、珠生さんのこと、村の人たちみんな知ってるでしょう？　だもんだから、いっとき会場の中は、水を打ったようにしいんとしずまりかえったという話よ、そこで啓一さんがすぐとび出していって、ともかく楽屋へ行って話をきこうというわけで、……で、はじめて珠生さんの過去がわかったのよ」

娘はそこで急に悲しげに面を伏せると、

「あの方……珠生さん、やっぱり人の奥さんだったんですって。何んでもあの方、官吏かなにかのお嬢さんで、お父さまがお亡くなりになった後、未亡人になったお母さまと二人で素人《しろうと》下宿みたいなことをしていたのね。そのうちに下宿していた学生さんと恋におちて、……でも、その学生さんのお家《うち》というのが、どっか田舎の、しっかりした家だもんだから、御両親が承知なさらなかったんですって。そうしているうちに、その学生さんというのが応召してしまって、……しかもその後で珠生さん、赤ちゃんが出来たんですって」

「ふうむ」

私はなにか苦いものでも嚥《の》まされたような感じだった。

「それで珠生さん、あの家にいられなくなったんだね」

「ええ、そうなの。祥子さんのお母さまに何かいわれたらしいのよ」

「しかし、その事はほんとうだろうか。いえさ、浅原という男の話だがね、かりにその男が出鱈目《でたらめ》をならべているとしたところで、珠生さんには弁明出来ないのだからね」

「まあ。……そういえばそうね。だけど、そうすると珠生さん、いよいよお気の毒だわ」

娘はいたましさに顔をくもらせた。

「しかし、啓一君や祥子さんが神戸へ行ったのはどういうわけなの。何か心当りがあるのかしら」

「ああ、それはこうなの。今日は三月十五日でしょう。珠生さんが神戸であの大空襲にあったのは今夜のことなのよ。自分が倒れていたところは、この間啓一さんや祥子さんにつれていってもらって知っている筈でしょう。だから、ひょっとするとそこへ行きやしないかと……」

なるほどそれは筋道の立ったかんがえかただった。だが、同時にそれは何んという悲しいことだろう。私は珠生さんという少女の薄倖な運命に、胸をしめつけられるような気持ちだった。

その夜は春の朧月夜《おぼろづきよ》であった。

6

珠生さんは実際に、その夜神戸の焼跡《やけあと》を彷徨《ほうこう》していたのである。しかし、運命というものはわからないものだ。悲痛と傷心のどん底から来た、彼女の無心の彷徨が、やがて彼女を思いがけない方向へ持っていったのである。その事については、後日、啓一君からきいた話を、そのままここに書きとめておくことにしよう。

「汽車の都合で祥子と私が神戸へ着いたのは、その晩おそくなってからでした。私たちはすぐに目的の焼跡へかけつけたのですが、何しろ夜のことでしょう。道に迷ってずいぶん、あちこち探してまわりました。ところがそのうちに、ふときこえて来たのが……ああ、先生もいつかおききになったとおっしゃいましたね。ほら、『山のあなたの空遠く』というあの歌なのです。『噫、われひとととめゆきて、涙さしぐみかえり来ぬ』……そこを聞いたとき、私は思わず泣きました。珠生さんは焼跡の煉瓦《れんが》に腰をおろして、両手で顔をおおい、呟くように歌っているんです。淡い月の光でその姿を見つけると、私たちはすぐに駆出《かけだ》しました。ところが、珠生さんの歌をきいて、その場へ駆着《かけつ》けたのは私たちばかりじゃありません。もう一人あるんです。

「ねえ、先生。先生も浅原芳郎という流行歌手が珠生さんについて語った話というのを御存じでしょう。あの話は半分ほんとうなのですが、半分は嘘だったんです。珠生さんのお父さんが官吏であったこと、その人の亡き後、お母さんと一緒に素人下宿みたいなことをしていたこと、下宿していた学生と、未亡人の娘さんが恋におちたこと、学生の出征後、その娘さんが赤ちゃんをうんだこと、それはみんなほんとうなのですが、その娘さんというのは珠生さんではなく、珠生さんの姉さんの瑞穂《みずほ》さんという人だったんです。浅原という男が、何故あのような悪意にみちた嘘をついたのか、その理由もたいていわかりました。そいつ瑞穂さんに恋をしていて、こっぴどくはねつけられたことがあるんですね。瑞穂さんという人は音楽学校を出ていたそうですが、つまり姉に対する恨みを、妹で晴らそうとしたんですね。

「さて、こういえば珠生さんの歌をきいて、その場へ駆着けて来た人が誰であるかおわかりでしょう。それは瑞穂さんの御主人になる人、つまりさっきお話した学生なのです。その人は加藤順吉《かとうじゅんきち》といって同じ岡山県の津山《つやま》の人でした。では加藤君がなぜそんなところにいあわせたかというと、それにはこういうわけがあるんです。

「珠生さんの姉さんの瑞穂さんという人は、去年の三月十日の東京の大空襲で亡くなったのだそうです。珠生さんのお母さんという人はそれよりだいぶまえに亡くなっている。だから珠生さんは姉さんの赤ちゃんと二人きりでこの世にとり残されたわけです。珠生さんは途方にくれた揚句、加藤君のお父さんのところへ手紙を書いたのです。瑞穂さんの亡くなった事を述べ、こういう事情だから赤ちゃんをひきとって貰《もら》えないか、それがいやならばせめて情勢がよくなるまで預かって貰えないかと、それはそれは涙の出るような手紙だったそうです。その手紙を出しておいて二三日してから、珠生さんは赤ちゃんを抱いて東京を出発した。返事なんか待っていられなかったんですね。ところが不幸にもその汽車が三《さん》の宮《みや》で動かなくなったんです。そして珠生さんは赤ちゃんを抱いたまま、神戸の町へ放り出され、途方にくれて深夜の町をさまよい歩いているうちに、あの空襲にあったわけです。その時の珠生さんの淋しい、心細い気持ちをかんがえると、私はいまでも泣けそうですよ。珠生さんは焼夷弾《しょういだん》の火の粉におわれてあちこち逃げまどうているうちに、破片に頭をやられて倒れてしまったんです。

「しかし、先生、捨てる神あれば助ける神ありとはよくいったものですね。ある親切な人が赤ちゃんの泣声をきいて駆着けて来てくれたのです。しかしその人は珠生さんはもう駄目だと思った。そこでせめて赤ちゃんだけでも助けようと、抱いて逃げてくれたんです。その人はその足で播州《ばんしゅう》へ避難していったんですが、後で赤ちゃんの着物をしらべると、所と名前が書いてある。その所というのは津山にある加藤君のお父さんのところなのです。それでその人はわざわざ津山まで赤ちゃんをつれて来てくれたそうですよ。

「ところで、加藤君のお父さんのほうではどうしていたかというと、珠生さんの手紙を見て、今日来るか明日来るかと、首を長くして待っていたというのです。その時分にはお父さん、すっかり気が折れていたんですね。だから赤ちゃんが来たことをとても喜んだのですが、つれて来てくれた人の話をきくと、赤ちゃんを抱いて倒れていたというのが珠生さんらしい。その人の話では、とても助からなかったであろうということなので、お父さん、涙をこぼして泣いたそうです。

「さて加藤君も、今年の一月に復員してきました。そしてお父さんから話をきくと、三月十日の妻の命日には東京へ行き、瑞穂さんの焼死したであろうと思われる跡をとむらい、三月十五日には神戸へ来て、珠生さんの倒れていたというあたりをとむろうていたんです。ところがそこへきこえて来たのがあの歌で……あれは瑞穂さんが一番好きな歌で、姉妹してよく歌っていた歌なのだそうです。

「先生、これでなにもかもお分りになったことと存じます。珠生さんはいま、加藤君のところにいます。加藤君が責任をもって、珠生さんをもとどおりにしてみせるといってくれたのです。私も珠生さんを送って津山まで行って来ましたが、早くも希望の曙光《しょこう》は見えて来たのですよ。あの赤ちゃんを見せると、珠生さんが急に泣き出しましてね。あの人、記憶を失っていても、赤ちゃんをなくした責任感だけは、強く脳裡にのこっていたんですね」

以上が啓一君の話であるが、それからまた半年たった。そして今度は私がはじめて、あの藪かげの月光のもとで、珠生さんに出会った日である。私はいま、二三日まえ訪ねて来た啓一君が、欣然《きんぜん》として語った言葉を思い出す。

「先生、先生のおっしゃる空蟬処女はもう空蟬ではなくなりましたよ」

その時、私は啓一君の顔を見ながらにこにこして、こういったのである。

「そして、間もなく処女《おとめ》でもなくなるんじゃないのですか」

編者解説

末國善己

日本を代表するミステリ作家として江戸川乱歩《えどがわらんぽ》、横溝正史《よこみぞせいし》の名を挙げても、異論は出ないはずだ。年齢は乱歩が八歳年上だが、少年時代から探偵小説を愛読し、それが高じて探偵小説を書き始め、英米の本格ミステリを理想とし、共に雑誌「新青年」でデビューするなど、二人には共通点が多い。

自作への評価が厳しい乱歩は何度も断筆し、戦後は評論、研究、新人発掘に力を入れたが、横溝は晩年まで創作を続けた。ジャンルも本格ミステリを軸にしながら、捕物帳、時代伝奇、怪談奇譚、風俗小説、翻訳までと幅広く、どのジャンルもクオリティが高いので、横溝の作家活動の全体像を摑むのは難しい。本書『車井戸は何故軋る　横溝正史傑作短編集』は、横溝の傑作短編を基本的に執筆順に並べたが、金田一耕助《きんだいちこうすけ》シリーズをまとめるため「蝙蝠《こうもり》と蛞蝓《なめくじ》」の方が先の発表だが「車井戸は何故軋る」と収録順を入れ替えた。多彩なジャンルの作品を集めて横溝の創作活動が概観できるようなセレクトを行ったので、横溝に興味はあるが何から読めばいいか分からない方には入門書になり、筋金入りの横溝ファンには、可能な限り初出誌を底本にしたので、横溝が加筆修正を行った流布版との違いを楽しんで欲しい。

青年に海外雄飛をうながす雑誌として創刊（一九二〇年一月号）された「新青年」は、創刊号から海外の情報として翻訳探偵小説を掲載し、初代編集長の森下雨村《もりしたうそん》が探偵小説の比重を増やしていった。「新青年」は創刊号から懸賞小説を募集しており、休暇中にM中学の寄宿舎に残っていた小崎《おざき》の部屋が荒らされ、夜具に血汐がべっとりと付いていたが死体がないという事件が起こる「恐ろしき四月馬鹿《エイプリル・フール》」は、懸賞当選一等として一九二一年四月号に掲載された横溝のデビュー作である。四〇〇〇字くらいの分量の中に、四月一日にしか成立せず旧制中学の学生が考えそうな遊び心あるトリックと、二重の解決を織り込んだところは、「余程苦心の作と拝見する。外国の学生雑誌にでも出ていそうな作である。決して凡手でない」という雨村の絶賛の寸評も納得できるはずだ。現場に残された大量の血が実は……との展開は、本書所収の「画室《アトリエ》の犯罪」、『人形佐七《にんぎょうさしち》捕物帳』の「妙法丸」(『人形佐七捕物百話(二)』、八紘社杉山書店、一九四二年三月)などにも見受けられ、横溝のお気に入りだったことがうかがえる。

人に化けて悪さをする動物は狐、狸が有名だが、河獺《かわうそ》も娘や童《わらべ》に化けて人を騙《だま》すとかつては広く信じられていて、河獺の怪異は全国各地に残っている。河獺が棲むと伝わる池で美女が連続して殺される「河獺」は、久作《きゅうさく》老人が「二十五六年も昔」の事件を語る体裁になっている。これは亡き兄の蔵書にあった「『半七《はんしち》捕物帳』を愛読をこえて熟読」(「続・途切れ途切れの記」)より。『定本人形佐七捕物帳全集』月報、講談社、一九七一年三月～十月)した横溝が、新聞記者「わたし」が半七老人から往年の手柄話を聞くスタイルの岡本綺堂《おかもときどう》『半七捕物帳』に倣ったものだろう。村に複数の名家がある、事件に複雑な因縁《いんねん》や家族の愛憎がからむ、一揆を計画した十数人が首を刎《は》ねられた陰惨な歴史、おどろおどろしい怪談があるなどの本作の設定は、『獄門島』(「宝石」一九四七年一月号～一九四八年十月号)、『八つ墓村』(「新青年」一九四九年三月号～一九五〇年三月号、「宝石」一九五〇年十一月号～一九五一年一月号)といった戦後の傑作に受け継がれており、本作は横溝作品の重要な源流の一つといえる。

「新青年」の懸賞小説に何度も入選し、同じ博文館発行の雑誌「ポケット」「中学世界」にも作品を発表するようになった横溝だが、一九二三年、一九二四年は沈黙した。横溝のエッセイ「途切れ途切れの記」(『横溝正史全集』月報、講談社、一九七〇年一月～十月)では、ブランクの理由を「新青年」の「懸賞募集のことがなくなったせいであろう」と書いている。「画室《アトリエ》の犯罪」は、横溝が古巣の「新青年」に発表した作品で、現在は名探偵として活躍している西野健二《にしのけんじ》が、初手柄を回想する形式になっている。徹底して荒らされ、血潮が乾き切っていない画室《アトリエ》で画家が殺され、現場で短刀を握っていたモデルが容疑者になるが、モデルは画室《アトリエ》に入った時には画家は倒れていて自分は胸に刺さっていたナイフを抜いただけと主張する本作は、デビュー作「恐ろしき四月馬鹿《エイプリル・フール》」と名探偵・金田一耕助が初登場した横溝の戦後初の長編『本陣殺人事件』(「宝石」一九四六年四月号～十二月号)を繋《つな》ぐ位置づけにある作品である。特異な動機は、芥川龍之介《あくたがわりゅうのすけ》『地獄変』(「大阪毎日新聞」「東京日日新聞」一九一八年五月一日～二二日)を彷彿《ほうふつ》させるものがある。

「広告人形」は、張子製の人形に入って宣伝ビラをまく男を主人公にしている。平林初之輔《ひらばやしはつのすけ》は「探偵小説壇の諸傾向」(「新青年」一九二六年二月新春増刊号)で、本作を「宇野浩二《うのこうじ》張りのぬらくらとした、冗舌そのもののような文章と、場末の寄席《よせ》で見るような、デカダンの空気」があると評している。作中に宇野浩二「人癲癇《ひとてんかん》」(「中央公論」一九二五年四月号)への言及があることから、横溝は意図的に愛読していた宇野のテイストを持ち込んだと思われる(横溝は「野性時代」の一九七五年十一月号に掲載された小林信彦《こばやしのぶひこ》との対談「横溝正史の秘密　第一部」で、影響を受けた作家として谷崎潤一郎《たにざきじゅんいちろう》、宇野浩二を挙げている)。誰にも見られず相手を一方的に見る展開は、宇野「屋根裏の法学士」(「中学世界」一九一八年十月号)、乱歩「屋根裏の散歩者」(「新青年」一九二五年八月増刊号）を想起させるだけに、本作は横溝に影響を与えた文学作品を知る上でも興味深い。さらにいえば、本作は安部《あべ》公房《こうぼう》『箱男』（新潮社、一九七三年三月）の先駆を成しており、二作を比較してみるのも一興だ。

　犯罪者の独白として進む「裏切る時計」は、発作的な殺人を隠蔽《いんぺい》しようとする倒叙ミステリである。大学卒業後に勤めた貿易商が潰れ、事業を始めるもうまくいかず悪事に手を染めるようになった河田《かわだ》は、カフェの女給りん子《こ》と親しくなる。河田は、まだ露見していない自分の犯罪を報じた新聞の切抜きを持っていたりん子を殺害し、柱時計に細工して「現場不在証明《アリバイ》」を作る計画を実行する。当時は、クォーツ時計のような狂いの少ない時計は普及しておらず、河田はゼンマイ式の柱時計に物理的なトリックを仕掛ける。力技のトリックが成功するのかが物語をスリリングにし、犯罪の露見に繋がる意外性も面白い。何より、皮肉な結末は強い印象を残す。

「山名《やまな》耕作《こうさく》の不思議な生活」は、「月々六七十円ぐらいの収入」（当時の大卒初任給は五十円から六十円）がある新聞記者の山名耕作が、東京郊外の奇妙な部屋で節約生活を送っている謎を解く要素はあるが、ミステリというよりも奇妙な味系の奇譚といえる。第一次世界大戦中は戦場となったヨーロッパへの輸出による大戦景気に沸いたが、戦争が終結すると不況に陥った。これに追い討ちをかけたのが関東大震災で、支払いができなくなった震災手形が不良債権化し中小の銀行の経営を悪化させていた。景気が乱高下した時代に、刹那《せつな》的な享楽にふけるために血の滲《にじ》むような節約生活を送り、誰もがうらやむ理由によって逆に夢を打ち砕かれる山名耕作の姿には、資本主義社会への皮肉が込められているように思える（「裏切る時計」の河田も、景気の乱高下に人生を翻弄《ほんろう》された人物である）。横溝は、山名耕作のペンネームで、バーリー・ペイン「緑の紙片」の翻訳（「新青年」一九二七年一月号）や、「首を抜く話」（「新青年」一九二七年三月号）などを発表しており、お気に入りの名前だったようだ。

一九二七年に「新青年」の二代目編集長になった横溝は、モダン趣味を前面に押し出す誌面の刷新を行った。横溝が編集長だったのは一年くらいだが、映画、スポーツ、都市風俗といったモダニズム路線は「新青年」の基調になる。これに反発したのが乱歩で「あの作この作」（『世界探偵小説全集　第二十三巻』、博文館、一九二九年七月）に、「横溝君の主張した所のモダン主義（主義ではないかも知れない）という怪物が、旧来の味の探偵小説を、誠に恥かしい立場に追い出してしまった」と書いている。「あ・てる・てえる・ふぃるむ」は、「新青年」の増大号に乱歩の新作を欲したものの乱歩が執筆を果たせず、横溝が代作した作品である。「代作ざんげ」（「X」一九四九年四月号）によると、旅行中の乱歩を京都で捕まえた横溝が執筆を依頼すると、「ひと月ほど旅」をして「帰りには名古屋の小酒井《こさかい》不木《ふぼく》氏のところへ寄る」ので、そこへ来てくれたら「旅行中に書」いた原稿を渡すという。だが不木のところで落ち合った乱歩は、原稿が書けていなかった。そこで横溝は「僕も今度の号に小説を書いている。（中略）それほどの愚作とは思えない。それをあなたの名前にしてくれないか」と頼み、乱歩が承諾して世に出たのが本作である。本作は、乱歩も横溝も敬愛した谷崎潤一郎「人面疽《じんめんそ》」（「新小説」一九一八年三月号）を思わせる映画奇譚で、狙って執筆したのではないのかもしれないが、乱歩の初期短編に近い怪奇幻想色もあり、乱歩作と誌面にあれば代作と考える読者はいなかったのではないか。本作を読むと、横溝のモダン趣味がどのようなものだったのかもうかがえる。

一九三三年五月に肺結核により喀血《かっけつ》した横溝は、医師で探偵小説作家の正木《まさき》不如丘《ふじょきゅう》の助言もあり、富士見《ふじみ》高原《こうげん》療養所（正木が初代所長）で療養生活を送る。療養中に発表された「蔵の中」は、検閲で一部削除が命じられた「鬼火」（「新青年」一九三五年二月号～三月号）、『真珠郎』（「新青年」一九三六年十月号〜一九三七年二月号）など同時期に発表された作品と共に〝草双紙《くさぞうし》趣味〟と称されている。本作のタイトルは、宇野浩二「蔵の中」（「文章世界」一九一九年四月号）を意識して付けたと思われる。蕗谷《ふきや》笛二《ふえじ》が「機械人形《からくり》」「千代紙」「草双紙」「錦絵」に囲まれた蔵の中で病弱な美しい姉と遊んだ頃を回想する前半は、預けた着物を虫干しするため質屋の蔵に入った「私」が、着物を見ながら関係した女性たちを思い出していく宇野の「蔵の中」と内容的にも共通している。ただ蔵に物があふれ、それで遊ぶ姉弟の閉じたユートピアは、宇野の作品で比較すると、着物や蒲団から妄想をふくらませる「蔵の中」よりも、愛人と密会するために西洋建築の個室を借りたものの、「引伸機械《ひきのばし》」（幻灯機の一種）や好きな写真を持ち込んで一人遊びに耽る男を主人公にした、「夢見る部屋」（「中央公論」一九二二年四月号）の方が近い。中盤以降は、遠《とお》眼鏡《めがね》で「一丁程離れたところ」の「岬のように突出《つきだ》した崖」の上に建つ一軒家を覗き始めた笛二が、姉と一緒に学んだ読唇術で、その家で逢瀬を重ねる男女の関係を調べていくミステリになる。笛二の生家は本郷《ほんごう》の小間物店「ふきや」だが、このモデルは「かねやす」だろう。本郷台地から崖下の小石川《こいしかわ》方向を覗くのは、『人形佐七捕物帳』の「艶説遠眼鏡」（「講談倶楽部」一九五一年二月号）でも使われており、横溝のお気に入りのシチュエーションだったと思われる。本作の中で「蔵の中」は、笛二が雑誌「象徴」に持ち込んだ作中作で、編集長の磯貝《いそがい》三四郎《さんしろう》が「蔵の中」を読むことで進むが、次第に作中作が現実を侵食する入れ子構造になっていく。この構成が、ラストの衝撃をより大きくしている。

「猫と蠟人形」は、探偵の由利《ゆり》麟太郎《りんたろう》と記者の三津木《みつぎ》俊助《しゅんすけ》が活躍するシリーズの一編だが、由利は登場せず三津木が単独で妹が関係する事件に挑んでいる。隅田川《すみだがわ》にかかる清洲橋《きよすばし》近くの洋館に、蠟人形が流れ着いた。蠟人形の心臓部分には短刀が刺さり、胸に絵が描いてあった。洋館の主人で高名な外科医・矢田貝《やたがい》の胸には蠟人形にあった絵と同じ刺青《ほりもの》があり、矢田貝の妻の通子《みちこ》は兄の三津木に相談する。だが矢田貝が胸を短刀で刺されて河で浮いているのが発見され、その近くには薔薇《ばら》の花が封じ込められたマヨネーズ・ソースの空瓶が浮かび、通子の愛猫パールは全身に真赤な血を浴びていた。容疑者が、通子の結婚で自殺をはかるほど絶望した元恋人の緒方紘次郎《おがたげんじろう》、矢田貝の手術で子供が死んだとして脅迫状を送ってくる母親など限られているのに意外な犯人を浮かび上がらせ、伏線の回収も鮮《あざ》やかである。その伏線の一つのマヨネーズ・ソースは、一九二五年に食品工業株式会社（現在のキユーピー株式会社）が日本産のマヨネーズを発売、当初は高額だったが生活の洋風化が進んだことで普及していったようだ。横溝は、発売から十年ほどでまだ珍しかったマヨネーズを、いち早く作品に取り入れたといえる。

時代伝奇小説の「妖説孔雀樹《ようせつくじやくのき》」は、花火が江戸の夏の始まりを告げる川開きから始まる。華やかさと陰惨な事件のコントラストが際立つためか、横溝は『人形佐七捕物帳』の「三本の矢」（「講談雑誌」一九三八年七月号〜八月号）、由利・三津木シリーズの『夜光虫』（「日の出」一九三六年十一月号〜一九三七年六月号）、『緋牡丹銀次《ひぼたんぎんじ》捕物帳』の「金座太平記」（『緋牡丹銀次捕物帳』、春陽堂書店、一九四一年八月）などでも川開きを幕開けにしている。現将軍の姪《めい》の孔雀姫《くじやくひめ》は、容色に優れ幼い頃から将軍家の寵愛《ちょうあい》を受けてきたが、加州侯《かしゅう》との縁談が気に入らず我儘三昧《わがままざんまい》で乱行《らんぎょう》にふけるようになる。そんな孔雀姫が川開きを見物していた時、鉄砲で狙撃された。船から船へ飛び移って逃げる身軽な犯人と、それを追う捕手《とりて》で大混乱するスペクタクルから始まり、登場人物が増えるごとに因果の糸、愛憎劇が複雑になっていく。孔雀姫が大樹に縋《すが》りつくラストは、尾《お》張《わり》藩士・朝日重章《あさひしげあき》が書いた『鸚鵡籠中記《おうむろうちゅうき》』に出てくる本寿院《ほんじゅいん》（尾張藩三代藩主・徳川綱誠《とくがわつなのぶ》の側室）の逸話に似ている。本寿院も乱行で周囲を困らせたようなので、孔雀姫のモデルかと考えたが、

『鸚鵡籠中記』が公開されたのが一九六〇年代なので、横溝が本寿院を知っていたかは不明である。

　眠っている間に恐るべき刺青《いれずみ》を入れられた男の数奇な運命を追った「刺青された男」は、タイトルは牧逸馬《まきいつま》「上海《シャンハイ》された男」（「新青年」一九二五年四月号）、刺青で人生が一変する設定は谷崎潤一郎「刺青」（第二次「新思潮」一九一〇年十一月号）の影響が感じられる。傷も、腫物《おでき》も、刺青も気にせず肌をさらす船員の中に「襯衣《シャツ》を脱がぬ男」がいて、その男が何を隠しているのかという謎が物語を牽引《けんいん》していくが、ミステリというよりも海外奇譚といえる。ただ様々な登場人物の語りを重層的に重ねながら徐々に秘密の全体像を明らかにしていく緻密な構成と、フィニッシングストロークのインパクトは本格ミステリ好きも満足できるはずだ。

　本格ミステリは社会問題を描かないと考えている読者もいるだろうが、『獄門島』では前戸主の直系卑属が財産を一括相続する旧民法を基に、犯人が望む相続人に財産を相続させるため殺人が実行され、『犬神家《いぬがみ》の一族』（「キング」一九五〇年一月号〜一九五一年五月号）は両性の合意だけで結婚でき、分割相続も可能になった新憲法、新民法を前提にした遺言状が連続殺人事件の切っ掛けになるなど、横溝は執筆当時の世相を作中に織り込んでいた。同じ村から二人が出征し、一人は戦死、一人は戦傷を負うも復員するが、よく似ていた二人が入れ替わったのではないかとの疑惑が出てくる「車井戸は何故軋る」も、戦争神経症など復員兵とその家族が直面した問題がベースに置かれている。本作で描かれる復員兵の入れ替わり疑惑、奉納手型の指紋を使った人物鑑定などは、『犬神家の一族』でも使われている。本作は、最も犯人らしくない人物が犯人というミステリの鉄則を突き詰めており、アリバイトリックは犯人が動き回って細工するという思い込みを覆した逆転の発想も見事である。

金田一耕助ものの「蝙蝠と蛞蝓」は、金田一の私生活が垣間見えるのも興味深い。湯浅順平《ゆあさじゅんぺい》は、戦争前から暮らすアパートの隣室に越してきた金田一を、「蝙蝠」と呼んで嫌っていた。湯浅は大家の姪・お加代《かよ》を気に入っていたが、財産税と農地改革で没落した地主の息子で自分の口利きでアパートに入居した山名紅吉《やまなこうきち》がお加代といい仲になる。アパートの裏には、手持ちの着物を売って贅沢《ぜいたく》していたが、いつも遺書のようなものを書き、金魚鉢の水位や置く場所に異常なこだわりを持っているお繁《しげ》がいて、湯浅は「蛞蝓」と呼んで軽蔑《けいべつ》していた。自分を苛立《いらだ》たせる人たちに囲まれた湯浅は、「蛞蝓」を殺しその罪を「蝙蝠」になすり付ける小説を書くが、本当に「蛞蝓」が殺され小説が原因で湯浅が容疑者になってしまう。貧しい湯浅が、贅沢している「蛞蝓」の殺害を計画する展開はドストエフスキー『罪と罰』を思わせ、湯浅の恋心がミスリードを誘うところは恋愛ミステリとしても秀逸である。

金田一は「蝙蝠と蛞蝓」のように都市部の事件も数多く解決しているが、「蜃気楼島《しんきろうとう》の情熱」は映画、ドラマで描かれることが多い地方が舞台になっている。大富豪が豪壮な屋敷を建設した島は、乱歩『パノラマ島奇譚』（「新青年」一九二六年十月号〜一九二七年四月号）へのオマージュだろう。金田一はパトロンの久保銀造《くぼぎんぞう》と、アメリカ帰りの資産家・志賀泰三《しがたいぞう》が瀬戸内海《せとないかい》の小島に建てた豪邸を訪ねる。金田一と銀造は、泰三の親戚である村松《むらまつ》医師の次男の通夜から帰る、泰三の自家用ランチで島へ向かう。その夜、泰三の泣き声を聞いて駆け付けた金田一は、泰三の腕の中で死んでいる妻の静子《しずこ》を目にする。静子は腰巻きだけの裸体で、首には大きな指の跡があり、枕元にはなぜか誰かの義眼が転がっていた。泰三にはアメリカで結婚した最初の妻を、友人の樋《ひ》上四郎《がみしろう》に殺された過去があるが、泰三は樋上を家に滞在させていた。こうした不可解な要素を過不足なく使ってロジカルに謎を解く金田一の推理は、圧巻である。

横溝にはエログロを強調した作品があり、死体への悪戯《いたずら》が出てくる「睡《ねむ》れる花嫁」（雑誌発表時のタイトル「妖獣」を改題）もその一作である。東京郊外の高級住宅街S町（モデルは成城《せいじょう》だろう）のアトリエで暮らす画家の樋口邦彦《ひぐちくにひこ》は、キャバレーのダンサーだった瞳《ひとみ》と結婚して近所で評判になるほどの熱愛ぶりを見せていた。だが結核だった瞳が姿を見せなくなった。酒屋の小僧・清水浩吉《しみずこうきち》が樋口の家に忍び込み、腐爛《ふらん》した瞳の死体を発見。解剖により瞳は病死で、故人の遺志で死後も愛し続けたという樋口は、起訴されて服役しアトリエは空き家になった。そのアトリエの窓にあかりを見た巡査が、門から飛び出してきた男に職務質問したところ、自分は樋口で「最近出所した」と口にした後に巡査を刺した。アトリエには、バーの女給だった河野朝子《こうのあさこ》の死体が花嫁衣装を着て横たえられていた。結核で朝子は死に、バーのマダムが病院から彼女の死体を引き取る予定になっていたが、マダムの使いのものを名乗る男に騙し取られていた。等々力《とどろき》警部に頼まれ捜査に乗り出した金田一は、死体の入手は難しいので、犯人は自分で死体を作るかもしれないと言い、その言葉通り、中野《なかの》区の貸間から殺害されたバーの別の女給が発見され、三鷹《みたか》のマンホールからマダムの養女の服を着た顔を潰された死体が見つかる。怪物めいた犯人が死体を求めて都内をうろつく展開は、変格探偵小説か、乱歩の通俗長編のようであるが、それを本格ミステリとしてまとめたのは横溝らしいといえる。

「鞄の中の女」は、大型セダンの後尾トランクからつきだしている女の脚が目撃されたのが発端になる。これも横溝がお気に入りのシチュエーションで（石膏《せっこう》を塗られた死体などのバリエーションもあるが）、「石膏美人」（原題「妖魂」。「講談倶楽部」一九三六年五月増刊号～六月号）、『蠟面博士』（「おもしろブック」一九五四年一月号～十二月号）、「堕ちたる天女」（「面白倶楽部」一九五四年六月号）、「柩《ひつぎ》の中の女」（「週刊東京」一九五八年三月号）などでも使っている。本作の犯人は金田一をアリバイ工作に利用するほど狡知《こうち》に長けているが、テープレコーダーに録音した電話の音声を聞いた金田一によって敗れ去る。磁気テープに音声を録音、再生するテープレコーダーは、戦後、高音質の交流バイアス技術の特許を購入した東京通信工業（現在のソニー。日本電気との共同購入）が「テープコーダー」の商標を取り、一九五〇年に国産初のテープレコーダーG型を発売したが、価格が約十七万円、重量が三十五キロもあったので売れなかった。ただ一九五一年に小型化し価格を下げた家庭向けのH型が登場し、同年に発売された街頭録音などを行う業務用の肩掛け式テープレコーダーM－1は、横山隆一《よこやまりゅういち》の漫画「デンスケ」（「毎日新聞」朝刊、一九四九年十二月一日〜一九五五年十二月三十一日）の主人公茶刈《ちゃかり》デンスケが、M－1らしきテープレコーダーを持ち歩いたことから広く知られるようになり、肩掛け式テープレコーダーにデンスケの愛称がついたほどである（後にソニーが「デンスケ」を商標登録した）。まだ珍しかったテープレコーダーをいち早く使ったのは、「猫と蠟人形」にマヨネーズを出した横溝らしい。テープレコーダーによるアリバイ作りを考えた横溝の頭の中には、蠟管に溝を刻む録音機を使ったトリックが出てくるアガサ・クリスティの名作があったかもしれない。

「空蟬処女《うつせみおとめ》」は生前は未発表で、横溝の没後に「月刊カドカワ」に掲載された作品である。横溝が疎開中に記した「桜日記」の一九四六年九月十三日には、「◎空蟬処女　七十二枚、紺青。」とあり、雄鶏社《おんどりしゃ》発行の雑誌「紺青」に発表される予定だったが、何らかの事情で見送られたようだ。「桜日記」の通り本作が敗戦から一年後に執筆されたとしたら、空襲で住居、家族、記憶を失って魂が抜けたようになり「空蟬」と呼ばれている女性は、読者にとって身近な存在だったと思われる。空蟬処女の過去を調べるミステリをハッピーエンドで終える設定は、敗戦で打ちひしがれ、家族を亡くした当時の日本人を勇気づける意図があったのではないだろうか。本作を読むと、先の大戦が横溝作品に与えている影響の大きさもよく分かる。

本解説でも言及しているように、横溝は気に入ったシチュエーションを繰り返し使いながらもアレンジを加えて別の作品に仕立てることも多い。本書を手掛かりに横溝作品の大海に乗り出していくと、新たな発見も多いのではないだろうか。

初出／出典一覧

「恐ろしき四月馬鹿」　『新青年』一九二一年四月号／同上
「河獺」　『ポケット』一九二二年七月号／同上
「画室の犯罪」　『新青年』一九二五年七月号／同上
「広告人形」　『新青年』一九二六年一月号／同上
「裏切る時計」　『新青年』一九二六年二月号／同上
「山名耕作の不思議な生活」　『大衆文芸』一九二七年一月号／同上
「あ・てる・てえる・ふいるむ」　『新青年』一九二八年一月号／同上
「蔵の中」　『新青年』一九三五年八月号／同上
「猫と蠟人形」　『キング増刊』一九三六年八月増刊号／同上
「妖説孔雀樹」　『譚海』一九四〇年六月号／同上
「刺青された男」　『探偵雑誌ロック』一九四六年四月号／同上
「車井戸は何故軋る」　『読物春秋』一九四九年一月増刊号／同上
「蝙蝠と蛞蝓」　『探偵雑誌ロック』一九四七年九月号／同上
「蜃気楼島の情熱」　『オール讀物』一九五四年九月号／同上
「睡れる花嫁」　『読切小説集』一九五四年十一月号（初出時のタイトルは「妖

獣」）／『金田一耕助探偵小説選　第二期　第四巻（幽霊座）』、
東京文芸社、一九五五年五月

「鞄の中の女」　『週刊東京』一九五七年四月六日号、十三日号／同上

「空蝉処女」　『月刊カドカワ』一九八三年八月号／同上

本文中における用字・表記の不統一は明らかな誤りについてのみ訂正し、原則としては底本のままとしました。また、難読と思われる漢字、許容から外れるものについてはルビを付しました。現在からすれば穏当を欠く表現がありますが、著者が他界して久しく、作品内容の時代背景を鑑みて、原文のまま収録しました。

（編集部）

車井戸《くるまいど》は何故《なぜ》軋《きし》る　横溝正史《よこみぞせいし》傑作短編集《けつさくたんぺんしゅう》

二〇二五年二月二十八日　初版

著者　横溝正史《よこみぞせいし》
編者　末國善己《すえくによしみ》
発行者　渋谷健太郎
発行所　株式会社東京創元社
〒一六二―〇八一四　東京都新宿区新小川町一―五
〇三―三二六八―八二三一（代）
https://www.tsogen.co.jp

装幀　山田英春
印刷　暁印刷
製本　加藤製本

Printed in Japan　ISBN978-4-488-02921-0　C0093